PETITS ROMANS

UNE LUNE DE MIEL

PRATIQUE ET THÉORIE

LA REVANCHE

PAR

LE BARON D. M.

C · L

PARIS

CALMANN LÉVY, ÉDITEUR

ANCIENNE MAISON MICHEL LÉVY FRÈRES

RUE AUBER, 3, ET BOULEVARD DES ITALIENS, 15,

A LA LIBRAIRIE NOUVELLE

1876

PETITS ROMANS

PARIS. — TYPOGRAPHIE LAHURE

Rue de Fleurus, 9

PETITS ROMANS

UNE LUNE DE MIEL

PRATIQUE ET THÉORIE

LA REVANCHE

PAR

LE BARON D. M.

PARIS

CALMANN LÉVY, ÉDITEUR

ANCIENNE MAISON MICHEL LÉVY FRÈRES

RUE AUBER, 3, ET BOULEVARD DES ITALIENS, 15

A LA LIBRAIRIE NOUVELLE

—

1876

UNE

LUNE DE MIEL

Par un beau dimanche du printemps de 186., le
monde élégant de Paris et surtout les badauds du
sport se dirigeaient en toute hâte, chacun selon
ses moyens de transport, vers le village de Ville-
d'Avray. Il s'agissait pour eux d'assister à un grand
steeple-chase militaire. Pourquoi militaire? Parce
que, suivant le programme, les officiers Anglais,
Français, Allemands et Belges de terre et de mer,
en activité de service ou en retraite; ceux des haras impériaux et les personnes présentées par deux
membres du Jockey-Club de Paris ou de celui de
Berlin, étaient admis à prendre part à une course
au clocher de six mille mètres environ, à travers
le ravissant parc de la Marche, où divers obstacles,
ménagés avec soin, offrent toutes les chances dési-
rables de chutes et d'accidents.

Parmi les équipages groupés des deux côtés du
pont, fort près, par conséquent, de la rivière, venait
d'arriver une calèche découverte dans laquelle se

1

trouvaient M. Nolard, associé d'agent de change, sa fille Juliette, son fils Henri et un ami de celui-ci, M. le chevalier Gomez de la H..., jeune, riche et bel Espagnol, dont Henri avait fait la connaissance à son cercle.

Derrière la calèche se rangea bientôt une légère victoria traînée par un magnifique cheval noir couvert d'écume. Le jeune homme qui le conduisait sauta prestement à terre, après avoir remis les guides au cocher, puis s'empressa d'offrir la main à une splendide créature du sexe féminin, dont la toilette excentrique et le visage à moitié peinturluré trahissaient suffisamment l'incognito.

« Tiens, Mathilde avec son vicomte, murmura Gomez à l'oreille de Henri.

— Je vous remercie bien, monsieur, dit la donzelle descendue de voiture; quant à vous, Léopold, ajouta-t-elle en se retournant vers un autre jeune homme affligé d'un embonpoint précoce et qui mettait pied à terre à son tour, vous ne connaissez rien aux chevaux, mon cher !

— Oh! voilà bien les femmes! s'écria le gros Léopold, elles jugent de tout à tort et à travers !

— Laissez donc, répliqua celle-ci insolemment, sans M. Robert Durand, que nous avons eu la chance de rencontrer rue de la Paix, où votre nouveau cheval, qui est excellent par parenthèse, s'amusait à nous faire poser devant le monde, je ne sais pas comment nous nous serions tirés d'affaire !

— Est-ce ma faute si Job a des caprices ne plus ne moins que quelqu'un de ma connaissance? cria de sa voix grêle le gros garçon en riant et en pro=

menant un regard sympathique sur toutes ses voisines.

— Ce qu'il y a de sûr, madame, dit Robert d'un ton conciliant, c'est que j'allais prendre le chemin de fer, et que je n'ai pas perdu au change. Il me reste donc à vous remercier tous les deux de la place que vous m'avez offerte dans votre voiture.

— Et que nous vous gardons pour le retour! reprit aussitôt la timide demoiselle, qu'est-ce que je deviendrais seule dans une pareille foule, avec Léopold et cet iroquois de cocher, ajouta-t-elle à mi-voix, qui ne sait absolument que ce que son maître lui a appris! »

Sur ce, le couple se mit à la recherche d'amis dispersés sur la pelouse, pendant que Robert échangeait quelques mots avec Gomez et Henri, après avoir, bien entendu, salué le père ainsi que la sœur de ce dernier.

« Qui est ce jeune homme? demanda M. Nolard à son fils, dès que le nouveau venu se fût éloigné.

— Un de mes camarades de collége, nommé Robert Durand; orphelin de père et de mère, il a été élevé par son oncle maternel, le marquis des Ilots.

— Quoi! cet original que nous voyons à la Bourse?

— Précisément, répondit Gomez en lançant à Juliette un regard fascinateur.

— Le marquis veut faire croire qu'il est ruiné, reprit Henri, mais alors pourquoi le rencontre-t-on chez Rothschild, à la Banque, au Crédit mobilier, partout enfin où il y a des coupons à toucher?

— Tant mieux pour ton camarade, si son oncle est riche et avare, dit M. Nolard.

— Ma foi non ! s'écria Henri, car Robert m'a raconté qu'il l'avait déshérité à la suite d'une scène horrible.

— Quelle scène ? demanda Juliette.

— L'oncle et le neveu, continua Henri heureux d'être écouté, se trouvaient en villégiature chez un ami du marquis. Un matin qu'ils chassaient dans une garenne, Robert envoya maladroitement quelques grains de plomb dans les jambes de son oncle. Celui-ci, naturellement fort douillet, se jeta par terre en poussant des cris affreux, puis cessa tout à coup de répondre aux questions qu'on lui adressait. Le croyant mort, Robert voulut se tuer. On le désarma, non sans peine. Revenu à lui, le marquis entra dans une violente colère contre son neveu, l'accusant d'avoir tenté de se débarrasser d'un parent qu'il supposait riche bien à tort, mais duquel il n'avait pas un sou à attendre, tant ses dispositions allaient être soigneusement prises pour le déshériter. Furieux à son tour, Robert fit à son oncle les plus sanglants reproches sur toutes sortes de choses, lui défendit de jamais rien changer aux dispositions testamentaires annoncées, enfin quitta immédiatement ce château. Au bout d'un mois, à son retour à Paris, le marquis apprit que Robert avait cessé d'habiter leur logement commun et était entré, en qualité de commis, dans une maison de banque. Du reste, depuis qu'ils ne vivent plus ensemble, l'oncle et le neveu sont redevenus les meilleurs amis du monde.

— Bah ! bah ! tout cela s'arrangera avec le temps ! s'écria M. Nolard.

« — C'est probable, dit négligemment Gomez en dévorant des yeux la silencieuse Juliette. »

Bientôt, les deux amis, descendus de voiture, se perdirent dans la foule, laissant le père et la fille se livrer à une douce causerie.

L'observateur, même le moins perspicace, ne passait pas une heure en compagnie de M. Nolard et de ses deux enfants, sans être frappé de la préférence dont Juliette était l'objet de la part de son père. Tout ce qu'elle disait ou faisait était d'avance approuvé, tandis que son pauvre frère possédait au suprême degré l'art d'agacer cet auteur de leurs jours. A la vérité, autant Henri se montrait léger, maladroit au moral comme au physique, vulgaire parfois dans ses goûts et dans ses manières, autant Juliette était fine, intelligente, distinguée sous tous les rapports. Loin de ressentir la moindre jalousie de cette disposition paternelle, Henri l'aurait excusée, encouragée peut-être, s'il s'en était aperçu, car il devenait chaque jour plus enthousiaste de sa sœur, qui elle, de son côté, avait pour lui la tendresse et l'indulgence d'une mère.

Après les deux premières courses, d'ailleurs peu intéressantes, le tour du grand steeple-chase arriva enfin. Déjà le beau Gomez, remonté en voiture, avait offert à Juliette un programme du Jockey-Club, et chacun, armé d'une lorguette, se tenait à son poste d'observation, lorsque Henri revint en courant et en faisant des gestes qui annonçaient quelque nouvelle importante.

« Qu'y a-t-il donc? demanda Juliette dès que son frère fut à portée de sa voix.

— En voici bien d'une autre! répondit le jeune homme en s'adressant à Gomez, figurez-vous, mon cher, que Robert va sans doute courir dans le grand steeple-chase militaire!

— Pas possible!

— Il paraît, ajouta Henri, que le lieutenant Rivel, qui devait monter le cheval de Stéphen, a un clou... quelque part et que Robert vient d'être supplié de le remplacer, sous prétexte qu'il connaît la bête et la trouve excellente.

— Malgré cela, il aurait tort d'accepter, repartit Gomez, à moins de vouloir se faire casser le cou.

— Certainement.

— Lui-même me disait l'autre jour qu'on ne peut pas lutter contre le capitaine Smith.

— N'importe, reprit Henri, Robert est si bon enfant, si faible avec ses amis, que je parie qu'il finira par céder.

— Ce sera amusant pour nous, s'écria le sensible Gomez, au reste, je suis sûr qu'il n'arrivera pas le dernier; s'il arrive toutefois!

— Est-ce qu'il monte bien? demanda M. Nolard.

— Oh! oui, répondit Henri, à l'époque où il passait toutes ses vacances en Normandie, dans le château de son oncle, Robert ne quittait pas le haras, dont il dressa même plusieurs chevaux avec une intrépidité surprenante. De plus, il a la grande habitude des courses au clocher. »

Cette conversation fut brusquement interrompue par l'apparition des gentlemen riders.

« Je ne vois pas Robert, dit Henri, ma foi! j'en suis enchanté; c'eût été par trop bête!

— Si vraiment, le voilà ! » s'écria Gomez.

Juliette, qui parlait peu mais en revanche observait beaucoup, déclara avec énergie qu'elle avait décidément horreur de ces exercices violents dans lesquels on risque inutilement sa vie.

« Je crois bien ! dit Henri, tu as peur, toi, aussitôt que tu es à cheval !

— C'est vrai ; je suis de l'avis du proverbe italien: *Homo da cavallo, sepoltura aperta.*

— Ce qui signifie ?... demanda M. Nolard.

— Que... l'homme à cheval a un pied dans la tombe, répondit la jeune fille en hésitant.

— Chut ! attention ! voici le départ », s'écria Henri.

Un silence relatif commençait à régner dans la foule pendant que les nombreux chevaux s'alignaient difficilement. Juliette se mit alors à lorgner de loin Robert et fut frappée du changement opéré en lui. Ce petit jeune homme, qu'elle avait à peine remarqué, lui semblait tout à coup assez beau ; la pâleur de son visage presque imberbe, ses regards brillants, mais le plus souvent fixés sur la terre, les caresses qu'il prodiguait à son cheval pour se donner une contenance, enfin certains gestes de désespoir trahissant ses regrets d'avoir cédé aux prières de ses amis, rien n'échappait à l'attention curieuse de la jeune fille.

« Ah ! les voilà partis !... » crièrent vingt spectateurs autour d'elle, car le nombre des gens qui annoncent volontiers ce que tout le monde a pu constater aussi bien qu'eux est toujours considérable.

Soudain, une vive émotion s'empara de Juliette, étendit comme un voile sur ses yeux, et l'empêcha de distinguer les sept ou huit gentlemen riders prenant part à cette course dangereuse que l'on nomme un steeple-chase. Quelques obstacles furent aisément franchis par tous les chevaux qui, d'abord réunis, se distancèrent peu à peu ; ensuite des accidents insignifiants ne tardèrent pas à se produire et arrachèrent des éclats de rire au gros public, tandis que les vrais amateurs, uniquement occupés des premiers sujets, n'avaient pas même un regard de pitié pour les comiques de la troupe. Bientôt Juliette redevint lucide et n'aperçut plus que trois cavaliers ; En avant, un comte belge ruiné, mais très-célèbre dans cet art dont il faisait presque un métier, puis, à une certaine distance, Robert suivi de près par le fameux capitaine Smith. Celui-ci, grand, laid, rouge, toujours ivre, disait-on, avait le sourire sur les lèvres et parlait anglais de temps en temps à son cheval. Un moment critique arrivait; du moins la rivière qu'il s'agissait de sauter semblait s'élargir à mesure que les chevaux approchaient.

« Oh ! j'ai peur ! » murmura Juliette en détournant les yeux.

Pourtant son attention revint irrésistiblement se fixer sur la scène palpitante d'intérêt qui lui était offerte. Déjà, malgré les coups de cravache et d'éperons, le cheval du Belge se dérobait pour ne pas affronter ce nouveau péril, pendant que Robert enlevait le sien et traversait l'espace aux applaudissements de la foule. Par malheur, la bête glissa en touchant l'autre bord et s'étendit sur le sol auprès de son cavalier. Au même instant, le capitaine

Smith retombait sur ce dernier, dont la tête disparut dans les jambes du cheval, lequel, aussi impassible que son maître, poursuivit sa course comme si de rien n'était.

A cette vue, Juliette poussa un cri d'effroi entendu par son père et par Henri qui, tous deux, s'efforcèrent de la calmer. Gomez, debout sur le siége de la calèche, ne remarqua pas cet incident tant il était distrait par ceux de la course.

« Bravo ! bravo ! s'écria-t-il, le voilà qui remonte, c'est admirable !...

— Oui vraiment, ma chère, dit Henri à sa sœur après avoir jeté un coup d'œil sur la piste, Robert n'a aucun mal, tiens ; regarde ! »

Juliette obéit. Elle vit, en effet, le jeune homme sur pied et retenant son cheval par la bride qui n'avait pas été lâchée ; mais il paraissait encore tout étourdi de son effroyable chute, sinon blessé par les coups de sabots probablement reçus.

« Oh ! assez ! assez ! » cria-t-elle de toutes ses forces, tandis que ses voisins, au contraire, excitaient le pauvre gentleman à continuer la lutte.

Robert n'avait pas besoin d'encouragements à cet égard et puisait dans son énergie morale la vigueur physique indispensable à l'accomplissement de sa tâche. Au bout d'une minute, il réussissait à se remettre en selle et repartait au petit galop de chasse avec l'espoir de rattraper le temps perdu.

Laissée enfin à elle-même, Juliette se rejeta dans le fond de la calèche, tantôt se couvrant les yeux pour ne plus rien apercevoir de cet odieux spectacle, tantôt se bouchant les oreilles pour ne plus entendre les cris de joie de ce bon public avide d'émotions, c'est-à-dire d'accidents, et qui, s'il ne comprend pas le charme qu'offrent les combats de taureaux, mortels quelquefois pour l'homme, admet très-bien que le même résultat soit obtenu dans une course de chevaux.

M. Nolard, son fils et le beau Gomez étaient désormais absorbés par le dénouement qui se préparait et dont l'attente les passionnait à un degré vraiment exceptionnel.

De tous les points du charmant parc de la Marche, si admirablement disposé pour ce genre de course, on pouvait presque constamment suivre de l'œil les deux cavaliers qui se disputaient alors le prix, car le capitaine, arrêté lui-même à la banquette Irlandaise et obligé de revenir sur ses pas pour reprendre l'élan nécessaire, était dépassé par Robert, dont le cheval franchissait cet obstacle redoutable, entraînant à sa suite celui de son rival. A partir de ce moment, la lutte devint réellement splendide. On savait Robert simple commis dans une maison de banque, or, la finance et la Bourse de Paris, amplement représentées sur le turf, l'avaient naturellement adopté pour leur champion. De différents côtés s'élevaient des clameurs joyeuses.

« Bravo le Français! criait un spectateur.

— Quel bonheur! hurlait son voisin, l'Anglais est flambé! »

Hélas! cette illusion fut de courte durée. Le cheval de Robert, moins vigoureux que l'autre, perdait peu à peu son avance à mesure qu'il se rapprochait du but, et l'affreux capitaine, riant d'un air féroce

grâce à ses longues dents, avait bientôt la gloire
d'humilier la France au profit de la vieille Angleterre et de son grand peuple amphibie.

Dans le public, les regrets furent cuisants. Une
espérance de succès national tout à fait inattendu
se trouvait déçue finalement, semblable à cette fu-
sée brillante qui monte hardiment vers le ciel, s'y
arrête un instant, puis éclate en mille feux tricolo-
res pour retomber et s'éteindre tristement dans la
nuit. Aussi, à son retour, Robert fut-il reçu froidement ; on lui en voulait de n'avoir pas fait un suprême effort, de ne s'être pas même servi de sa
cravache, en un mot, de n'avoir pas triomphé !
Néanmoins, quand on vit le pauvre vaincu, couvert
de boue et de sang, revenir au pas de son cheval
qui boitait un peu et semblait exténué, il suffit d'un
hourrah poussé par un Anglais véritable amateur
et connaisseur pour que le mépris de la foule se
changeât tout à coup en enthousiasme. Alors les
bravos éclatèrent avec frénésie ; bref, le public,
qui ne manque parfois ni de tact ni d'esprit, convint
tacitement de transformer ainsi la défaite de son
champion en une victoire complète. Robert crut
d'abord cette manifestation ironique ; mais, comprenant bientôt que ces félicitations étaient sincères et
inspirées par un sentiment d'amour-propre national, il s'inclina légèrement et fit un geste qui voulait dire : « A l'impossible nul n'est tenu ! » Puis
notre jeune homme se pencha sur le cou de son
cheval, le caressa en cachant une larme qui eut la
pudeur de ne pas tomber, et conserva cette attitude
modeste tout le temps qu'il fut en vue.

En somme, Robert, arrivé second, avait doublé son entrée. Il put donc, eu égard à son accident et à ses efforts énergiques quoique infructueux, être considéré comme l'un des héros de la journée. Cependant, les passions ne tardèrent pas à se calmer. Une seule personne devait conserver de cette course un souvenir ineffaçable. C'était Juliette qui, à peine remise de ces différentes émotions, car elle avait pris sa bonne part de l'ovation, restait singulièrement frappée de la conduite et du maintien de Robert. Sans oser questionner personne sur le compte de celui que sa pensée poursuivait déjà, elle apprit avec inquiétude qu'on était en train de saigner le cavalier ainsi que le cheval, détail qui augmenta encore son intérêt pour le premier. Une consolation lui restait du moins, c'est que le jeune homme ne pourrait plus servir de cocher à sa belle voisine. Effectivement, Henri, après avoir confirmé les nouvelles rapportées par Gomez, annonça qu'il avait forcé son ami Robert à accepter sa place dans la calèche paternelle, et s'était chargé de prendre la sienne dans la victoria du gros Léopold. Tout en trouvant son fils maladroit et indiscret comme de coutume, M. Nolard fut flatté d'avoir à ramener dans sa voiture une des célébrités du turf. Le beau Gomez était trop sûr de plaire à Juliette pour en concevoir la moindre jalousie.

Donc, quelques minutes avant la quatrième et dernière course, Robert, soutenu par Henri et par un autre de leurs amis communs, vint s'excuser auprès de M. Nolard de la gracieuse violence qui lui était faite et monta occuper dans la calèche, non

pas l'une des places du fond qu'on voulait lui céder,
mais celle de Henri, à côté du beau Gomez. Juliette
se contenta de rendre à Robert son salut et de le
voir constamment sans paraître le regarder. Elle
souffrait des nombreuses questions auxquelles son
père obligeait ce jeune homme à répondre, et tremblait, à chaque cahot de la voiture, que le pauvre
bras en écharpe, étant heurté, ne se remît à saigner.

M. Nolard demeurait rue de Grammont ; Robert,
rue de Provence. Ce dernier se laissa reconduire à
sa porte, remercia beaucoup tout le monde, puis,
grimpa lentement ses quatre étages et se coucha
sans rien dire à son concierge qui faisait pourtant
son ménage. Souffrant un peu de partout et rap-
portant — c'était bien le cas — une fièvre de cheval,
notre héros passa deux jours au lit, après quoi sa
guérison fut complète tant il était jeune, sain, vigoureux.

De retour chez elle et seule dans sa chambre où
sa cameriste ne tarda pas à la rejoindre, Juliette,
après avoir poussé un long soupir, se regarda dans
la glace en murmurant : « Dieu ! quel événement ! »
Ce fut tout pour le moment, car elle se hâta de
changer de toilette, et alla au salon tenir compagnie à son père ainsi qu'au beau Gomez qui dînait
avec eux.

Gomez était réellement beau. Il se disait noble. Sa
fortune, modeste dans le présent, devait s'accroître
considérablement ; du moins, il prétendait posséder
de magnifiques espérances. Comme la majeure partie
de son enfance s'était passée à Bordeaux, il parlait
très-bien français et comptait, grâce à ce détail

important, grâce aussi aux protections dont disposait sa famille, se faire attacher à l'ambassade d'Espagne à Paris. Un riche mariage ne pouvait, croyait-il, qu'augmenter ses chances de succès auprès du cabinet de Madrid. De première force à l'épée et au pistolet, Gomez n'était pas bête; il était sot. Du reste, on ne lui connaissait qu'un seul défaut, le jeu. Dans la journée, à la bourse, il spéculait assez malheureusement d'ordinaire, payant ses différences très-exactement chez son agent de change, qui n'était autre que l'associé de M. Nolard. Il inspirait donc une certaine considération à ce dernier, et suivait aveuglément ses conseils dans le but de lui prouver sa confiance, sa docilité, sa prudence même. Le soir, au contraire, à son cercle, Gomez satisfaisait sa passion d'une manière effrénée et, en général, avec un bonheur insolent.

Agée de plus de vingt-trois ans, ce qui est déjà beaucoup pour une fille à marier riche et vraiment jolie, Juliette, n'ayant encore choisi personne, s'était, de guerre lasse, décidée à entendre raison à l'égard du bel Espagnol, auquel elle ne reprochait que sa qualité d'étranger. Oh ! c'est que la susdite était Française, très-Française et de plus, Parisienne ! De son côté, Gomez, élevé en France où il jurait de vivre et de mourir, proposait, pour lever cet obstacle, de se faire naturaliser et de renoncer par conséquent à la carrière diplomatique.

Difficile à définir sous le rapport du moral, Juliette ne l'était guère sous celui du physique, tant l'accord qui existait entre sa figure et son corps semblait approcher de la perfection. Sa taille,

bien prise et de proportions charmantes, ne lui permettait pas de faire un mouvement disgracieux.
Quant à sa fortune particulière, elle augmentait
chaque jour entre les mains de M. Nolard qui s'en
déclarait le principal auteur. Le premier, en effet,
n'avait-il pas eu l'heureuse idée de donner pour
parrain à sa fille un riche célibataire, le comte
Jules de V...? Fils aîné d'un ancien ministre des
affaires étrangères, et ami d'enfance de la future
Mme Nolard pour laquelle il nourrissait une passion que sa famille n'avait jamais voulu prendre au
sérieux, ce comte Jules de V., attaché de légation
au Brésil, y était mort subitement, laissant à sa
filleule tout ce qu'il possédait, c'est-à-dire une
vingtaine de mille livres de rente.

Naturellement, ses collatéraux se montrèrent
d'autant plus irrités contre lui que son testament
fut reconnu inattaquable. Aussi, ne pouvant pas
pleurer un tel parent, se contentèrent-ils de regret-
ter bien sincèrement son héritage.

Vers cette époque, M. Nolard reçut une lettre
anonyme qui avait la prétention de lui démontrer
fort clairement que Juliette n'était pas sa fille et
l'adjurait, comme tuteur légal de l'enfant, de ne
pas accepter un legs universel si compromettant
pour son honneur conjugal. Veuf depuis plusieurs
années, puisque Juliette, âgée de six ans, n'avait
pas connu sa mère, M. Nolard vit d'où partait le
coup et eut l'esprit d'en rire, tout en déplorant secrètement que les proches parents d'un aussi honnête homme que son généreux ami se fussent rendus coupables d'une pareille infamie.

Juliette jouissait donc depuis sa majorité de plus de quarante mille livres de rente, car son père avait réussi pour le moins à doubler cette fortune.

M. Nolard, répétons-le, vouait à sa fille un culte véritable. Il la proclamait sa joie, son orgueil et sa consolation : ce dernier mot faisant allusion au chagrin que lui causaient la perte d'une épouse adorée, ainsi que la conduite de ce mauvais sujet de fils, lequel mettait sa patience à de rudes épreuves. De temps en temps, à la suite de ses nombreuses fredaines, Henri devait quitter Paris, la France ; mais toujours, par ses larmes et ses supplications, Juliette obtenait son pardon. Afin de simplifier la question d'argent, très-difficile à régler entre le père et le fils, la jeune fille avait tenu, dès sa majorité, à toucher elle-même ses revenus et à en faire un usage tout personnel, dont M. Nolard respectait le mystère, tant il était convaincu que la charité y entrait pour une très-forte part. La vérité est que Juliette servait de banquier à son frère, trouvant souverainement injuste que le pauvre garçon n'eût aucun droit sur sa fortune. Henri, du reste, ne songeait nullement à la lui envier :

« Si tu as eu de la chance sous le rapport de ton parrain, lui dit-il un jour, j'en ai eu bien plus en t'ayant pour sœur, car c'est à ta tendresse inépuisable envers moi et non à ta mort que je dois mon bonheur ! »

Juliette, les larmes aux yeux, embrassa son frère de bon cœur, lui donna d'excellents conseils auxquels celui-ci répondit par de belles promesses, et tout alla pour le mieux jusqu'à un nouvel accident qui ne tarda guère à se produire. En effet, le lendemain même de cette scène touchante, après un déjeuner de jeunes gens suivi d'une cavalcade, Henri, en voulant faire sauter un cheval d'un certain prix et qui ne lui appartenait pas, roula avec sa monture dans un fossé. Or, pendant que la bête, qui avait une jambe cassée, était abattue sur place, on rapportait rue de Grammont le cavalier dans un état pitoyable.

En cette occasion, Henri se montra presque adroit. Voyant son père trop inquiet pour se mettre en fureur :

« Oh! moi, ce n'est rien, lui dit-il à l'oreille, mais.... c'est le cheval!...

— Le cheval!... que m'importe?... Au fait, qu'a-t-il donc? demanda M. Nolard.

— Il a.... répondit Henri, il a.... qu'il est mort.

— Mort!

— Oui, un cheval magnifique!...

— Et qu'il va falloir payer?...

— Dame!...

— Enfin.... Occupons-nous d'abord de toi! murmura M. Nolard avec assez de résignation. »

Pour remercier son père de cette bonne parole, Henri lui baisa une main. Juliette gronda son frère d'être entré dans ce détail inutile. Trois semaines plus tard, M. Nolard avait payé le cheval et Henri reprenait tout doucement le cours de ses exploits trop rarement glorieux. Il y avait pourtant des moments de répit où le maudit fou, formant la résolution de se ranger, affichait une grande rigidité de mœurs. Dans ce nouveau rôle, ses méchants amis

le trouvaient adorable de comique. Henri s'inquiétait alors de marier Juliette et annonçait publiquement que si son beau-frère ne la rendait pas heureuse, il le tuerait tout bêtement. Loin de se laisser
effrayer par cette menace, Gomez lui déclara que,
vivement épris de sa charmante sœur, il sollicitait
l'autorisation de se mettre sur les rangs pour as-
pirer à sa main. Au lieu de faire part à Juliette de
la déclaration du bel Espagnol, Henri, devenu tout
à coup aussi grave qu'un magistrat de cinquante
ans, la transmit à son père qui parut surpris de
cette marque de prudence. Après avoir tenu conseil,
ils résolurent de se renseigner au plus tôt sur la
position de famille et de fortune du noble étranger,
auquel Henri ne reprochait que sa passion pour le
jeu, passion qu'il partageait lui-même. Comme
M. Nolard comptait marier sa fille sous le régime
dotal, il expliqua à Henri que ce défaut, qui lui semblait d'ailleurs peu développé chez Gomez, servirait
de prétexte pour imposer cette condition. Ayant
brusquement rompu leur tête-à-tête, Juliette, frappée du trouble que sa présence causait aux conspira-
teurs, ne put s'empêcher d'en faire la remarque.
Interdit d'abord, M. Nolard crut devoir lui tout
confier.

« Puisque vous tenez tant à vous débarrasser de
moi, s'écria la jeune fille, je mettrai quelque complaisance à vous en fournir les moyens. Certes,
mon découragement égale le vôtre : j'ai refusé déjà
une dizaine de partis plus ou moins sortables et je
crains vraiment de paraître trop difficile. Je suis
âgée de vingt-trois ans; rien ne prouve qu'en atten-

dant davantage je rencontrerai mieux. Va donc pour
M. Gomez! Il est beau garçon, de bonne famille,
dit-on, riche, sans doute ; il ne me plaît ni ne me
déplaît plus que les autres : épousons-le et que tout
cela finisse!... »

M. Nolard et Henri ne se souciaient pas de brus-
quer ainsi les choses. Ils convinrent de ne prendre
aucun engagement envers Gomez, mais de l'auto-
riser simplement à convertir Juliette au mariage,
pour lequel elle se sentait décidément peu de vo-
cation.

Voilà quelle était la situation, quand Robert produisit, sans le savoir et sans le vouloir, une baisse
si rapide sur les actions conjugales du beau Gomez.

Logé longtemps dans l'appartement paternel,
Henri avait réussi, non sans peine, à s'en faire ex-
pulser. On lui reprochait de rentrer le soir, c'est-
à-dire le matin, à une heure indue, souvent dans un
état peu présentable, et de réveiller parfois toute la
maison.

Ce que M. Nolard pardonnait le moins à son fils,
c'était son manque de parole. En le voyant sortir
aussitôt après leur dîner, il lui recommandait de
revenir de bonne heure ; or, Henri, qui s'y engageait
toujours, tenait rarement sa promesse. De là, des
scènes continuelles et au milieu de la nuit.

Membre d'un cercle où il ne mettait presque jamais les pieds, M. Nolard n'osa pas dire grand'chose
lorsque son fils annonça bravement qu'il faisait
partie lui-même d'un cercle artistique de jeunes
gens. Le conseil de famille, présidé par Juliette, ad-
mit alors la tasse de thé prise après le théâtre et

accorda à Henri une demi-heure de grâce. Ce dernier n'était pas homme à se contenter de si peu. Tout à coup, ô miracle! il se montra d'une exactitude telle que son père et sa sœur ne cessaient de l'en complimenter. A son tour, c'était lui qui les attendait avec une très-vive impatience. Une fois réunis, tous trois se rendaient compte de l'emploi de leur soirée avant de se séparer en se souhaitant une bonne nuit. Dès que Henri supposait ses chers parents couchés sinon endormis, il sortait sans bruit de sa chambre puis de l'appartement dont il ouvrait la porte au moyen d'une petite clef laissée à l'intérieur, sur la serrure de sûreté. Le concierge, bien payé, lui tirait le cordon et... le tour était fait. La ruse ne tarda pas à se découvrir : un matin que notre jeune homme oublia de rentrer à son heure ordinaire, M. Nolard, enfermé dans l'appartement, fut obligé de descendre par l'escalier de service. Cependant, pour laisser ignorer à Juliette que son frère découchait, il eut la force de dissimuler sa colère qui n'en dura que plus longtemps. Enfin, un philosophe, protecteur de la folle jeunesse et à qui M. Nolard avait raconté ce nouveau grief, lui conseilla en riant de fermer les yeux sur toutes ces peccadilles ou, ce qui serait plus facile, de loger son fils hors de chez lui. Ce sage parti ayant été adopté, deux chambres, l'une qu'occupait la gouvernante de Juliette, l'autre qui servait de lingerie, furent séparées de l'appartement principal avec lequel pourtant elles restèrent en communication, grâce à une porte ouvrant sur la salle à manger. Elles avaient une sortie particulière sur le palier; c'était l'important.

M. Nolard relégua donc son fils dans ce petit logement, à la satisfaction générale, car chacun put désormais s'imaginer que Henri menait une conduite exemplaire, lui-même excepté, bien entendu.

Depuis cette fameuse journée de la Marche, Juliette parlait tout aussi peu, mais lisait beaucoup moins et songeait beaucoup plus que par le passé. Comment ne se serait-elle pas avoué sans cesse qu'un être du sexe masculin, et découvert par hasard, possédait seul le secret de faire vibrer les fibres de son cœur dont personne jusqu'alors ne lui avait révélé l'existence? Sa préoccupation à cet égard était si grande, qu'un jour elle rencontra Robert et ne lui rendit pas son salut. Dans l'espoir de réparer cette impolitesse inexplicable, surtout pour quiconque n'a jamais ressenti de semblables émotions, l'infortunée se promenait quotidiennement sur le boulevard, vers l'heure et à l'endroit même où l'accident avait eu lieu. Accompagnée de sa gouvernante, mise sur les dents, Juliette s'y trouvait continuellement nez à nez avec le beau Gomez qui, convaincu qu'elle courait après lui, la saluait gracieusement en avalant la fumée de sa cigarette ou en se caressant la barbiche.

Bientôt notre héroïne imagina d'aller avec la calèche découverte chercher son père à la Bourse. Elle l'attendait quelquefois assez longtemps dans l'étroite rue Notre-Dame-des-Victoires d'où l'on aperçoit, campés et causant sous la colonnade, bon nombre de joueurs, spéculateurs, fumeurs et nouvellistes, habitués ordinaires du temple de la Fortune. Plusieurs de ces messieurs reluquaient bien un peu cette jeune fille si fraîche, si agréable à voir, et qui, de son côté, ne craignait pas de guetter parmi eux quelqu'un de sa connaissance. L'inévitable Gomez y figura une fois. Aussitôt Juliette se tint cachée dans le fond de la calèche, derrière la capote relevée, et ne se montra que quand son père qui, la veille, avait vendu pour elle de la rente, vint la prendre, comme ils en étaient convenus, pour la conduire au bureau des transferts. De là, il la fit monter à la galerie intérieure du monument afin de lui permettre de se rendre compte du singulier brouhaha qu'elle entendait. Réellement terrifiée par les cris affreux que poussaient en ce moment les agents de change, groupés dans leur corbeille comme un bouquet de fleurs, et par le murmure incessant qui régnait autour d'eux, Juliette apprit sans trop d'humiliation que les femmes n'étaient pas admises dans l'enceinte de la Bourse. Dès que M. Nolard se fut donné la peine d'expliquer à sa fille le mécanisme si ingénieux, selon lui, de ce grand marché financier, celle-ci se rassura.

« C'est égal, dit-elle, vous faites là un drôle de métier; je ne regrette plus tant que tu ne sois pas titulaire de la charge! »

Juliette s'amusa alors à reconnaître les têtes généralement chauves des amis de son père, puis à suivre de l'œil certains commis qui l'étonnaient par l'audace avec laquelle ils savaient, sans trop bousculer tout ce monde, se frayer un passage pour apporter à leurs patrons des ordres écrits que ces derniers s'efforceraient à l'instant d'exécuter. Juliette ne voulait plus s'en aller

« Qui cherches-tu ? lui demanda M. Nolard en la voyant promener son regard de côtés et d'autres.

— Je cherche.... Henri, répondit-elle enfin.

— Ton frère !... Ah ! il ne se foule pas la rate, lui, va ! Il doit être dans quelque coin ou plutôt sous les colonnes extérieures à fumer et à causer, Dieu sait de quoi !

— C'est bien possible, dit la bonne sœur, Henri a souvent la migraine et se plaint qu'il fait trop chaud dans l'intérieur de la Bourse durant cette saison.

— Il fait trop chaud pour ceux qui y travaillent ; tiens, comme celui-là, s'écria M. Nolard plein d'enthousiasme, en lui désignant un jeune homme qui semblait nager sur ces flots humains, à la bonne heure, en voici un qui arrivera, il a le feu sacré !

— C'est singulier pourtant, reprit Juliette, que des individus bien élevés, je suppose, prennent ainsi l'habitude de se comporter d'une façon aussi brutale avec le public !

— Les gens qui viennent à la Bourse, ma chère, n'ont qu'un but : gagner de l'argent ; ils savent qu'ils ne sont pas dans un salon et ne perdent pas leur temps à se faire des politesses. »

Peu après, quand, à son grand étonnement, Juliette sut que non-seulement les employés des maisons de banque ne stationnaient pas à la Bourse, mais que certains d'entre eux n'y mettaient jamais les pieds, elle entraîna son père et tous deux, remontés en voiture, se firent conduire à l'éternel bois de Boulogne.

La conversation, dirigée par Juliette, tomba sur les moyens qu'il y avait de s'enrichir promptement à la Bourse. Depuis quelque temps la jeune fille revenait volontiers sur ce sujet. Or, M. Nolard, en lui expliquant le plus clairement possible les diverses opérations, s'émerveillait de la facilité avec laquelle sa chère enfant comprenait ou devinait les choses.

« Ah ! je vois, dit-elle en poussant un gros soupir, qu'il faut, avant d'y gagner de l'argent, risquer d'en perdre !

— Naturellement ; néanmoins, ajouta M. Nolard, nous avons à la Bourse plusieurs exemples de gens qui, avec de bien faibles sommes, ont obtenu des résultats magnifiques. » Il lui cita en effet quelques noms de spéculateurs exceptionnellement heureux ou habiles, ce qui alluma l'imagination de Juliette et la rendit de plus en plus rêveuse.

Henri parlait bien souvent de ses amis à sa sœur. Il n'avait pas manqué de lui raconter les misères si dignement supportées par Robert, alors que, brouillé avec son oncle, le pauvre garçon était réduit pour vivre à ses onze cents francs de rente (car il possédait onze cents francs de rente !) et à ses modestes appointements de commis. Certains détails paraissaient comiques ou touchants, selon la disposition d'esprit qu'on apportait dans leur jugement. Ainsi, une fois, Robert avait été surpris cirant lui-même ses chaussures avec un cirage admirable qui lui attirait force compliments et dont, une autre fois, à la suite d'un accident, une bouteille nouvellement achetée s'était brisée dans une des poches de son paletot. Un jour enfin, qu'il traitait Henri au restaurant de la mère Morel, jadis mis à la mode par les artistes et où le service est fait exclusivement par des femmes plus ou moins jeunes, gentilles et familières, l'une d'elles n'avait pas pu retenir un cri d'étonnement en s'entendant commander par Robert un déjeuner très-complet, avec fromage, raisin, café, etc., etc.

« Un raisin pour M. Durand ! s'était écrié la brave fille, est-ce posible ?

— Pourquoi non ? avait demandé Robert en rougissant légèrement.

— Parce que c'était trop cher pour vous, il n'y a pas encore bien longtemps ; vous ne sortiez pas du petit bœuf, du gigot et, dans les grandes occasions, de l'entre-côte saignant ! Quant au dessert et aux primeurs surtout, vous n'y touchiez guère. Du reste, ajouta-t-elle avec émotion, je suis ravie de vous voir changer vos habitudes : vous avez toujours été bon et généreux pour moi, monsieur Durand, tant mieux si vous pouvez le devenir aussi pour vous même ! »

Robert, qui plaisantait volontiers, allait répondre sur un ton moins sentimental et plus égrillard sans doute, lorsque la fille sortit brusquement pour exécuter la commande.

« On ne jouit plus ici d'aucune liberté, vous le voyez, messieurs, dit le jeune homme aux habitués, avec lesquels il vivait un peu sur le pied de la camaraderie, nous allons être obligés de rendre compte de notre conduite à ces demoiselles qui, elles, ne se soucieraient guère de se confesser à nous !

— Oh ! ça, bien sûr ! » répondit un gros barbu fort gaulois sur le chapitre des gaudrioles, en accom-

pagnant son exclamation de plaisanteries que, malgré son manque de tact habituel, Henri eut soin de
ne pas rapporter à sa sœur.

Robert étonnait principalement celui-ci, véritable
bourreau d'argent, par le parti qu'il savait tirer de
ses ressources encore très-limitées, malgré plusieurs augmentations d'appointements. Gentiment
logé et dans ses meubles, s'il vous plaît, toujours
fort convenablement mis, bien qu'il n'eût pas un
sou de dettes chez son tailleur, cet employé modèle
avait fini, cédant aux sollicitations de ses amis, par
se laisser nommer membre de leur cercle. A la vérité, il n'y touchait pas une carte, mais était entraîné quelquefois à des dépenses relativement considérables.

« Par exemple, avait dit Henri à sa sœur qui lui
tirait les vers du nez avec une adresse merveilleuse,
Robert ne s'amuse pas tout à fait autant que nous! »

Sans être bien sûre de comprendre, Juliette n'en
demanda pas davantage et parut satisfaite.

« Et quand je pense, reprit Henri, que le malheureux m'a prêté un jour deux cents francs!

— Tu les lui as rendus, j'espère?

— Oh! il y a longtemps. »

A la suite de ces récits, Juliette en était arrivée à
concevoir la pensée hardie, non-seulement de se
faire aimer par Robert, mais encore de le mettre en
position d'oser la demander en mariage, car elle
avait aussi son petit amour-propre, et ne voulait
pas acheter un mari, quoique ses moyens le lui
permissent : « Il est faible de caractère et brave, se
disait-elle; moi, je suis tout le contraire; voilà l'é-

poux qu'il me faut; nous nous compléterons. »

Pendant son été, la jeune fille s'était livrée avec ardeur à une étude approfondie de la Bourse, sous prétexte qu'une femme doit savoir gouverner elle-même sa fortune, quand fortune il y a, bien entendu. Grâce donc aux explications qui ne lui manquaient pas sur ce sujet, ainsi qu'à une collection de livres et de journaux spéciaux, elle connaissait comme père et frère le fort et le faible de la prime, du report, du terme et du comptant.

Indépendamment de ses visites à Chatou, dans la charmante villa qu'y possédait M. Nolard, Gomez avait, en compagnie de Henri, fait un petit séjour à Trouville, où, chaque année, Juliette et son père passaient le mois d'août. Néanmoins, le bel Espagnol commençait à s'impatienter du peu de progrès de ses démarches amoureuses.

De retour à Chatou, notre héroïne sut inspirer à son frère la charitable pensée d'inviter Robert à y venir un dimanche; par malheur, Henri, qui, quoique célibataire, était en puissance de femme, disposa autrement de sa journée, ce qui fit tomber dans l'eau ce beau projet. Pauvre Juliette! que de courage il lui fallait pour cacher ses contrariétés!

Un hasard providentiel voulut que, quelques jours plus tard, à Croissy, dans une soirée où son père et elle-même avaient hésité à se rendre, Juliette eut l'émouvante surprise de trouver Robert, jouant avec la belle jeunesse aux jeux innocents. Il avait dîné dans la maison, ainsi que son oncle, à l'occasion de l'anniversaire de naissance du chef de la famille, bon bourgeois fort riche et très-glorieux de son ami le marquis. Pour le moment, ce dernier, assis à une table de whist, se tenait silencieux, mais toute la société restait encore sous le charme de l'amabilité et des grâces de son esprit. Le cadeau offert par lui au héros de la fête consistait en une plante rare, c'est-à-dire précieuse, qui, prise chez un amateur de sa connaissance, n'avait fait que sortir d'une serre pour entrer dans l'autre, et cela sans bourse délier. Quel joli tour d'avare !

Immédiatement, Juliette s'aperçut que sa jeune voisine accablait Robert de ses coquetteries. Agréable physiquement et bien dotée, Mlle Cornélie devait être considérée comme un excellent parti. Le marquis l'embrassait en l'appelant : « chère petite! » De leur côté, les parents de Mlle Cornélie trahissaient un désir évident d'union, lequel n'échappait pas à l'œil vigilant de Juliette. Celle-ci, hélas! souffrait le martyre : son regard devenu tout à coup brillant, ses joues alternativement pâles et rouges sans motif apparent, ses sourires affectés enfin indiquaient assez un trouble passager qu'elle n'aurait pas réussi à dissimuler, si le secret de son cœur eût été connu d'un seul témoin de cette scène. Heureusement, Robert se montrait simple, naturel, indifférent, et rien en lui ne faisait soupçonner qu'il s'associât le moins du monde à cette espèce de conspiration matrimoniale.

Non content d'avoir saisi dans les mains tremblantes de Juliette le furet du bois joli, malgré les cris d'effroi, les grimaces, en un mot toutes les agaceries de Mlle Cornélie, le jeune homme causa longtemps avec M. et Mlle Nolard de ce mauvais sujet de Henri, qui fuyait par trop certaines réunions; mais il le fit en termes flatteurs, c'est-à-dire inspirés par l'amitié la plus sincère.

Dans cette fête, à laquelle on avait donné des proportions inusitées depuis que le marquis daignait l'honorer de sa présence, Juliette venait du moins de faire la connaissance de Robert, car, jusque-là, elle l'avait à peine entrevu, et le sentiment tendre qu'il lui inspirait n'était que le fruit de sa propre imagination. Au reste, son impression, de plus en plus favorable, ne pouvait qu'augmenter ses regrets si la rivalité de Mlle Cornélie devenait sérieuse.

Le soir même, Henri, qu'elle interrogea, selon sa coutume, en plaisantant sur les choses qui l'inquiétaient le plus, assura que son ami ne courait aucun danger :

« Non-seulement, dit-il, Robert n'est pas en position de songer à se marier, mais encore, Mlle Cornélie, je le sais, ne lui plaît nullement. »

Sûre, désormais, que son héros ne manquait ni de raison ni de goût, Juliette eut un accès de joie folle comme on lui en voyait rarement :

« Certes, si j'étais à sa place, se dit-elle avant de s'endormir, ce n'est pas Cornélie que je choisirais! » Et là-dessus, bonne nuit!

En remarquant, ainsi que tout le monde, combien M. Nolard adorait sa fille et témoignait peu de tendresse, peu d'indulgence à son fils, Robert, révolté de cette injustice, ressentit pour Juliette presque de l'antipathie.

Dans son ignorance d'une si fâcheuse disposition à son égard, la pauvre enfant, une fois rentrée à Paris, s'occupa immédiatement d'exécuter son plan, qui consistait d'abord à faire gagner beaucoup d'argent à Robert. Voici de quelle manière elle s'y prit : toujours à l'affût, dans son intérêt comme dans celui de sa fille, des spéculations qui semblaient offrir des chances de bénéfice, M. Nolard venait justement de distinguer une valeur négligée depuis quelque temps, cotée ridiculement bas et sur laquelle plusieurs malins de sa connaissance s'étaient entendus avec lui pour provoquer un mouvement de hausse que le bon public se chargerait de développer outre mesure. L'écart entre les primes et le ferme étant minime, le moment paraissait opportun pour agir.

Discrètement mise au courant du coup qui se préparait et qu'elle pouvait dorénavant comprendre, Juliette traça, d'une écriture contrefaite, sur un papier spécial, ces quelques mots :

« Faites acheter tout de suite cinq cents actions du chemin de fer de..... à prime dont dix pour fin courant. »

Puis elle glissa son billet, duquel l'enveloppe timbrée portait l'adresse de Robert, dans le paquet de lettres que, chaque jour après la Bourse, un domestique jetait à la poste.

Il s'agissait pour Robert de risquer cinq mille francs qui lui rapporteraient dix fois cette somme, si, comme on le croyait, la valeur en question montait de cent francs avant la fin du mois. C'était gentil pour commencer !

L'envoi de sa missive clandestine agita singuliè-

rement Juliette, mais la chose en valait la peine et
passa — c'est le cas de le dire — comme une lettre
à la poste. Le lendemain, grande fut sa joie, car
elle ne doutait pas que son conseil n'eût été suivi
par Robert, dont les actions, demandées de tous
côtés, avaient déjà monté de vingt-cinq francs à
terme. Or, en admettant que le jeune homme n'eût
pas pu acheter les cinq cents au plus bas, il devait
déjà gagner au moins une vingtaine de francs par
action, soit dix mille francs sur le tout. Ce succès
doubla la confiance de Juliette dans l'avenir. Il
fallait l'entendre discuter avec son père les chances
du lendemain en dévorant la cote de la Bourse ! Et,
le croirait-on? cet homme, à la vérité, grand amateur des gains faciles, et qui prétendait qu'on n'a
jamais assez d'argent puisqu'on n'en a jamais trop,
n'était aucunement révolté du spectacle hideux que
lui offrait sa fille. Tout au contraire, il reconnaissait en elle son propre sang, son génie, sa passion
dominante, et s'en montra fier au point de s'é-
crier :

« Quel malheur que ton frère ne te ressemble pas
ou n'ait pas seulement le quart de ton aptitude aux
affaires !»

Le jour suivant, l'enthousiasme pour le fameux
chemin dura pendant une partie de la Bourse, puis
tomba tout à coup comme par enchantement. La
hausse de la veille n'était pas entièrement reper-
due, mais, au compte de Juliette, le bénéfice de Robert devait être diminué de moitié. Quelle désola-
tion ! Ne comprenant plus rien à ce mouvement
avorté si brusquement, et la cote officielle qu'elle

avait envoyé chercher à l'entre-sol restant muette
sur les motifs de ce revirement subit, Juliette attendait avec impatience un journal du soir qui en
donnât l'explication, lorsque son père vint lui annoncer d'un air triomphant que la baisse actuelle
n'était que la conséquence de leurs ventes faites,
du reste, dans les plus hauts cours. Ce dernier ju-
bilait. Sa fille lui ayant demandé d'un air consterné
si c'était déjà fini :

« Peste, ma chère, répondit-il, tu es bien gour-
mande! sais-tu que nous réalisons en deux jours
trente-cinq francs de hausse? C'est assez joli! Quant
à moi, je ne comptais pas sur ce résultat.

— Oh! laisse donc, s'écria Juliette avec des
larmes dans la voix, tu parlais de cent francs!

— Eh bien! oui, ces messieurs faisaient courir ce
bruit-là pour encourager les acheteurs, répliqua
M. Nolard, mais ils n'y croyaient pas plus que moi,
et la preuve, c'est que nous avons à peu près tous
vendu aujourd'hui. »

Juliette s'éleva avec énergie contre de pareils
procédés, qu'elle assimila presque au vol; sa droi-
ture naturelle lui fit même dire des choses fort
dures à son père, qui riait comme un fou de la naïveté de sa fille, et ne cessait de répéter :

« De quoi te plains-tu, puisque tu gagnes? »

Par prudence, Juliette ne poussa pas plus loin
les explications. Cependant, furieuse d'avoir été
trompée, elle ne pouvait se consoler du danger
couru par son protégé, car M. Nolard, questionné
de nouveau, avait déclaré que les bruits de fusion qui
servaient de prétexte à la hausse étant complète-

ment faux, une réaction très-sensible paraissait inévitable pour la bourse prochaine.

Restée seule, Juliette se consulta :

« Mon Dieu ! se dit-elle enfin, Robert a peut-être eu l'esprit de vendre ; oh ! non, ce n'est guère probable ; il aura attendu des ordres pour cela. Allons, c'est une affaire manquée ; le mieux serait de la liquider. »

Là-dessus, elle écrivit au jeune homme un billet dans lequel il y avait cet unique mot : « Vendez ! »

Le lendemain, nouveaux regrets : la hausse, contre toutes les prévisions de M. Nolard, revint plus forte que jamais ; elle s'appuyait sur les bruits démentis la veille, et qui, décidément, étaient exacts. Ah ! pour le coup, Juliette en voulut sérieusement à son père, et lui reprocha amèrement ce dénouement qu'il n'avait pas su prévoir.

« Ma foi ! je ne regrette rien, s'écria celui-ci, il faut bien laisser aux autres quelque chose à glaner.

— A quels autres ? demanda vivement la jeune fille, craignant que le mobile de sa conduite n'eût été deviné !

— Aux imbéciles, qui ont quelquefois raison, » répondit M. Nolard, en trahissant malgré lui un petit fond de dépit.

Juliette se rassura, mais prit la ferme résolution de ne plus exposer son client à des chances aussi incertaines. Bientôt, curieuse de connaître le résultat définitif de cette campagne, elle interrogea inutilement son frère, et constata avec plaisir que Robert joignait la discrétion à toutes ses autres qualités.

Une quinzaine plus tard, la jeune fille rencontra
notre héros, et le trouva si élégant, qu'elle augura
bien de ce détail. L'hiver devenait fort animé. Le
premier de l'an était déjà loin, et Juliette, qui, à
cette occasion, avait reçu du beau Gomez une magnifique boîte de bonbons, ne rêvait plus, l'ingrate,
qu'aux moyens de se rapprocher de Robert : comme
les spéculateurs, les amoureux sont insatiables.
Près de finir, le carnaval inspirait à chacun le besoin de commettre quelque folie. Juliette, invitée
ainsi que son père et son frère, à un grand bal costumé qui avait lieu le mardi gras chez un riche
banquier de leur connaissance, répondit en acceptant pour tous trois. Elle se commanda un délicieux
costume de paysanne Russe, lequel, de l'avis général, lui conviendrait à merveille. Afin de pouvoir
accompagner sa fille, M. Nolard devait endosser le
collet vénitien de rigueur. Quant à Henri, obligé
cette fois de comparaître, il possédait un polichinelle encore très-frais, quoique trop célèbre dans
un certain monde. On le comprendra aisément, en
apprenant que les bosses de son polichinelle con-
tenaient plusieurs livres d'excellents bonbons que
le gaillard offrait pendant toute la nuit à la gent
grignoteuse.

Naturellement, Juliette avait fait parvenir deux
invitations, l'une publiquement à Gomez, l'autre
secrètement à Robert. Fatigué d'entendre parler de
tant de préparatifs, Henri ne cacha pas à sa sœur
que ce bal embêtait fort l'Espagnol qui s'était décidé
pourtant à se faire arranger un costume de toréador,
avec lequel il éclipserait tous les autres hommes.

« Ah! murmura Juliette dont la pensée était ailleurs, tant mieux! je craignais d'avoir mal mis son adresse.

— Non, non; à propos, ajouta Henri après un moment qui parut un siècle à sa sœur, Robert a reçu aussi une invitation, nous ne savons de quelle part; il vient même d'envoyer des cartes. Par exemple, il ne sera pas assez idiot pour se flanquer une pareille dépense inutile! »

Le désespoir empêcha Juliette d'en écouter davantage. Si elle souhaitait d'aller à ce bal, c'était uniquement dans le but d'y intriguer Robert, car, disons-le maintenant, il avait été convenu, entre la femme du banquier et ses invitées les plus intimes, qu'un assortiment de dominos de diverses couleurs permettrait à chacune d'elles d'en changer continuellement à l'insu même de son mari ou de ses parents. Ces filles d'Ève voulaient à tout prix s'amuser, e elles avaient sans doute leurs raisons pour employer ce moyen.

Juliette restait donc anéantie; certes, il y avait de quoi: Robert, par sa conduite, lui prouvait sa parfaite indifférence, puisque la perspective de passer une nuit entière à danser et à causer avec elle ne le décidait pas à faire un léger sacrifice d'argent. Hélas! que d'illusions perdues! Cependant la jeune fille avait une de ces petites têtes qui ne se découragent pas facilement. Aussi adressa-t-elle rue de Provence une lettre contenant cette phrase laconique : « Venez à ce bal costumé! »

On se doute bien que Henri se promettait peu de plaisir de cette maudite fête. Il en avait vu bien

d'autres, lui! et, juste un an auparavant, s'était
positivement couvert de gloire. En historien fidèle,
quoique discret, nous nous contenterons de rapporter qu'une femme, célèbre pour avoir figuré sur
la scène d'un petit théâtre du boulevard, habitait
alors, rue Blanche, un appartement fort beau où
elle conviait souvent ses amis des deux sexes à des
soirées artistiques extrêmement goûtées des vrais
amateurs. Pour enterrer dignement ce carnaval,
elle leur donnait, également le mardi gras, un bal
plus ou moins costumé. Elle-même y portait un
costume très-exact de la Vérité, lequel lui allait,
dit-on, à ravir. Henri, en polichinelle et les bosses
pleines de sucreries, se faisait présenter dans cette
maison, qui était de celles où il s'amusait franchement, d'abord parce qu'on ne s'y sentait nullement
intimidé, ensuite et surtout parce que le plaisir et
la folie n'y connaissaient pas de limites. Or, l'enragé
garçon admettait difficilement que, après une bac-
chanale de cris et de danses échevelées, suivie
d'un bon souper, il fût raisonnable de se souhaiter
froidement le bonsoir et de rentrer se coucher
chacun chez soi. A toute fête comme à tout feu d'ar-
tifice, il voulait un bouquet, lequel bouquet devenait fréquemment pour lui une source d'aventures
des plus divertissantes, mais impossibles à raconter
ici. Qu'il suffise de savoir que Henri eut un tel succès cette nuit-là auprès du beau sexe et particulièrement de la Vérité, que celle-ci, dans un accès
d'égoïsme difficile à comprendre, fort peu hospita-
lier d'ailleurs, finit par mettre tous ses nobles invités à la porte, pour pouvoir jouir seule de la con-

versation si attachante de ce jeune inconnu. Fort
bavard de son naturel, ce dernier s'oublia chez la
dame jusqu'à neuf heures du matin. Donc, le voyez-
vous, toujours en polichinelle, avec ses bosses vides,
croisant les fidèles qui se rendent au temple, et
rentrant tout mélancolique rue de Grammont, où
l'attendent, dans les bureaux paternels, un nombre
respectable de bordereaux à faire? Hein? quelle mor-
tification pour un mercredi des cendres!

Tel ne devait pas être le sort réservé à Henri chez
le banquier. Pourtant, notre jeune homme parut
moins effrayé de sa corvée quand, l'avant-veille du
bal, il annonça à sa sœur que ce crétin de Robert
s'était ravisé. Juliette triomphait : elle ne manqua
pas de demander à son frère quel costume avait
adopté son ami. Henri lui confia que, d'après ses
propres conseils, le choix de Robert s'était fixé sur
un arlequin très-frais et qui ne lui coûtait que
cinquante-cinq francs, la batte comprise.

Le surlendemain, vers onze heures du soir, la
foule commença à envahir les deux grands salons
occupant l'un des côtés du rez-de-chaussée de l'hôtel. A minuit, ils offraient l'aspect d'une charmante
cohue. Rien de plus frais, de plus gai, de plus coquet que cet assemblage de vêtements de toutes
formes et de toutes couleurs. Il fallait voir Juliette
ravissante de grâce dans son costume simple mais pit-
toresque, qui avait fait courir dix personnes pendant
la journée. Il fallait entendre M. Nolard ne sachant
répondre à ce qu'on lui disait de flatteur sur sa
fille qu'un naïf : « n'est-ce pas? » et oubliant de
rendre la pareille à tous ces pères ou ces maris qui,

3

s'ils n'avaient pas autant de droits que lui aux compliments, éprouvaient du moins le même besoin d'en recevoir.

Ah! pour le coup, le beau Gomez faisait ses frais : Son entrée, ménagée avec soin, avait été accompagnée d'un léger murmure d'admiration de la part des femmes de trente ans et d'une sensation pénible éprouvée par certains hommes foncièrement jaloux.

Venu, de son côté, avec ce costume de Polichinelle que son père lui reprochait d'oser présenter dans une maison honnête, Henri s'était arrangé pour aller prendre Robert, afin de l'amener dans sa voiture de place, car ce garçon, grossier sous beaucoup de rapports, avait, on ne saurait le nier, l'attention délicate d'épargner à ses amis peu aisés des dépenses inutiles. Par malheur, son goût trop prononcé pour les farces, bonnes ou mauvaises, lui faisait souvent dépasser les bornes de la bienséance. Ainsi, ne pouvant pas songer à apporter dans les bosses de son polichinelle sa provision ordinaire de bonbons, Henri avait eu l'idée saugrenue d'y renfermer une collection de souris blanches qu'il comptait lâcher dans le bal, et qui n'eussent pas manqué de produire un concert de cris de femmes et d'hommes, suivi aussitôt d'une chasse à courre des plus réjouissantes, croyait-il. Robert, à qui, grâce au ciel, il communiqua son projet, réussit, non sans peine, à lui faire comprendre l'inconvenance de cette plaisanterie. Par conséquent, notre Polichinelle, avec ses bosses vides et passablement gênantes dans cette foule, avait un peu l'air d'un oiseau dont les ailes sont coupées. Jamais on n'aurait pu reconnaître en lui ce boute-en-train naguère si gai, si expansif; il se contentait de souhaiter le bonsoir d'un air lugubre à toutes les personnes de sa connaissance, lesquelles, par habitude, avaient encore la bonté de le trouver très-drôle, ce qui commençait à l'agacer furieusement.

Quant au modeste arlequin Robert, plein de trouble et de vigilance, il s'attendait à une aventure extraordinaire, et certes ne soupçonnait pas que la magicienne qui l'évoquait fût cette petite paysanne russe, si timide, si innocente, en apparence du moins. Depuis la réception de sa première lettre anonyme et, tout en accusant quelque camarade d'avoir voulu le mystifier, notre héros restait plongé dans un état continuel de rêverie; dès la seconde, dont l'écriture était assez mal déguisée, il s'amusa à passer en revue les dames de sa connaissance qui lui plaisaient le plus, et ne douta pas que ces deux lettres ne lui eussent été envoyées par l'une d'entre elles. Sans être précisément novice en matière de galanterie, Robert n'avait jamais eu de liaison sérieuse, principalement dans le monde. Le loisir, l'audace, les occasions enfin lui en avaient manqué, sinon l'envie. D'ailleurs, moral autant que possible, en ce sens qu'il eût préféré les veuves aux femmes mariées, le malheureux se mettait l'esprit à la torture sans rien découvrir. Une chose surtout l'étonnait et l'inquiétait : comment la personne qui lui avait fait adresser cette invitation de bal était-elle parvenue à savoir qu'il comptait d'abord ne pas en profiter? Les suppositions les plus absurdes se lo-

geaient dans sa cervelle où la vérité se gardait de
pénétrer.

Bien entendu, son attention se fixait uniquement
sur 'les dominos féminins; aussi, en dansant avec
Juliette, comme il s'y croyait obligé par amitié pour
Henri, la regarda-t-il à peine et ne trouva-t-il à lui
débiter que des niaiseries.

De son côté, Juliette se sentait ravie à la pensée
qu'elle allait, en contrefaisait sa voix, intriguer ce
jeune homme dont toute l'imagination se consume-
rait en efforts impuissants pour deviner quelle était
la femme qui lui témoignait tant de sollicitude
mystérieuse.

Le quadrille fini, Robert s'empressa de reconduire sa danseuse auprès de M. Nolard et, libre désormais jusqu'au cotillon exclusivement, il cherchait fortune dans la foule depuis une dizaine de
minutes, lorsqu'un domino bleu lui saisit énergiquement le bras, puis resta assez longtemps sans
proférer une parole. Enfin, aux mille questions de
son cavalier, le domino daigna répondre d'une voix
très-basse et si émue que Robert comprit qu'il ser-
rait sur son cœur le bras de l'héroïne de son petit
roman.

Celle-ci, en effet, ne tarda pas à lui demander
s'il avait suivi les conseils contenus dans ses
lettres anonymes. Le jeune homme avoua qu'il n'en
avait tenu aucun compte.

« Tant mieux! s'écria aussitôt le domino, car l'é
vénement aurait trompé mes espérances.

— Vos espérances! répéta naïvement Robert, vous
avez donc la bonté de vous intéresser à moi?

— Probablement, lui fut-il répondu d'un ton sec mais trop affirmatif pour être désagréable.

— Oh! merci! s'écria Robert hors de lui, vous n'aurez pas affaire à un ingrat, car moi aussi je vous aime!...

— Sans me connaître?

— Qu'importe? Je parie bien que vous êtes jeune, jolie!...

— Vous vous trompez, je ne le suis plus.

— Ah! oui, comme l'abbesse du *Domino noir!* »

Le répertoire de l'Opéra-Comique était le seul que Juliette possédât à fond. Frappée de la ressemblance qui existait entre sa propre situation et celle de son amie Angèle, elle redevint tout à coup silencieuse. Quant à Robert, qui avait des souvenirs dramatiques assez étendus, certaine scène de la *Tour de Nesle* lui inspira le désir de faire, non au visage de l'inconnue, mais à son vêtement, une marque qui lui permît de la reconnaître. Il imagina donc de tirer de sa poche un crayon avec lequel il traça adroitement sur un des gants blancs de Juliette un trait imperceptible pour tout autre que lui. Bientôt, après un nouveau tour de promenade dans les salons et une conversation fort animée, la jeune fille disparut au moment où son cavalier venait de réussir à lui faire accepter une glace dans le but d'apercevoir peut-être le bas de sa figure. Dès qu'il se la fut procurée au buffet, l'infortuné comprit que son piége avait été évité par la fuite. A peine finissait-il de la manger lui-même qu'un domino, rose cette fois, l'accosta sans façons et se mit à lui parler courses de chevaux. Convaincu que ce nouveau venu le connaissait simplement pour l'avoir rencontré sur le turf, Robert cherchait une occasion polie de le planter là, lorsqu'il vit sur le gant blanc de sa main droite la petite marque au crayon. Ce domino bleu et ce domino rose n'étaient donc qu'une seule et même personne, avec laquelle il s'empressa de renouer la conversation interrompue.

Bref, la nuit entière se passa ainsi : pour Juliette, à changer sans cesse de dominos en tâchant également de varier l'intonation de sa voix; pour Robert, à retrouver toujours la même femme sous une enveloppe bleue, rose, grise, noire ou lilas.

Aussi, que de regrets quand, abandonné par elle depuis quelque temps, mons Arlequin remarqua, dansant un quadrille avec le beau toréador Gomez, la sœur de leur ami Henri, cette petite fille insignifiante qu'il avait eu l'imprudence d'inviter pour le cotillon! Ce qui l'en consolait un peu, c'est que la dame de ses pensées, engagée elle-même, devait le danser à visage découvert. Quoique enivrée par les regards brûlants, les serrements de mains et le langage passionné de Robert croyant parler à une femme mariée ou à une veuve, Juliette se sentait en sûreté sous le masque de velours qui cachait ses traits. De son côté, notre héros, fou de curiosité et de rage amoureuse, attendait avec une impatience fébrile le dénoûment de toutes ces intrigues.

Enfin, un grand calme relatif s'établit dans les salons d'où chaque domino féminin s'esquiva l'un après l'autre, pour aller rajuster son costume avant d'oser revenir affronter le regard inquisiteur de ses trop heureuses victimes.

Dans son isolement, Robert se demandait avec inquiétude si sa chère inconnue n'était pas déjà partie lorsqu'on annonça le cotillon. Il courut chercher la petite paysanne russe, puis observa soigneusement toutes les danseuses qui arrivaient pour prendre part à ce finale chorégraphique obligé. Ahuri, distrait et jetant un regard furtif sur la main droite de chacune d'elles, il brouillait les diverses figures, malgré les avis charitables de Juliette, laquelle s'amusait fort de son trouble. A la suite de ses recherches infructueuses, Robert ne douta plus que son domino ne se fût moqué de lui et il restait plongé dans un morne désespoir. Soudain, le hasard lui fit apercevoir distinctement son coup de crayon sur une main qu'il avait certes négligé d'examiner. D'abord, son étonnement l'empêcha d'en croire ses yeux; ensuite, la voix de Juliette, sa taille, ses manières et jusqu'à certains petits sourires malins imparfaitement réprimés, tout lui prouva qu'il ne se trompait pas. Quelle déception, grand Dieu! Songer que le rêve dont il se berçait depuis plus d'un mois était l'œuvre de cette jeune fille!

Tout finit, même les cotillons interminables. Chaque invité rentra donc chez lui plus ou moins satisfait de sa nuit; mais, à coup sûr, nul ne se sentit aussi mystifié que le pauvre Robert. Il s'était cru adoré par une veuve ou par une femme mariée jeune, jolie, spirituelle et négligée par son époux au point de lui inspirer le sacrifice de ses propres scrupules; au lieu de cela, il avait eu affaire à une innocente fort légère, fort suspecte même en regardant les choses de près et qui, en sa qualité de sœur d'un ami intime, devenait sacrée pour lui. « Quelle gaillarde! » murmura-t-il en se mettant au lit pour quelques heures seulement, car son réveil-matin était là, menaçant. « Allons, c'est bon! tant pis! dormons et n'y pensons plus! » se répétait le jeune homme; cependant il ne dormait pas et pensait toujours à Juliette.

Qui a le droit de nier la toute-puissance de la sympathie et la force de se soustraire à la récipro-cité des sentiments? Personne assurément : aimer les êtres qui vous aiment et trouver de son goût ceux à qui l'on plaît, n'est-ce pas une règle de la nature confirmée par de bien rares exceptions? Aussi, Robert ne tarda-t-il pas à reconnaître qu'il s'était trompé sur le compte de Juliette et à la dé-clarer une drôle de petite fille, ne manquant ni de grâce, ni d'esprit. Quant à ses lettres anonymes, il en arriva non-seulement à les lui pardonner, mais encore à les juger dignes de toute sa reconnaissance.

A peu de temps de là, le beau Gomez, impatient comme doit l'être un amoureux, surpris d'ailleurs de voir ses chances de succès auprès de Juliette s'accroître si lentement, s'en vint un matin supplier M. Nolard de lui accorder la main de sa fille. Celui-ci l'accueillit avec bonté et promit d'interroger Ju-liette, qui seule devait prononcer sur cette grave question. Gomez se retira plein d'espoir; mais le surlendemain, il reçut une lettre dans laquelle M. Nolard, après mille compliments et autant de regrets, lui annonçait que sa fille ne pouvait pas se décider à épouser un étranger.

Furieux et comprenant bien que c'était un congé définitif, Gomez se jura d'en tirer vengeance ou plutôt d'employer un moyen de mariage forcé qu'il ruminait dans sa tête depuis quelques semaines.

Justement, le soir même de cette rupture, Henri, Gomez et plusieurs autres membres de leur cercle dînaient ensemble à la Maison-Dorée par suite d'un pari. Le premier était dans ses petits souliers; il n'y avait pas de quoi : son ex-futur beau-frère lui serra la main plus amicalement que jamais et le choisit pour voisin de table au dîner, puis au jeu, en répétant gaiement qu'il éprouvait le besoin de se distraire des chagrins de la vie. Hélas! à la fin de cette séance, Gomez, après avoir taillé une banque de baccarat, se retira devant dix-neuf mille francs à différents joueurs, mais gagnant à Henri la modique somme de vingt-trois mille francs perdue sur parole.

L'infortuné Henri, qui tenait cette fois surtout à s'acquitter ponctuellement, employa la matinée et la plus grande partie de sa journée du lendemain à emprunter de l'argent de côtés et d'autres. Étant parvenu, avec l'aide puissante de Juliette, à réunir dix-sept mille francs, il les porta au cercle à l'heure où Gomez y venait flâner avant son dîner. Pour le reste de la somme, Henri ne doutait pas qu'un délai ne lui fût accordé. Il se trompait : Gomez l'accueillit fort mal et refusa si insolemment de recevoir ce que son débiteur appelait avec raison un à-compte important, que, séance tenante, quelques membres forcèrent ce dernier à accepter d'eux les six mille francs qui lui manquaient pour se libérer.

Dès que sa dette fut acquittée totalement, Henri, se sentant alors le droit de défendre son honneur outragé, exigea des excuses pour la façon inqualifiable dont Gomez l'avait traité. Comme on le pense bien, l'Espagnol n'en voulut pas faire et chargea deux membres, qu'il honorait du titre d'intimes, de s'entendre avec les témoins de son adversaire. Celui-ci courut chez un de ses cousins qui, dans l'espoir d'arranger l'affaire, consentit à lui servir de second. Robert en fit autant et conduisit, le soir même, son ami dans une salle d'escrime où Henri fut déclaré de quatrième force, c'est-à-dire incapable de défendre sa vie contre Gomez.

Le lendemain matin, pendant que les quatre témoins conféraient ensemble, Henri alla aux Champs-Élysées se refaire la main dans un tir au pistolet. Là, il put tout à loisir admirer plusieurs cartons au milieu desquels l'Espagnol avait logé tantôt douze, tantôt seize, tantôt vingt balles, ne formant qu'un trou unique plus ou moins large. Superstitieux comme le sont la plupart des joueurs, Henri se confiait volontiers au hasard que, malgré ses malheurs continuels, il supposait toujours bien disposé en sa faveur. Aussi, ne se laissa-t-il pas trop effrayer par des prouesses qui, sur le terrain, dit-on à tort, ne signifient pas grand'chose.

Au déjeuner, il trouva son père et sa sœur enchantés, lui, de garder sa fille; elle, d'être débarrassée du beau Gomez.

Comme c'était un dimanche, au lieu de descendre dans les bureaux de l'entre-sol ou d'aller à la Bourse, Henri remonta chez lui, fort étonné de

n'avoir pas encore reçu la visite de l'un de ses deux
témoins. Bientôt, ne pouvant plus tenir en place,
il sortit en recommandant au concierge de remettre
sa clef à son cousin ou à Robert et de les prier de
l'attendre un moment. Assez tard dans l'après-midi,
ce dernier arriva porteur de mauvaises nouvelles.
Avant qu'il ait eu le temps de s'asseoir dans le petit salon, la porte de communication s'ouvrit brusquement, et Juliette, les yeux baignés de larmes et
les traits bouleversés, s'élança au-devant de lui en
s'écriant :

« Je sais tout, monsieur ! »

Puis, comme Robert, ému de ce spectacle, s'efforçait maladroitement de paraître ignorer ce qu'elle
voulait dire :

« Tenez, ajouta la jeune fille, lisez cette lettre ;
elle vous fera connaître à fond le monstre qui l'a
écrite. »

Robert parcourut la lettre que lui tendait Juliette,
et qui était ainsi conçue :

« Mademoiselle, à la suite d'une querelle de jeu
entre M. votre frère et moi, une rencontre est
devenue inévitable ; je le regrette vivement, car
vous supposerez sans doute que le dépit m'inspire
un coupable besoin de vengeance. Il n'en est rien
pourtant, je le jure ! Si je crois devoir vous faire
part de cet événement, c'est que vous seule désormais pouvez détourner le coup mortel qui menace
l'un de nous deux. Dites un mot, mademoiselle, et
ma main n'aura plus qu'à serrer celle de mon
beau-frère.

« *Signé :* LE CHEVALIER GOMEZ DE LA H... »

Robert rendit cette lettre à Juliette sans proférer une parole.

« Eh bien ! monsieur, que dites-vous de cela ?

— Je n'en reviens pas ! s'écria Robert trahissant tout à coup sa fureur ; c'est un véritable chantage que ce misérable ne craint pas de pratiquer au grand jour.

— Évidemment.

— Et qu'avez-vous l'intention de faire ?

— Voici ma réponse, dit la jeune fille en tirant de sa poche et en présentant ouvert un billet qui contenait ces quelques mots :

« Je vous accepte pour époux !

« Juliette NOLARD. »

— Oh ! vous n'y pensez pas, mademoiselle !

— Si fait. J'aime mieux tout plutôt que de laisser Henri se mesurer avec ce vil spadassin, à qui je vous prierai de remettre ce papier de ma part.

— Moi ! jamais !... D'ailleurs, rassurez-vous, mademoiselle, je n'ai pas perdu l'espoir d'arranger cette malheureuse affaire.

— Vrai ? Ah ! trouvez un moyen, quel qu'il soit, et ma reconnaissance éternelle vous sera acquise. Tenez, monsieur, tout ce que je possède au monde je le donnerais avec joie à quiconque arracherait mon frère au danger qui le menace !

— Chut ! voici Henri !... s'écria Robert, je l'entends monter précipitamment.

— Adieu donc !... et.... je compte sur vous, n'est-ce pas ? dit Juliette en s'enfuyant.

— Soyez tranquille, mademoiselle, je.... », balbutia Robert qui, heureusement, n'eut pas le temps d'achever sa phrase.

« Y-a-t-il longtemps que tu es ici ? demanda Henri tout essoufflé.

— Non, j'arrive.

— Ah ! bon, tant mieux ! Figure-toi, mon cher, que j'avais promis à Maria d'aller la voir aujourd'hui un instant ; alors, tu comprends, cette pauvre fille, je me suis oublié auprès d'elle. Eh bien ! quoi de nouveau ?

— Ma foi ! rien ; ces messieurs sont toujours aussi entêtés ; mais ton cousin et moi nous ne leur céderons pas.

— Pourquoi ça ? vous avez tort.

— Au contraire.

— A propos, je suis allé au tir ce matin et.. . ma parole, j'y ai fait des coups.... admirables.

— Toi ?

— Tu verras ; je ne te dis que ça !... murmura Henri en souriant d'un air d'assurance qui ne lui était que trop habituel. Veux-tu un cigare ?

— Non, merci ! »

La conversation entre les deux jeunes gens devint bien vite fatigante pour Robert qui, préoccupé de son entretien avec Juliette et de la promesse vague qu'il lui avait faite, répondait presque toujours de travers aux questions de son ami. Il partit enfin dans le but d'aller au cercle rejoindre le cousin de Henri, lequel cousin s'était chargé de visiter encore l'un des témoins de Gomez. Dès qu'il fut seul, Robert se cassa la tête pour imaginer un moyen honorable d'empêcher ce combat. Bien que mouillé par une pluie fine et légèrement éclaboussé par les voitures, le brave garçon continuait à suivre des rues qui tantôt l'éloignaient, tantôt le rapprochaient du lieu de son rendez-vous. Vers six heures cependant, il monta au cercle, sans avoir pu rien trouver.

La première personne qu'il y aperçut fut le beau Gomez, déjà installé au jeu et gagnant à l'écarté quelques centaines de francs à un très-jeune Anglais fraîchement débarqué.

Gomez fit un petit salut que Robert rendit aussitôt. Après avoir parcouru les différents salons sans y rencontrer le cousin de son ami, notre héros revint s'asseoir dans celui où se tenaient les joueurs. Questionné à voix basse par différents membres sur les conditions probables de ce duel qui absorbait la curiosité générale, Robert répondit d'une manière évasive, puis, se levant tout à coup, se mit à suivre le jeu avec une attention particulière.

« Malheureux ! cria-t-il bientôt au jeune Anglais, vous ne voyez donc pas que Monsieur triche !

— Oh ! ah ! pardon ! je le savais bien, » répondit froidement l'Anglais en saisissant les deux mains de l'Espagnol.

Ce dernier, surpris, déconcerté, murmura d'abord entre ses dents :

« Quelle infamie ! »

Ensuite, reprenant son aplomb habituel, il s'emporta de la façon la plus grossière contre Robert et refusa de céder à la prétention du jeune Anglais, qui, tenace comme un boule-dogue, se laissait secouer de côtés et d'autres par son prisonnier, sans renoncer à visiter *les poches de lui*.

La galerie, convaincue que Gomez sortirait victorieux de cette épreuve plus blessante pour le cercle que pour lui-même, l'engageait à s'y soumettre. A la fin, comprenant qu'il fallait s'exécuter, l'Espagnol le fit de si bonne grâce que chacun se montrait non moins indigné de la conduite de Robert que de celle de l'insulaire. Celui-ci, rendu furieux par sa perte, se livrait sur le gagnant à un examen véritablement ridicule. Ainsi, non content d'avoir fouillé les poches de tous les vêtements de Gomez, il prétendait encore inspecter les manches de sa redingote. Pour le coup, l'Espagnol repoussa violemment le maudit Anglais qui cria d'un air triomphant :

« C'est là, j'en suis sûr, je l'ai *senti !* »

Déjà, il revenait à la charge, mais Gomez, semblable à un sanglier acculé et faisant tête aux chiens, ne voulait plus que personne l'approchât. La fureur altérait la pureté de ses traits d'une façon singulière. De nouveau, l'Anglais affirmait dans un langage grotesque avoir *senti* sous la manche gauche quelque chose de dur qui lui était suspect. Certains membres, révoltés d'un scandale toujours au moment d'amener d'ignobles voies de fait, déclarèrent à l'Anglais que s'il se donnait la satisfaction puérile de visiter les manches de la redingote en question, on l'obligerait à présenter des excuses à M. de la H.... et à quitter immédiatement le cercle pour n'y plus jamais remettre les pieds. L'Anglais accepta ces conditions auxquelles Gomez refusa de souscrire. Soudain, on vit l'Espagnol pâlir, s'affaisser sur un divan, s'y étendre et perdre tout à fait

connaissance. Pendant que la plupart des spectateurs de cette scène entouraient Gomez avec bienveillance et qu'un d'entre eux lui ôtait sa cravate,
l'Anglais, laissé libre de se livrer à ses recherches,
poussa un cri de joie en retirant d'une poche pratiquée dans la manche gauche de la redingote, un
paquet de cartes identiques à celles dont se servait le
cercle. A l'instant, un changement complet s'opéra
dans les dispositions de la galerie, et quand l'Espagnol, doublé de Grec, reprenant l'usage de ses sens,
s'aperçut au silence dédaigneux qui régnait autour
de lui, que la vérité devait être découverte, il porta
instinctivement une main à sa manche, y constata
l'absence de ses cartes, enfin les reconnut sur la
table. Alors, sans lancer un regard, sans adresser
une parole à personne, il se leva et, tout chance-
lant, comme un homme ivre ou à moitié paralysé, se
dirigea vers la porte de sortie du cercle, qu'un
domestique ouvrit respectueusement après qu'un
autre lui eut passé son paletot et remis son chapeau.

Dès que le trouble causé par cet événement se
fut un peu calmé, les membres présents, notam-
ment ceux qui, jusque-là, avaient manifesté leurs
sympathies pour l'Espagnol, félicitèrent le jeune
Anglais de l'opiniâtreté toute britannique dont il
avait fait preuve. Elle s'expliquait, du reste, par les
soupçons que celui-ci commençait à concevoir sur
le jeu déloyal de son adversaire. L'avertissement de
Robert avait suffi pour l'empêcher de conserver
aucun doute à cet égard et pour le décider à s'effor-
cer de démasquer le misérable.

Robert seul ne revenait pas de son étonnement :
« Ainsi donc, s'écriait-il d'un air joyeux, il tri-
chait réellement ! »

Chacun lui ayant demandé compte de ces paroles
incompréhensibles surtout dans sa bouche, notre
héros fut bien obligé d'avouer que sa conduite
n'avait eu pour but que de rendre impossible le
duel de Gomez avec Henri, en détournant sur lui-
même la rage de l'Espagnol. Robert avait fait de la
prose sans le savoir. Quel bonheur il éprouva en songeant à Juliette ! Le cousin de Henri, arrivé à temps
pour assister à ce dénoûment imprévu, alla mettre
immédiatement M. Nolard et ses enfants au courant
de l'aventure.

Juliette remercia doublement le ciel qui s'était
servi de son bien-aimé pour sauver Henri et se
jura d'acquitter sa dette envers Robert de la façon
la moins coûteuse à ses propres yeux. Dans un
accès d'enthousiasme extravagant, elle lui envoya,
sur-le-champ, sa réponse à Gomez. Or, la poste est
devenue si expéditive que, rentré assez tard à son
domicile, Robert y trouva la susdite lettre, dont
l'envoi l'étonna d'autant plus qu'il avait refusé
absolument de s'en charger. Comme il s'applaudit
de nouveau d'avoir rendu inutile le sublime sacrifice de la jeune fille !

Rue de Grammont, la soirée fut extrêmement agitée. Assise auprès de son père et ayant retenu Henri
qui, trop tôt remis de ses diverses émotions, se
disposait à sortir, Juliette leur annonça le coup de
tête qu'elle venait de faire, et supplia M. Nolard de
consentir à son mariage avec Robert dont elle se

savait adorée mais qui, évidemment, n'était pas en position d'oser demander sa main.

Quoique vexé de n'avoir pas été pris pour confident de cette petite intrigue, Henri plaida avec chaleur la cause de cet ami, duquel il répondit comme de lui-même, ce qui n'était peut-être pas très-habile.

Beaucoup plus malin, M. Nolard avoua que ce parti lui semblait peu sortable; cependant il s'engagea, avant de rien décider, à s'enquérir de la position de fortune du marquis des Ilots.

Toute palpitante alors d'espérance et d'amour, Juliette sauta au cou de son père, puis déclara avec fermeté qu'elle se regardait désormais comme engagée envers Robert et ne voulait plus entendre parler d'aucun autre prétendant.

Le lendemain matin, Henri alla remercier Robert qui, à son grand étonnement, lui parut aussi tranquille que de coutume. Sitôt que leur conservation à propos du duel fut épuisée :

« Ah çà! demanda Henri, est-ce que tu n'as pas reçu un billet de ma sœur ?

— Si vraiment, le voilà ; tiens, dit Robert, il est sans objet maintenant que cet animal de Gomez n'existe plus pour nous. N'importe, je t'engage à conserver précieusement ce chiffon de papier qui te rappellera le dévouement admirable de ta sœur.

— Comment! mais il ne s'agit plus de Gomez, s'écria Henri, tu ne comprends pas que...

— Quoi donc ?...

— ... C'est à toi-même que ce billet s'adresse !

— A moi?

— Certainement. »

En apprenant de son maladroit ami ce qui s'était passé la veille chez M. Nolard, Robert tomba de son haut. Comment, à moins de devenir fou, ajouter foi au récit d'un pareil événement ? Aussi, notre héros, après avoir répondu vaguement oui ou non et avoir fait mille objections, finit-il par s'écrier :

« Oh ! c'est impossible ! »

Bientôt même, afin de dissimuler leur embarras mutuel, les deux amis se mirent à causer d'autre chose.

A son retour rue de Grammont, Henri, presque toujours inexact à l'heure des repas, trouva sa sœur attendant pour déjeuner que leur père, sorti de bonne heure et très en retard lui-même, fût rentré. Elle ne manqua pas d'interroger son frère sur l'emploi de sa matinée et parut enchantée de savoir qu'il arrivait de chez Robert, lequel se refusait à prendre au sérieux le projet de mariage qui le concernait. Gâtée, ainsi que le sont d'ordinaire les riches héritières, persuadée d'ailleurs que l'époux de son choix ne pouvait se considérer que comme le plus heureux des hommes, Juliette sut gré à Robert de la modestie qui l'avait empêché de saisir tout d'abord le sens de sa lettre. Elle jouissait d'avance de la surprise délicieuse causée par l'explication de son frère, lorsque ce dernier, dont la franchise était positivement absurde, confessa qu'en voyant son ami si peu empressé de souscrire à l'union projetée, il avait détourné adroitement la conversation.

Cet aveu fut un coup de foudre pour la pauvre

fille qui se reprocha bien sévèrement alors sa démarche devenue ridiculement insensée du moment
que les sentiments de Robert ne répondaient pas aux
siens. Par bonheur, le retard de M. Nolard se prolongea tellement qu'il inquiéta ses enfants au point
de faire diversion au désespoir de Juliette.

Après la soirée qui venait de lui révéler non-seulement le danger couru par son fils et si providen-
tiellement conjuré par Robert, mais encore la passion de Juliette pour celui-ci, M. Nolard se retira
dans sa chambre pour se consulter au sujet du mariage de cette fille chérie dont il blâmait la conduite
imprudente, tout en cherchant un moyen raisonnable de satisfaire l'inclination. Par orgueil paternel, autant que par goût des bonnes affaires, cet
associé d'agent de change s'était juré de n'accepter
pour gendre qu'un jeune homme riche dans l'avenir,
sinon dans le présent; or, afin de se tenir parole,
il lui fallait absolument ou empêcher ce mariage
ou découvrir à Robert une fortune quelconque.

La nuit porte conseil, dit-on. Sans doute à ceux
qui la passent à réfléchir, ainsi que le fit M. Nolard.
Vers huit heures du matin, il s'habilla précipitamment, sauta dans une voiture de place et se rendit
chez un de ses amis qui lui parlait souvent d'un
agent d'affaires aussi merveilleux sous le rapport
des renseignements dont il disposait que sous celui
de ses excellents conseils. Quoique réveillé en sursaut, cet ami s'empressa de lui donner le nom et
l'adresse de sa providence, comme il l'appelait, ce
qui permit à M. Nolard d'aller sur-le-champ sonner
à la porte d'un vieil hôtel de la rue de Vaugirard, et

d'y demander M. Thorn, le phénomène en question.

Agé de près de cinquante ans, ce M. Thorn en paraissait hardiment soixante. Ses débuts, comme avocat, avaient été exceptionnellement brillants ; son tact pour n'accepter que de bonnes causes joint à la supériorité de science et de logique avec laquelle il les défendait, lui avait créé au barreau une situation fort enviée par ses jeunes confrères. Tout à coup, une maladie affreuse l'ayant tenu éloigné du palais, on n'entendit plus parler de lui jusqu'au jour où le bruit de sa mort y courut faussement.

La vérité est que, défiguré, portant un bandeau sur le nez pour en dissimuler l'absence, le malheureux avocat avait dû renoncer à suivre une carrière qui s'annonçait si belle. Obligé de travailler cependant, car il était sans ressources, M. Thorn avait imaginé, dès qu'il s'était senti en état de reprendre le cours de ses occupations, de fonder un cabinet d'affaires ou plutôt une agence de renseignements confidentiels.

Plusieurs fois, à la suite de plaintes, de dénonciations, cette industrie lui avait causé de graves embarras dont il était sorti triomphant, grâce à certaines amitiés utiles, à certaines protections toutes-puissantes. Du reste, M. Thorn apportait une circonspection de plus en plus grande dans le choix des moyens et des gens qu'il employait. Déjà même il se méfiait des personnes qui venaient le consulter sans lui dire leur nom.

Mal renseigné sur ce point par son ami dont il ne manqua pas néanmoins de se recommander,

M. Nolard négligea de faire passer sa carte. Au bout
de quelques minutes d'attente dans une espèce de
cellule de couvent, un individu, tenant beaucoup
plus du secrétaire que du domestique, le conduisit
au fond d'un immense cabinet de travail très-som-
bre. Là, derrière un paravent, M. Nolard aperçut, à
demi couché sur une chaise longue, un être humain
qui lui rendit à peine son salut. Quand le guide
l'eut installé, tout à côté, dans un bon fauteuil, il
s'en alla.

« Qu'y a-t-il pour votre service, monsieur? demanda M. Thorn, dès qu'il jugea que son visiteur
avait eu le temps de se reconnaître.

— Monsieur, répondit M. Nolard qui seulement
alors commençait à distinguer les traits de l'oracle,
je voudrais avoir des renseignements sur la situation de fortune d'un jeune homme ou plutôt sur
celle de son oncle.

— A la bonne heure, mais.... répliqua M. Thorn
d'un ton dédaigneux, en s'apercevant que M. Nolard gardait résolûment le silence, encore faut-il
que vous me donniez le nom de cet oncle !

— Vous avez raison, il s'agit du marquis des
Ilots.

— Ah ! diable, s'écria M. Thorn, vous me posez là
une question à laquelle je n'ai pas su répondre
d'une façon satisfaisante, il y a une couple d'années.

— Vraiment?

— Oui, pourtant, si, à vos yeux, la chose en vaut
la peine....

— Assurément, interrompit M. Nolard.

— Je l'examinerai de nouveau   continua froidement l'avocat, et avec des chances de succès qui me faisaient défaut jadis. Il est indubitable, reprit M. Thorn, en suivant de l'œil l'expression du visage de M. Nolard, qu'une occasion de mariage se présentant pour le neveu....

— Justement! s'écria M. Nolard enchanté d'être deviné, or, on prétend que son oncle l'aurait déshérité.

— Ah! ah!

— Y aurait-il moyen de s'assurer du fait?

— Peut-être bien.

— Et quand pensez-vous pouvoir me renseigner à ce sujet?

— Je l'ignore. Revenez dans une quinzaine de jours.

— Oh! pas avant? s'écria M. Nolard désolé.

— Dame!... à moins que vous ne me laissiez votre adresse, car alors je vous prierais de passer ici....

— Permettez, mon ami Fourel m'a prévenu que vous n'aviez nul besoin de connaître les personnes qui vous consultent et je préférerais....

— Libre à vous, interrompit M. Thorn piqué, je comprends que, dans certains cas, l'on se montre discret, mais dans celui-ci j'ai peine à m'expliquer.... Au reste, croyez-vous donc que je ne sache pas toujours à qui j'ai affaire?

— Oui-dà!... Eh! bien, voyons, qui suis-je? demanda M. Nolard d'un air de défi.

— Puisque vous le désirez, monsieur, répondit M. Thorn, je vous le dirai la première fois que j'aurai l'honneur de vous recevoir, et vous donnerai une foule de détails sur votre genre de vie sur vos relations, vos habitudes, etc., etc

— Non, non, merci!... c'est inutile, je ne doute pas de votre talent, s'écria M. Nolard effrayé.

— Le mystère dont on s'entoure avec moi ne sert de rien, reprit M. Thorn gaiement; tenez, à ce propos, je me souviens d'une aventure qui m'arriva il y a quelque vingt ans. Je venais de fonder ce cabinet d'affaires et demeurais alors quai de l'École où, par parenthèse, je voyais peu de monde. Un matin, se présente un jeune homme agréable, distingué quoique modestement vêtu. Il semblait inquiet et mettait à réfléchir un si long intervalle de temps avant chacune de ses questions ou de ses réponses, que j'en étais impatienté. Bref, après s'être enquis des droits que, lui mort, ses collatéraux pouvaient avoir sur sa succession, mon inconnu m'avoua que son désir était de léguer, en qualité de parrain, tout son bien à une fille qu'il avait eue d'une femme mariée. Je lui dressai donc un modèle de testament olographe.

— C'était simple comme bonjour ! dit M. Nolard en riant aux éclats.

— Assurément, reprit M. Thorn, néanmoins, il me paya très-généreusement, ce qui m'étonna un peu. Ce n'est pas tout : m'étant rendu ce jour-là même chez un haut fonctionnaire (car à cette époque je sortais encore), j'y rencontrai mon jeune homme, mis cette fois avec une extrême élégance, décoré de la Légion d'honneur et de plusieurs ordres étrangers, mais si troublé à ma vue qu'il prit congé à l'instant et se retira en me tournant le dos. Sa générosité me fut expliquée alors. J'appris que, fils aîné d'un ancien ministre des affaires étrangères, il était lui-même attaché de légation au Brésil et à la veille de retourner à son poste.

— Tiens, comment l'appeliez-vous? demanda étourdiment M. Nolard.

— Le comte de.... mais, pardon! s'écria M. Thorn, frappé de l'agitation croissante de son visiteur, ce client est mort depuis longtemps, sans quoi je ne vous en aurais jamais parlé, bien qu'il ne se fût pas confié à moi. »

M. Nolard fit, à son sujet, deux ou trois nouvelles questions auxquelles l'agent d'affaires répondit d'une façon évasive, puis il se leva en promettant de revenir à l'époque fixée. Aussitôt M. Thorn sonna et l'individu qui avait introduit M. Nolard le reconduisit par un autre chemin jusqu'à une porte ouvrant sur une petite rue voisine, où ce dernier retrouva sa voiture.

Le signalement, le titre, le testament, enfin toutes les particularités concernant la famille et la situation du jeune diplomate s'appliquaient trop bien au parrain de Juliette pour que M. Nolard pût prendre le change. Ainsi donc, suivant une indiscrétion incompréhensible dans la bouche d'un homme tel que M. Thorn, Juliette était le fruit d'un adultère dont se serait rendue coupable cette épouse que, vivante, M. Nolard avait adorée et que, morte, il pleurait encore du fond du cœur! Quant à leur ami intime, sur le compte de qui l'on avait jasé, — il le savait, ne fût-ce que par la fameuse lettre anonyme, — devait-il maudire sa mémoire après l'avoir bénie? Tantôt M. Nolard laissait le doute envahir son esprit, tantôt, au contraire, il se reprochait vivement de prendre au

4

sérieux de pareils rapports. Tout à coup ses larmes qui coulaient en abondance depuis quelques instants se séchèrent au souvenir d'un petit drame de Scribe, intitulé : « Estelle ou le Père et la Fille. » Pour que ce fût son histoire exacte, il ne manquait à M. Nolard que de mettre la main sur une lettre prouvant l'innocence de sa femme ou plutôt, comme dans la pièce, l'héroïsme de leur ami. Or, il se rappela que plusieurs malles contenant les papiers et les effets du parrain de Juliette avaient été déposées dans un grenier de sa propre maison. C'était là qu'il fallait chercher ce dénoûment. Revenu en toute hâte rue de Grammont, M. Nolard s'y excusa tant bien que mal auprès de ses enfants, leur déclara qu'il avait déjeuné, et, s'étant muni de la clef du grenier, monta visiter trois grandes malles recouvertes d'une couche de poussière trop respectée depuis nombre d'années. Le pauvre homme se livrait en vain à la plus minutieuse recherche et commençait à se décourager, lorsqu'il remarqua un petit paquet cacheté avec de la cire noire et sur lequel étaient tracés ces mots de la main même du défunt : « Papiers à brûler après ma mort. » M. Nolard s'en saisit, tout surpris de n'avoir pas encore exécuté cet ordre, puis, ayant rompu le cachet, eut l'horrible douleur de découvrir une vingtaine de lettres sentant le musc, de l'écriture de sa femme et la plupart rapportées du Brésil. Avant de les avoir lues, l'incertitude n'était guère possible ; cependant, comme durant sa courte carrière conjugale, M. Nolard, loin de se montrer jaloux, avait laissé sa femme jouir d'une entière liberté, surtout sous le

rapport de sa correspondance, il poursuivit son enquête en conservant un reste d'illusion qui s'envola
dès la première phrase. Au bout de huit pages des
plus passionnées, Mme Nolard suppliait le destina-
nataire de brûler cette lettre ainsi que les précédentes et le grondait sévèrement de ce que, dans
une de ses réponses, il osait avouer ne pas l'avoir
encore fait. A genoux sur les carreaux et couvert
de poussière, le malheureux veuf eut le courage de
dévorer toutes ces lettres. Rien dans les premières
ne prouvait que Juliette fût le fruit de l'adultère;
mais il s'en trouva une extrêmement courte et annonçant justement la naissance de celle-ci :

« Je crains, y lisait-on, d'aimer ta fillette plus que
mon pauvre Henri qui n'est pas, hélas! un enfant
de l'amour. Aussi, je me décide à la nourrir moi-
même, ce que je n'ai pas fait pour lui. Ah! parfois
je suis bien cruellement punie de mon crime. Cette
nuit, par exemple, j'ai eu un cauchemar affreux :
je rêvais que la fièvre de lait me rendait folle et que
je dévoilais la vérité. »

Puis l'éternel *post-scriptum :*

« Le feu purifie tout; brûle-moi donc immédiatement! »

Sitôt qu'il se sentit un peu calmé, M. Nolard redescendit à son appartement, serra le paquet de
lettres dans un tiroir et réfléchit profondément à
ce qui lui restait à faire. Comprenant la nécessité
de cacher à tout le monde son désespoir et sa honte,
il se jura de ne rien négliger pour sauver les apparences. Égoïste autant qu'on peut l'être décemment,
il n'avait aucune méchanceté inutile et ne songea

pas une minute à se venger sur Juliette. Seulement, ce sourire continuel qui trahissait en lui
l'homme content et fier d'avoir le droit de se croire
habile, aimable, aimé surtout, fit place à une expression pleine de dignité mélancolique convenant
mieux à sa physionomie. Son unique consolation
était ce mauvais sujet de fils qui, quoique le meilleur garçon de la terre, n'avait pas eu jusque-là
beaucoup de valeur à ses yeux, mais en acquérait
une immense du jour au lendemain. Déjà M. Nolard
se promettait de trouver, en dépit de la loi, un
moyen de lui assurer presque toute sa fortune et
du moins se flattait que la passion de Juliette pour
Robert rendrait aussi prompt que facile l'établissement de la jeune fille, c'est-à-dire l'en débarras-
serait.

Bien résolu à ne pas remettre les pieds chez
M. Thorn, lequel lui inspirait une antipathie et une
frayeur invincibles, M. Nolard forma le projet de
s'ouvrir directement au marquis. Il commença par
jeter sur le papier les lignes suivantes :

« La personne qui s'est présentée ce matin chez
M. Thorn pour avoir des renseignements sur la fortune de M. le marquis des Ilots le prie de vouloir
bien accepter le billet de cent francs ci-inclus et de
ne pas donner suite à des recherches désormais
sans objet. »

Ensuite notre homme, ayant repris une voiture
de place, alla déposer sa lettre rue de Vaugirard,
enfin se fit conduire au haut de la rue du Bac, où
il rencontra le marquis à sa porte, le chapeau sur
la tête et au moment de sortir. Celui-ci remonta

fort courtoisement quand M. Nolard, qui s'était nommé, lui eut appris qu'il venait l'entretenir d'une affaire pouvant intéresser M. Robert Durand, son neveu.

Au troisième étage d'une maison de médiocre apparence, ce descendant d'une longue suite de grands seigneurs occupait un simple logement de garçon. Il ordonna à son valet de chambre de rallumer du feu dans la pièce qui lui servait à la fois de cabinet de travail (car il y avait une bibliothèque) et de salon. Mélange curieux d'intelligence et d'imbécillité, Fleury ne manqua pas de fourrer dans la cheminée un nombre de bûches suffisant pour rendre inexécutable l'ordre de son maître.

Dès que M. Nolard se vit en tête-à-tête avec le marquis, il le supplia de lui dire franchement quelle était la situation de Robert dans le présent, et quelles pouvaient être ses espérances.

A ce mot, le marquis se renfrogna, devint plus sec que son bois, et déclara de mauvaise grâce que Robert, en outre d'un mince patrimoine de onze cents livres de rente, avait une place de trois mille six cents francs dans une maison de banque.

« Quant à moi, monsieur, ajouta-t-il en soupirant, vous n'ignorez pas, je suppose, que, d'une part, ma passion pour les chevaux, de l'autre, mes fausses spéculations à la Bourse, m'ont à peu près ruiné. Monsieur Durand est mon plus proche et, autant dire, mon unique parent ; je lui porte une affection sincère ; cependant, sans oser prévoir ce que l'avenir nous réserve, je doute que ma succession l'enrichisse beaucoup. Tout ce que je puis faire, c'est de prendre l'engagement formel de n'être jamais à sa charge. »

En prononçant ces dernières paroles d'un air assez embarrassé, le marquis sonna son domestique et lui demanda ses bijoux, qu'il avait oublié de mettre. Fleury revint bientôt, apportant une petite cassette qui datait pour le moins de deux siècles. Après avoir fouillé ostensiblement parmi une collection de bagues, de breloques, d'épingles enrichies de diamants ou d'autres pierres précieuses que M. Nolard lorgnait du coin de l'œil, le marquis fit son choix, puis rendit sa cassette à son domestique, qui, revêtu alors d'une magnifique livrée toute neuve et fort aristocratique, se retira plein de respect en même temps que d'orgueil.

L'impression causée par cette scène muette fut très-favorable à Robert. L'avarice, passion trop commune, surtout chez les vieillards, pour n'être pas odieuse à notre public égoïste, n'est-elle pas vue avec plaisir par quiconque doit en profiter? Or, M. Nolard ne douta plus que le marquis ne fût un avare véritable, possédant peut-être des millions, ainsi que beaucoup de gens le prétendaient. Une seule question l'inquiétait et il résolut de l'éclaircir immédiatement :

« Quelle que soit votre situation de fortune, monsieur le marquis, serait-il indiscret à moi, dit M. Nolard en baissant la voix, de vous demander s'il est vrai, comme le bruit en a couru, que vous ayez l'intention de déshériter votre neveu?

— Nullement, monsieur, répondit le marquis sans hésitation aucune, mon neveu est un brave garçon qui, maintes fois, voulut m'aider de sa modeste bourse ; aussi lui ai-je pardonné depuis longtemps certains accès de vivacité, fort excusables d'ailleurs à son âge. Foi de gentilhomme, je ne le priverai jamais de tout ou partie de mon héritage, quelque problématique qu'il puisse être ! »

M. Nolard confia alors au marquis que sa fille, qui jouissait d'une quarantaine de mille livres de rente, s'était éprise de Robert, que lui-même se sentait disposé à accepter pour gendre, si les renseignements à prendre sur son compte s'accordaient avec ceux déjà recueillis de différents côtés.

Ivre de joie, le marquis serra les mains de son visiteur avec une ardeur dont celui-ci ne le croyait pas capable, en affirmant que ni lui ni sa fille n'auraient à se repentir d'un tel choix.

La visite ne se prolongea plus guère. M. Nolard rentra rue de Grammont, fort préoccupé de l'attitude qu'il allait garder vis-à-vis de Juliette. Heureusement, Henri l'arrêta au passage, et, en échange du récit de sa démarche auprès du marquis, lui fit part de son entretien du matin avec Robert. M. Nolard n'en revint pas : était-il croyable que, de nos jours, un jeune homme presque sans fortune eût pu refuser la main d'une riche et charmante héritière comme Juliette, uniquement parce que son cœur, qu'il disait libre néanmoins, ne se trouvait pas complétement à l'unisson du sien ?

Le dîner étant servi peu après, Juliette prit sa place à côté de son père, et se montra aussi aimable, aussi gaie même que de coutume ; bientôt, s'apercevant du trouble que trahissait ce dernier, elle lança un coup d'œil à son frère qui, d'un signe de tête affirmatif, avoua qu'il avait parlé. La jeune fille se contenta alors de hausser les épaules, puis cessa de déguiser sa tristesse et son manque d'appétit. Personne, du reste, ne fit honneur à ce repas, durant lequel on causa à peine, malgré la présence des domestiques, ces témoins obligés et si gênants dans certains cas.

Une fois au salon, il fallut rompre la glace; ce fut naturellement Henri qui se chargea de ce soin :

« Pauvre sœur, s'écria-t-il en embrassant Juliette, tu n'as décidément pas de chance sous le rapport des prétendants!

— Pourquoi cela? Au contraire, répondit celle-ci vivement, tu te trompes si tu t'imagines que je regrette l'explication de ce matin, qui me prouve que j'avais rêvé pour mari l'être le plus délicat, le plus désintéressé. Certes, je lui pardonne de ne pas m'aimer!

— A la bonne heure! répliqua Henri, mais il aurait dû, ce me semble, mettre des formes dans son refus et l'accompagner, au moins, d'un prétexte plausible!

— Oh! je ne suis pas de ton avis : je n'estime rien tant que la sincérité, et sais un gré infini à ton ami de la franchise avec laquelle il nous a fait pressentir l'unique raison qui soit valable à mes yeux. Cependant, reprit Juliette inspirée enfin par son amour-propre, je devais le supposer dans d'autres dispositions à mon égard.

— Comment! est-ce que sa conduite....

— Non, non, interrompit la jeune fille de façon à

faire supposer qu'elle taisait quelque chose, quant à moi, j'y gagnerai de ne plus vous quitter; je ne suis donc pas bien à plaindre. »

M. Nolard ne soufflait mot; il écoutait sans paraître comprendre.

« Dieu me pardonne! reprit Juliette en affectant de sourire, c'est à cause de vous que je me serais mariée! »

Malgré ce très-gros mensonge, Henri, afin de distraire sa sœur, ne la quitta pas de la soirée; seulement vers onze heures, quand celle-ci donna le signal de la retraite en allumant les bougeoirs, il manifesta le désir d'aller prendre l'air un moment.

« Moi aussi! s'écria M. Nolard.

— Eh bien, père, faisons un tour ensemble sur le boulevard!

— Soit, répondit M. Nolard en se laissant embrasser par Juliette, trop occupée d'elle-même pour remarquer l'accueil glacial de son père. »

A peine dans la rue, ce dernier prit le bras de son fils sous le sien et le serra involontairement. Henri, plein d'émotion, vit dans ce phénomène une récompense de la manière affectueuse dont il s'associait au chagrin de sa sœur, ainsi qu'une preuve du besoin qu'éprouvent les membres d'une même famille à se sentir plus étroitement unis que jamais, dès qu'un malheur quelconque les frappe tous dans la personne d'un seul. Soudain, M. Nolard, se penchant à l'oreille de son fils, prononça ces mots magiques :

« Veux-tu de l'argent?

— Moi! non, je te remercie, répondit Henri à son père en le regardant d'un air étonné.

— Désormais, tu auras ce que tu voudras.

— Pourquoi donc? demanda Henri.

— Parce que je souhaite que tu t'amuses; d'ailleurs, te voilà d'âge à savoir te gouverner.

— Oh! père, je n'ai pas cette prétention.

— Tiens, tiens, s'écria M. Nolard en fouillant dans son portefeuille, prends toujours ces deux mille francs! »

Ne comprenant rien à cet accès de générosité ou plutôt de folie, Henri refusa longtemps; mais, sitôt que son père lui eut déclaré qu'il comptait l'associer dorénavant à ses affaires et lui confier le maniement de ses fonds dans l'espoir que cela le rendait tout à fait raisonnable, le jeune homme accepta en jurant de se montrer digne d'une confiance aussi absolue.

« Tu ne fumes donc plus? lui demanda M. Nolard d'un ton doucereux.

— Non, père; je tâche de suivre ton conseil et de perdre cette mauvaise habitude.

— Si c'est ma présence qui te gêne, tu as tort; tiens, as-tu là un bon cigare à m'offrir?

— Oh! quelle plaisanterie!

— Donne, donne, je veux te tenir compagnie.

— Prends garde, père, ça pourrait te faire mal.

— Bah! bah! j'ai fumé dans le temps.

— Je le sais bien : c'est maman qui t'en as dégoûté. »

M. Nolard fit un mouvement, ce qui ne l'empêcha

pas d'allumer son cigare avec un empressement incompréhensible.

Tout en flânant de côtés et d'autres, les deux promeneurs furent conduits par le hasard dans une rue où existe un établissement public dont la porte était splendidement éclairée.

« Tiens, qu'est-ce que cela? demanda M. Nolard.

— Le Casino-Cadet.

— Ah! c'est vrai, je n'y ai jamais mis le pied. Oh! les belles toilettes! C'est un concert, n'est-ce pas?

— Oui, mais il y a bal deux fois par semaine; ce soir, par exemple, répondit Henri avec assurance.

— Tu désirais peut-être y aller?

— Non, père.

— Tu le peux, c'est de ton âge et même du mien. Voyons, s'écria M. Nolard mettant la main à la poche, je te régale, entrons! »

Henri, au comble de l'étonnement, suivit cet auteur de ses jours, lequel n'avait plus qu'une idée, celle de devenir l'ami, le compagnon de son mauvais sujet de fils.

Le Casino ne les retint pas longtemps : ses portes fermant à heure fixe, tout ce public de danseurs et de danseuses, de crieurs et de crieuses, etc., etc., fut obligé d'évacuer la salle dès que l'orchestre puis le luminaire eurent disparu.

« Eh bien! je suis enchanté d'avoir vu ça! dit en sortant M. Nolard qui affectait une gaieté folle.

— Oh! laisse donc! c'est dégoûtant! » s'écria Henri, honteux encore du spectacle auquel son père venait d'assister, et principalement des rencontres que lui-même avait faites dans ce qu'il appelait un affreux bastringue.

Vers minuit et demi, le père et le fils rentrèrent ensemble rue de Grammont, ce qui ne leur était pas arrivé depuis plusieurs années peut-être.

Sans en vouloir précisément à Robert, Juliette le trouvait bête de n'avoir pas su deviner ce qu'elle croyait valoir. Un mot surtout la choquait dans le récit de Henri : « Je ne me soucierais pas d'être le mari d'une reine ! » aurait dit Robert faisant allusion probablement au régime dotal imposé d'avance par M. Nolard et prématurément annoncé par Henri. La pauvre enfant était à mille lieues de la vérité ; son esprit battait la campagne.

De son côté, Robert se reprochait sa conduite envers Henri, et le souvenir de la manière évasive, presque dédaigneuse, dont il avait accueilli les ouvertures du frère de Juliette, lui faisait monter le rouge au visage. Mais aussi, comment s'attendre, même après les lettres anonymes de cette jeune fille et leur intrigue du bal masqué, à une démarche à ce point bizarre ? D'ailleurs, l'aplomb superbe avec lequel on lui accordait ce qu'il ne demandait pas le blessait profondément. Qui n'aime pas, hélas ! devient facilement susceptible.

Notre héros se disposait à quitter son bureau, où, par parenthèse, il n'avait guère eu le loisir de penser à autre chose qu'à sa besogne, lorsque le marquis arriva tout ému encore de la visite et des confidences de M. Nolard. Il félicita chaudement son neveu de la récompense que lui valaient enfin ses excellentes qualités, et, pour la première fois de sa vie, l'accabla de caresses et de flatteries ; par exemple, quand Robert eut raconté à son oncle sa scène du matin avec Henri et lui eut fait comprendre à grand'peine qu'il avait à peu près décliné l'honneur de cette alliance, le marquis entra dans une violente colère :

« Ah çà, tu es donc fou ! s'écria-t-il en lançant à son neveu un regard plein de mépris, comment ! une riche héritière s'amourache de toi, qui n'as rien à attendre ni du présent ni de l'avenir, et tu refuses sa main ! »

Ici Robert essaya de placer un mot.

« Te doutes-tu de ce que c'est que l'argent ? continua le marquis sans l'écouter, non, tu es trop jeune pour le comprendre, trop aveugle pour le voir, trop niais pour le deviner ! L'argent, dans le temps où nous vivons, c'est tout, ou du moins la représentation de tout : à qui sait s'en servir, il donne la santé, la longévité, la liberté, la gaieté, la sécurité, la fierté !... Seul, l'homme riche peut se regarder comme le véritable seigneur de l'époque. En effet, depuis le pauvre qui le sert, le nourrit et le chausse et l'habille, jusqu'au soldat qui risque sa vie pour défendre la sienne ; depuis le chef de l'État qui gouverne de façon à assurer l'ordre indispensable à sa sécurité, jusqu'aux artistes de génie, peintres, littérateurs, musiciens, qui se cassent la tête à produire des chefs-d'œuvre de son goût, tous semblent ne pas avoir d'autre but que de le rendre heureux ! Ah ! si je fus assez stupide jadis pour anéantir ma fortune, je ne permettrai pas que tu repousses celle qui s'offre à toi ! Qu'on

fasse fi, jusqu'à un certain point, de la gloire, des
honneurs, de la noblesse, je le conçois; mais nier
la toute-puissance de la richesse, voilà ce que je
n'admets pas!

— Cependant, mon oncle, vous voyez que l'argent
ne peut pas tout, puisque je ne lui cède pas plus
dans cette occasion que je ne l'ai fait lorsqu'il s'est
agi de Cornélie!

— Quoi! s'écria le marquis, pâle de fureur, tu
tromperais pour la seconde fois mes plus chères
espérances en refusant d'épouser une fille riche,
très-riche, sous le prétexte absurde que tu ne l'aimes
pas? la belle raison! Oh! ce serait de ta part le
comble de l'égoïsme, de l'ingratitude! Car enfin,
reprit le marquis, en s'apercevant que son neveu
ne saisissait pas très-bien le sens de ses paroles,
as-tu songé seulement à cette jeune personne ravissante, dit-on, et que tu plongerais dans le désespoir? T'es-tu inquiété une minute de moi, ton
oncle, misérable et infirme?

— Infirme !

— Certainement, j'ai eu tort de te le cacher! »

Robert fut vivement remué par ce dernier argument. Que de fois n'avait-il pas rêvé l'aisance afin
de procurer à cet oncle, qu'il chérissait au fond, un
bien-être et des soins, des gâteries dont il souffrait
de le voir privé! Aussi, se laissa-t-il endoctriner
par le vieux coquin, qui lui prouva bientôt qu'on
pouvait être un excellent mari sans aimer sa femme
éperdûment, et ne lâcha sa victime qu'après avoir
obtenu l'autorisation de réparer l'énorme faute
commise.

« Battons le fer pendant qu'il est chaud! » se dit le marquis en courant rue de Grammont annoncer à M. Nolard et à Henri, désormais inséparables, que, quoique son neveu ait cru devoir, par suite de scrupules exagérés, taire la sympathie bien réelle que lui inspirait Mlle Nolard, il n'y avait pas lieu de renoncer à une union qui assurerait le bonheur des deux jeunes gens.

Comment peindre l'état de Juliette quand son frère lui apprit qu'elle avait eu raison de se croire secrètement adorée par l'homme le plus délicat, le plus noble, le plus digne en un mot de faire naître une passion profonde? — C'est ainsi pourtant qu'en voyageant de bouche en bouche, la vérité s'altère au point de devenir synonyme de mensonge! — A l'instant, la joie la plus vive, l'ivresse la plus folle, remplaça le désespoir immense que la pauvre enfant réussissait difficilement à garder secret. Henri alla le lendemain matin se jeter dans les bras de son futur beau-frère, lequel conserva, il faut l'avouer, une retenue extraordinaire. Aux reproches sur sa sournoiserie, sur le motif absurde qui l'avait poussé à déguiser avec tant de soin sa tendresse pour Juliette, Robert répondit par des phrases ambiguës et, se montrant timide, presque honteux, n'abusa nullement des confidences amoureuses.

Il était convenu que le jeune homme dînerait tous les jours chez M. Nolard, afin de lui permettre de faire sa cour sans négliger son bureau; car, pour rien au monde, il n'eût voulu le quitter. En cela, du reste, chacun l'approuvait. Ce premier dîner fut d'abord un peu froid; cependant l'oncle qui y assis-

tait finit par l'égayer tellement que l'un des domestiques rentra à la cuisine en pouffant de rire et
en s'écriant : « Ma foi ! si j'étais à la place de Mademoiselle, moi, c'est le vieux que j'épouserais ! »
Effectivement, le marquis, s'étant mis en frais d'esprit, raconta des histoires fort amusantes et au récit desquelles Robert seul pouvait garder son sérieux, sans doute parce qu'il les connaissait de
longue date. Quoi qu'il en soit, l'embarras de ce
dernier augmentait au lieu de diminuer. Heureusement, Juliette savait que le feu couve sous la cen-
dre et se rappelait son Arlequin du bal masqué,
naguère si éloquent, si franchement épris d'elle.
Donc, chaque soir, pendant que notre héros était
censé lui faire une cour assidue, la jeune fille s'eni-
vrait des délices de sa propre imagination. Parfois,
elle s'attendait à recevoir des petits cadeaux d'un
goût exquis, des déclarations brûlantes, voire même
quelques caresses bien innocentes de la part d'un
fiancé ; mais hélas ! sauf le bouquet quotidien pré-
senté par Robert d'un air assez gauche et que Juliette déposait dans l'un des magnifiques vases en
verre de Bohême qui ornaient le salon, jamais ses
craintes ni ses désirs ne s'étaient réalisés. Pourtant, le marquis pressait toujours son neveu de
trahir une ardeur que celui-ci n'éprouvait guère.

Bientôt, le moment de régler les questions d'intérêt étant arrivé, l'oncle prévint M. Nolard que, malgré ses conseils, Robert tenait à être marié sous le
régime dotal. M. Nolard, qui, suivant les recommandations de Juliette, avait pris son parti de souscrire à celui de la communauté, n'eut garde d'en

souffler mot et s'inclina en signe d'acquiescement approbatif. A cette nouvelle, Juliette craignant de voir son mari abdiquer ainsi en partie son autorité de chef de leur société conjugale, insista auprès de son père avec tant d'énergie, que le contrat fut définitivement rédigé dans le sens de la communauté, à la grande surprise et non moins grande satisfaction du marquis. Bien décidé à ne pas céder sur ce point, Robert eut un entretien particulier avec sa fiancée, à laquelle il s'efforça de faire comprendre que, vu leurs positions différentes de fortune, lui-même se sentirait plus à l'aise s'ils étaient séparés de biens.

Comme depuis quelque temps Juliette remarquait avec chagrin la réserve croissante de son prétendu, réserve inexplicable à la veille de conclure cette grave affaire appelée mariage et qui est tout dans la vie d'une femme, elle résolut de tirer les choses au clair et pria Robert de lui expliquer pourquoi, tandis qu'il préférait le régime dotal, elle, au contraire, souhaitait qu'à l'avenir tout fût commun entre eux : « N'aurions-nous pas l'un pour l'autre une égale dose de.... tendresse? lui demanda-t-elle avec une émotion visible.

— Pardon! mademoiselle.

— A une certaine époque, reprit la jeune fille, vous pouviez être retenu par beaucoup de considérations qui n'existent plus maintenant que je vous ai confié le secret de ma conduite envers vous.

— Certainement.

— Aussi me suis-je contentée de la déclaration de votre oncle.

— Mon oncle vous a fait une déclaration?

— De votre amour, sans doute.

— Ah!

— Ne l'en aviez-vous pas chargé?

— Moi? non.

— Au surplus, elle était bien inutile après celle que vous me fîtes vous-même à ce fameux bal masqué où vous eûtes l'esprit de me reconnaître tout de suite!

— Au contraire, ce ne fut qu'à la fin, pendant le cotillon, répondit Robert innocemment.

— Ah! comment cela? »

Notre héros raconta aussitôt l'histoire du gant marqué, puis ajouta en souriant :

« Vous jugez de ma surprise lorsque je découvris que j'avais été intrigué toute la nuit par cette petite paysanne russe dont je me défiais si peu !

— Mais alors, Robert, ce que vous me disiez d'aimable, de si passionné même, ne s'adressait donc pas à moi?

— Dame.... non.

— Et si vous parliez de la sorte à une autre femme, c'est que vous l'aimiez; et si vous l'aimiez, c'est que vous ne m'aimiez pas!

— Permettez, balbutia le jeune homme.

— Oh! tenez, monsieur, s'écria Juliette, il est temps que je vous pose une question, une seule : Quels sont vos sentiments véritables à mon égard? Jusqu'ici j'ai trop dû m'en rapporter à des confidences étrangères; parlez, de grâce ! Je désire faire un mariage d'inclination; or, si tel n'est pas le cas de votre côté, dites-le franchement; c'est une confession pleine et entière que j'ai le droit d'exiger de vous! Voyant que Robert demeurait interdit : Et d'abord, avant de me connaître, ajouta-t-elle, auriez-vous par hasard aimé quelque autre femme?

— Mademoiselle.... oui, j'en conviens.

— Oui! répéta Juliette en soupirant, voilà qui est déjà bon à savoir! maintenant, depuis combien de temps vous occupez-vous de moi?

— Mais....

— Je fais appel à votre honneur!

— Mon Dieu! je ne sais pas trop, murmura le jeune homme.

— Cherchez bien dans votre mémoire! ainsi, il y a deux mois, au moment du bal, était-ce.... en train?...

— Non.... je ne crois pas.

— Ah! et le matin où mon frère est allé vous remercier d'avoir arrangé son duel, pourquoi ne lui avez-vous pas dit la vérité?

— Je la lui ai dite.

— Comment! il n'y avait rien encore? mais alors j'ai été abusée!...

— Pas par moi toujours!

— Pardon! je suis même victime d'un malentendu presque volontaire de votre part!

— Oh! vous ne le pensez pas!

— Tenez, il faut en finir, m'aimez-vous, oui ou non? »

Robert était un brave; il voyait le danger et ne voulait pas l'éviter :

« Mademoiselle, écoutez-moi, reprit-il après un silence de quelques secondes, chacun m'a fait un tel éloge de vous, j'ai pu si bien moi-même apprécier toutes vos excellentes qualités, que, quand mon oncle m'a poussé à conclure ce mariage, je me suis senti trop honoré, trop flatté pour....

— Ah! je comprends!... c'est-à-dire que vous ne m'aimez pas encore! s'écria Juliette en se couvrant le visage de ses mains.

— Vous vous trompez, répondit Robert tristement, quoi qu'il en soit, ajouta-t-il d'une voix éclatante, mon cœur est libre, je puis donc m'engager à remplir dignement les devoirs que m'imposerait une union entre nous et à faire tout au monde pour assurer votre bonheur sur cette terre!

— Merci! répliqua Juliette en découvrant son visage inondé de larmes, mais, vous le voyez, cette explication, qui était indispensable, m'a si fort troublée que je vous demande la permission de me retirer; vous jugez combien ma situation devient pénible!

— Elle ne l'est pas plus que la mienne, puisque vous semblez douter de la loyauté que j'ai pu apporter dans....

— Cette affaire! murmura Juliette, croyant achever la phrase et compléter la pensée de Robert.

— Oh! c'est trop fort! s'écria le jeune homme hors de lui, je ne resterai pas ici une minute de plus!

— Pardonnez-moi! je ne sais ce que je dis, repartit Juliette en essuyant ses yeux d'une main et en tendant l'autre à notre héros qui, après un moment d'hésitation, la serra avec cordialité. Monsieur Robert, continua-t-elle vivement, j'ai besoin de réfléchir avant de rien décider; à demain, n'est-ce pas?

— A demain, mademoiselle.

— Surtout, ne parlez à personne de ce qui vient de se passer entre nous !

— Je m'y engage. »

Là-dessus, Robert partit fort ému de cette scène dans laquelle il n'avait pas eu la force de trahir la vérité ni de devenir simplement l'interprète infidèle de ses sentiments. Juliette, qui lui avait fait ses adieux par signes, rentra dans sa chambre où, se jetant tout habillée sur son lit, elle appliqua sa figure sur l'oreiller comme pour y étouffer non-seulement ses sanglots, mais encore le souffle même de son existence.

En dépit des flatteries dont elle était l'objet et qui eussent dû lui fausser le jugement, notre héroïne possédait un fonds de raison qui l'abandonnait rarement dans les circonstances importantes. Dès que cette curieuse révélation l'eût éclairée, Juliette reconnut que ce mariage devenait impossible. Une seule chose l'inquiétait, celle de savoir de quelle manière on s'arrangerait pour le rompre. Malgré tout, Robert restait si bien à ses yeux un modèle d'abnégation et de courage viril, qu'elle ne douta pas de s'entendre facilement avec lui pour imaginer un motif de rupture venant uniquement d'elle.

Moralement épuisée, la pauvre enfant le chercha à peine et préféra, pendant cette longue nuit presque blanche, se consumer en regrets superflus. Après une couple d'heures d'un sommeil très-agité, elle se réveilla en sursaut; alors, son imagination recommença à tourner dans son cerveau, ainsi que le fait un écureuil dans sa cage, et sans pouvoir

sortir du cercle vicieux où l'amour la retenait prisonnière. Bientôt enfin, ô comble de la faiblesse humaine! Juliette se reprocha d'avoir contraint Robert à lui enlever des illusions qu'elle s'entêtait
déjà à ne plus vouloir perdre entièrement : « Au
bout du compte, se dit-elle, son cœur est libre, —
Robert me l'a juré solennellement; — de plus, il
s'engage à ne jamais trahir ma confiance et se fait
fort, dans ces conditions, de me rendre parfaitement heureuse; certes, voilà bien la preuve que s'il
n'a pas pour moi une de ces passions insensées qui
souvent ne durent guère, je ne lui suis pas du moins
antipathique! » Une fois lancée dans cette voie, la
jeune fille réussit à se persuader que décidément
tout serait encore pour le mieux dans le meilleur
des mariages possibles; bref, avant que la matinée
se fût écoulée, son parti était irrévocablement pris
d'accepter avec joie ce que Robert lui donnerait
d'affection : elle n'osait plus dire d'amour.

Dans le courant de la journée, Juliette eut bien, il
faut le reconnaître, deux ou trois velléités de ré-
volte contre sa propre lâcheté, mais vers l'heure du
dîner, elle n'éprouvait plus qu'une impatience extrême de rétablir les choses dans leur état primitif.

L'idée ne lui vint pas de se confier à son père ou
à son frère, tant elle désirait peu qu'aucun des siens
jugeât sa conduite en connaissance de cause.

Amené par Henri, au moment de se mettre à table, Robert s'étonna de trouver à Juliette une gaieté,
une sérénité qu'il ne lui avait pas vues les jours
précédents. Lui-même, quoique attristé par l'appré-
hension des événements révolutionnaires qui se

préparaient, se montra plus libre d'esprit, plus aimable peut-être que de coutume, probablement parce que sa conscience était en repos. Ne doutant pas du dénoûment, il se proposait d'aller le lendemain plaider et perdre sa cause devant son oncle qui ne manquerait pas de l'agonir de sottises. Quelle fut sa surprise quand, après dîner, Juliette, au lieu de quitter son bras, attira le jeune homme dans le bout du salon opposé à celui où M. Nolard s'installait pour jouer aux cartes avec son fils, et lui dit à mi-voix : « J'ai beaucoup réfléchi à notre explication d'hier et suis d'avis de ne rien changer à nos projets. » Puis, voyant que Robert la regardait fixement et ne semblait pas très-sûr de l'avoir bien comprise : « Je crois même que ce sera pour moi une excellente affaire ! » reprit-elle en appuyant gracieusement sur ce dernier mot. Robert restant toujours interdit : « Si vous avez quelque objection nouvelle à me faire, poursuivit-elle, montrez-vous donc plus explicite encore que vous ne l'avez été hier, autrement, je vous préviens que, confiante dans vos serments, je ne conserverai aucune inquiétude sur mon sort et ne me préoccuperai plus que du vôtre.

— De tout ce que je vous ai dit hier, mademoiselle, répliqua Robert en pâlissant légèrement, je n'ai pas un mot à retrancher ni à ajouter !

— Bon ! cela suffit, murmura Juliette, vous ne m'aimez pas, voilà tout, c'est convenu !

— Oh ! permettez !

— Tant pis pour moi si je ne tiens pas compte de vos avertissements ! »

Aussitôt, avec un tact et un sang-froid extraordinaires, elle rendit la conversation générale afin de
donner à Robert le temps de se remettre de l'étonnement que devait lui causer une conduite aussi
incompréhensible.

« Ma foi! pensait Robert, il n'y a plus moyen de
reculer : advienne que pourra! »

Et il prit bravement son parti.

De son côté, Juliette se disait : « Nous nous con-
venons, j'en suis sûre; ainsi, à la grâce de Dieu! »

Le marquis, venu dans la soirée, se montra fort
épris de sa future nièce et assez satisfait de l'empressement de son neveu. Dans son impatience de
sortir d'inquiétude au sujet de leur mariage, il
proposa à M. Nolard d'en fixer le jour. Henri, qui
partait avec son père pour l'Italie aussitôt après la
bénédiction nuptiale, supplia sa sœur de le choisir
elle-même.

« Au fait, pourquoi pas, si nous sommes tous
d'accord? demanda Juliette en lançant à Robert un
regard scrutateur auquel celui-ci répondit par un
signe de tête affirmatif accompagné d'un fin sourire.

— Le plus tôt sera le mieux! s'écria Henri.

— Assurément! dit Robert.

— Soit! » murmura Juliette.

A l'instant, le marquis et Henri se chargèrent de
faire ensemble les démarches nécessaires à l'église
et à la mairie. Dès le lendemain, on put convenir
qu'au bout de trois semaines environ ce grand événement s'accomplirait.

Le printemps s'annonçait exceptionnellement
doux. Juliette aurait bien voulu, comme plusieurs

de ses amies lui en avaient donné l'exemple, faire, selon la mode anglaise, un petit voyage en tête-à-tête avec son mari; mais Robert, n'osant pas demander un congé aux chefs de sa maison de banque, surtout dans un moment où il savait leur être très-utile sinon indispensable, obtint de sa future, qui était la raison même, d'abord que ce voyage n'aurait pas lieu immédiatement, ensuite que leur mariage se célébrerait un samedi, jour préféré d'ordinaire par les gens du commun.

En partant, M. Nolard laissait sa villa de Chatou ainsi que ses équipages et ses domestiques à la disposition des nouveaux époux, afin de donner à ceux-ci le temps de se choisir à Paris et d'y meubler à leur aise un appartement pour l'hiver suivant. Lui-même comptait, à son retour, mener la vie de garçon, au moins jusqu'à l'établissement de son fils, et tenir sa maison sur un pied tout différent. Quelque peu froissée par ce programme, Juliette ne tarda pas à l'approuver : elle comprit que, une fois lancée dans l'inconnu matrimonial, sa position personnelle pouvait nécessiter un certain isolement relatif. D'ailleurs, avouons-le, la petite folle rêvait l'égoïsme à deux.

Hélas! sur ce chapitre, une dernière épreuve, et la plus cruelle de toutes, lui était encore réservée : pour s'assurer, avant d'entrer dans le logement de son frère, qu'aucun visiteur ne s'y trouvait, Juliette, naturellement curieuse, avait pris la mauvaise habitude d'écouter aux portes. Or, la veille de son mariage, reconnaissant la voix d'un jeune homme, ami commun d'Henri et de Robert, elle prêta l'oreille et apprit que son fiancé venait d'envoyer un bracelet à une demoiselle Mathilde, en souvenir de leur liaison rompue. Profondément dégoûtée, révoltée même de cette conduite, Juliette s'esquiva, en se jurant de renoncer définitivement à la main de Robert. Cependant, sa haute raison, son expérience précoce, la crainte d'un scandale inouï, tout, jusqu'à son amour irrité de plus en plus par les obstacles, la fit encore changer d'avis. Donc, elle ne souffla mot à personne de cette affreuse découverte, qui lui inspira seulement une résolution dont les conséquences se produiront prochainement.

Enfin parut le soleil qui devait éclairer le beau jour où allaient être unis Juliette et Robert. Plus brillant que cet astre, voilé fréquemment de sombres nuages, le marquis arriva le premier au rendez-vous, et put, à deux heures de l'après-midi, les diverses cérémonies étant terminées, regagner à pied son logis. Il respirait à pleins poumons et paraissait aussi heureux que fier d'un événement auquel il avait pris une large part.

Pendant que M. Nolard et son fils roulaient vers la gare de Lyon, les conjoints, en costumes de voyage, étaient conduits à la villa de Chatou, dans le coupé paternel, par le cocher, ayant à sa boutonnière un superbe bouquet blanc, et sur le siége, à côté de lui, Marthe, son épouse, femme de chambre de Juliette.

« Mon pauvre Robert! — ce furent les premières paroles de la nouvelle mariée, — je crains de vous avoir fait commettre une véritable folie!

« — Quant à moi, ma chère Juliette, je me sens plein de confiance dans l'avenir, » dit Robert en serrant une des mains de sa femme qu'il retenait prisonnière dans les siennes, et en se rapprochant un peu de la jeune fille qui, sans le repousser précisément, veilla pourtant à ce que ses joues fussent toujours à une distance raisonnable des lèvres de son mari.

Déjà l'on entrait dans les Champs-Élysées, où le nombre considérable des voitures et des promeneurs imposait une tenue irréprochable. Robert se contenta d'engager une conversation trop souvent interrompue. A partir du pont de Neuilly, les regards indiscrets devinrent beaucoup plus rares; Robert en profita pour glisser adroitement un de ses bras autour de la taille de Juliette, et réussit à l'y maintenir quelque temps, malgré les efforts réitérés de la jeune fille pour se dégager de cette légère étreinte. Néanmoins, redoutant lui-même la curiosité soit du cocher, soit de la femme de chambre, il finit par le retirer. Ce danger n'était pas réel : une seule fois, Julien s'étant penché dans le but de surveiller le derrière de sa voiture et d'en faire descendre tout gamin qui s'y serait suspendu, Marthe l'avait rappelé à l'ordre, tant elle craignait de gêner Mademoiselle. A ce propos, le cocher se permit des plaisanteries ordinairement du goût de sa femme quand il les lui disait à l'oreille.

Le voyage se fit lestement, car les chevaux semblaient comprendre la solennité de ce jour, ou plutôt étaient menés grand train; on négligea même de les laisser souffler sur la route, afin d'arriver de bonne heure à Chatou, où la cuisinière attendait, pour son dîner, des provisions contenues dans le coffre de la voiture. Tout, bien entendu, avait été disposé selon les ordres de Mademoiselle.

Après avoir fait admirer à Robert le rez-de-chaussée de la villa, Juliette le conduisit au premier étage, dans une superbe chambre où notre jeune homme aperçut une petite malle qu'il avait expédiée la veille, de Paris.

« Voici votre chambre, monsieur, lui dit-elle d'un ton un peu sec.

— Ah! murmura Robert en promenant un regard distrait sur l'ameublement.

— Est-ce qu'elle ne vous plaît pas?

— Si fait, beaucoup.

— C'est celle de mon père et la plus belle de la maison, ainsi, vous n'avez pas à vous plaindre!

— La plus belle, c'est possible, s'écria Robert en souriant, mais je doute que la vôtre ne soit pas plus gaie, plus coquette.

— Mon Dieu! non, tenez, je vais vous la montrer; elle n'est séparée de celle-ci que par cette pièce, car, la nuit, je suis assez poltronne. »

En disant ces mots, Juliette fit traverser à Robert une espèce de boudoir au bout duquel se trouvait une chambre à coucher plus petite et fort simple, mais d'un goût aussi distingué par le choix de la perse ancienne dont elle était tendue que par sa décoration artistique.

« Là, maintenant, reprit la jeune fille en sortant brusquement par une seconde porte qui ouvrait sur le palier, voulez-vous que nous parcourions le jardin?

— Je ne demande pas mieux. »

Tous les deux descendirent l'escalier en courant et arrivèrent bientôt au fond du jardin qui n'était pas très-vaste.

Dès qu'il fut seul avec sa femme dans un bosquet charmant et assis auprès d'elle sur un banc des plus confortables, Robert sentit que le moment était venu de rompre enfin la glace. Il se jeta donc à ses genoux, et lui jura — souvenir de lecture ou de théâtre ! — qu'il craignait d'être le jouet d'un songe, en se voyant l'heureux possesseur d'un tel trésor de grâce, d'esprit, de beauté, etc., etc.

Soit que l'amour de la propriété se fût déjà emparé de lui, soit que l'émotion toujours croissante de Juliette l'eût gagné, Robert donna à ses paroles un accent de conviction qui parut étonner et effrayer la jeune fille.

« Décidément, je préfère marcher, s'écria-t-elle en se levant, promenons-nous, hein ?

— Volontiers, répondit Robert un peu déconcerté, ce qui ne l'empêcha pas de saisir et de serrer sur son cœur le bras tremblant que lui abandonna sa femme.

— Il est nécessaire, du reste, reprit celle-ci, que nous nous entendions sur.... certaines choses....

— Lesquelles ? demanda Robert avec empressement, vous savez, ma chère Juliette, que je souscris d'avance à tous vos arrangements !

— Oui, n'est-ce pas ? s'écria la jeune fille d'un ton suppliant, j'y comptais, sans cela, je n'aurais jamais pu me résoudre à vous épouser. Ainsi donc, ajouta-t-elle sitôt qu'ils furent en vue de la maison,

vous promettez de vous soumettre, jusqu'à nouvel
ordre, à mes désirs quels qu'ils soient!

— Je jure, répondit Robert, d'être, non pas jusqu'à nouvel ordre, mais toujours, le plus facile à
vivre, le plus indulgent des maris.

— Oh! à la bonne heure! c'est gentil, ça, mon
ami! Maintenant que j'ai votre parole, j'oserai
m'expliquer. »

Cette annonce de discours fut suivie d'un assez
long silence qui menaçait encore de se prolonger,
lorsque Robert s'écria :

« Eh bien! voyons! qu'y a-t-il? »

Juliette semblait chercher ses mots, ou plutôt
s'efforçait en vain de mettre un peu d'ordre dans
ses idées.

« Apprenez, dit-elle enfin d'une voix ridiculement
basse, que j'ai beaucoup vécu, pendant ces dernières années, avec une vieille parente presque en
enfance, laquelle, morte depuis peu, me révéla,
sans le vouloir et sans le savoir, des choses que je
devrais ignorer.

— Quoi donc?

— Il paraît, continua Juliette, que sa conduite
n'avait pas toujours été irréprochable, car, dans le
tête-à-tête, je m'amusais à lui faire raconter des
aventures de sa jeunesse, dont les détails me causaient parfois une profonde horreur. Certes, je com-
mettrais un abus de confiance si je trahissais le secret de cette confession involontaire, et diminuais
ainsi l'estime dont sa mémoire reste entourée parmi
nous.

— Je comprends cela, dit Robert.

— Cependant, reprit la jeune fille, je compte utiliser les enseignements tirés des bavardages de ma parente, en ne cédant pas aux droits que le mariage vous donne sur ma personne.

— Comment! s'écria Robert décontenancé par cette singulière déclaration, vous prétendriez vous soustraire à vos nouveaux devoirs d'épouse?

— Certainement, répondit Juliette : les hommes sont plus ou moins grossiers, hypocrites; ils peuvent commettre des actes que l'amour le plus passionné devrait seul expliquer, et par conséquent faire excuser. Or, prévenue comme je le suis, de l'état de votre cœur à mon égard, je manquerais au respect de moi-même si je souscrivais à une condition tellement flétrissante. Je vous supplie donc de me laisser juge du moment où vous vous serez rendu digne, par votre tendresse que je tâcherai d'augmenter chaque jour, de me posséder tout entière! »

La fin de ce petit discours que la découverte de la veille avait évidemment inspiré, fut débitée avec une fermeté extraordinaire.

Robert resta quelques instants sans répondre, se bornant à fixer ses regards étonnés sur sa jeune épouse, dont les yeux baissés, le visage pourpre et le sein palpitant trahissaient un trouble qu'il partageait lui-même. Ne se sentant pas capable de discuter à fond cette question délicate, en présence de sentiments dictés par une fierté, une pudeur, une noblesse féminine toute nouvelle pour lui, le jeune homme dit à sa femme, d'un ton pénétrant mêlé de tristesse :

« Vous vous trompez étrangement, ma chère Juliette, si vous me croyez assez bête, assez faible ou assez lâche pour avoir pu vous épouser sans amour ! J'ai commis une faute grave en m'acquittant trop ponctuellement envers vous de ce que je regardais comme une dette de conscience. Depuis lors, il s'est fait en moi une révolution complète ; ce qui le prouve, c'est l'impatience avec laquelle j'appelais le dénoûment de ce matin. J'affirme donc sur l'honneur que vous m'inspirez maintenant une passion aussi vive que pure. Hélas ! quand serez-vous convaincue de ma sincérité ?

— Bientôt, j'espère, s'écria Juliette rayonnante de joie. Ah ! mon ami, je m'accuserai d'égoïsme tant que votre bonheur n'égalera pas le mien. Jusque-là, je me fie à votre parole et, puisque désormais nous pouvons vivre ensemble, je ne doute pas que l'avenir ne parvienne prochainement à détruire toutes mes préventions. »

A la suite de cet entretien, les jeunes gens disparurent dans ce qu'on appelait le petit bois. Marthe, qui, en l'absence du valet de chambre parti avec M. Nolard, devait servir à table, y vint, après avoir toussé une fois ou deux, annoncer que Madame était servie.

Pendant le dîner, Juliette se montra d'une humeur charmante. Son mari, au contraire, ne sut pas toujours cacher sa préoccupation. Pleine d'expérience et de tact, Marthe s'absentait le plus souvent possible et évitait de satisfaire la curiosité par trop indiscrète de la cuisinière. Le repas terminé, les nouveaux époux retournèrent au jardin, où ils firent de longues promenades dans les allées principales et de fréquentes haltes sur plusieurs bancs, puis Robert, redoutant pour Juliette l'humidité du soir, manifesta le désir de rentrer.

A peine dans le salon, la jeune fille se mit au piano. Robert en fut d'abord charmé; il conçut même une haute idée du talent de sa femme; mais, après s'être amusé deux heures durant à regarder les jolis doigts féminins courir sur le clavier qui, chatouillé ainsi, semblait lui rire au nez, notre héros découvrit le néant de ce plaisir et demanda grâce.

Cet homme assurément n'aimait pas la musique. Mon Dieu! si, seulement il avait hâte d'entamer avec sa femme une dernière discussion sur l'amour conjugal, dans le but de lui prouver qu'elle l'avait fait souscrire à une condition inacceptable.

Avec une patience et un calme surprenants, Juliette redonna à son mari des explications fort claires sur ses dispositions morales et finit par lui dire :

« Ma conduite a été bien imprudente, je le sais; néanmoins, comme je préférais être malheureuse avec vous qu'heureuse avec tout autre, je n'ai pas hésité à devenir votre femme.

— Sois-la donc! s'écria Robert trahissant une ardeur assez naturelle.

— Plus tard, plus tard, répondit Juliette en réussissant à se soustraire aux étreintes passionnées du jeune homme et à s'enfuir du salon. Robert la poursuivit et arriva presque aussitôt qu'elle sur le palier; mais, trouvant déjà fermée cette porte de la chambre de sa femme, il se précipita vers celle du boudoir dont le verrou fut poussé à son approche et au travers de laquelle une voix délicieuse prononça ces mots :

« Bonsoir, mon ami, à demain !

— Oh ! Juliette, Juliette, ouvrez-moi, par pitié ! je serai fidèle à ma promesse, vrai ! » s'écria Robert avant de frapper sur la porte d'abord légèrement, ensuite avec une certaine violence. Redevenu doux et humble, en s'apercevant que la jeune fille ne tenait aucun compte de ses supplications et ne se laisserait probablement pas intimider par la crainte du bruit : « Ouvre-moi, cher petit ange, dit-il d'un ton langoureux, j'ai à te parler, je...

— Eh bien, parlez, je vous écoute, répondit Juliette pleine de sang-froid.

— Impossible. Les domestiques m'entendraient...

— Qu'importe ?

— Oh ! vous n'y pensez pas ! Juliette, ouvrez-moi, sinon je forcerai cette porte !

— Cela ne vous servirait à rien, car je sortirais de l'autre côté et me refugierais partout ailleurs.

— Vous avez donc juré de me rendre ridicule ?

— Moi, nullement : quel ridicule y aurait-il à se montrer bon, aimable, complaisant ?

— Vous voulez alors, reprit Robert avec des larmes dans la voix, que ce jour, le plus beau de la vie, devienne pour moi un véritable martyre ?

— Je veux que vous le bénissiez au lieu de le maudire, ce jour où vous avez eu l'imprudence de m'épouser sans partager à beaucoup près l'affection que je vous porte !

— Tu mens! je t'aime! je t'adore! s'écria Robert avec un accent de sincérité évidente.

— Ah! mon ami, persuadez-le-moi! je ne demande que cela! en attendant, bonsoir! bonne nuit!

— Elle est folle! se dit Robert furieux d'entendre Juliette fermer également le verrou de sa chambre, ou plutôt non, c'est une enfant gâtée qui se croit le droit de gouverner tout le monde. Eh bien! nous verrons! »

Sur ce, l'infortuné se promena de long en large, s'arrêtant sans cesse, prêtant l'oreille, espérant... l'impossible, jusqu'à ce que vexé, humilié au dernier point, il se mit au lit en se répétant plusieurs fois :

« Elle se trompe si elle s'imagine que ces coquetteries-là réussiront auprès de moi! »

De son côté, Juliette s'était décidée à se coucher, mais elle réfléchissait et ne songeait guère à éteindre sa bougie. Quoi de plus ravissant que cette petite tête de femme sortant seule du nuage blanc de ses draps et au milieu de laquelle brillaient deux yeux malins où se peignaient alternativement le triomphe, la passion, l'inquiétude?

Au bout d'une heure environ, un certain calme, précurseur du sommeil, s'établit dans toute cette gracieuse personne, dont les paupières ne tardèrent pas à se clore définitivement. Réveillée en sursaut longtemps avant le jour, par un bruit presque imperceptible ou semblable à celui que fait une souris, elle se tint d'abord sur son séant puis sauta à bas du lit et, sans prendre le temps de glisser ses jolis pieds dans des mignonnes pantoufles, vint coller son oreille contre la porte. O surprise! Robert était parvenu, Dieu sait comment, à ouvrir le verrou intérieur du boudoir, et il allait probablement chercher à pénétrer de la même façon dans la chambre de sa femme. Juliette en eut un affreux battement de cœur :

« Que voulez-vous? Qu'y a-t-il? » demanda-t elle vivement.

N'ayant pas reçu de réponse, elle passa un peignoir et attendit.

Les deux époux, immobiles, respirant à peine, chacun d'un côté de la porte, regardaient simultanément par le trou de la serrure sans rien apercevoir. Bientôt, comprenant que sa marche était surveillée par l'ennemi et que le second obstacle serait encore plus difficile à franchir que ne l'avait été le premier, Robert supplia d'un ton assez piteux la jeune fille de le recevoir, sous prétexte qu'il ne dormait pas et désirait causer avec elle.

« Ce que vous venez de faire est mal, fort mal, s'écria Juliette sérieusement fâchée, je vous avertis, puisqu'on ne peut se fier à votre parole, que, si vous ne vous retirez pas, je resterai là, debout, toute la nuit, au risque de me rendre malade. »

Découragé, redoutant un scandale inutile, Robert qui, d'ailleurs, ne connaissait pas très-bien les êtres de la maison et savait que sa femme, une fois réveillée, s'enfuirait par l'autre issue, jura qu'il ne tenterait plus rien pour user de ses droits. Bref, après avoir sollicité inutilement son pardon, il battit en retraite, aussi honteux « qu'un renard qu'une poule aurait pris » comme dit la fable.

A moitié remise de cette alerte, Juliette s'occupa
de barricader sa porte au moyen de plusieurs meubles et ce ne fut que quand elle vit un nombre suffisant d'obstacles amoncelés et défiant toute surprise qu'elle osa se recoucher. Le reste de la nuit
ne se signala par aucun incident digne d'être rapporté. Naturellement, ces nouveaux époux dormirent
aussi peu l'un que l'autre et d'un sommeil fort agité.

Le lendemain matin, Juliette, descendue la première au jardin, s'installa sous la vérandah. Sombre
comme un conspirateur, Robert affecta de ne l'y
pas remarquer et se promena le plus loin possible
de la maison, jusqu'à ce qu'il s'entendit appeler
pour déjeuner.

Juliette comptait bouder; cependant, à la vue de
son mari, froid, mécontent, embarrassé, même devant Marthe :

« Bonjour, mon ami, lui dit-elle en tendant ses
joues.

— Bonjour, méchante, murmura entre ses dents
le jeune homme avant d'embrasser sa femme, comment avez-vous dormi?

— Pas très-bien, répondit Juliette à haute voix,
par exemple, je meurs de faim, et vous?

— Moi aussi, s'écria Robert de meilleure humeur,
tenez, vous allez en juger. »

Grâce à leur insomnie nocturne, ils dévorèrent
à qui mieux mieux.

« Robert, si vous m'en croyez, dit Juliette à la
fin du repas, nous ferons atteler le coupé vers trois
heures et nous irons nous promener dans la forêt
de Saint-Germain.

6

— Très-volontiers; seulement, repartit notre héros, ne devions-nous pas nous cacher ici à tous les yeux?

— Oh! pourquoi? demanda Juliette naïvement.

— Au fait, c'est vrai, il n'y a pas de quoi! » répondit Robert qui allait sans doute ajouter quelque réflexion peu flatteuse pour lui-même, lorsque le cocher vint, rouge comme un coq, prendre les ordres.

Cette promenade en forêt fut à son début particulièrement du goût de Juliette, laquelle se mit à causer gentiment avec son mari.

« Mon Dieu, s'écria la jeune fille dans un moment d'enthousiasme, que nous sommes bien ainsi, n'est-ce pas?

— Oui.

— Tous deux seuls!

— Seuls, pas complétement, dit Robert en montrant le cocher.

— Oh! je vous assure qu'il ne me gêne pas!

— Moi, c'est différent. »

Devenue pensive, Juliette se contenta de regarder le ciel, le feuillage, les oiseaux, puis de loin en loin et comme à la dérobée son époux, qui lui paraissait tantôt gai, tantôt triste et qu'elle avait peine à définir.

« Ah! Robert, reprit-elle bientôt en soupirant, quand votre bonheur égalera-t-il le mien?

— Quand tu le voudras! »

Cela dit, le jeune homme colla ses lèvres sur celles de sa femme dont il retint quelques instants la tête prisonnière dans le fond de la voiture.

Victime de cet abus de la force physique et troublée au dernier point par cette caresse inconvenante, Juliette tourna le dos et garda le silence. Tout à coup, un cahot permit à Robert de s'apercevoir que sa femme pleurait à chaudes larmes. Plus révolté qu'apitoyé, il ne tarda pas, après un haussement d'épaules, à lui demander ce qu'elle avait. Avant de répondre, Juliette se laissa adresser deux ou trois fois la même question :

« Hélas! murmura-t-elle enfin d'un air profondément abattu, je vois que nous ne nous entendons pas du tout !

— Est-ce ma faute si tu n'es pas raisonnable?

— Je ne suis pas raisonnable parce que je réclame de vous une petite concession bien facile à accorder quand on aime.

— Au contraire! » répliqua Robert qui, néanmoins, fit sur-le-champ à sa femme mille promesses d'obéissance aveugle qu'il sut tenir pendant la dernière partie de la promenade.

Le dîner fut des plus agréables ainsi que la soirée. Notre héros s'y montra réellement bon garçon. Au lieu de rabâcher ses éternelles déclarations d'amour entremêlées de plaintes assommantes sur tous les tons connus, y compris celui des mendiants, il s'entretint avec sa femme de ce qui pouvait les intéresser l'un et l'autre. Vers onze heures, les jeunes époux se souhaitèrent le bonsoir. Déjà Robert s'apprêtait à serrer modestement une des mains de Juliette, lorsque celle-ci lui tendit de nouveau ses joues sur lesquelles il déposa comme le matin deux chastes baisers paternels ou fraternels.

Quoique très-rassurée par ces excellentes dispositions de son mari, Juliette n'en barricada pas moins sa porte du côté du boudoir. Certes, c'était bien inutile : subitement converti au spiritualisme conjugal le plus absolu, Robert se jurait d'être digne à l'avenir de l'ange de pureté qui lui révélait le dédain de notre vile nature et des appétits grossiers inspirés aux misérables humains qui ne savent pas s'élever au dessus d'elle. Il se coucha donc en s'encourageant dans ces résolutions stoïques et en se faisant une fête de la surprise qu'éprouverait sa chère compagne à la vue de son admirable docilité. Notre philosophe rit même dans sa barbe à la pensée d'attendre le bon plaisir de Juliette, fût-ce pendant quinze jours, six semaines, trois mois, un an ! Par exemple, tandis que celle-ci dormait du sommeil de l'innocence, bien que telle ne fût pas sa prétention, lui-même se tint éveillé longtemps encore par ce beau projet d'une existence matrimoniale des plus chastes.

A son réveil, Robert, enivré par l'aspect d'une splendide matinée de printemps, procéda avec tant de soin à sa toilette et à l'essai d'un élégant costume neuf, qu'il se serait mis en retard si sa femme ne l'avait pas relancé jusque sous ses fenêtres. Sans appétit aucun, cette dernière regardait comme un devoir de prendre part au déjeuner de son pauvre mari obligé, dès le surlendemain de leurs noces, de se rendre à ce vilain bureau. A neuf heures et quelques minutes, ils se dirigèrent bras dessus, bras dessous vers le chemin de fer. Décidément, Juliette préférait affronter la curiosité publique plutôt que de perdre un seul instant de la société de son doux seigneur et maître.

« Que vais-je devenir jusqu'à votre retour ? lui dit-elle tendrement. Ah ! je penserai à vous toute la journée, j'en fais le serment !

— Hélas ! moi, au contraire, s'écria Robert, je serai probablement accablé de travail et n'aurai guère le temps de songer à vous ! »

Le passage du train de Saint-Germain à Paris coupa court aux adieux :

« A ce soir ! bon voyage ! »

Une poignée de main, un petit signe de tête, ce fut tout.

Triste mais bien glorieuse et seule dehors pour la première fois de sa vie, Juliette, qui connaissait à fond ce pays qu'elle habitait l'été, depuis son enfance, imagina de rentrer à la villa par un sentier peu fréquenté. A peine s'y fut-elle engagée, qu'elle se trouva nez à nez avec le père de son amie et infortunée rivale, Mlle Cornélie. C'était un fâcheux sans pareil, ne comptant pour rien dans sa propre famille, et célèbre uniquement par une passion malheureuse, la chasse. Toujours en train de promener sa chienne, il l'ahurissait tellement avec ses coups de sifflet et ses cris continuels que l'intelligente bête ne faisait plus aucune attention à son maître, et paraissait elle-même le mépriser profondément. A chaque minute, celui-ci adressait à Mirza des reproches absurdes, ou la menaçait du collier de force quand elle s'était éloignée quelque peu.

Non content de saluer Juliette en lui demandant de ses nouvelles et de celles de Robert, l'ennuyeux personnage crut utile, sans doute pour donner le change sur ses regrets et sur ceux de tous les siens, de la féliciter encore du grand événement de l'avant-veille ; puis, il admira en riant beaucoup le courage surhumain de ce nouveau marié qui pouvait si tôt sacrifier la compagnie de sa jeune et charmante épouse aux nécessités cruelles de la vie. Enfin, il lui fit de nombreuses questions sur l'itinéraire que suivait M. Nolard en Italie, et ne la quitta qu'à sa porte, après lui avoir annoncé que le marquis des Ilots était attendu prochainement à Croissy.

Juliette tint sa promesse : elle passa cette journée entière dans la plus réelle impatience de revoir son mari, c'est-à-dire en pensant à lui.

L'arrivée du jeune homme au bureau fut accueillie par les cris de joie de plusieurs employés qui avaient parié que Robert serait aussi exact qu'à l'ordinaire. Bien entendu, il reçut encore force compliments sur Juliette dont le succès était complet, même auprès des chefs de la maison de banque, lesquels, indépendamment de ses charmes personnels, prisaient fort le chiffre de sa fortune singulièrement exagéré par le bruit public. Notre héros se vit donc traiter par ces derniers avec un redoublement d'estime et de considération. A certains camarades trop familiers qui lui firent discrètement les questions les plus indiscrètes, il sut répondre adroitement et sans se compromettre.

Quand le trouble causé par sa présence fut complétement calmé, Robert se mit au travail ; mais il eut bien du mal à distraire son esprit des réflexions pénibles qui l'assaillaient :

« Dieu ! se dit-il avec effroi, si ces messieurs savaient que je ne suis que de nom le mari de ma
femme, quelles plaisanteries sur mon compte ! »

Il comprit alors le néant des raisons invoquées
par Juliette, et sentit que leur union de fait pouvait
seule inspirer à la jeune fille cette confiance absolue qu'elle cherchait vainement dans les brouillards
de son imagination virginale. Bref, tout en pa-
raissant plongé dans des calculs financiers, Robert
en établit d'autres dont les résultats seront connus
avec le temps. La majeure partie de son séjour au
bureau se passa ainsi à soupirer après le retour à
la villa, tant il avait hâte d'y mettre à exécution un
plan sagement conçu et qui devait, par un coup
d'audace, réparer la faiblesse inouïe dont il s'était
rendu coupable.

A la station de Chatou, Juliette attendait bravement son mari, dont elle prit le bras, en lui lançant
une œillade si innocemment amoureuse que l'infâme
conspirateur éprouva un remords passager. Dès que
les jeunes époux, qui pressaient le pas, se crurent
suffisamment éloignés des curieux, ils causèrent,
ou plutôt Juliette fit un récit adorable de son ennui
mortel de la journée, ennui que Mlle Cornélie et sa
mère avaient jugé à propos d'augmenter encore au
moyen d'une longue visite inspirée par la curiosité
et motivée, soi-disant, par l'absence de Robert.

Bientôt celui-ci annonça qu'il rapportait de Paris
une affreuse migraine ; cependant, comme il déclarait également mourir de faim, sa femme ne s'inquiéta pas outre mesure et espéra même que le dîner la dissiperait. Il n'en fut rien. Aussi, vers neuf

heures, Robert monta se coucher, après avoir supplié Juliette de ne pas craindre de toucher du piano,
affirmant que la musique ne l'empêcherait nullement de dormir, au contraire. Tout en cédant, la
jeune fille eut soin de mettre des sourdines à son
jeu.

Une fois chez lui, le faux malade, plein d'une
émotion particulière, tira les rideaux de son lit,
jeta sur chaque meuble un des vêtements qu'il quittait, afin de donner à tout l'apparence du désordre,
puis, se glissa dans la chambre de sa femme, d'où
il se promit bien de ne sortir que le lendemain. S'y
étant livré à la recherche d'une bonne cachette, il
finit par choisir le lit, qui était en fer, garni de perse
et assez élevé sur ses pieds pour qu'un être humain de taille moyenne pût se cacher dessous.

A peine s'y trouvait-il installé depuis quelques
minutes, que la porte du palier livra passage à une
jupe, dans laquelle Robert crut reconnaître la
femme de chambre, grâce à la clarté d'une lumière
vacillante. Effectivement, c'était Marthe qui venait
faire la couverture de sa maîtresse. Elle s'arrêtait
donc tantôt ici, tantôt là. Déjà, notre jeune homme
ne respirait plus et se demandait comment il moti-
verait sa présence sous ce lit, s'il y était découvert,
lorsque la jupe et la lumière disparurent subitement,
l'une portant l'autre.

Au moment où le méchant garçon commençait à
s'impatienter, à souffrir même de se sentir ainsi
couché sur la dure, dix heures sonnèrent à la pen-
dule. Peu après, le piano se tut complétement ;
des voix de femmes résonnèrent dans la cage de

l'escalier, puis, Marthe rentra, précédant et éclairant
Juliette.

« Ne faites pas de bruit, Marthe, j'espère que
Monsieur dort ; au surplus, je vais m'en assurer. »

Aussitôt, la jeune fille ouvrit la porte du boudoir
qu'elle se garda bien de refermer et alla frapper
tout doucement à celle de son mari. Ce dernier, qui
tremblait de nouveau, faillit éclater de rire quand
sa femme revint dire à voix basse :

« Il dort profondément. »

Pendant un bon quart d'heure, Robert assista sans
rien voir à la toilette de nuit de sa femme ; enfin, il
entendit prononcer ces paroles consolantes :

« Là, maintenant, vous pouvez vous retirer,
Marthe !

— Bien, madame.

— A propos, reprit Juliette, si, par hasard, Monsieur avait besoin de quelque chose, cette nuit, je
vous sonnerais, et vous iriez chez lui en passant
par l'autre côté.

— Oui, madame ; bonsoir, madame !

— Bonsoir, Marthe ! »

Maître absolu de la situation, Robert se demanda
comment il procéderait pour ne pas trop effrayer sa
chère moitié qui était capable, le prenant pour un
voleur, de pousser des cris affreux. Il se promit
donc de la prévenir doucement, et d'attendre, pour
paraître, qu'elle se fût avouée surprise, vaincue.
Les hommes, en amour surtout, sont volontiers
cruels, féroces. Celui-ci, au contraire, voulait user
de ménagements avant de dévorer sa proie. Par
exemple, véritable loup dans la bergerie, il fut,

pour la seconde fois, sur le point de pouffer de rire en voyant Juliette barricader la porte qui donnait sur le boudoir. Soudain, selon sa louable habitude, la jeune fille, avant de se coucher, regarda sous son lit et, y apercevant quelqu'un, jeta un cri, un seul, tant Robert s'empressa d'y répondre par des supplications qui le firent immédiatement reconnaître. Sans perdre une minute, notre héros sortit de sa cachette, mais lorsqu'il se retrouva sur ses pieds, sa femme avait disparu. Qu'on juge du désespoir, de la rage même de ce malheureux époux !

Le lendemain matin, il descendit tout penaud dans la salle à manger, où Juliette qui préparait le thé, lui demanda en souriant des nouvelles de sa santé.

Robert se proposait de ne faire aucune allusion à l'aventure de la veille ; cependant, n'y tenant plus :

« Tout cela est bien ridicule, allez ! dit-il à sa femme sans daigner la regarder.

— C'est tout à fait mon avis, répondit celle-ci froidement.

— Du reste, ma présence auprès de vous me semble tellement inutile que j'ai résolu de ne pas revenir ce soir !

— Comment ! s'écria Juliette, vous me laisseriez seule ici !

— Pourquoi non? n'est-ce pas le meilleur moyen de me soumettre à vos idées..... absurdes?...

— Eh quoi ! mon ami, ne craignez-vous pas de m'exposer à la risée générale ?

— Si vraiment, répondit le jeune homme en soupirant, à ce soir donc ! »

Durant tout le repas, Robert garda un morne silence ; sa femme, en le servant de son mieux, s'efforça vainement d'apaiser cette grande colère. Dès que son mari fut parti, Juliette monta dans sa chambre et y déplora longuement la conduite incompréhensible de ce Robert qu'elle croyait retrouver soumis, repentant, honteux de son équipée nocturne et qui venait de se montrer dur, brutal, inflexible au point de la menacer de coups de tête réellement insensés. N'y avait-il pas lieu de se décourager ? Certes, la pauvre enfant n'osa pas ce soir-là aller au-devant du voyageur et son cœur battit bien fort quand elle le vit rentrer. Mais quelle surprise ! Le monstre paraissait adouci, presque aimable ; puis, sans aucun motif plausible, il cessa tout à coup de parler et même de répondre. Pour s'expliquer ce nouveau changement, Juliette fut obligée de se rappeler que les quelques mots gracieux prononcés par Robert, à son retour, l'avaient été en présence de Marthe qu'il tenait évidemment à ne pas initier aux mystères de leur vie conjugale. Elle approuva néanmoins cette prudence et se promit de l'imiter à l'occasion.

Le jour suivant, à Paris, dans son petit cabinet, — car il avait depuis peu l'honneur d'être séparé des autres employés de la maison, — Robert eut la visite de son vieil ami le docteur Lunel. Leur connaissance s'était faite en chemin de fer, alors que, jeune garçon encore, notre héros s'en retournait seul au collége, après avoir passé ses vacances en Normandie dans le château de son oncle, parrain et tuteur, le marquis des Ilots. L'uniforme de Sainte-

Barbe lui avait servi de recommandation auprès du docteur qui, ancien barbiste, se souvenait parfaitement de son excellent condisciple, Durand, du Havre.

Quoique praticien habile et le meilleur homme de la terre, le docteur Lunel n'était pas destiné à devenir jamais bien célèbre. Naturellement timide, il manquait de confiance en lui-même et le laissait trop voir à tout le monde. Ce fait le prouvera surabondamment : déjà reçu docteur, Lunel se promenait avec son frère, lorsqu'au détour d'une rue tous deux aperçoivent un groupe et s'en approchent. Un ouvrier, tombé d'une échelle, venait de se blesser. La foule réclamait un médecin.

« Voilà, voilà! » s'écrie le frère de Lunel.

Ce dernier examine avec soin l'ouvrier, puis dit en secouant la tête :

« Le cas me semble grave et l'on ferait bien d'appeler un médecin! »

Heureusement, cette naïveté faisait au docteur beaucoup d'amis, surtout parmi ses confrères. Protégé par l'un d'eux, il fut, à la suite d'un concours assez brillant, nommé médecin dans un hôpital de Paris, but suprême de son ambition.

Donc, le brave homme, ayant pris en affection le jeune Durand, allait le voir fréquemment aux heures des récréations. Bientôt, par correspondance, il obtint du marquis l'autorisation de faire sortir le collégien, de deux dimanches l'un. Pour Robert, qui restait dix mois sur douze enfermé dans les murs de sa prison, c'était une fête véritable qu'une journée passée, selon la saison, à la campagne ou à la ville et terminée toujours par un dîner de restaurant, quelquefois même, au jour de l'an ou au carnaval, par une soirée dans un théâtre. Plus Robert se montrait discret sous le rapport des dépenses qu'il occasionnait ainsi au docteur, plus celui-ci, qui n'était pas riche pourtant, redoublait de générosité à son égard.

Malgré la différence d'âge de près de trente années qui existait entre eux, le docteur, désireux d'inspirer de l'amitié, non du respect, exigeait que Robert le traitât en camarade et par conséquent le tutoyât. Le jeune barbiste ne tarda pas à suivre le plus sérieusement du monde l'exemple que lui en donnait le vieux barbiste.

A sa sortie du collége, notre héros, qui songeait à faire son droit, se mit en pension chez Lunel et y resta jusqu'au jour où le marquis, se fixant définitivement à Paris, crut devoir reprendre le gouvernement de son neveu. Ce fut alors que Robert se lança dans la société des jeunes gens riches et élégants, ce qui le rendit de plus en plus infidèle à celle du docteur. Néanmoins, chaque semaine, les deux amis dînaient ensemble, soit à leur ancienne table d'hôte, aux frais du docteur, soit au cercle de Robert et à son compte, bien entendu.

Le mariage de ce dernier devait enfin rompre ces bonnes habitudes.

Confident intime de Robert, le docteur s'était efforcé d'empêcher cette union avec une jeune personne pour laquelle son camarade déclarait ne pas ressentir d'amour. Nous savons comment l'influence du marquis et la ténacité de Juliette l'avaient emporté sur tous les beaux raisonnements du docteur, ainsi que sur les résolutions les plus fermes et les aveux les plus sincères de Robert.

« Cher ami, s'écria le nouveau marié à la vue de Lunel, je t'ai fait appeler parce que j'ai absolument besoin d'une consultation !

— Toi ! au fait, c'est vrai, mon pauvre garçon ! dit le docteur en éclatant de rire, je te trouve une mine pitoyable !

— Je crois bien, parbleu ! je mange et dors à peine.

— Ah ! ah ! ah !...

— Ne pourrais-tu pas me donner un peu de quinine ou d'opium, que sais-je, pour me forcer à prendre quelque repos ?

— Oui.... Ah ! ah ! ah !... A propos, comment se porte Madame ? demanda Lunel en essuyant ses gros yeux que les éclats de rire avaient remplis de larmes.

— Très-bien, je te remercie, répondit Robert d'un air embarrassé.

— Ah çà ! j'espère que vous vous entendez à merveille ?

— Dieu ! mon cher, quelle nature originale ! s'écria Robert, figure-toi que maintenant je l'adore, ma parole !

— Je n'en doute pas : la femme est charmante sous tous les rapports ; les témoignages d'affection qu'elle m'a prodigués le jour de votre mariage m'ont vivement touché.

— Elle savait ce que tu as été, ce que tu es pour moi ! dit Robert en serrant avec force la main de

son ami, lequel murmura d'une voix à moitié étran-
glée par l'émotion :

— Mon pauvre vieux, va! puis se remit aussitôt
à rire en ajoutant : Quand on a une poigne comme
la tienne, on n'est pas bien malade!

— Je le suis pourtant !...

— Veux-tu savoir pourquoi ?

— Oui.

— Eh bien ! c'est que tu travailles trop !

— Non, je t'assure !

— Si fait, si fait; aime un peu moins ta femme et
tout ira bien. Voilà mon ordonnance ! »

Un garçon de bureau ayant annoncé à M. Durand
que le chef principal de la maison de banque désirait lui parler, le docteur se sauva, sans écouter
son ami qui cherchait à le retenir et semblait disposé à lui tout révéler.

Après l'avoir félicité de son zèle et de son exactitude, extraordinaires dans un pareil moment, le
chef prévint Robert d'un ton solennel qu'il s'était entendu avec ses associés pour lui créer une position
plus digne du brillant mariage qu'il venait de contracter. Bref, ces messieurs, le sachant marié sous le
régime de la communauté et disposant de capitaux
assez considérables, lui proposaient de verser une
somme plus ou moins importante dans leur maison
dont il connaissait mieux que personne l'excellent
crédit. Devenu ainsi leur associé, il toucherait, indépendamment d'un traitement fixe, une part dans
les bénéfices proportionnelle à son apport de fonds.

Aussi flatté que reconnaissant de cette offre sédui-
sante et des paroles gracieuses qui l'accompa-

gnaient, Robert remercia son chef, mais lui demanda la permission de consulter sa femme ou plutôt son beau-père avant de rien décider. Cela ne pouvait pas lui être refusé.

De retour à Chatou, notre jeune homme communiqua ces propositions à Juliette qui, le laissant maître absolu de disposer de leur fortune comme il l'entendrait, l'approuva fort de la marque de confiance et de respect qu'il allait donner à M. Nolard. La pauvre fille commençait à être frappée de la froideur que lui témoignait son père :

« Vilain jaloux, lui disait-elle mentalement, oses-tu bien me bouder, moi, ton enfant chérie? Qu'éprouverais-tu donc le jour où je te reviendrais le cœur brisé par cet amour dont tu me fais un crime et qui est si différent de celui que j'ai pour toi? Ne te sentirais-tu pas alors sévèrement puni? »

Naturellement, les absents finissent toujours par avoir tort, d'abord parce qu'ils ne répondent rien aux reproches dont on les accable, ensuite et surtout parce qu'on cesse bientôt de s'occuper d'eux. Juliette adopta ce dernier parti, certaine que son père s'habituerait à la voir mariée, heureuse, et que, d'ailleurs, elle-même saurait, avec un peu d'adresse, concilier les intérêts de chacun.

Une autre question bien plus grave absorbait presque toutes ses pensées : depuis quelque temps, hélas! la jeune fille n'avait rien à reprocher à son mari; sans doute, elle ne devait pas se plaindre d'en être trop ponctuellement obéie; cependant la forme même de cette obéissance ne lui plaisait guère : triste, ennuyé, mangeant à peine, bâillant ou sou--

pirant à chaque minute, Robert se conduisait de façon à faire croire que le tête-à-tête avec sa femme lui devenait déjà insupportable.

Était-ce admissible ? Évidemment non ! En observant son époux avec attention, Juliette finit par s'apercevoir que ce calme apparent cachait un désordre moral inconcevable. Effectivement, aussitôt qu'il s'imaginait être seul dans le jardin, Robert se parlait et gesticulait comme un fou. Ce n'est pas tout : sa femme, qui possédait une ouïe des plus fines et savait écouter aux portes, l'avait entendu s'écrier, un soir, dans sa chambre :

« Quel enfer qu'une existence pareille ! »

Ainsi donc, malgré ses prévenances de toutes sortes, malgré la tendresse dont elle lui donnait des preuves continuelles, Juliette n'ignorait pas que son mari se trouvait malheureux.

Tandis qu'elle était le plus profondément plongée dans cette préoccupation douloureuse, on lui remit une lettre d'Italie, écrite par Henri à son beau-frère, et qui contenait vraisemblablement la réponse de M. Nolard au sujet de l'association proposée à Robert par sa maison de banque. Juliette, autorisée à l'ouvrir, eut la satisfaction d'y apprendre que M. Nolard félicitait son gendre des offres avantageuses qui lui étaient faites et l'engageait vivement à les accepter. Le reste de la lettre renfermait un récit détaillé de leur séjour à Florence, lequel menaçait de se prolonger. Enfin, ce qui surexcita au dernier point l'imagination de la jeune fille, ce fut un *post-scriptum* tracé sur une petite bande de papier détachée de la lettre et ainsi conçu :

« J'ai oublié, mon cher, de te raconter que Mathilde
avait parié qu'elle saurait, avant six mois, te faire
manquer à tes serments de fidélité conjugale. Je t'en
préviens toujours, quoique je sois convaincu, te
connaissant comme je te connais, qu'elle perdra
mille fois pour une. Si tu montres cette lettre à ma
sœur, ce qui est probable, n'oublie pas d'en retirer
mon avis charitable ! »

Cette conséquence possible de la découverte faite
par Juliette la veille même de son mariage, et qui
l'avait décidée sinon à le rompre, du moins à soumettre Robert à une quarantaine prouvant son peu
de goût pour la succession qu'elle était appelée à
recueillir, lui mit positivement la tête à l'envers.

« Qui sait, se dit-elle, si cette misérable femme
n'a pas déjà gagné son infâme gageure ? Qui sait
si, chaque jour, à Paris, Robert, devenu subitement
d'une indifférence complète avec moi, ne se laisse
pas de nouveau enchaîner par elle ? »

Sa première idée fut d'arracher des aveux à l'accusé, en plaidant le faux pour savoir le vrai ou en
lui promettant un pardon généreux ; puis, après les
avoir obtenus, de l'accabler de son mépris et de se séparer de lui à jamais. Ensuite, elle adopta un moyen
préférable pour acquérir la certitude de sa trahison.
Il consistait tout simplement à cacher au jeune
homme le *post-scriptum* en question et à s'assurer
personnellement de sa culpabilité avant d'en tirer
une vengeance éclatante.

A son retour, notre héros fut reçu avec une certaine affectation de bonne humeur. Lui-même, encouragé, se montra quelque peu caressant ; mais

alors la jalousie de Juliette, se convertissant en rage, le réduisit à un état passif très-antipathique aux hommes en général et à celui-ci en particulier.

Pour le moment, la jeune fille se contenta d'avertir son mari qu'elle irait avec lui à Paris le lendemain, en ayant bien soin de donner à entendre qu'une seule journée ne suffirait pas pour toutes les courses et emplettes qu'elle avait à y faire. Donc, le lendemain matin, Juliette se tenait prête à partir, quand Marthe, étant montée prévenir Robert que le déjeuner était servi, redescendit, pâle, tremblante, annoncer à sa maîtresse que Monsieur, immobile dans son lit, ne répondait à aucun appel et semblait privé de sentiment. A cette nouvelle, Juliette poussa un cri déchirant et s'élança suivie de Marthe dans la chambre de son mari. L'état de ce dernier était tel que Marthe l'avait dépeint. Folle de terreur, Juliette saisit la tête de Robert dans ses mains et la couvrit de baisers en lui adressant les paroles les plus passionnées. Tout à coup, le jeune homme murmura quelques mots qui, quoique inintelligibles, la rassurèrent un peu ; on réussit enfin à le mettre sur son séant ; il lança même à sa femme un regard languissant, après quoi, ses yeux se refermèrent et sa tête retomba sur l'oreiller ou plutôt sur le sein de Juliette.

« Mon Dieu ! madame, on dirait que Monsieur. ..

— Eh bien ?

— On dirait qu'il a bu !

— Fi ! quelle horreur ! s'écria Juliette en reculant d'un pas, néanmoins elle revint examiner Robert et ajouta tristement : « Je le voudrais ! »

— Vous avez bien raison, madame, d'abord ça ne dure pas longtemps.

— Ah !

— Ensuite, ce n'est pas dangereux.

— Vous croyez

— J'en suis sûre : ce soir, dans quelques heures peut-être il n'y paraîtra plus. »

Malgré le dégoût profond que lui causait ce spectacle, Juliette n'osa pas recommander le secret à Marthe. Déjà celle-ci cherchait à comprendre quand et avec quoi Monsieur avait pu se mettre dans cet état, car, au fait, aucune bouteille ni de vin ni de liqueur ne se trouvait dans la chambre.

A la suite d'un long silence général, Robert articula de nouveau des paroles fort peu distinctes, tant sa langue semblait épaissie par l'ivresse.

« Que dit-il? demanda Juliette à Marthe qui ouvrait l'une des fenêtres sous prétexte que l'air ne fait jamais de mal.

— Je n'en sais rien, mais.... attendez, dit la camériste en remplissant d'eau un grand verre qu'elle porta à Robert. Tenez, monsieur, cria-t-elle d'un ton sévère, buvez-moi ça ! il le faut, Madame le veut ! »

Alors, lui soulevant avec décision la tête, elle força très-adroitement l'ivrogne à avaler tout le contenu du verre.

« Merci ! dit Juliette reconnaissante du secours intelligent que lui prêtait sa femme de chambre.

— Eh bien, monsieur, comment ça va t-il? » répéta cette dernière plusieurs fois, car Robert ne se pressait guère de répondre; cependant, vaincu par l'insistance de Marthe, il prononça d'une façon réel-

lement compréhensible deux ou trois mots insignifiants.

« Vous voulez dormir encore, hein?

— Oui; je sais ce que c'est, murmura Robert distinctement.

— Moi aussi! dit Marthe gaiement en regardant
Juliette qui ne riait pas, elle, et fut singulièrement
choquée de ce manque de tact.

— Vous avez bu un peu, n'est-ce pas?

— Trop! repartit Robert aussitôt.

— Ah! voyez-vous! s'écria Marthe triomphante de
ne s'être pas trompée, maintenant, monsieur, vous
allez nous expliquer comment....

— Vous le fatiguez! ne le faites pas parler! interrompit Juliette, honteuse de cet aveu arraché à son
mari.

— Pardon! madame, il faut absolument que je
sache avec quoi il s'est.... »

Cette fois, la femme de chambre eut l'esprit de
ne pas achever sa phrase, mais, se tournant vers
Robert :

« Qu'est-ce que vous avez bu? lui cria-t-elle dans
l'oreille.

— De l'opium, répondit Robert très nettement.

— De l'opium! répéta Juliette avec fierté; de l'o-
pium, mon Dieu! et à quel propos?

— Pour dormir.

— Quelle imprudence!

— Laissons-le dormir alors, madame! »

Juliette discuta ce point : craignant que Robert
n'eût exagéré la dose, elle était d'avis qu'on courût
chercher le médecin du village.

Marthe, au contraire, faisant l'entendue sur toutes choses, affirma qu'il n'y avait aucun danger et, comme preuve, cita bêtement l'exemple d'une vieille dame, son ancienne maîtresse, qui, pour combattre des insomnies persistantes, s'était administré un soir une quantité d'opium tellement forte qu'elle avait failli mourir.

« Justement! vous voyez, Marthe, combien c'est dangereux!

— Oui, mais quelle différence! la dame dont je vous parle ne pouvait plus faire un mouvement ni articuler un son. »

Comme Robert répondait de moins en moins paresseusement à ses questions, Juliette se tranquillisa.

Au bout d'une heure de soins, le jeune homme, à peu près remis, avoua que la veille, à Paris, il s'était fait délivrer par un pharmacien de sa connaissance une faible dose du susdit narcotique, laquelle avait suffi pour le plonger dans cet état de torpeur qui venait, à son grand regret, d'inquiéter si vivement sa chère femme.

Celle-ci, après l'avoir bien grondé, descendit donner l'ordre d'atteler en toute hâte, car Robert se désolait à la pensée qu'il serait fort tard à son bureau.

Bientôt, avec l'aide de Marthe, la toilette du faux ivrogne était faite tant bien que mal, et les deux époux roulaient bon train sur la route de Paris.

A son arrivée, Robert s'excusa auprès de ses chefs en racontant son accident de la nuit, et leur communiqua la réponse favorable de M. Nolard ; puis, la somme à verser dans la maison ayant été fixée d'avance avec Juliette, il put, séance tenante, rédiger sous les yeux de ces messieurs un projet d'acte d'association. Enfin, dans l'espoir que l'air et la promenade dissiperaient le reste d'engourdissement cérébral que lui causait sa prise d'opium, il sortit avec l'un d'eux pour aller soumettre ce projet à son notaire.

Les deux futurs associés suivaient bras dessus bras dessous la rue Vivienne, lorsque, par un hasard vraiment extraordinaire, vu la circonstance, Robert se croisa sur le trottoir avec cette demoiselle Mathilde dont il était question dans la lettre de Henri. La donzelle lança un délicieux sourire à son ancien amant et parut disposée à l'arrêter; mais celui-ci se contenta de la saluer.

Ainsi qu'il était convenu, Juliette se retrouva vers cinq heures dans la calèche paternelle à la porte de l'hôtel occupé par les banquiers. Robert, qui avait l'œil au guet, la rejoignit aussitôt et retourna avec elle à Chatou.

Autant la jeune fille s'était montrée expansive durant le voyage du matin, autant elle semblait disposée à garder un silence dédaigneux pendant celui du soir.

Incomplétement guéri de son remède contre l'insomnie, Robert ne manqua pas pourtant de rendre compte à Juliette de l'emploi de sa journée. Cette dernière prit alors beaucoup d'intérêt à la conversation et exigea les plus grands détails sur le chemin suivi par son mari en se rendant chez le notaire.

« N'avez-vous rencontré personne de connais-

sance aujourd'hui dans vos courses à Paris? lui demanda-t-elle brusquement.

— Moi? non, répondit le jeune homme négligemment.

— Vous mentez! s'écria Juliette pâle de colère,
vous avez salué rue Vivienne une femme qui vous a
souri!

— C'est vrai! comment le savez-vous?

— J'ai marché quelque temps derrière vous et ce
monsieur.

— Ah!

— Qui est cette femme?

— Une.... artiste.... dramatique.

— Vous l'appelez?

—Mademoiselle Mathilde.

— Où joue-t-elle?

— Aux Variétés.

— A-t-elle du talent?

— Non.

— Attendez donc!... mais je me la rappelle : ne
conduisiez-vous pas sa voiture aux courses de la
Marche la première fois que je vous vis?

— Justement.... sa voiture.... c'est-à-dire celle du
gros jeune homme qui était avec nous, reprit Robert
d'un air qu'il crut très-fin.

— Je suis sûre, dit Juliette en souriant avec peine,
que vous l'avez aimée un peu!

— Moi?

— Beaucoup!

— Oh!

— Passionnément!

— Pas du tout!

— Vous mentez encore! s'écria Juliette redevenue furieuse, apprenez que j'en sais plus long que je né voudrais sur cette affaire. »

Puis, comme Robert, assez embarrassé, toujours un peu souffrant d'ailleurs, se défendait maladroitement, sa femme, démasquant tout à coup ses batteries, exposa longuement son grief principal et les résolutions qui en avaient été la conséquence.

« Car, sachez-le bien, ajouta-t-elle, sans la crainte d'un éclat déplorable, j'aurais préféré rompre notre mariage plutôt que de chercher, ainsi que je le fais, et peut-être inutilement, à occuper dans votre cœur la place encore chaude qu'y a laissée cette personne! »

Robert s'efforça de prouver la pureté de ses sentiments et d'anéantir les accusations de Juliette, laquelle, poussée à bout, tira de sa poche le *post-scriptum* confidentiel en s'écriant :

« Pourquoi donc cette femme si fière de votre faiblesse qui lui est trop connue, ose-t-elle parier de vous faire manquer prochainement à tous vos serments de fidélité conjugale?

— Quant à moi, répondit Robert avec une conviction qu'il sut communiquer à la jeune fille, je vous jure sur l'honneur que ce pari sera bel et bien perdu par elle! »

Là-dessus, notre héros déchira le chiffon de papier en vingt morceaux qu'il sema sur la route. Le voyage s'acheva dans les meilleures conditions de sympathie réciproque.

Cependant le pauvre garçon souffrait de plus en plus et à tel point qu'il se coucha dès son arrivée à Chatou. Le lendemain, Juliette, le voyant incapable de se lever pour aller à Paris, s'empressa d'écrire deux billets qu'elle fit porter par le cocher, l'un à la maison de banque, l'autre au docteur Lunel dont Robert réclamait les soins.

Au moment même où notre héroïne allait essayer de dîner, le docteur sonnait à la porte de la villa. Elle le reçut dans la salle à manger, fit mettre son couvert et commençait à lui donner quelques détails sur l'état de son mari, lorsque le digne représentant de la Faculté l'interrompit en ces termes malicieux :

« Soyez tranquille, madame, mons Robert n'est pas bien malade ; je sais ce qu'il a et, avec votre aide toutefois, je le tirerai de là facilement.

— Oui, n'est-ce pas, docteur?

— Moi, d'abord, je ne vous quitte pas que je ne l'aie sauvé ! »

En prononçant ce dernier mot, Lunel riait de si bon cœur que Juliette se rassura complétement. Néanmoins, tous deux se rendirent immédiatement auprès du jeune homme que le docteur trouva beaucoup plus souffrant qu'il ne s'y attendait. Après l'avoir examiné avec soin, il fit son ordonnance, la remit à Juliette et lui dit d'un air grave :

« Je vous prierai, en outre, de faire dresser un lit de sangle dans cette pièce !

— Pour vous, docteur?

— Oui, madame.

— Que diable! s'écria Robert, je ne suis pas assez malade pour occasionner de tels dérangements!

— Ne l'écoutez pas, ma chère dame, et suivez mes prescriptions.

— Certainement, répondit la jeune fille un peu plus inquiète, je vais donner des ordres.

— Surtout, Juliette, cria Robert, n'oubliez pas que Lunel prend du café après son dîner!

— C'est juste ; si vous voulez que je guérisse votre mari, il faut me bien soigner, dit le docteur le sourire sur les lèvres et en s'asseyant sur un fauteuil placé auprès du lit.

— Ah çà! demanda Robert dès qu'il fut seul avec son ami, ton but, en couchant toi-même dans ma chambre, ne serait-il pas d'empêcher ma femme de venir me visiter pendant la nuit?

— Précisément, mon cher!

— C'est absurde! tu te trompes, Lunel, je te jure!

— Alors, qu'est-ce que ça te fait?

— Mon Dieu! rien; seulement, je t'en supplie, n'adresse aucune parole à Juliette qui soit de nature à.... l'embarrasser!...

— N'aie donc pas peur! si j'avais à gronder quelqu'un, ce ne serait pas elle!

— Ni moi, je t'assure! car... vrai.... au contraire.

— Je n'en doute pas! » interrompit le docteur du ton le plus ironique.

Robert ne savait trop s'il devait parler ou se taire; mais avant qu'il eût pris une décision à ce sujet, Marthe, envoyée par Juliette, avertit le docteur que sa maîtresse l'attendait pour se mettre à table. Celui-ci, qui avouait mourir de faim, descendit lentement l'escalier, laissant son malade en aussi mauvais état au moral qu'au physique.

Quand Juliette et Robert remontèrent, le lit de sangle était dressé.

« Qu'allons-nous faire de notre soirée? demanda la jeune fille.

— Nous causerons, répondit Lunel, à moins que ce garçon-là n'ait envie de dormir.

— Oh! pas du tout! s'écria Robert.

— A propos, mon ami, le docteur pense comme moi, qu'il faudra, sitôt que vous serez rétabli, obtenir de ces messieurs un congé d'un mois que nous irons passer ensemble sur les bords de la mer, soit en Bretagne, soit en Normandie.

— Permettez, madame, je n'ai pas dit cela!

— Comment?

— Je ne tiens pas du tout à ce que vous accompagniez votre mari.

— Eh quoi! vous voudriez qu'il partît sans moi!

— Pourquoi pas?

— Et qui le soignera s'il retombe malade?

— D'abord, il n'y a pas de danger, répondit le docteur avec aplomb; ensuite je désire, comprenez-moi bien, que Robert fasse un voyage de santé et non d'agrément. Or, vos soins ne m'inspirent qu'une confiance médiocre.

— Oh! cependant, docteur...

— Ne discutez pas tant à cet égard, interrompit vivement Robert, ce que vous rêvez l'un ou l'autre est impossible à réaliser : plus que jamais ma présence au bureau va devenir indispensable.

— En ce cas, bonsoir!... s'écria le docteur, pour l'instant, fais-moi le plaisir de ne pas t'agiter ainsi et de tâcher de dormir!...

— Impossible !

— Tiens, pour t'y aider, je vais te lire le journal du soir que j'ai apporté en venant. »

Juliette travaillait déjà à sa tapisserie.

Le docteur, ayant fermé les rideaux du lit malgré l'opposition de Robert, tira de sa poche un journal qu'il lut à haute voix et sans passer une ligne. Il en arrivait aux annonces, lorsque Juliette lui fit signe que Robert, qu'elle guettait du coin de l'œil, était assoupi.

« Nous allons nous assurer du fait, » dit Lunel triomphant.

Dans cette intention, il continua à causer avec la jeune fille et adressa même plusieurs fois la parole à son ami. Certain alors que Robert jouissait d'un profond sommeil, le docteur renvoya Juliette puis, toujours en débitant des non-sens sur le ton monotone de sa lecture, il se glissa à moitié habillé sur son lit de sangle, éteignit la lumière et... ne tarda pas à ronfler tellement fort que le malade une fois réveillé, ne se rendormit plus.

Le lendemain, dès que Juliette put être admise dans la chambre de son mari, Lunel ne lui cacha pas que la nuit avait été très-mauvaise. Il constata aussi devant elle que la fièvre et les douleurs de tête augmentaient au lieu de diminuer. Pendant plusieurs jours que dura cet état, la pauvre fille fut aux cent coups. Enfin, après une nuit relativement bonne, suivie d'un mieux sensible, le docteur déclara qu'il avait redouté une fièvre typhoïde dont heureusement on serait quitte pour la peur. Dans sa joie, Juliette lui sauta au cou.

« Je me sens si parfaitement tranquillisé, madame, ajouta Lunel, que j'irai aujourd'hui à mon hôpital et ne serai pas de retour ici avant l'heure du dîner.

— Bien, docteur.

— Par exemple, en mon absence, il faudra vous montrer encore très-sévère.

— Oh ! certainement.

— Figurez-vous que tout à l'heure, lui dit Lunel à voix basse, tandis que je refaisais son lit avec votre servante, Robert a failli s'évanouir dans mes bras.

— Mon Dieu ! je ne le croyais pas si faible !... ne craignez rien, docteur, je ne le quitterai pas.

— Au contraire, madame, je vous demande en grâce de ne pas rester ici à causer, à le fatiguer. Que diable ! il a besoin de repos, d'air, de bonne nourriture et nullement de distractions. Tenez, vous installerez votre femme de chambre à l'une de ces fenêtres, ouvertes, bien entendu.

— Oui.

— Elle vous appellera si Robert a réellement besoin de vous.

— C'est cela.

— Surtout ne restez pas seule avec lui !

— Je vous le promets. »

Le docteur parti, Juliette ordonna à Marthe de se mettre pour travailler, non pas à l'une des croisées de la chambre de Robert, mais à celle du boudoir, dont la porte d'abord ouverte, puis entrebâillée, fut complétement fermée par crainte des courants d'air. Elle-même, obligée de garder son

malade pendant le déjeuner des domestiques, lui
apporta une tasse de tisane bien chaude qu'elle lui
fit boire à petites gorgées, en le félicitant de sa
mine déjà meilleure et de son excellente nuit.

Robert convint qu'il aurait peut-être assez bien
dormi, sans les maudits ronflements de Lunel, ce
qui désespéra la jeune fille. Pour la consoler, son
mari couvrit de baisers une de ses mains qu'il retenait prisonnière avec une force très-supérieure à
celle annoncée par le docteur. Soudain, la tasse
vide tomba et fit un tel bruit en se brisant que
Marthe remonta très-effrayée. Juliette la rassura
gaiement; la tasse cassée fut remplacée et tout rentra dans l'ordre ou plutôt le beau désordre qui doit
régner dans la chambre d'un malade.

Certes, Marthe, reléguée dans le boudoir, n'empêcha pas les folies de recommencer. Il faut dire,
pour les expliquer, sinon les excuser, que, s'étant
crue à la veille de perdre son époux, Juliette l'en
chérissait davantage ou du moins plus ouverte-
ment. Vers le milieu de la journée, Robert, suivant
l'ordonnance du médecin, mangea un blanc de
poulet et but un verre de vin au quinquina, en
échangeant, de sa propre ordonnance, des sourires
extrêmement tendres avec sa femme. Celle-ci était
aux anges, et ne s'inquiétait plus ni du présent ni
de l'avenir. Dans un moment de trouble inconcevable, elle s'oublia jusqu'à tutoyer Robert, tout en
le suppliant d'être raisonnable. Sans cesse, elle s'é-
loignait de son malade, puis revenait lui confier à
l'oreille de véritables niaiseries, affrontant son regard avec une audace et une langueur qui la ren-

daient belle au possible. De son côté, Robert, que ce verre de Malaga joint aux grâces de la jeune fille, avait positivement enivré, se faisait continuellement tâter le pouls, et soutenait que la froideur de Juliette était l'unique cause de sa maladie. Imprudente comme l'est toute femme devenue passionnée, Juliette consentit à s'asseoir sur le bord du lit, et s'engagea envers son mari à une obéissance passive pour le jour où il serait rendu à la santé. Aussitôt Robert affirma ne s'être jamais mieux porté.

C'était se moquer du monde! Marthe, qui, de la pièce voisine, écoutait sans pouvoir rien entendre distinctement, et se scandalisait néanmoins du peu de tenue des nouveaux époux, trahissait fréquemment sa présence afin de les rappeler à la raison.

En véritable rabat-joie qu'il voulait être, le docteur, à son retour, demanda les nouvelles de la journée :

« Je parie que ta fièvre a reparu, s'écria-t-il en remarquant les yeux brillants du jeune homme.

— Tu crois?

— Parbleu!... j'en étais sûr!... Madame, reprit le docteur d'un ton sévère à la vue de Juliette qui rougissait et détournait la tête, je vous avais recommandé de ne pas rester dans cette chambre et d'y laisser reposer notre malade.

— Oh! je n'en avais nulle envie! s'écria ce dernier.

— Au lieu de cela, continua Lunel, je soupçonne que vous vous êtes arrangée pour la quitter à peine.

— Docteur....

— C'est moi qui l'en ai priée, là! dit Robert.

— Ah! très-bien!... mes enfants, s'il en est ainsi, je repars pour Paris!

— Tu plaisantes, hein?

— Mon bon docteur, reprit Juliette d'un ton câlin, je n'osais guère m'éloigner : Robert aurait pu s'évanouir....

— Allons donc!... d'ailleurs, votre bonne n'était-elle pas.... près de lui?

— Pardon! Marthe se tenait dans le boudoir.

— Comment?...

— Dont la porte était fermée encore, s'écria Robert croyant défendre sa femme, Marthe m'eût gêné ici.

— Ah! bravo!.. je vois, madame, que nous ne nous sommes pas du tout compris!...

— Je le regrette, docteur, mais je vous promets que demain....

— Demain.... demain.... »

Lunel continua de gronder jusqu'à ce que le second coup de cloche ayant annoncé le dîner, il offrit son bras à Juliette, et tous deux descendirent y faire honneur.

En sortant de table, le docteur alla au jardin fumer son cigare. Juliette remonta bien vite auprès de Robert, qui manifesta énergiquement devant elle son peu de goût pour la société nocturne de ce cher ami, dont les ronflements lui étaient insupportables. Prise d'une tendresse presque maternelle pour son grand enfant, la jeune fille chargea Marthe d'enlever le lit de sangle et de préparer la chambre à coucher contiguë à celle de Robert; puis, effrayée

de son audace, elle s'empressa de revenir au salon,
car, sans oser se rendre un compte exact de ses
propres impressions, il lui semblait que le docteur,
jaloux probablement des soins qu'elle prodiguait à
son mari, cherchait à l'en séparer continuellement.

« Tiens, vous rentrez déjà, docteur ?...

— Oui, madame, il fait un peu frais ce soir.

— Ah!... je viens de visiter un instant notre malade.

— Eh bien?

— Il se trouve à merveille.

— Vraiment?

— Alors, je vous avouerai que j'ai pris sur moi,
dans votre intérêt, de vous faire préparer la chambre de mon frère, qui est tout à côté de celle de
Robert.

— Non pas, non pas, ma chère dame, s'écria
Lunel furibond, je suis le maître absolu ici, et
j'exige que vous ne changiez rien à mes dispositions; dites-le immédiatement à votre bonne. »

Juliette sonna Marthe et la prévint que décidément le docteur coucherait cette nuit encore dans
la chambre de Monsieur.

« Cette nuit et les suivantes, jusqu'à nouvel
ordre, entendez-vous, mademoiselle! cria le docteur
à Marthe, en promenant sur les deux femmes son
regard courroucé, je me fâcherai, à la fin, si l'on ne
suit pas à la lettre mes prescriptions. »

Tout à coup il se calma et sourit même à la vue
de Juliette restée seule avec lui dans le salon et
dont la mine piteuse le rendit aussi satisfait d'elle
que de lui-même.

Cette soirée se termina par trois parties de bésigue, jeu fort à la mode pour le moment, et que le docteur adorait.

La nuit suivante fut réellement bonne : Lunel, du moins, ne fit rien pour empêcher son malade de dormir. Quant à Juliette, la pensée que le pauvre Robert était livré, sans défense, aux ronflements du maudit docteur, la tint éveillée bien longtemps. Aussi appelait-elle de tous ses vœux le départ de ce dernier, afin de pouvoir soigner à sa guise son cher époux.

Celui-ci, qui éprouvait la même impatience de se débarrasser de Lunel, annonça qu'il était complétement guéri. Le docteur ne fut pas de cet avis, et prétendit que la fièvre reparaîtrait certainement si l'on ne redoublait pas de prudence. Il renouvela donc ses recommandations de la veille, et installa lui-même Marthe dans la chambre de son ami. A peine eut-il le dos tourné, que Juliette renvoya Marthe à son service et la remplaça auprès de Robert, toujours disposé à donner à sa femme l'exemple de l'insubordination. Grâce au ciel, des visites successives de voisins, avides de nouvelles, obligèrent la jeune fille à raconter plusieurs fois et dans les plus grands détails, la marche suivie par une maladie qui avait porté dans le pays différents noms, et pris un caractère fort alarmant.

Le soir, après une vive discussion avec ses hôtes, Lunel, à bout de forces, leur déclara qu'il ne reviendrait pas le lendemain, tant il était persuadé de l'inutilité de ses soins. A Robert, il prédit en confidence une rechute prochaine et très-grave :

« Car, veux-tu savoir la vérité? lui demanda-t-il le matin de son départ, oui? eh bien! je vous ai observés, ta femme et toi; vous êtes fous tous les deux.

— En effet, vieux jaloux, répondit Robert, nous sommes fous l'un de l'autre, mais pas comme tu l'entends!...

— Bon, bon! Nous verrons! »

Bientôt rétabli au point de pouvoir songer à retourner à son bureau, Robert croyait toucher au dénoûment promis et attendu si longtemps.

Hélas! il comptait sans les caprices des jolies femmes en général, et de la sienne en particulier. Le fait est que Juliette se montra subitement froide, nerveuse, agacée, rebelle surtout à la réalisation de l'idée fixe de son mari. Ne comprenant rien à cette conduite, Robert suppliait, s'impatientait, redevenait furieux; puis un regard, un sourire, un mot tendre de son démon angélique le rendait doux, soumis, presque heureux comme au beau temps de sa maladie. Évidemment, Juliette avait juré de le faire damner; néanmoins, convenons-en, la méchante enfant paraissait plus mécontente d'elle que de lui.

Justement révolté de ce manque de parole, Robert cessa tout à coup de se plaindre, mais reprit un air sombre, indifférent, qu'il se promit de ne plus quitter. Pendant que notre convalescent était pour la première fois de retour au bureau, Mlle Cornélie vint, avec sa mère, inviter le jeune ménage à dîner le surlendemain, à Croissy, pour y fêter l'arrivée du marquis, lequel, vu ses nombreuses villégiatures, n'avait pas encore eu connaissance de la maladie de son neveu. Le but réel de cette invitation était de prouver au monde entier qu'on ne gardait pas rancune à Robert de son peu d'enthousiasme pour les charmes de Mlle Cornélie. Juliette accepta très-gracieusement. Déjà elle recouvrait une mine enjouée qui aurait dû redonner confiance à son mari; au contraire, le benêt ne se sentait plus d'humeur à encourager ces maudites coquetteries. Et pourtant, en se rendant à Croissy, avec quelle grâce féminine la jeune fille marche au bras de son époux, dont elle quête un compliment, tant elle se trouve belle dans sa fraîche toilette printanière : « Voyez donc, mon ami, semble-t-elle lui dire, ce corsage décolleté, cette coiffure admirablement réussie par Marthe, ce joli bouquet de fleurs naturelles, et ces bottines mignonnes!... tout cela pour orner votre propriété, monsieur! » Robert voyage dans un désert; il ne croit plus aux mirages. Aussi, durant le trajet, Juliette n'obtient pas un seul mot aimable du vilain boudeur, et la paix n'est conclue entre eux qu'à la porte de leur amphitryon : ne faut-il pas cacher au public ses querelles de ménage?

Le marquis, installé pour quelques jours chez son vieil ami, sauta au cou de sa nièce et avoua qu'il fuyait les nouveaux mariés, car, malgré ses cinquante-neuf ans, le spectacle de leur félicité parfaite lui faisait commettre le péché d'envie, sans compter qu'il craignait toujours de les gêner.

A ce mot, Robert soupira en haussant les épaules, tandis que Juliette continua à se plaindre de cet oncle dénaturé qui n'était pas venu une pauvre

petite fois la consoler de l'isolement où la laissait
son mari, quand il se portait bien.

« C'est vrai, ma chère, j'ai eu tort de ne pas profiter de son absence pour aller vous faire ma cour;
mais je la mettais en doute.

— Pourquoi donc? demanda Juliette étonnée.

— Parce qu'il est absurde, selon moi, de passer
sa lune de miel dans un bureau, au lieu de courir
la Suisse ou l'Italie!

— Mon oncle, c'est moi, répliqua Juliette, qui ai
supplié Robert de ne pas prendre de congé à un moment où il savait devoir mettre ses chefs dans l'embarras. Au surplus, vous n'ignorez pas que ces
messieurs viennent, pour récompenser son zèle, de
l'associer à leurs affaires.

— Certainement et je m'en réjouis! s'écria le marquis.

— Quant à moi, je vous donne raison, madame,
et sous tous les rapports, dit d'un ton sentencieux
le maître de la maison. Il est souvent bon de sacrifier le présent à l'avenir; d'ailleurs, votre lune de
miel n'en durera que plus longtemps!

— En ce cas, murmura Robert, il suffirait à deux
époux de ne pas vivre ensemble pour que la leur
durât éternellement! »

On allait continuer à discuter et à plaisanter sur
ce sujet, lorsque mademoiselle Cornélie fit son entrée
dans le salon. Aussitôt l'on changea de conversation.
Malgré sa ferme intention de ne trahir aucun dépit,
mademoiselle Cornélie se montra, pendant le dîner
et la soirée qui le suivit, remarquablement digne
avec le jeune ménage.

Quoique passablement mauvais, ce dîner parut délicieux à Juliette. Placée, contre toutes les règles, à côté de son mari, elle l'empêcha de manger des meilleurs plats sous prétexte de régime, ne goûta elle-même à presque rien, enfin, pour vexer mademoiselle Cornélie qui ne la quittait pas des yeux, eut une tenue que l'on aurait jugée sévèrement si chacun, dans cette famille, n'avait pris la sotte habitude de tout pardonner au marquis et par conséquent aux siens. Certes, Robert n'était pas dupe de cette comédie et restait convaincu que sa femme, à peine rentrée dans leur soi-disant nid d'amour, redeviendrait de marbre pour lui ; néanmoins il se laissait charmer par ces trompeuses apparences.

En sortant de table, on se rendit au jardin où mademoiselle Cornélie força la belle jeunesse à jouer aux jeux innocents, dont elle raffolait. On courut donc un peu et l'on s'embrassa beaucoup, pendant que les personnes respectables se promenaient gravement en admirant les fleurs, les fruits, les arbres et les légumes. A la brune, tout le monde revint au salon. Là, commença un concert vocal et instrumental des plus médiocres, suivi de quelques tours de valse et de deux quadrilles au piano, sans préjudice pour les amateurs des fleurs, des fruits, des arbres et des légumes, de leurs éternelles parties de whist.

Le temps passe vite quand on s'amuse : ce qu'il y a de sûr, c'est que Robert et sa femme se retirèrent tard. Une fois dehors, l'épaisseur des ténèbres leur parut telle qu'ils regrettèrent de n'avoir pas accepté une lanterne qu'on leur offrait selon les saines coutumes campagnardes, ou, ce qui eût mieux valu encore, de ne s'être pas fait ramener à Chatou par la voiture paternelle. Malgré l'entrain et les frais d'amabilité de Juliette, Robert redevint immédiatement taciturne.

Pour retourner à leur villa, nos jeunes gens avaient le choix entre deux routes dont l'une, large et belle, faisait un détour, tandis que l'autre, plus directe, était désagréable et moins fréquentée. Vu l'heure avancée, cette dernière fut préférée. Déjà le couple silencieux arrivait à un bouquet de bois qu'il s'agissait de traverser, quand Juliette serra avec force le bras de son mari : à cinq ou six pas devant eux, un homme, debout au milieu du chemin, semblait les attendre. Loin de s'arrêter, Robert marcha droit sur l'individu; tout à coup, il en aperçut un second qui se tenait à moitié caché derrière un arbre.

« Pouvez-vous m'indiquer le chemin de Bougival? demanda le premier d'un ton grossier.

— Non, répondit Robert, mais je vous brûle la cervelle à vous et à votre camarade si vous ne décampez pas d'ici ! »

Avant de prononcer ces mots, notre jeune homme avait tiré de sa poche et armé d'une façon peu discrète un revolver de petite dimension.

A ce bruit, il y eut un moment d'hésitation de la part du rôdeur qui, voyant son compagnon s'éloigner, se rangea de côté en disant :

« Je ne crois pas vous avoir insulté; je vous demandais mon chemin. Y a-t-il des gens qui sont drôles ! »

Robert comprit qu'on leur livrait passage; il entraîna Juliette plus morte que vive en lui répétant tout bas :

« Ne crains rien ! il n'y a aucun danger ! »

Bientôt, les deux époux débouchèrent dans un sentier au bout duquel un groupe de maisons entourait la station du chemin de fer. Quelques minutes plus tard, ils atteignirent leur grille ; mais ce ne fut qu'après l'avoir vue s'ouvrir et se refermer sur eux, que notre héroïne osa respirer, puis s'écrier :

« Mon Dieu, que j'ai eu peur ! »

— Et moi donc ! murmura son mari.

— On ne s'en serait guère douté ! dit Juliette en jetant sur lui un regard d'admiration.

— Fort heureusement pour nous, reprit Robert, ces misérables m'ont trouvé armé ! »

Alors commencèrent les récits interminables de la jeune fille, d'abord à Marthe qui l'avait attendue, ensuite au cocher, à la cuisinière et même aux jardiniers, car tous, réveillés en sursaut, s'étaient levés successivement. Chacun profita de l'occasion pour raconter une histoire de voleurs ; puis, l'on agita la question de savoir si Robert ne devait pas le lendemain faire sa déclaration à l'autorité. Celui-ci, seul de son opinion, décida qu'il n'y avait pas lieu de porter plainte contre un individu qui, en somme, s'était contenté de lui demander son chemin. Enfin, maîtres et gens allèrent se coucher.

Dès qu'elle fut dans sa chambre, Juliette se remit à bavarder avec Marthe.

Soudain, elle renvoya cette dernière sans lui donner le temps d'achever son service et, après avoir passé une robe de chambre élégante, vint frapper brusquement à la porte de son mari.

« Qui est là? cria Robert.

— Moi, mon ami; dormez-vous? demanda Juliette sottement.

— Pas pour l'instant, répondit naïvement le jeune homme.

— C'est que.... j'ai encore bien peur, répliqua Juliette, et je désire que vous me teniez compagnie.

— Tout de suite, ma chère, » s'écria Robert en sautant à bas de son lit et en s'empressant de faire une toilette qui le rendît présentable, même devant sa femme.

Celle-ci, rentrée dans sa chambre, trahissait une émotion difficile à décrire : tandis que ses yeux vifs et brillants contrastaient avec son visage devenu blême, un sourire presque imperceptible permettait de soupçonner qu'une ruse féminine lui traversait le cerveau. Au bout de quelques minutes, Robert arriva timidement et s'efforça de rassurer sa femme, qui déclarait ne plus pouvoir distraire sa pensée du souvenir de leur effroyable aventure :

« Tenez, comme je tremble! dit-elle en saisissant une des mains de son mari, c'est nerveux évidemment; j'ai beau faire, il y a des moments où je croirais volontiers que je vais perdre connaissance!

— En vérité?

— Oui, c'est pourquoi je vous ai appelé.

— Vous avez eu raison, chère enfant!

— Je regrette seulement de vous avoir dérangé ; vous dormiez déjà peut-être ?

— Oui ; mais vous m'avez rendu service en me réveillant, car j'avais un affreux cauchemar : je rêvais que nos bandits m'assommaient et s'emparaient de vous !

— Ciel ! je me sens défaillir ! »

Aussitôt Juliette, soutenue par Robert, se dirigea vers son lit sur lequel elle s'étendit en poussant un faible cri. Elle paraissait alors privée de sentiment.

A cette vue, Robert perdit la tête et courut par toute la chambre sans savoir au juste ce qu'il cherchait ; cependant, il eut l'heureuse idée d'asperger d'eau le visage de la jeune fille ; enfin, découragé par l'inefficacité de ce remède, il se disposait à ouvrir la porte pour demander du secours, lorsque sa femme, subitement revenue à elle, lui dit :

« N'appelez pas, je me sens mieux ! »

La crise était passée ; d'ailleurs, Juliette ne craignait plus rien puisque son mari devait rester là toute la nuit, s'il le fallait.

Quelle surprise pour l'un et pour l'autre !

Le lendemain, il pleuvait à verse ; le ciel était sombre, triste. Sur le point de quitter Chatou, notre héros, ivre de joie et d'amour, déjeunait gloutonnement afin d'avoir encore le temps de remonter dire un long adieu à sa trop délicieuse petite moitié qui, elle, gardait la chambre pour se remettre de tant d'émotions diverses. Robert s'arracha non sans peine à ses embrassements frénétiques et se dirigea en grande hâte vers la station du chemin de fer, bien décidé, s'il manquait le train, à revenir tou-

jours courant dépenser cette heure d'attente dans
son paradis terrestre. Hélas! il eut le double regret
de partir et de voyager avec plusieurs personnes de
connaissance, qui l'empêchèrent de se réfugier dans
ses souvenirs ou ses rêveries ; car, loin de sa Juliette
adorée, le jeune homme soupirait après un isolement complet qu'il ne trouva nulle part. Avec quelle
impatience mal déguisée, l'infortuné — décidément
on n'est jamais heureux! — attendait le moment du
retour à Chatou! N'y tenant plus, il quitta son bureau une heure plus tôt que de coutume, sous prétexte que sa femme était souffrante à la campagne.

A la suite d'un léger repas pris dans sa chambre,
Juliette goûtait de son côté les charmes de la solitude en compagnie de sa mémoire et de son imagination, quand une visite de son oncle lui permit du
moins de raconter la mauvaise rencontre, qualifiée
déjà d'attaque nocturne, que Robert et elle avaient
faite en revenant de Croissy.

Le croirait-on? le marquis écouta ce récit sans
manifester le moindre effroi. Au fait, il savait
d'avance que ni son neveu ni sa nièce n'avaient
perdu un seul de leurs cheveux ; de plus, rien ne lui
prouvait qu'un homme, escorté d'un camarade, et
demandant son chemin, la nuit, dans un endroit
isolé, fût inévitablement un voleur et un assassin.
Ce doute, sagement prévu par Robert, agaça terri-
blement Juliette, qui ignorait encore combien ce
vilain oncle était taquin.

Pourtant, elle le reconduisit un peu, dans le but
d'avoir à parcourir de nouveau la fameuse route de
Croissy. Son cœur se serra en revoyant ces lieux

éclairés maintenant par le soleil et où, dans sa conviction intime, Robert avait, ainsi qu'elle-même, failli trouver la mort.

La mort! ce mot lui inspira de si cruelles pensées, qu'elle préféra bientôt se rappeler, pour la vingtième fois peut-être, ce qui s'était passé depuis leur retour à Chatou.

Que d'événements et quels événements !

Sa promenade se prolongea jusqu'au passage du train qui devait lui ramener son glorieux seigneur et maître. « Eh bien?... Personne!... comment?... » Robert l'avait donc manqué, puisqu'il n'en descendit point! Certes, voilà qui était incompréhensible pour la jeune femme! Que lui restait-il à faire? attendre là une heure durant? A quoi bon? Après quelques secondes d'hésitation, elle rentra tout tristement à la villa et y apprit que son mari, revenu plus tôt que d'habitude, avait couru du côté de Croissy. En voici bien d'une autre! Infatigable désormais, Juliette retourna au-devant de ce Robert qui la fuyait à force de la poursuivre. L'ayant rencontré à la fin, elle saisit son bras en rougissant légèrement et en riant comme une folle d'un accident qui, au fond, l'avait réellement désolée. Mais.... assez de détails oiseux! n'est ce pas? Abandonnons discrètement ce jeune couple à sa félicité sans bornes, tant l'existence des époux qui ressentent l'un pour l'autre un amour exclusif devient à la fois longue et courte, monotone et variée.

Ajoutons seulement que deux ou trois semaines plus tard, Robert réussit, après mille recherches infructueuses, à découvrir puis à louer un appartement beau, grand, confortable et situé à égale distance de sa maison de banque et de la rue de Grammont.

« Cet appartement est une perfection ! dit un matin Juliette à son mari, le salon au nord et la chambre d'enfant au midi : tout ce que je rêvais !

— De quel enfant veux-tu donc parler ? demanda Robert en souriant pour cacher la vive émotion que ce mot lui causait depuis peu.

— Du vôtre, monsieur !

— Comment, vrai ?

— Oui, » répondit avec assurance la jeune femme en embrassant longuement son mari.

La jeunesse ne doute de rien et elle a raison. Robert se chargea bientôt de prévenir le bon Lunel. Malgré l'énorme bévue et les ronflements insupportables de ce dernier, Juliette l'adorait, d'abord parce que les secours qu'elle avait à réclamer de lui rentraient justement dans sa spécialité médicale ; ensuite et surtout, — ceci n'aurait guère flatté le docteur, — parce qu'elle le trouvait vieux et atrocement laid.

Hélas ! avant de ressentir les joies de la paternité, notre héros fut frappé par un coup inattendu et tellement douloureux, que son bonheur conjugal lui-même ne réussit pas à l'atténuer de quelque temps. Décidément il faut perdre les gens pour savoir combien on les aimait ! C'est ce que Robert éprouva en apprenant la mort subite du marquis, lequel l'avait nommé son légataire universel, c'est-à-dire son exécuteur testamentaire, puisque pour lui l'héritage se réduisit à la lettre suivante :

« *A monsieur Robert Durand, mon neveu!*

« Mon cher enfant, ceci est ma confession bien sincère. Je tiens à t'expliquer ma conduite que tu n'as pu juger que sur de fausses apparences. J'y perdrai ton estime, je le sais ; mais ton amitié, que, par nécessité, j'ai soumise à de bien rudes épreuves, ne s'en amoindrira pas, je l'espère, car tu verras ma tendresse pour toi devenir l'unique mobile de mon existence, depuis les malheurs irréparables que mes crimes nous ont attirés.

« Au début de la Restauration, ma famille, presque totalement ruinée, ne se composait à peu près que d'un frère de mon père, vieux célibataire qui se donnait la peine de nous élever, ma sœur et moi. Son dévouement envers nos princes légitimes, qu'il n'avait pas quittés pendant l'émigration, fut dignement récompensé : indépendamment d'une charge fort lucrative à la cour et des honneurs dont on le combla, notre oncle réussit à se faire comprendre, en 1827, pour une somme assez importante dans le milliard d'indemnité. A sa mort, il possédait une fortune déjà considérable et qu'il me laissa tout entière. Cela me parut d'autant plus naturel que je restais chargé de doter ma sœur, de façon à lui permettre de contracter un brillant mariage selon nos idées. Jeune, ignorant de la vie en général et des mœurs de mon époque en particulier, je ne tardai pas à commettre bon nombre d'extravagances. Par exemple, je voulus, coûte que coûte, racheter, en Normandie, le domaine de mes aïeux, lequel, divisé à l'infini et n'étant pas à vendre

d'ailleurs, me coûta un prix ridiculement exagéré. Là, j'établis ce fameux haras de chevaux
anglais de pur sang, dont tu as gardé un souvenir
si fidèle. Ces dépenses et bien d'autres dévoraient
ma fortune. Lorsque ma sœur fut en âge de se
marier, sa dot se trouvait sensiblement diminuée.
Cependant plusieurs partis, tout à fait sortables
sous le rapport de la naissance, se présentèrent.
Hélas! ma pauvre sœur n'en agréa aucun. Voici
pourquoi : j'avais eu l'imprudence de recueillir au
château une cousine éloignée qui, envieuse et
fausse, reconnaissait par la plus noire ingratitude
les bontés de mon oncle, que je croyais devoir
lui continuer. Cette intrigante confia un jour à ma
sœur qu'un jeune homme du pays, riche négociant
au Havre, agréable physiquement et dont chacun
vantait l'intelligence, avait conçu pour elle une
passion aussi timide que désintéressée. Bientôt ma
sœur se monta la tête en faveur de cet amoureux,
au point de lui laisser savoir qu'elle n'ignorait
pas la nature de ses sentiments et en était touchée.
Je fus enfin mis au courant de la situation. Dans
un accès d'égoïsme facile à comprendre, vu ma
position, je déclarai à ma sœur que, ne pouvant
admettre qu'elle me donnât pour beau-frère le
jeune homme en question, je ne la reverrais de ma
vie si elle persistait à l'épouser et, dans ce cas,
supprimerais, bien entendu, la dot promise. Cette
menace décida le mariage. Ainsi, pour cette sœur
qui m'avait idolâtré et que je chérissais moi-même,
je devins, par orgueil, le plus impitoyable des
frères! Après mille retards, mille hésitations, ma

sœur prit son parti et finit par épouser M. Durand.
Ma fureur, que je croyais au comble, augmenta
encore quand j'appris que ce dernier avait persuadé
à sa femme que si je me ruinais par mes folies,
lui, au contraire, s'enrichissait par son travail et
ne tarderait pas à venir au secours d'un beau-frère
qui daignerait peut-être alors leur pardonner à
tous les deux.

« Au bout de dix mois, je reçus, à mon grand
étonnement, une lettre dans laquelle ton père
m'annonçait ta naissance et me suppliait, au nom
du bonheur de son épouse chérie, qui n'osait pas
le faire elle-même, de vouloir bien servir de parrain à leur fils.

« J'étais déjà, je m'en vante, quelque peu repentant de ma conduite et désireux surtout d'embrasser ma sœur, car mon cœur valait positivement
mieux que ma tête. Donc, je répondis, non pas à
mon beau-frère, ce qui eût été convenable, mais à
ta mère, que je consentais à tenir son premier-né
sur les fonts baptismaux. J'ajoutai que, ne pouvant pas me rendre au Havre pour le moment, j'y
envoyais mon intendant qui me remplacerait, et
terminai ma lettre en engageant ma sœur à
m'amener mon filleul dès qu'il serait en état de
supporter les fatigues du voyage.

« Aussitôt ta bonne mère m'écrivit quatre pages
des plus affectueuses, des plus reconnaissantes ; elle
comptait, au sortir de l'église, se mettre en route
avec son enfant qu'elle avait hâte de me présenter.

« Quelques jours plus tard, en effet, je la vis arri-

ver dans une excellente chaise de poste, avec toi,
une nourrice, un domestique et mon intendant
qu'elle me ramenait. A partir de cette époque, ma
sœur prit la douce habitude de passer chaque année une quinzaine au château, où, malgré ses supplications, je ne pouvais pas encore me décider à
inviter son mari. Peu à peu, ma tendresse pour toi
devint extrême : ta gaieté, ta franchise, ton audace
dès l'âge de sept ans à monter mes chevaux de
course, la fermeté enfin avec laquelle tu savais cacher à ta mère tes nombreux accidents, tout me
rendit fier de ce neveu en qui je découvrais l'héroïsme de nos ancêtres. Très-certainement, ton père
était à la veille de trouver grâce à mes yeux, lorsque des événements que tu connais en gros changè-
rent nos situations respectives, et empêchèrent sa
prophétie de se réaliser : une crise commerciale effroyable, produisant faillite sur faillite, se déclara
tout à coup au Havre. Ton père fit bonne contenance
d'abord ; mais, entraîné à son tour, il perdit la tête
avant même que sa ruine ne fût complète, puisque
vous recueillîtes une trentaine de mille francs de
sa succession. Il m'écrivit alors les lignes suivantes :

« Monsieur le marquis,

« Ayez pitié d'un malheureux, à ce point réduit
« au désespoir, qu'il ose s'adresser à vous et vous
« prévenir que si, dans l'espace de huit jours, une
« somme de quarante mille francs n'est pas mise à
« sa disposition pour faire face à ses engagements,
« la mort sera son unique refuge contre le déshon-

« neur. Dans ce cas, venez au secours de son épouse
« chérie et de leur pauvre enfant !

Signé : « Frédéric DURAND. »

« A la réception de cette lettre, Robert, mon premier mouvement fut mauvais, je l'avoue : quel
triomphe pour mon amour-propre ! Cependant il
dura peu, et la preuve, c'est que je cherchai sérieusement le moyen de fournir à ton père les fonds
qu'il me demandait. Malheureusement, mes affaires
étaient plus qu'embrouillées ; j'avais moi-même
beaucoup de peine à emprunter l'argent nécessaire
à la continuation de mes folies ; bref, avec la meilleure volonté du monde, j'eusse été dans l'impossibilité absolue de me procurer, en quelques jours
surtout, une somme aussi forte. D'ailleurs, on me
croyait encore riche, et je ne me souciais guère de
dévoiler, sans utilité pour personne, une gêne pécuniaire qui devait cesser d'exister, sitôt que réus-
siraient certaines spéculations sur lesquelles je
conservais de grandes illusions. Je m'abstins donc
de répondre à ton infortuné père, qui dut, comme
tout le pays, me rendre responsable du funeste dénoûment. La vérité, la voilà ! Je l'eusse dite, qu'on
ne m'aurait pas cru. Ta mère elle-même ne me
pardonna jamais, malgré les soins dont je l'entou-
rai au château, depuis son veuvage jusqu'au jour
où elle nous quitta pour aller rejoindre dans la
tombe ce mari qu'elle aimait au point de souffrir
mortellement d'en vivre séparée. Le rôle que j'ai
joué à propos du mariage de tes parents, m'a

causé trop de remords, pour que je me laisse accuser par toi de ce dont je suis innocent.

« La suite de mon existence ne t'est pas mieux
connue, cher enfant, bien que tu en aies été l'un
des témoins les plus constants. Dès que tu fus orphelin de père et de mère, je fis le serment de sacrifier mon repos, ma santé, mon honneur même
à l'avenir de ce neveu dont je restais le seul protecteur, et qui m'en devenait d'autant plus cher.
C'était, à mon sens, le meilleur moyen de racheter
un passé que je déplorais amèrement. Pour essayer
de conjurer une ruine inévitable, je me livrai, en
simple maquignon, au commerce des chevaux de
luxe. Quand vint le moment de m'occuper de ton
éducation, comme je tenais à ce que tu fisses de bril-
lantes études, je sollicitai pour toi une demi-bourse
à l'excellent collége Sainte-Barbe. Grâce aux souvenirs pleins de gratitude que l'on y conservait de ton
malheureux père, je n'eus point de peine à l'obtenir. Dans ton intérêt, je comprenais, en outre, la
nécessité de t'élever sévèrement; aussi, pauvre enfant, est-ce à ton brave ami, le docteur Lunel,
que tu dois d'avoir goûté, pendant de longues années, quelques-unes des innocentes distractions
de ce Paris, où j'avais cessé de briller en cessant de
jeter l'argent par les fenêtres, et où, d'ailleurs, je
ne me souciais pas de te confier à aucun de mes
anciens compagnons de plaisirs.

« Ce dur régime te réussit à merveille : bon élève,
bon camarade, tu sortis du collége, aimé, estimé de
tous ses habitants, pour entrer dans le monde, où
tu te conduisis en digne et modeste garçon. Peu

après, mes affaires se trouvèrent dans un si pitoyable état, que je me vis forcé de vendre mon château qui, par le fait, ne m'appartenait plus, tant il était grevé d'hypothèques. Sans toi, j'aurais suivi en Russie un grand seigneur de mes amis, qui m'y offrait une hospitalité princière pour le reste de mes jours. Que pouvais-je espérer de la France, dans ma position et sous un gouvernement auquel je ne voulais que du mal, car nous étions déjà loin de ma chère Restauration? Afin de sauver les apparences, je m'efforçais toujours de faire figure; mais, je l'avoue, j'en étais réduit aux expédients.

« De tous les métiers, le plus facile à exercer, parce qu'il n'exige guère d'études spéciales, c'est assurément celui de spéculateur à la Bourse. J'y tentai donc la fortune, et me mis à la baisse, selon mes opinions politiques. Je réalisai d'abord d'assez beaux bénéfices; ensuite la chance tourna, puis me redevint favorable, et toujours ainsi.

« Dans le but de conserver et même d'accroître le mince crédit dont je jouissais à la Bourse, j'avais soin de dissimuler mes pertes et d'exagérer mes gains; aussi, les badauds de ma connaissance ne manquaient pas de me consulter comme un oracle d'autant plus infaillible qu'il se montrait plus discret.

« Par une heureuse inspiration, je continuais à faire partie d'un cercle composé alors presque exclusivement de bons bourgeois, fort riches pour la plupart, et aux yeux de qui ma vieille noblesse authentique avait encore un certain prestige. Ils m'accablaient d'invitations de toutes sortes, que je me

serais bien gardé de refuser, car si ma société leur
paraissait agréable, la leur me devenait indispensable. Abusant de ma force au whist, je commençai
par gagner loyalement leur argent ; mais j'éprou-
vais un tel besoin de vengeance contre ces parvenus
de la Révolution qui nous avaient dépouillés, moi
ou les miens, de biens pour lesquels nous avions
été indemnisés d'une façon dérisoire, que je me
proposais de les leur reprendre, sous n'importe
quelle forme, dès que l'occasion s'en présenterait.

« C'est ainsi, hélas ! mon cher neveu, que j'habi-
tuais peu à peu mon esprit à considérer ma future
conduite comme un droit de représailles parfaitement légitime. Ne m'en veuille pas trop ! Obligé de
subvenir aux dépenses diverses de notre entretien,
je n'avais plus le choix des moyens.

« Un jour donc, j'imaginai la comédie suivante :
je pris tout à coup, contre mon ordinaire, un air
triste, sombre, qui ne tarda pas à frapper les membres de mon cercle. A ceux qui, les premiers, m'en
firent la remarque, je déclarai qu'un dégoût insurmontable de la vie s'était emparé de moi. Jouant
au naturel mon rôle de misanthrope aimable, je
me plaignis d'avoir pour neveu et unique parent,
un ingrat dont la tendresse m'inspirait aussi peu de
confiance que le dévouement de mes prétendus
amis, qui me tourneraient le dos s'il s'agissait de
me rendre un service réel, un service d'argent, par
exemple. Tous se récrièrent, se disant prêts à me
prouver le contraire. C'était ce que j'attendais. Je
leur annonçai alors que je me trouvais complète-
ment ruiné. « On ne prête qu'aux riches, » dit le

proverbe avec raison. Or, j'avais justement choisi, pour parler ainsi, le moment où l'on devait me croire le mieux dans mes affaires. Fleury, mon valet de chambre, honnête et stupide garçon, à qui je tenais un langage tout différent, ne manqua pas aussitôt de crier sur les toits que j'étais un franc original, affichant une gêne imaginaire, puisque lui-même savait, de source certaine, que je possédais des millions en valeurs de portefeuille, sans compter une collection de bijoux d'un prix incalculable et dont je cachais la majeure partie à tous les yeux, sauf les siens.

« Le succès de ce piége dépassa mes espérances : dans le petit logement que j'habite et qui convient si bien à ma mise en scène, un très-riche banquier m'offrit un matin de me prêter quinze mille francs. Je refusai le prêt, mais j'acceptai la somme, en tant que don pur et simple, c'est-à-dire sans avoir d'intérêts à payer ni de reçu à signer. Quelques jours plus tard, un gros négociant m'adressait dans une lettre fort délicate, ma foi! un chèque au porteur de dix mille francs, qu'il me priait en grâce de vouloir bien toucher, ce que je fis immédiatement. La semaine suivante, le vieux général F....., comte de l'empire, devenu très-légitimiste, après avoir été très-républicain dans sa jeunesse et très bonapartiste ensuite, m'apporta un portefeuille contenant cinquante billets de mille francs; or, comme je faisais mine de refuser une somme aussi forte, en le prévenant que je serais probablement dans l'impossibilité de la lui rendre jamais :

« Bon! bon, ne parlons pas de ça! s'écria-

« t-il. — Ah! pour le coup, mon cher comte, lui
« dis-je, vous êtes un vrai gentilhomme. » Ce mot
le paya et au delà.

« Bientôt, cet imbécile de Fleury, ayant fourré son
nez dans des papiers, des comptes et lu un projet
de testament que je laissais traîner exprès, confia,
sous le sceau du secret, aux domestiques de mes
amis, que je tenais la note exacte des secours pé-
cuniaires reçus par moi, avec les noms de mes
bienfaiteurs, lesquels seraient un jour bien étonnés
sans doute de la restitution qu'on leur ferait. Le
bruit se répandit par conséquent que ceux qui
m'avaient assisté dans ma détresse supposée, se
partageraient mon immense fortune, chacun selon
l'importance de ses dons. Ce détail stimula singulièrement le zèle des amateurs et n'étonna personne, tant je paraissais mécontent de toi, mon
pauvre neveu. Ma manière d'agir que je qualifierai
moi-même d'escroquerie pure, je devrais peut-être
te la cacher, mais il me faudrait te cacher également la vive affection que je te portais et qui me
servira d'excuse. Quant à la scène cruelle que je
te fis, à cette partie de chasse où tu crus m'avoir
blessé, — scène qui t'inspira un si noble accès de
fureur! — elle était nécessitée par le besoin urgent
de persuader à notre hôte que tu n'avais rien à
attendre de moi.

« Les choses ont tourné au mieux. Ta carrière et
surtout ton mariage m'empêchent de concevoir
aucune inquiétude sur l'avenir. De mon côté, grâce
à des spéculations avouables, ma situation s'est si
fort améliorée, que je me vois désormais en me-

sure de rembourser tout ce qui m'a été prêté ou plutôt donné, capital et intérêts. Dans le testament ci-joint, se trouve la liste de mes amis généreux et celle des sommes qui leur sont dues. Dès que tu auras réalisé ma succession, remets de ma part lesdites sommes à eux ou à leurs héritiers. Les quelques billets de mille francs de reste seront employés à constituer une rente viagère à mon vieux Fleury qui m'a trop fidèlement servi sous tous les rapports.

« Si je n'avais pas une conscience, Robert, je pourrais me croire encore un homme d'honneur : telle n'est pas ma prétention, hélas! Détruis donc à l'instant, je t'en conjure et te l'ordonne au besoin, cette lettre que toi seul dois lire. Tu comprendras que je n'aie jamais fait aucune démarche pour t'amener à échanger le nom honorable que tu portes contre un nom et un titre qui, n'étant plus dignes de nos aïeux ni de toi, doivent s'éteindre au plus tôt. Ce sera ma punition et elle est grande, je t'assure!

« Maintenant, adieu, mon bien cher enfant! Pardonne-moi si tu le peux et pense quelquefois à celui qui te bénit du fond du cœur. »

Après avoir relu cette confession, Robert la mit au feu tout en versant un torrent de larmes, au souvenir de la tendresse aussi réelle que bizarre de cet oncle, dont il s'empressa d'exécuter les dernières volontés.

Ce dénoûment surprit autant les personnes qui prêtaient au marquis une fortune colossale que celles qui le déclaraient sans le sou. Ses fameux bijoux avaient été vendus secrètement à la suite du mariage de Robert; ils faisaient partie d'une mise en scène dorénavant inutile. Bien entendu, ceux que le marquis ne portait jamais étaient faux.

Fleury, toujours un bandeau sur les yeux, se retira dans son pays où, grâce à la rente viagère que lui constitua Robert au moyen du legs de l'oncle quelque peu grossi par le neveu, il ennuya longtemps encore sa famille en lui racontant les faits et gestes de son noble maître.

Certes, Juliette porta son deuil avec toute la conscience et toutes les illusions de la meilleure des nièces, jusqu'au jour où elle en fut distraite par ses devoirs maternels. Son bonheur conjugal l'étonne de plus en plus; heureusement, car la froideur que lui témoigne M. Nolard, par jalousie, croit-elle, la rendrait inconsolable, si Robert ne l'indemnisait pas en l'aimant pour deux.

PRATIQUE ET THÉORIE

En 1854, vers six heures du soir, un Français d'une trentaine d'années se trouvait seul assis à une table du restaurant de l'hôtel de la Sablonnière, à Londres. Chaque fois que la porte s'ouvrait, il quittait des yeux son journal puis étouffait un soupir.

« Ah ! Charles ! » s'écria-t-il tout à coup en s'élançant au-devant d'un autre jeune homme qui, fort ému lui-même, se contenta de murmurer : « Joseph, mon pauvre Joseph ! »

Après s'être embrassés longuement sans s'inquiéter de l'effet produit par cette scène peu anglaise, les deux compatriotes s'assirent à leur table. Plus jeune que son ami de sept ou huit ans, le nouveau venu était remarquablement beau et bien fait. Il expliqua qu'on l'avait conduit à sa chambre pour y déposer son bagage, avant de le prévenir que M. Dalmaine l'attendait au restaurant. De là son retard.

Bientôt, un excellent potage leur imposa silence à l'un et à l'autre.

« Mon intention, dit Charles dès qu'il eut pris ce

léger à-compte, était, comme tu sais, de m'embarquer au Havre pour aller rejoindre mon frère à New-
York, lorsque ta satanée lettre m'a décidé à passer
par Londres, d'où j'irai prendre le bâteau de Liver-
pool.

— Oui, si rien d'ici là ne modifie ta résolution.

— Oh ! maintenant, mon cher, elle est irrévocable.
Je me livre au commerce, pieds et poings liés.

— Vraiment ? la littérature ne |te réussit donc
pas ?

— Hélas, non ! pas plus qu'à toi la politique. Que
veux-tu ? l'art est toujours dans le marasme ! s'écria
Charles en riant.

— C'est fâcheux, car ton roman que je relis en ce
moment me paraît remarquable pour un début.

— Tout ce que tu voudras ; mais il faut vivre, et je
ne possède pas comme toi des rentes. Ah çà ! qu'est-
ce que tu as donc de si important à me communiquer ?

— Plus tard, tu le sauras, mon enfant, il s'agit d'un
service à me rendre !

— Je l'espère bien ; sans cela, malgré le plaisir que
j'ai à te voir, tu m'aurais, je suppose, épargné ce détour et cette dépense inutiles ! »

Charles, affamé, parlant peu, avait continuellement
la bouche pleine et dévorait seul presque tout ce que
le garçon leur servait.

« Tu ne manges donc pas, toi ? dit-il enfin à Joseph.

— Non, je n'ai plus faim.

— Tant pis ! morbleu !... je te trouve changé !...

— Je me porte à merveille cependant. »

Entre autres choses plus ou moins intéressantes,

Charles raconta qu'il venait de voyager depuis Paris jusqu'à Londres avec une femme jeune, agréable et à laquelle il avait fait la cour sans aucune chance de succès.

« Cela m'étonne de ta part, se contenta de dire Joseph d'un air distrait.

— Il m'a été impossible surtout de la décider à descendre dans le même hôtel que moi.

— Elle a eu bien raison de fuir un mauvais sujet de ton espèce, reprit Joseph en souriant à peine.

— Pourquoi ça? Je ne lui voulais pas de mal, au contraire. »

A partir de ce moment, Joseph cessa de prêter l'oreille aux détails nombreux que son ami continuait à lui donner sur cette compagne de voyage. Le dîner fini, les deux jeunes gens montèrent dans leurs chambres situées l'une à côté de l'autre. Charles avait à écrire un mot qu'il voulait mettre à la poste le soir même. Or, Joseph, qui devait lui fournir plume, encre et papier, le précédait dans l'escalier, lorsqu'un négociant suisse logé également à l'hôtel, l'arrêta au passage et le pria de lui traduire quelques mots d'anglais. Joseph quitta donc son ami pour un instant, après lui avoir remis la clef de sa chambre ainsi que celle de son secrétaire.

En fouillant dans un tiroir du susdit meuble, Charles fut fort intrigué par une lettre volumineuse, cachetée avec de la cire noire et qui lui était adressée. Il la retourna dans tous les sens, ne devinant guère ce qu'elle pouvait contenir ; soudain un pressentiment inspiré sans doute par l'air sombre et absorbé de Joseph le détermina à en rompre le cachet. Sous l'enveloppe était un testament fort court dans lequel Joseph le nommait son légataire universel. Une lettre ainsi conçue l'accompagnait : « Le service que j'avais à te demander, cher ami, c'est de recueillir mon modeste héritage qui se monte encore à près de dix mille livres de rente. Il m'est bien doux de penser que tu pourras désormais savourer les joies de l'indépendance, en te livrant à ta passion pour la littérature. Quant à moi, j'ai hâte de me guérir radicalement d'un dégoût insurmontable de la vie. Ta visite à Londres aura été ma dernière jouissance sur cette terre ; merci !

« *P. S.* — Non notaire à qui j'ai envoyé un double du testament ci-inclus, réglera tout selon tes convenances, car.... »

Avant d'avoir achevé sa lecture, Charles entendit Joseph remonter précipitamment. Il serra la lettre dans sa poche et se mit à écrire afin de cacher son agitation.

« Je te préviens qu'il pleut à verse, dit Joseph en entrant.

— Ah ! ça m'est égal ; je me moque de la pluie.

— Et moi donc ! s'écria Joseph en riant aux éclats d'une façon singulière. »

Dès que Charles eut terminé sa lettre, il se tourna vers son ami, et le regardant entre les deux yeux :

« Décidément, quel service attends-tu de moi ? lui demanda-t-il d'un ton résolu.

— Demain matin tu le sauras, je te le promets.

— Joseph ! répliqua Charles avec énergie, je ne comptais passer à Londres que deux jours ; mais je change d'avis et y resterai jusqu'à nouvel ordre !

— Pourquoi?

— Parce que tu es malade, très-malade.

— Pas le moins du monde, mon enfant, je t'assure!

— Vraiment? qui donc a écrit cela? demanda Charles en tirant de sa poche la lettre dont l'enveloppe était visiblement décachetée.

— Comment! tu as osé l'ouvrir et la lire!

— Sans doute, puisqu'elle m'était adressée!

— Oh! pas encore.

— Quoi qu'il en soit, je ne me repens pas de ce que j'ai fait! »

Joseph demeura interdit un instant.

« Après tout, reprit-il, j'ai le droit d'agir comme bon me semble.

— Es-tu sûr?

— En tous cas, je le prends!

— Et moi, je prends celui de ne plus te quitter d'une minute.

— Quelle plaisanterie!

— Tu verras! c'est mon devoir, du reste, car.... Eh! parbleu, tu as le spleen, tu te meurs d'ennui.

— J'en conviens.

— Rentre donc vite en France, dans notre cher Paris, d'où tu t'es exilé volontairement pour venir te réfugier dans ce pays de liberté où tu étouffes!

— Tant pis pour moi si, ne voulant pas habiter ma patrie, je ne peux plus vivre ailleurs.

— Que diable! mon cher, à tort ou à raison, elle s'est prononcée contre ton parti et tu dois te soumettre à sa volonté.

— Certainement.

— Donne donc au plus tôt ta démission de la politique.

— Il y a longtemps que c'est fait !

— Eh bien ! alors, fuis cette atmosphère malsaine
où tu vis entouré de compatriotes plus ou moins
exaspérés par nos derniers événements !

— Tu te trompes, mon enfant, je me borne à en
aider quelques-uns de ma bourse ; seulement, il me
semble que, partageant une partie de leurs idées, je
dois partager leur sort.

— Quelle erreur !

— Au surplus, la source de cette misanthropie in-
curable, ne la cherche que dans la perte de toutes
mes illusions ; je ne crois plus à rien : ni à la conscience
humaine, ni à l'honneur, ni à l'amitié !

— Merci ! » s'écria Charles fondant en larmes sans
tenir compte des protestations ou des supplications
de Joseph qui, lui-même, se mit à pleurer et à pousser des sanglots.

Quand l'un et l'autre furent suffisamment calmés,
ils sortirent dans le but de porter à la poste la lettre
écrite par Charles et se promenèrent longtemps dans
la ville. Peu à peu, l'air frais, humide, joint à la
marche, les réconforta complétement. Grâce à leur
amitié, — cette fraternité factice si souvent préférable à la vraie, — quelle bonne soirée passèrent ces
deux hommes pataugeant dans la boue et coudoyant
un monde d'indifférents ! Vers minuit, ils revinrent à
l'hôtel et se couchèrent. Malgré sa fatigue, Charles,
qui ne songeait guère à fermer l'œil, se leva, alla
écouter à la porte de Joseph, puis rentra dans sa
chambre puis sortit de nouveau pour retourner à la

porte de son ami où il restait ne sachant trop que faire, lorsque ce dernier lui cria d'entrer :

« Tu ne peux pas dormir, hein ?

— Non.

— Moi non plus. Ah çà ! dit Joseph en saisissant et en serrant avec force une des mains de Charles, j'espère que tu ne doutes plus de ma parole ! Quand on possède un ami tel que toi, mon enfant, il y aurait ingratitude, lâcheté, infamie à ne pas se sentir heureux. Va donc te recoucher, et dors sur les deux oreilles ! je n'attenterai pas à ma vie, je te le jure sur l'honneur. »

Rassuré désormais, Charles se remit dans son lit où il prit enfin le repos nécessaire. Le lendemain et les jours suivants furent employés en causeries intimes et en distractions de toutes sortes. Joseph paraissait un peu plus gai ; pourtant son état n'inspirait qu'une médiocre confiance à Charles qui, tantôt manifestait l'intention de rester à Londres avec son ami, tantôt lui proposait ou de retourner ensemble à Paris ou de le suivre en Amérique. Joseph refusait absolument de rentrer en France ; quant à la dernière proposition qui lui souriait assez, il avait besoin de quelque temps pour y réfléchir. En attendant, Charles ne le quittait pas d'une minute.

« Ah çà ! puisque tu respectes les femmes dites honnêtes et méprises les autres, pourquoi ne te marierais-tu pas ? lui demanda-t-il un jour, tu es riche, épouse une jeune fille charmante ; elle t'amusera, te distraira, te fera damner : ici bas, mon cher, il vaut mieux être ennuyé que de s'ennuyer ; d'ailleurs, crois-moi, la femme est indispensable à l'homme.

— Qu'on rétablisse le divorce et nous verrons, répondit Joseph, jusque-là, laisse-moi tranquille !

— Soit! »

Un matin que nos deux Français étaient descendus déjeuner de très-bonne heure, Charles fut tout étonné de trouver, seule et installée à une table du restaurant, cette jeune compagne de voyage, dont il avait tant parlé à Joseph le soir de son arrivée, mais qui, depuis lors, lui était sortie de la tête. Il la salua avec empressement et se montra enchanté de la revoir, surtout dans cet hôtel où, malgré ses conseils, elle n'avait pas voulu descendre. La dame rougit un peu, le remercia encore de ses attentions pendant la traversée et découvrit avec surprise qu'ils habitaient, sans le savoir, sous le même toit. Le fait est que Charles lui recommandait la Sablonnière, tandis qu'elle devait descendre à l'hôtel français ou plutôt suisse de Leicester square, c'est-à-dire à la Sablonnière. Ce malentendu les amusa extrêmement.

Nos deux jeunes gens s'étaient assis à la table voisine de celle qu'occupait la dame, après que Charles en eut toutefois obtenu la permission. Beaucoup plus communicative que pendant le voyage, cette dernière lui confia qu'elle prenait ses repas une heure avant tout le monde. Ainsi donc, sans le hasard qui le faisait déjeuner si tôt lui-même, ils ne se seraient peut-être jamais rencontrés. Ne comprenant pas l'anglais et ne connaissant personne à Londres, la pauvre femme qui venait de garder pendant plusieurs jours un silence presque absolu, avoua à Charles qu'il lui était bien agréable d'échanger quelques paroles avec un compatriote. La conversation

continua d'abord entre eux seuls ; mais Joseph ne
tarda pas à s'y mêler, en plaçant une réflexion des
plus sensées et que la dame accueillit d'une façon
très-louangeuse. Dès que celle-ci se fut retirée, Joseph, charmé de son propre succès, — il faudrait
être mort pour ne plus avoir d'amour-propre ! — déclara qu'elle lui paraissait fort convenable.

Le soir, les deux amis, s'étant arrangés pour dîner
plus tôt que de coutume, la revirent et constatèrent
à haute voix que le service se faisait infiniment mieux
à cette heure qu'à celle où il y avait foule dans les
salles du restaurant. C'était annoncer hardiment
l'intention de changer leurs habitudes ; néanmoins la
dame n'en parut nullement contrariée. Par moment,
elle se livrait à la conversation commune avec un
certain entrain, puis tout à coup redevenait froide et
réservée. Nos jeunes gens commençaient à se sentir
vivement intrigués sur son compte, ce qui ne laissait
pas d'être flatteur pour elle, car les hommes ne s'in-
quiètent guère que des femmes qui leur plaisent.
Chacun d'eux se cassait déjà la tête pour arriver à découvrir son nom, le motif de son voyage à Londres,
et surtout sa position sociale. Bref, ils avaient hâte
que l'inconnue se fît connaître.

En sa qualité de vieil habitué dans la maison, Joseph osa prendre des informations auprès de la
femme de chambre qui la servait. Il apprit ainsi que
sa compatriote s'appelait Mme Gardanne, sortait rarement, ne recevait personne et écrivait ou lisait
pendant la nuit, puisque ses bougies duraient peu de
temps. Sans en demander davantage, il s'empressa
de communiquer ces détails à son ami, qui se permit

alors sur celle-ci des plaisanteries dont la plus méchante était qu'elle lui faisait l'effet d'un bas-bleu
aux abois, c'est-à-dire d'une aventurière assez dangereuse. Bien que Charles fût plus jeune, plus gai,
plus spirituel et beaucoup mieux physiquement que
Joseph, la dame accordait une préférence marquée
à ce dernier ; elle l'écoutait toujours avec intérêt,
avec confiance, et lui demandait souvent des renseignements qui lui étaient donnés fort complaisamment.
S'apercevant de l'insignifiante préférence dont il
était l'objet, Joseph n'en concevait aucune fierté,
mais se montrait quelque peu optimiste à l'égard de
l'inconnue. Charles, au contraire, raillait son ami
sur la passion qu'il avait su lui inspirer et ne manquait pas de prouver son dépit par un certain besoin
de dénigrement.

Un matin, Charles fut dérangé au milieu de son déjeuner par un tailleur venu pour lui essayer des vêtements. Il laissa donc Joseph seul avec Mme Gardanne. Aussitôt, la jeune femme, qui dépensait le
moins possible et se contentait, depuis plusieurs jours,
du strict nécessaire pour vivre, dit à notre héros d'un
ton mystérieux :

« Vous êtes avocat, n'est-il pas vrai, monsieur ?

— Oui, madame, mais j'ai rarement plaidé.

— Oh ! je n'ai pas de cause à vous confier, reprit-elle, je voudrais simplement vous adresser une
question.

— Laquelle, madame ? je suis à vos ordres !

— Pourriez-vous d'abord m'indiquer où se trouve
l'ambassade de France à Londres ?

— Ce n'est pas très-facile ; du reste, la première voiture de place vous y conduira.

— Mon Dieu! repartit Mme Gardanne d'une voix tremblante, c'est que je tiens à faire l'économie de cette voiture ; vous le comprendrez quand vous saurez que j'ai justement à prier l'ambassadeur de me fournir les moyens de rentrer en France.

— Ah ! fit Joseph impressionné péniblement.

— Car, ajouta la dame, il me reste à peine de quoi payer ma dépense dans cet hôtel : mon mari, qui m'y avait donné rendez-vous, n'arrivant pas, je me vois forcée de retourner à Paris. »

Joseph eut enfin le courage de lancer à sa voisine un regard trahissant toute son émotion.

« Le premier devoir d'un ambassadeur, monsieur, n'est-il pas de rapatrier ses compatriotes ?

— En effet, je pense qu'il se charge de renvoyer dans leur pays ceux qui sont privés totalement de ressources.

— S'il en est ainsi, s'écria Mme Gardanne le visage couvert d'une rougeur subite, je préfère attendre.

— A quoi bon? dit Joseph après un moment de silence fort gênant pour tous les deux, je vous prêterai la somme nécessaire.

— Vous, monsieur !... Oh ! je vous remercie mille fois, mais.... non, non, vous ne me connaissez pas.

— Il n'est pas besoin de connaître les gens pour leur rendre service, répliqua Joseph d'un ton assez bourru.

— Je me sens d'autant moins disposée à accepter votre offre obligeante, dit alors la jeune femme en baissant les yeux, que, franchement, je ne sais pas trop quand et comment je pourrais vous rembourser.

— Dans ce cas, madame, permettez-moi d'insister : des nombreuses personnes auxquelles j'ai prêté de l'argent, vous êtes la première qui ait douté d'être jamais en mesure de s'acquitter ; c'est une raison pour m'inspirer confiance ; d'ailleurs, peu importe, allez ! »

Charles étant rentré à ce moment, la dame échangea avec lui quelques phrases banales, puis elle se leva, fit un profond salut, surtout à Joseph qui le lui rendit tout semblable, et se retira non sans une certaine dignité.

Notre héros ne raconta pas immédiatement à son ami la petite scène qui venait d'avoir lieu : plus la jeune femme lui inspirait d'intérêt, plus il redoutait les moqueries de Charles. Cependant, après une heure de promenade dans l'un des parcs publics de la ville, il n'eut pas la force de se taire davantage.

« Évidemment, s'écria Charles, cette femme est une intrigante, une pas grand' chose, une rien du tout ! Quant au mari annoncé, je n'admets pas un instant son existence. »

Joseph soutint, quoique timidement, qu'on pouvait manquer d'argent sans être ce que disait l'impétueux Charles ; il posa même en principe que l'état de gêne d'une femme jeune, agréable et distinguée comme l'était celle-ci, devenait une preuve incontestable de sa vertu. A ce mot, Charles éclata de rire, cita quelques anecdotes plus drôles les unes que les autres sur la rouerie des femmes ou l'imbécillité des hommes, et finit par déclarer que son ami

lui semblait possédé du démon. En somme, cette
après-midi entière se passa à causer de Mme Gardanne. A leur rentrée à l'hôtel, il y avait du nouveau : cette dernière, installée au parloir, faisait
prier M. Dalmaine — elle s'était, de son côté, infor-
mée du nom de Joseph — de vouloir bien venir lui
parler. Le jeune homme s'exécuta d'assez mauvaise
grâce. Il trouva sa compatriote en train d'achever ce
goûter que les Anglais appellent « the lunch ».

« Ah ! monsieur, s'écria-t-elle en se levant,
j'avais hâte de vous remercier encore et de vous
mettre au courant d'un changement heureux sur-
venu dans ma position.

— J'en suis ravi pour vous, madame.

— Je le crois ; vous possédez un fonds de bienveillance qui attache et inspire de la sympathie. »

En même temps, la dame, visiblement émue, montrait les plus jolies dents du monde. Joseph demeurait interdit.

« Mais asseyez-vous donc, monsieur. Oh ! je ne
vous tiens pas quitte envers moi ; j'ai plus que
jamais besoin de vos conseils.

— Madame....

— Ah ! fit-elle en respirant lentement et avec
satisfaction, je viens de courir au plus pressé, qui
était de ne plus me laisser tomber d'inanition.

— C'est vrai, depuis quelques jours, nous remar-
quions, mon ami et moi, que vous mangiez à peine.

— Eh ! mon Dieu, ce matin encore, j'en étais
réduite là, lorsque tout à l'heure j'ai reçu la visite
d'un négociant français établi à Londres et chargé
par mon beau-frère, notaire à Angoulème, de me

compter cinquante livres sterling, après m'avoir
remis cette lettre. Lisez-la, de grâce !

— Moi, madame, à quel propos ?

— Je vous fournirai ensuite les explications nécessaires à la connaissance exacte de ma situation ; je
vous ferai part de mes idées, de mes projets, afin
que vous puissiez juger du parti auquel il serait le
plus sage à moi de m'arrêter. »

Saisissant alors une des mains de Joseph et la
retenant dans les siennes :

« J'ai besoin ici d'un ami dévoué, ajouta-t-elle,
voulez-vous le devenir ?

— Je ne demande pas mieux, madame, si, toutefois, l'amitié peut s'improviser de la sorte.

— Je le crois ; seulement, je vous prierai de ne
rien raconter de mes affaires à notre compatriote.

— Pourquoi cela ? s'écria Joseph, M. Charles de
R.... est un galant homme dont je réponds comme
de moi-même !

— Vous avez raison ; mais il me semble trop
jeune, trop gai, trop spirituel, vous le dirai-je ? trop
joli garçon enfin, pour qu'une femme de mon âge
et dans ma situation puisse lui accorder sans danger
une influence quelconque sur son esprit. »

Cette preuve de tact ne fut guère du goût de
Joseph.

« Ou je me trompe fort, continua la dame, ou
votre ami s'est déjà permis sur mon compte des
remarques désobligeantes, peut-être même cruelles.

— Pardonnez-moi, madame, répondit Joseph profondément troublé.

— C'est au contraire moi qui vous supplie de

m'excuser si je me trompe, répliqua la dame en accompagnant ses paroles d'un petit sourire de satisfaction prouvant combien elle était sûre d'avoir deviné juste. »

Pour se donner une contenance, Joseph se mit à lire la lettre du beau-frère. Elle était datée d'Angoulême et commençait par une sortie violente contre un misérable qui avait trahi ses devoirs les plus sacrés.

« Le misérable en question ?.... demanda Joseph.

— Hélas ! monsieur, c'est mon mari : toutes les jeunes filles d'Angoulême enviaient mon sort en me voyant, il y a trois ans, épouser un jeune homme, commissionnaire en marchandises, lequel habitait Paris et y gagnait beaucoup d'argent, disait-on. Quelle erreur ! Dès la première année, j'étais malheureuse, négligée ; mon mari, qui ne me tenait en rien au courant de ses affaires, me les donnait toujours pour prétexte de ses absences, de ses voyages. Il avait — je finis par m'en apercevoir — des habitudes de désordre, de dissipation, dont on ne se fait aucune idée en province. Parfois je l'attendais des nuits entières qu'il passait dans des réunions, à jouer, à souper, Dieu sait avec qui ! Quand je me plaignais, quand je faisais la moindre observation, il me trouvait assommante. Pendant la seconde année, ses affaires devinrent embarrassées ; il appela à son aide les spéculations de bourse, ce qui les aggrava encore ; bref, j'appris un jour que nous étions ruinés l'un et l'autre, puisqu'on nous avait mariés sous le régime de la communauté. Depuis dix-huit mois, mon mari est en fuite, hors

de France. Grâce au ciel, je n'ai pas eu d'enfants, et
ma sœur ainsi que mon beau-frère sont excellents
pour moi. Fort heureusement aussi, je possède un
modeste talent qui m'a permis de donner à Paris des
leçons de piano au moins à des commençantes. C'est
là que j'ai lutté avec — je puis le dire ! — un courage digne d'un meilleur sort. J'y végétais encore,
il y a trois semaines, lorsque je reçus une lettre de
Belgique dans laquelle mon mari m'invitait à venir
l'attendre ici, dans cet hôtel. Il prétendait vouloir
m'associer au bien-être qu'il s'était ménagé à Londres
à force de travail et de persévérance. Je n'hésitai
pas à remercier mes rares élèves, à vendre mon
petit mobilier et à quitter Paris avec la somme
nécessaire à mon voyage, après avoir prévenu ma
sœur. En vérité, je n'ai pas de chance ! Ce dernier
espoir est déçu : mon beau-frère, qui faisait prendre
des renseignements à Bruxelles, m'annonce — vous
allez le voir dans sa lettre — que le misérable dont
je porte le nom vient d'y être arrêté à la suite de
nombreuses escroqueries commises en Belgique. »

Joseph prit alors connaissance de la lettre qui
s'accordait parfaitement avec le récit de Mme Gardanne.

« Maintenant, reprit la jeune femme, mon respect pour nos lois sociales ne saurait m'obliger à
rester éternellement l'esclave de cet homme. Tant
qu'il n'était coupable qu'envers moi, j'ai dû me garder pour un avenir d'expiation bien peu probable ;
mais aujourd'hui qu'il ne peut m'inspirer ni estime,
ni... amitié, je ne me sens plus d'humeur à partager
son sort, si jamais on le rend à la liberté.

— Je comprends cela ! dit Joseph.

— Donc, puisque mon beau-frère me fournit généreusement les moyens de vivre quelque temps sans rien faire, je tiens à vous soumettre un projet que j'ai formé, qui me sourit extrêmement et sur lequel vous me conseillerez, vous qui connaissez à fond ce pays-ci.

— Quel est-il, madame ?

— Croyez-vous que je parvienne à me placer comme professeur de français et de piano dans un pensionnat de demoiselles ou dans une famille ?

— Je ne sais trop, car vous ne parlez pas anglais.

— Justement, mon ignorance de la langue anglaise, qui serait un obstacle dans beaucoup de cas, ne deviendrait-elle pas dans certains autres une raison de préférence ?

— Au fait, peut-être bien.

— Il va sans dire que je consentirais à m'enterrer vivante dans le fond d'un des comtés d'Angleterre ou même d'Écosse ! Est-ce que vous seriez assez bon, monsieur, pour prendre des informations à ce sujet et me rédiger, s'il y a lieu, une annonce dont je ferais volontiers les frais dans un ou plusieurs journaux ?

Cette conversation, déjà longue, fut suivie des promesses de Joseph puis des remerciements de la dame, après quoi, on se sépara en se donnant rendez-vous pour le dîner.

Charles, rentré en possession de son ami, ne manqua pas de le questionner sur l'incident qui venait de se produire ; Joseph se borna à déclarer que Mme Gardanne était une personne tout à fait

estimable, en un mot, digne des plus grands égards.
Comme il avait autant d'esprit que d'imagination,
Charles ne fut nullement convaincu ; il cessa néanmoins de plaisanter Joseph et se dit avec joie que,
son état moral s'améliorant à vue d'œil, le mieux
était de souhaiter qu'une passion amoureuse, conçue
même pour une rouée de première force, vînt redonner à l'infortuné jeune homme le goût de l'existence
et le distraire de sa maudite politique. Notre héros
parla enfin à Charles, qui ne le quittait guère, de la
commission dont l'avait chargé Mme Gardanne.
Tous deux se mirent immédiatement en quête de la
place demandée ; or, le soir, à dîner, Joseph prévint
sa protégée qu'il avait déjà fait plusieurs démarches
offrant quelques chances de succès. Celle-ci le remercia chaudement et s'excusa encore beaucoup de son
indiscrétion.

Certes, Joseph aurait usé avec plus de liberté des
droits de leur nouvelle amitié, sans la présence de
son inséparable, lequel était décidément *trop joli
garçon*. Ces trois mots lui restaient sur le cœur et,
chose singulière, au lieu de les reprocher à celle
qui les avait prononcés, c'était le pauvre Charles
qu'il en rendait responsable. Ce dernier, trop fin
pour ne pas admettre ce qui lui paraissait vraisem-
blable, supposa, en voyant Mme Gardanne se relâcher tout à coup de ses habitudes de sobriété excessive, que Joseph avait été mis à contribution sous
forme d'emprunt, bien entendu. Plein d'espoir dans
l'avenir, car il savait que si les femmes ont le secret
de perdre les hommes, elles ont aussi celui de les
sauver, Charles prit la résolution de confier son ami

à cette garde-malade tombée du ciel et dont l'idée
lui vint même de surexciter l'imagination par une
petite confidence des plus dramatiques. Il commença
par manifester le désir de passer son après-midi du
lendemain à Windsor, puis proposa à Joseph de l'y
accompagner. Naturellement, celui-ci refusa dans
l'intérêt de Mme Gardanne. Charles n'insista pas ;
mais, vers la fin du dîner, il sortit de table sous
prétexte d'aller tout bêtement chercher son mou-
choir oublié dans sa chambre, et flâna sur l'escalier
en attendant la jeune femme qui, par parenthèse,
ne se pressa guère d'arriver.

« Ah ! madame, lui dit-il dès qu'elle parut, je
vais demain à Windsor ; cependant, je n'aurais pas
voulu me séparer de M. Dalmaine qui a, vous devez
vous en être aperçue, l'esprit un peu malade.

— Malade ! s'écria Mme Gardanne, comment l'entendez-vous ?

— Mon Dieu ! répondit Charles avec hésitation,
c'est certainement l'homme le plus honorable, le
plus généreux, le plus délicat....

— Oui ; eh bien ?

— Sans compter, ajouta Charles, que, riche, indépendant, il appartient à une excellente famille désolée de son état....

— Quel état ?

— Figurez-vous, madame, que la politique lui a
tellement tourné la tête qu'il s'est exilé volontairement de France pour venir habiter cet admirable
quoique triste pays, où, peu à peu, le dégoût de la
vie, le spleen enfin, l'a décidé à chercher un refuge
dans le suicide !

— Ciel ! que me dites-vous là ?

— C'est mon meilleur ami, madame ; je l'aime comme un frère : promettez-moi donc, en échange des petits services que j'ai pu vous rendre, de ne pas le laisser seul un instant pendant son absence ! »

Mme Gardanne était si troublée de cette communication, si reconnaissante d'ailleurs envers Joseph, qu'elle s'engagea à faire ce qu'on lui demandait, puis remonta dans sa chambre en emportant une excellente opinion de Charles.

Diplomate habile, ce trop joli garçon avait déjà réussi à se créer des intelligences dans le camp ennemi ; ce n'était pas assez : il lui fallait maintenant obtenir des révélations de Joseph.

« Quelle femme charmante, mon cher, que cette madame Gardanne ! glissa-t-il à l'oreille de son ami, en se rasseyant à la table où l'attendait un moka brûlant.

— Est-ce sérieusement que tu parles ? demanda Joseph d'un air défiant.

— Très-sérieusement. Oh ! je l'avoue, je me suis complétement trompé sur son compte : je ne connais pas son histoire, mais que parie bien que c'est celle d'une personne moins heureuse qu'elle ne mérite de l'être !

— En effet.

— Du reste, elle a pour toi un faible dont je lui sais gré.

— Allons donc !... quelle folie !... s'écria Joseph le sourire sur les lèvres et en haussant les épaules.

— Oh ! écoute, je crois ce que je vois. »

Notre héros, tombé dans le piége, raconta bientôt

à Charles que sa protégée venait d'endurer le plus courageusement du monde une misère qui, grâce à un parent vraiment digne de ce nom, n'existait plus que comme souvenir. Il se montra fier surtout de pouvoir attester l'existence du monstre qu'elle avait pour mari; enfin, ne cacha pas que son intention était de faire tous ses efforts pour procurer à cette compatriote réellement digne d'intérêt une position offrant quelque peu de bien-être et de sécurité. Charles ne manqua pas de l'y encourager.

Le lendemain, à la suite d'un copieux déjeuner, ce dernier partit tranquille, laissant son ami en des mains sûres. Le fait est que Mme Gardanne prenait tellement à la lettre les recommandations de Charles, qu'elle surveillait Joseph avec un soin presque comique : souvent, malgré elle, son regard, plein d'une tendre commisération, se fixait longuement sur cet infortuné jeune homme si obligeant, si instruit, en même temps que riche et bien né, car elle n'avait oublié aucun des renseignements fournis par Charles.

Après avoir réglé l'ordre et la marche qu'elle devait suivre pour trouver le temps de visiter dans le courant de cette journée les différentes personnes qui s'occupaient de la placer, Joseph écrivit leurs noms et leurs adresses sur le carnet de la dame, à laquelle il tâcha de les faire bien prononcer, ce qui n'était pas facile et lui arrachait à lui-même de fréquents soupirs de désespoir.

« Oh ! je ne pourrai jamais m'en tirer !... s'écria madame Gardanne qui avait son idée, à moins que vous ne poussiez encore la complaisance jusqu'à consentir à m'accompagner !

— Je n'aurais pas osé vous le proposer, madame, répondit Joseph plein de satisfaction, quoique ce soit le moyen le plus sûr de rendre utiles vos démarches, car, dans les mœurs anglaises, la présentation est de rigueur.

— Je le sais, dit la dame en se levant, partons alors, ne perdons pas une minute ! »

Joseph obéit avec empressement. A leur sortie de l'hôtel, et dans la crainte de faire naître des remarques fâcheuses, il essaya de se tenir à une certaine distance de la jeune femme, en lui nommant à haute voix les rues qu'il fallait suivre. Mme Gardanne, au contraire, forte de cette audace ou plutôt de cette ignorance que possèdent seules les âmes candides et loyales, marcha résolûment à ses côtés, loin de chercher à dénaturer une action qui, à ses propres yeux, n'avait rien de compromettant.

« Par exemple, nous débuterons par une course un peu longue, dit Joseph en réglant son pas sur celui de sa compagne et sans songer une minute à lui offrir le bras.

— Prenons une voiture, je vous en prie, s'écria la dame.

— Je n'en vois pas la nécessité, répondit Joseph, nous trouverons à Charing-Cross un omnibus qui nous déposera à deux pas de l'endroit où nous allons.

— A la bonne heure ! »

Dans l'omnibus, Joseph voulut payer sa place ; Mme Gardanne s'y opposa énergiquement. Le jeune homme, obligé de céder, apprécia ce procédé au centuple de sa valeur matérielle. Tout en causant, il demanda à sa protégée s'il devait la présenter comme une veuve, comme une demoiselle ou bien avouer la triste réalité de son lien conjugal.

« Oh! dites la vérité, monsieur, je ne hais rien tant que le mensonge! »

Joseph ne dissimula pas que ce renseignement pourrait, dans certaines maisons surtout, lui nuire considérablement.

« Qu'importe? répondit madame Gardanne, il y aurait peut-être beaucoup plus d'inconvénients encore à me donner pour libre quand je ne le suis pas. Dites la vérité, reprit-elle, j'y tiens essentiellement : ce qui me permet presque de vous traiter en vieil ami, c'est que vous connaissez ma position, dont je cause avec vous à cœur ouvert. »

Joseph approuva ce sentiment. Grâce à la facilité avec laquelle il s'exprimait en anglais et à sa connaissance des diverses parties de la ville, il pilota on ne peut mieux sa compatriote dans cette immense fourmilière humaine appelée Londres. La foule devenait si compacte à cette heure dans le quartier de la Cité et chacun y courait si brutalement à ses affaires, que la jeune femme finit par saisir le bras de son guide pour ne pas risquer d'en être continuellement séparée.

En somme, cette journée, quoique des plus fatigantes, ne rapporta rien de bien positif : seule, une pension de demoiselles, située à Blackheath, du côté de Greenwich, avait immédiatement besoin d'une maîtresse de français ; mais on doutait, à cause de son ignorance absolue de la langue anglaise, que Mme Gardanne pût convenir. Cependant, il fut décidé qu'elle tenterait l'aventure.

A son retour de Windsor, Charles remarqua l'excellente disposition d'esprit de son ami; il échangea avec Mme Gardanne un regard d'intelligence qui, de sa part, équivalait à un remerciement. Le lendemain, les deux amis, exacts au rendez-vous du matin, furent tout étonnés d'y attendre en vain leur voisine de table. Charles questionna le garçon et apprit qu'elle n'était pas encore descendue. Joseph, plus intrigant encore, sut, par la servante qui lui avait déjà fait des rapports, que Mme Gardanne, après avoir déjeuné dans sa chambre de fort bonne heure, s'était dirigée vers le chemin de fer. Quels regrets il éprouva en songeant que la jeune femme n'avait pas voulu, comme la veille, se laisser conduire par lui! Le pauvre garçon se demandait comment elle pourrait aller à Blackheath, y découvrir la pension où on l'adressait, bref, se tirer d'affaire sans son secours. Vingt fois il assomma Charles de ses inquiétudes à ce sujet. Impatienté, ce dernier lui assura qu'on ne mangerait pas sa protégée, attendu que le ciel n'abandonne jamais les jolies femmes.

En effet, le dîner les réunit tous trois. Aussitôt le bonheur de se revoir se peignit sur deux visages et amena une cordiale poignée de main à l'anglaise. Naturellement, Mme Gardanne fut invitée à raconter son odyssée. Quand il eut écouté le récit de ses embarras, de ses petits accidents, gracieusement fait du reste, Joseph s'écria : « Pourquoi ne nous avez-vous pas priés de vous accompagner? » A quoi notre héroïne répondit : « J'aurais craint, cher monsieur, d'abuser de votre obligeance! » Du résultat de son voyage, elle se montra avec raison fort satisfaite.

D'abord, la maîtresse de pension comprenait assez bien le français ; ensuite, Mme Gardanne, en déclarant sa position de femme mariée, n'avait eu aucun autre détail personnel à donner ; enfin, il était convenu qu'elle enseignerait sa langue en la parlant sans cesse aux élèves et se contenterait, jusqu'à nouvel ordre, de toucher quinze shellings par semaine, indépendamment de la nourriture, du logement et du blanchissage.

Dès le surlendemain, elle devait s'établir à Blackheath. Cette nouvelle fut un coup de foudre pour Joseph ; il fit bonne contenance néanmoins. Quant à Charles, qui voyait plus clair que personne dans tout ceci et était enchanté de la tournure que prenaient les choses, il dit malicieusement : « Ainsi donc, tandis que Madame s'installera à Blackheath, tu t'occuperas, toi, de tes préparatifs de départ pour l'Amérique, n'est-ce pas ?

— Quoi !... vraiment ? s'écria Mme Gardanne, vous songeriez à aller si loin !...

— Mon Dieu ! je n'en sais rien encore, répondit Joseph.

— Ce voyage te ferait grand bien : tu as besoin de distractions ! »

Un silence assez prolongé suivit ce jugement de Charles.

Fatiguée de sa journée, la jeune femme ne tarda pas à souhaiter le bonsoir à ces messieurs et à remonter dans sa chambre, pendant que Joseph, fort désappointé, emmenait Charles se promener en fumant dans Regent street. Là, notre héros ne résista pas au désir de parler à son ami de Mme Gardanne, pour laquelle il confessa tout à coup ressentir une passion invincible. Qu'allait-il devenir sitôt que le chagrin de ne plus la voir remplacerait la douce habitude qu'il s'était faite de la rencontrer chaque jour aux heures des repas?

Ravi au fond, Charles parut aussi désolé que surpris en recevant une pareille confidence. Pour activer encore les progrès de cet amour naissant, il s'exprima sur le compte de Mme Gardanne d'une manière très-louangeuse particulièrement sous le rapport du moral. Joseph s'épancha alors librement et finit par annoncer qu'il ne quitterait pas Londres tant que sa chère compatriote en habiterait les environs. Après une promenade de plusieurs heures employées à causer toujours sur le même sujet, Joseph se laissa ramener à l'hôtel où il ne manqua pas de murmurer à l'oreille de son Pylade, en étouffant un gros soupir : « Elle est encore ici; mais dans deux jours.... ah! je ne sais vraiment pas comment je supporterai notre séparation!... » Ce doute prouvait du moins chez lui l'absence de toute pensée de suicide.

Le but de Charles n'était qu'à moitié atteint : il s'agissait maintenant d'agir sur le cœur de Mme Gardanne. Du reste, le terrain avait été déjà travaillé et Charles espérait, en lui donnant une dernière façon, le mettre en état de produire les fruits dus à sa patience et à son génie : « C'est égal, se disait-il parfois, je fais là un drôle de métier! Grâce au ciel, je n'ai pas de préjugés! » Il se ménagea donc adroitement un tête à tête avec Mme Gardanne et lui révéla sans préparation aucune que Joseph avait conçu pour

elle un violent amour, ce qui le comblait de joie lui
même, tant il était sûr qu'elle aurait assez de grandeur d'âme pour sauver la vie à son malheureux
ami, au moyen de cette passion qu'il suffisait de ne
pas mépriser complétement pour la convertir en remède providentiel. Comme Mme Gardanne commençait à jeter les hauts cris, Charles fit appel à sa
pitié, à sa charité chrétienne, enfin la conjura, du
moment que Joseph ne voulait plus le suivre en
Amérique, de veiller sur ce cher malade, de la conservation duquel il la rendait seule responsable désormais. Choquée au dernier point d'une semblable
déclaration, la jeune femme se reprocha d'avoir abusé
de l'obligeance de ses deux compatriotes, mais assura Charles qu'elle n'avait rien fait pour donner
naissance à un sentiment que sa position lui défendait d'encourager. Celui-ci la crut facilement. Quand
Mme Gardanne eut bien manifesté tous ses regrets,
tous ses scrupules, elle forma le projet, par considération, par reconnaissance pour Joseph, d'agir dans
cette circonstance avec certaines précautions : « Le
mieux, dit-elle, sera de rompre nos relations le plus
tôt possible ; en attendant, puisque vous me jurez sur
l'honneur que M. Dalmaine n'est pas au courant de
votre démarche, j'ai encore le droit de paraître
ignorer la vérité. Votre ami est un honnête homme ;
il sait que je ne suis pas libre ; d'ailleurs, une fois à
Blackheath, je ne trouverai plus ni le temps ni les
occasions de le voir. » Charles approuva ces idées :
il savait, le finaud, que le cœur de la femme con-
spire contre lui-même, dès qu'on réussit à l'intéresser quelque peu : « M. Dalmaine a besoin qu'on use

11

de ménagements envers lui, se contenta-t-il de répondre, car sa jeunesse s'est dépensée en études philo-
losophiques ou politiques et non, comme celle de la
plupart des autres jeunes gens, dans les plaisirs et
les folies. Nature vierge, nature d'apôtre s'il en fut,
mon pauvre ami n'avait pas aimé avant de vous
connaître; je crois donc que votre influence féminine
produira sur lui un effet salutaire ou désastreux,
selon que vous le traiterez avec rigueur ou avec
bonté. Fier et modeste en même temps, il deviendra
si heureux de la moindre preuve de... sympathie,
mais tellement désespéré d'une indifférence.... absolue, que j'ai raison de vous rendre entièrement responsable de son sort. »

Bien entendu, Mme Gardanne déclina énergiquement toute espèce de responsabilité à cet égard
et se retira passablement révoltée de l'audace avec
laquelle son compatriote traitait des questions morales si délicates.

Cette journée, la dernière que Joseph devait passer sous le même toit que la jeune femme, fut on ne
peut plus triste pour lui. Certes, il ne jouait pas la
comédie; aussi Charles redoubla-t-il d'efforts pour
le distraire de son chagrin et en occuper au contraire Mme Gardanne. Celle-ci, n'osant pas se tenir
tout à fait à l'écart pendant les quelques heures
qu'elle avait à rester dans l'hôtel, accueillait avec la
plus grande réserve, mélangée à peine d'un soupçon
de sensibilité, toutes les attentions de Joseph. L'infortunée créature n'avait jamais été gâtée ni dans sa
famille, ni dans son ménage; or, pour cet attachement sincère, elle possédait, sans le savoir, des tré-

sors de gratitude que Charles ne négligeait pas d'exploiter au profit de son timide et innocent ami.

Le soir, Joseph, inquiet de ce qui pouvait causer un embarras quelconque à Mme Gardanne, dont il trouvait d'ailleurs les adieux un peu brusques, la retint plusieurs minutes encore en lui demandant comment elle comptait faire transporter son bagage. Mme Gardanne répondit que son bagage ne se composait que d'un léger sac de nuit et d'une malle dont se chargerait le premier commissionnaire venu. N'osant plus offrir ses services, Joseph assura la jeune femme qu'il serait heureux de recevoir de ses nouvelles et la pria d'une voix émue d'accepter, en souvenir de lui, un cachet orné d'un onyx oriental gravé représentant un petit amour qui s'amuse à faire sauter un coq après une grappe de raisin. Pour le coup, Mme Gardanne, fort troublée de la tournure par trop sentimentale que prenaient leurs adieux, s'empressa de refuser; mais Charles insista adroitement et jura si bien que ce cadeau n'avait aucune valeur, qu'elle finit par l'accepter quoique d'assez mauvaise grâce. Quant à ce dernier, il se contenta de lui donner une bonne poignée de main accompagnée d'un signe d'intelligence, en lui annonçant qu'il n'aurait probablement pas le plaisir de la revoir avant son départ pour l'Amérique, ce qui permit à Joseph d'affirmer hardiment que lui-même restait à Londres.

Le lendemain matin, après avoir réglé son compte, Mme Gardanne quitta l'hôtel, regrettant alors de ne s'être pas rencontrée avec ses deux compatriotes. Ceux-ci l'attendaient au chemin de fer et sollicitèrent l'autorisation de l'escorter jusqu'à Blackheath.

Joseph était si triste qu'elle n'eut pas le courage de s'y opposer. Ces messieurs, du reste, manifestaient l'intention de passer leur journée à la campagne et de revenir par Greenwich, dont notre héros éprouvait le besoin de visiter, — pour la vingtième fois peut-être — le célèbre hôpital.

Ce voyage fut aussi court que silencieux : Joseph avait trop de choses à dire pour pouvoir parler; de son côté, Mme Gardanne se tenait sur la défensive et semblait mécontente qu'on lui fît ainsi la conduite. Les jeunes gens le sentirent si bien qu'une fois arrivés à Blackheath, ils renouvelèrent des adieux auxquels Mme Gardanne répondit plus froidement encore qu'à ceux de la veille et partirent, la laissant avec un commissionnaire chargé de sa malle. Cependant, au bout de quelques instants, Joseph, qui allait la perdre de vue, rebroussa chemin et, toujours appuyé sur le bras de son confident peu discret, suivit les traces de sa bien-aimée jusqu'à cette maudite pension de demoiselles, dont il se reprocha vivement d'avoir fait la découverte.

Nos Français employèrent leur après-midi à parcourir le parc, puis les rues de Greenwich, et prirent enfin le bateau qui les ramena à Londres. Lorsqu'il se retrouva dans cette salle du restaurant de l'hôtel où tout lui rappelait l'absente, notre amoureux versa plusieurs larmes, en regardant Charles dîner, car lui-même mangea à peine. Le jour suivant, l'état de Joseph devint réellement pitoyable : le pauvre homme, dans un accès de désespoir, se fâcha tout rouge contre son ami qui, disait-il, se moquait de lui, en voulant le faire croire à l'amour de Mme Gardanne. Le surlendemain, il proposa à Charles d'aller déjeuner ensemble à Blackheath, dans l'auberge *Au Prince de Galles*, assez voisine de la pension de demoiselles. Charles n'eut garde de refuser. Un repas, composé de côtelettes de mouton exquises, de crêpes passables et, pour boisson, d'half and half, leur parut délicieux ; mais ce qui parut bien plus délicieux encore à Joseph, ce fut d'apercevoir par une fenêtre de l'auberge une douzaine de jeunes filles se promenant sous la surveillance de sa chère Mme Gardanne. Positivement, celle-ci semblait mélancolique, ce qui combla Joseph de satisfaction et permit à Charles de répéter impunément son refrain :

« Je te dis que tu es aimé ! »

Par prudence, les deux amis se bornèrent à rôder aux alentours de la pension, devant laquelle ils passèrent cinq fois seulement. Vers le soir, Charles ramena à Londres son malade. Qu'on juge de la surprise et de la joie de ce dernier quand, à la Sablonnière, on lui remit une lettre de Blackheath. Joseph se sauva avec son trésor dans sa chambre, où il lut à Charles ces lignes d'une écriture extrêmement jolie : « Cher monsieur, je suis destinée à vous importuner sans cesse et à mettre encore à contribution votre obligeance dont je n'ai que trop abusé : en quittant précipitamment l'hôtel avant-hier, j'y ai oublié un livre de fort peu de valeur, mais auquel je tiens cependant ; il doit être dans la commode de la chambre que j'ai occupée. Je vous prie donc de le réclamer au plus tôt et de me le garder jusqu'à ce que j'aie une occasion de vous le redemander. Mille pardons du nouvel ennui que je vous cause et agréez,

avec toute ma reconnaissance, l'expression de mes
sentiments distingués.

« Zoé Gardanne.

« P. S. Ne m'oubliez pas auprès de votre ami
M. Charles de R... »

Quoique très-heureux déjà, Joseph ne connaissait
pas encore toute l'étendue de son bonheur. Il était
là à lire et à relire ce billet, puis prononçait plusieurs fois de suite le doux nom de Zoé, lorsque
Charles, satisfait pour sa part du post-scriptum qui
le concernait, conseilla à son ami de s'acquitter immédiatement de la commission. Rien de plus juste !
Pourtant Joseph eut grand' peine à mettre la main
sur le livre en question : la chambre naguère occupée par Mme Gardanne, l'était actuellement par un
monsieur qui, en train de faire sa toilette, prétendait
ne pas être dérangé. A force d'instances, Joseph obtint la permission de fouiller la commode et trouva
effectivement dans l'un de ses tiroirs un livre bro-
ché, intitulé *Nouvelles montagnardes*, que, triomphant, il rapporta dans sa chambre où l'attendait
Charles. En parcourant à son tour le susdit volume, celui-ci en fit tomber une carte photographi-
que sur laquelle Joseph se précipita, et dont la vue
lui causa une telle émotion que Charles comprit que
c'était un portrait de Mme Gardanne. Il ne se trompait pas : « Oh ! les femmes ! les femmes ! » s'écria-
t-il, « quelle coquetterie instinctive jusque dans leurs
moindres actions ! » Joseph, absorbé par la contemplation de cette image aussi précieuse à ses yeux que
peu flattée, n'osa pas protester.

« Tiens, mais.... au fait, dit-il tout à coup, j'ai envie de reporter ce livre à.... Zoé !

— Es-tu fou ? lui demanda Charles, ne vois-tu pas que son oubli a été volontaire ?

— Oh ! à quel propos ?

— Elle te laisse ce souvenir en échange de ton cachet !

— Tu crois ?

— J'en suis sûr ! Ne te plains pas, va, tu es un heureux coquin ! »

Pour la première fois, Joseph avoua qu'il concevait quelque espérance.

Après avoir employé une partie de sa nuit à dévorer ces nouvelles montagnardes, l'heureux coquin supplia Charles, plus compétent que lui-même, disait-il modestement, de lire ce petit volume qui lui paraissait ravissant.

« Ce que c'est pourtant qu'une prévention favorable ! s'écria le romancier d'un ton railleur.

— Non, vrai, je t'assure, Charles, mon opinion très-sincère n'est nullement influencée par la pensée que Zoé a promené son regard sur toutes ces lignes !

— Allons donc ! Comment admettre qu'un ouvrage, déjà ancien, dont je n'ai jamais entendu parler, que je n'ai vu nulle part et qui est signé d'un nom inconnu pour moi du moins, puisse être sérieusement recommandable ?

— Lis-le seulement, je t'en conjure ! »

Charles lut ce recueil de nouvelles montagnardes et s'en montra plus enthousiaste encore que son ami : « Voilà qui est bien fait pour dégoûter ! s'écria-t-il furieux. Ah ! comme j'ai raison de pas-

ser avec armes et bagages au commerce ou à l'industrie ! Dire qu'il y a des critiques de profession et que
pas un deux peut-être ne connaît cet ouvrage !...
A la place de ces messieurs, moi, je voudrais lire ce
qu'on ne lit pas, juger ce qu'on ne juge pas, en un
mot, m'adonner aux découvertes littéraires, et je serais plus fier d'en avoir fait une seule dans ma vie,
que de continuer à émettre des opinions forcément
banales sur tout ce qui court les rues ! » Néanmoins,
si notre jeune homme, dont l'imagination s'exaltait
facilement, se mit à rêver de l'Amérique, ce fut uniquement pour y gagner une quantité respectable de
dollars. Il se vit bientôt riche, indépendant, revenant en France se livrer à ce travail de prédilection
auquel il ne renonçait qu'en apparence ; car, au fond,
son idée fixe était de rapporter également des récits
piquants sur cette société des États-Unis toujours
nouvelle pour nous.

En réussissant à plonger Joseph dans les tourments délicieux de l'amour, Charles croyait avoir assuré l'existence sinon la félicité de ce cher ami et se
sentait désormais le droit de s'occuper exclusivement
de ses propres intérêts. Quelques jours plus tard il
partit donc pour New-York.

Resté à Londres, Joseph y joua son rôle d'amoureux avec une conscience et une naïveté dont le
compte rendu détaillé amuserait peut-être certains
lecteurs, mais risquerait fort de paraître ennuyeux à
beaucoup d'autres. Dans le doute, nous nous abs-
tiendrons de le faire.

. . . .

Vers la fin de l'été de 1859, un couple humain se

promenait à quatre heures de l'après-midi, sur le petit chemin qui conduit du Pecq à Port-Marly et qui longe d'un côté la Seine, de l'autre une jolie prairie souvent couverte de bestiaux.

« Tu n'es pas fatiguée, Zoé, veux-tu mon bras?

— Non, merci! sais-tu que, grâce à toi, Joseph, je suis devenue une assez bonne marcheuse?

— Oui, ma foi! Je t'entraîne dans mes promenades les plus longues et peu à peu tu t'aguerris contre la fatigue; je crois aussi que les bains froids que nous prenions ici il y a un mois, t'ont sensiblement fortifiée.

— Certainement; ils m'auraient fait encore plus de bien si je n'avais pas eu si peur....

— Peur de quoi?

— Que tu ne te noyasses!...

— Moi!

— Oh! toutes les fois que tu t'éloignais de l'endroit où nous avions pied et que je te voyais plonger, je ne respirais plus.

— Sois tranquille, va, quand je me noierai, il fera chaud!

— C'est probable.

— La belle journée, hein?... et quelle ravissante promenade!

— Oui.

— Mon Dieu! Zoé, qu'il faut peu de chose à deux êtres qui s'aiment, comme nous, pour se trouver parfaitement heureux!

— Rien que la santé et un peu d'argent!

— Juste ce que nous avons!

— Mon ami, nous sommes riches, nous, très-riches,

puisque nous pouvons dépenser de dix-sept à dix-
huit mille francs par an !

— C'est vrai : depuis l'expropriation de ma maison
de la rue de la Harpe, notre revenu a été presque
doublé. Ainsi, non contents de me donner l'existence,
mes parents me laissèrent encore de quoi en jouir !
Pauvres gens !... ils ont bien fait d'emporter dans la
tombe toutes leurs illusions sur mon compte. Quel
n'eût pas été leur désespoir, s'ils avaient assisté au
spectacle du long martyre auquel toi seule devais
mettre un terme !

— Tu as raison de me dire cela, murmura la
femme dont les yeux se remplirent de larmes.

— Le 18 décembre 1841, jour de ma majorité, reprit aussitôt Joseph en changeant de ton pour ne pas
céder à la vive émotion qui le gagnait lui-même, mon
oncle et tuteur me mit à la tête de ma fortune. Hélas ! je n'avais pas connu mon père mort avant ma
naissance ; quant à mon grand-père et à ma mère
qui m'avaient élevé, je venais de les perdre à quelques mois de distance l'un de l'autre. Je suivais alors
les cours de l'école de droit avec un cousin un peu
plus âgé que moi et dont la tête était tournée par les
idées Fouriéristes. Dans la pensée que j'aurais plus
d'influence qu'eux-mêmes sur l'esprit de leur fils,
mon oncle et ma tante me prièrent de faire entendre
raison à mon cousin et de lui prouver sa folie qui
me paraissait évidente. Or, il arriva que ce fut lui
au contraire qui me communiqua, sinon ses idées,
du moins le virus socialiste.

— Ton cousin te rendit là un joli service ! Et que
devint-il lui-même ?

— Il mourut à la suite d'une fièvre typhoïde. Ah !
c'était une belle nature mais qui devait finir mal :
il n'aurait jamais su, comme moi, tourner au parfait
égoïste !

— Egoïste, toi !

— Sans doute, l'égoïsme est la moins extravagante
des opinions politiques ; au reste, je les ai eues toutes successivement : j'étais légitimiste avec ma mère,
sous la Restauration ; philippiste avec mon grand-
père après 1830 ; bonapartiste enragé au retour des
cendres ; puis je me fis républicain-socialiste vers
1848 et le restai, jusqu'à ce que j'aie compris enfin que
le plus sage, dans l'intérêt du bien-être et de la rime,
était de se rattacher au grand, à l'immortel parti des
égoïstes.

— Quelle plaisanterie !

— Non pas ; aussi, à l'exception de toi et de Charles, mon seul ami véritable, je ne m'inquiète plus de
personne et ne ferais pas ça pour qui que ce fût au
monde !...

— Allons donc !

— Ma parole !...

— Tu es meilleur que tu ne le crois, va !

— Moi, quelle erreur ! non certes, je ne suis pas
et je ne veux pas être bon ; je tiens seulement à me
montrer reconnaissant du bien ou du mal que l'on
me fait. »

Tout à coup, nos promeneurs furent distraits de
leur causerie par les cris de deux petits garçons d'une
douzaine d'années, dont le bateau, sur lequel ils pê-
chaient à la ligne, au milieu de la Seine, venait de
chavirer. Or, bien que l'un et l'autre qui savaient un

peu nager, fussent parvenus à reprendre pied, ils n'en continuaient pas moins à appeler au secours. Auprès d'eux, un rôdeur de mauvaise mine, accouru le premier, riait en leur tendant la main pour les aider à sortir de l'eau.

« Oh! monsieur, ayez pitié de nous! cria l'un des enfants à Joseph d'une voix lamentable.

— Qu'y a-t-il? demanda celui-ci au rôdeur qui souriait toujours.

— Il y a.... il y a.... répondirent ensemble les jeunes garçons en sanglotant de plus belle, il y a que....

— Oh! tiens, Georges, s'écria d'un air égaré le plus petit des deux, je ne rentrerai pas à la maison sans grand-père, moi, je retourne au bateau!... Et il était sur le point de se rejeter dans le courant.

— Comment! votre grand-père est resté.... là-bas? demanda Joseph.

— Oui, monsieur, » répondirent à l'unisson les enfants en cherchant à lui donner des explications impossibles à suivre.

Joseph questionnait du regard Zoé, puis le rôdeur qui souriait encore.

« J'ai envie d'y aller, dit-il en ôtant son paletot puis ses chaussures qu'il déposa sur le sol avec sa montre, ses clefs, etc., etc.

— Oh! non, je t'en supplie, » s'écria Zoé; mais elle n'eut pas la force de le retenir. En quelques brassées, notre nageur atteignit le bateau dont il fit le tour, pendant que les jeunes garçons, debout, dans l'eau jusqu'à la ceinture, et que Zoé, à genoux sur le rivage, priaient ceux-là pour leur grand-père, celle-ci pour son amant. Soudain, Joseph ayant plongé, tous trois poussèrent des gémissements qui ne cessèrent que lorsqu'il eut reparu, seul, hélas ! et assez loin du bateau. A sa vue, Zoé se calma un peu, tandis que les enfants reperdaient courage. Dès qu'il eut repris haleine, Joseph plongea de nouveau et resta sous l'eau un temps relativement considérable après lequel les enfants crièrent avec joie : « Le voilà ! c'est lui !... c'est grand-père ! »

Joseph venait en effet de retrouver le corps d'un vieillard dont il maintenait avec peine la tête hors de l'eau. A ce moment, un marchand de sable de rivière qui travaillait non loin de là, arriva fort à propos pour recueillir dans son bateau, Joseph complétement épuisé et son fardeau inerte qu'on débarqua au milieu d'un silence général. L'inquiétude se peignait sur tous les visages. Les deux jeunes garçons, au contraire, se montraient radieux, croyant à un simple évanouissement de leur aïeul.

Pendant que l'obligeant marchand de sable courait chercher un médecin à Port-Marly, Zoé ainsi que Joseph employèrent certains remèdes en usage pour secourir les noyés.

« Mon Dieu ! s'écria bientôt ce dernier, mais je le connais votre grand-père ! c'est M. de Bresse, conseiller honoraire à la cour de cassation.

— Oui, monsieur, répondirent les enfants pleins de confiance dans le résultat de cette reconnaissance.

— Il était l'ami intime de ma famille.

— Oh ! quel bonheur ! Georges !

— Et votre grand' mère, où est-elle ?

— A Chambourcy, monsieur, avec tous nos parents. »

Joseph regarda Zoé d'un air consterné et redoubla de soins en manifestant un espoir qu'il ne conservait plus au fond de l'âme.

Les enfants commençaient eux-mêmes à partager l'anxiété que trahissaient les spectateurs de cette scène, dont le nombre augmentait à chaque minute. Plusieurs personnes avaient fourni des renseignements utiles; ainsi, on tâchait de rappeler la chaleur et de rétablir la circulation au moyen de frictions sur tout le corps; mais, bien que le noyé eût déjà rendu beaucoup d'eau, il ne semblait pas en éprouver une amélioration quelconque. C'est alors qu'un médecin étranger à la localité, et amené par hasard, fit transporter le vieillard dans la maison du marchand de sable où l'on alluma un grand feu. Puis, tandis que cette providence humaine s'efforçait de l'arracher à la mort, Joseph et les enfants qui grelottaient tous trois, furent, par ordre de Zoé, obligés de se dépouiller, devant le feu, de la majeure partie de leurs vêtements que l'on tordit et mit sécher dans le four avec ceux de M. de Bresse.

Malgré les secours les plus intelligents, malgré l'insufflation d'air de bouche à bouche pratiquée par le docteur, le pauvre vieillard ne reprenait toujours pas l'usage de ses sens. Que d'angoisses avant que sa situation ait changé d'une manière sensible! Enfin l'homme de l'art, qui n'avait répondu à aucune question ni confié à personne ses alternatives de crainte ou d'espérance, annonça que le noyé venait de donner des signes évidents d'existence. Quand les enfants surent leur grand-père sauvé, des larmes de joie se mêlant à celles que le désespoir leur avait fait répandre, purent être comparées à la pluie qui tombe pendant que le soleil brille et que se montre l'arc-en-ciel. Ils racontèrent à Joseph et à Zoé comment l'accident était arrivé. Le voici en deux mots : M. de Bresse promettait depuis longtemps à ses petits-fils d'aller ensemble au Pecq, dans la voiture de famille, se livrer une journée entière à la pêche à la ligne. Cette promesse avait été tenue le matin même. Or, après deux heures de pêche infructueuse, suivies d'un bon déjeuner fait sur le pouce, avec les provisions apportées de Chambourcy, tous trois s'étaient remis à l'ouvrage. Déjà, une quarantaine de goujons avaient répondu à leur appel, lorsque Georges, croyant sentir un gros poisson au bout de sa ligne, réclama le secours de son cousin et de son grand-père. Ceux-ci, s'étant précipités brusquement d'un seul côté du bateau, le firent chavirer. Nous savons le reste.

On était sûr désormais d'en être quitte pour la peur. Cependant le docteur exigeait que le vieillard passât au moins la nuit à Port-Marly. Il fut donc décidé que Joseph et Zoé ramèneraient au Pecq un des enfants, qui, au moyen de la voiture, irait sans perdre une minute prévenir sa famille.

Dans la cour de l'auberge, ils trouvèrent les chevaux attelés et le cocher fort inquiet du retard de son maître. Exténués de lassitude et de faim, les deux amants se laissèrent d'autant plus volontiers reconduire chez eux, que, pour gagner la route dite *route de Quarante Sous*, la voiture devait traverser Saint Germain et suivre la rue de Pologne qu'ils habitaient. Une fois à leur porte, ils remercièrent le jeune garçon qui les embrassa de toutes ses forces et poursuivit sa course vers Chambourcy.

Le lendemain matin, notre héros, bien reposé de ses fatigues de la veille, se rendit à Port-Marly pour s'informer de l'état de M. de Bresse. La marchande de sable lui apprit que, durant la nuit, sa maison avait été visitée par les nombreux parents du noyé, lequel, à peu près remis, venait d'être transporté à sa campagne. Ravi de ces excellentes nouvelles, Joseph remonta à Saint-Germain et se rappela, chemin faisant, les rapports intimes que sa famille avait eus avec celle de ce bon vieillard, si miraculeusement sauvé par lui.

Quoique très-émus encore de cet événement, les deux amants reprirent bientôt leurs habitudes de promenades et de lectures surtout. Pour l'instant, ils lisaient haut, à tour de rôle, un manuscrit qui leur plaisait infiniment. Inutile d'en nommer l'auteur! Au surplus, depuis son retour d'Amérique, c'est-à-dire dans l'espace d'une année environ, l'ami Charles avait su gagner avec sa plume une trentaine de mille francs, ce qui prouvait le cas que le public commençait à faire de son talent. Chaque dimanche, pour se reposer d'une semaine de travail assidu, il allait passer sa journée chez Joseph et lui soumettait la besogne faite ou à faire, car ce dernier, qui alliait à une instruction des plus solides un goût sûr et particulièrement distingué, l'aidait de ses précieux conseils. Reconnaissons-le, hélas! Charles, dont l'unique but était d'amuser ou d'intéresser ses lecteurs, écrivait vite et sans grand soin :

« Ce que je raconte n'est pas digne d'un meilleur

style, s'écriait-il, quand son sévère mais judicieux Mentor lui adressait des reproches, d'ailleurs, si j'attendais pour publier un ouvrage que j'en fusse satisfait moi-même, il ne paraîtrait jamais et je mourrais de faim ! »

Que répondre à cela?

Une après-midi que Joseph venait de porter à la poste un paquet d'épreuves corrigées et renvoyées à Charles, il fut très-surpris de voir, arrêtée devant sa porte, une voiture bourgeoise dont le cocher le salua avec empressement. Il devina aussitôt la scène qui avait lieu dans son salon où Zoé se trouvait livrée sans défense à Mme de Bresse, à la fille aînée de celle-ci, aux deux jeunes garçons, enfin à M. de Bresse lui-même parfaitement rétabli. Tous, pleins de reconnaissance, sautèrent au cou de Joseph en versant de douces larmes qui eurent un effet sympathique sur notre héros et sur sa compagne. Ahurie, à l'arrivée de ces braves gens, cette dernière n'avait su imaginer aucun prétexte raisonnable pour ne pas les recevoir. Cependant, elle commençait à se remettre un peu et par conséquent devenait froide, embarrassée, tandis que Joseph, assis auprès de M. de Bresse, qui n'avait pas quitté ses mains, s'abandonnait au contraire à toute son expansion naturelle.

« Il fallait donc un événement pareil pour nous rapprocher, mon cher enfant! s'écria M. de Bresse, toi que j'ai vu naître; pourquoi es-tu resté si long-temps éloigné de nous? »

Joseph balbutiait quelques mauvaises excuses, lorsque Mme de Bresse lui coupa la parole en ces termes :

« Se peut-il, mon bon Joseph, que les révolutions
et les malheurs qui en sont toujours la conséquence,
vous aient séparé de vos vieux amis au point de leur
laisser ignorer même votre mariage ?

— Au fait, vilain sournois, ajouta la fille, en souriant de l'air le plus gracieux du monde, comment
avez-vous pu épouser une femme aussi charmante
que l'est Madame, sans éprouver le besoin de nous
la présenter ? Heureusement, l'avenir nous dédom-
magera du passé ! »

Zoé causait avec les enfants, ce qui lui permit de
baisser la tête et de faire semblant de ne pas entendre. Quant à Joseph, il déclara que des circonstances
indépendantes de sa volonté l'avait privé du plaisir
de les revoir, puis affirma bien vite que son cœur
n'était pas changé à leur égard.

« Ainsi, reprit M. de Bresse, le ciel a voulu que tu
allasses me repêcher au fond de l'eau !... A quelque
chose malheur est bon ! »

Là-dessus, nouveau concert de louanges et de remerciements.

« Chère madame, dit à Zoé Mme de Bresse, après
une visite fort longue, nous avions mis dans notre
tête, mon mari et moi, de vous ramener avec Joseph
à Chambourcy ; mais ma fille aînée et mes deux petits-fils, dont l'un du reste nous a servi de guide,
ayant tenu absolument à être du voyage, nous
n'avons plus de places à vous offrir dans la voiture. »

Zoé remerciait déjà en opposant des obstacles in-
surmontables. Mme de Bresse avait sans doute l'o-
reille dure, car elle ajouta :

« Nous vous enverrons donc chercher demain

matin et vous donnerons le temps de tout préparer pour faire un séjour prolongé parmi nous ! »

La pauvre Zoé recommençait à se défendre avec l'énergie du désespoir, quoique sans aucun succès ; Joseph vint charitablement à son secours, en objectant que le surlendemain, qui était un dimanche, il attendait un de ses amis intimes, M. Charles de R. Ce nom fit dresser l'oreille à la jeune dame, grande lectrice de romans, et lui inspira l'idée que Joseph et sa femme amenassent le dimanche matin M. Charles de R.

« Soit ! dit M. de Bresse à Joseph, à propos, si vous êtes chasseurs, toi et lui, apportez vos fusils : nous avons des lapins dans le parc ; par exemple, le soir, ton ami seul sera reconduit à Saint-Germain. »

Impossible de refuser plus longtemps. Il fut donc convenu que la voiture serait le dimanche matin, à dix heures, rue de Pologne.

D'ici là, Zoé se promit de tomber malade, ce qui la tranquillisa et lui permit de ne pas perdre tout à fait contenance. La visite se termina par une seconde tournée d'embrassades chaleureuses, à la suite de laquelle les de Bresse retournèrent à Chambourcy contenter la curiosité de ceux des leurs qui, n'ayant pu être du voyage, éprouvaient la plus vive impatience de faire ou de renouveler connaissance avec le sauveur de leur vénérable chef de famille.

Dès qu'ils se virent en tête-à-tête, les deux amants tinrent conseil et décidèrent à l'unanimité qu'une légère indisposition priverait Zoé du plaisir de se rendre le surlendemain à Chambourcy, d'où ces messieurs eux-mêmes reviendraient dîner à Saint-

Germain. Joseph écrivit à Charles pour le prévenir de ces arrangements et lui recommander d'apporter Tue-Tout. C'était le surnom du fusil, compagnon fidèle du romancier pendant son séjour au milieu des Indiens dont il avait eu l'occasion d'étudier les mœurs. Tue Tout passait pour avoir atteint la plupart des gibiers, l'homme compris.

Le surlendemain, quand Charles arriva en costume de chasse, rue de Pologne, la voiture s'y trouvait déjà. Le jeune homme prit néanmoins le temps d'échanger quelques paroles avec la bonne Zoé, comme il l'appelait, et recueillit de sa bouche les détails du sauvetage miraculeux. Approuvant le motif qui l'empêchait de les accompagner, il se joignit à elle pour engager Joseph à confier toute la vérité sur leur situation à M. de Bresse, afin que celui-ci appréciât bien la convenance de cette réserve.

Enfin, les deux amis partirent et touchèrent bientôt au terme de leur voyage. C'était une superbe maison de campagne qui, partout ailleurs que dans les environs de Paris, ne se fût pas contentée du titre modeste de petit château. Les enfants, au nombre de cinq, se tenaient à la grille restée ouverte, mais dont il leur était défendu de franchir le seuil.

Petits et grands se montrèrent fort désappointés en apprenant qu'une indisposition subite avait retenu Mme Da¹maine à Saint-Germain, ce qui obligeait ces messieurs à y retourner dîner.

Après des reconnaissances et des présentations en règle, après surtout de nouvelles actions de grâces rendues à Joseph qui ne savait où se fourrer pour échapper à la gratitude si vive qu'on lui témoignait,

le second coup de cloche se fit entendre et l'on passa
dans la salle à manger. Placé entre Mme de Bresse
et la baronne de Flécheux, sa fille aînée, Joseph rapporta à cette dernière le mot sublime de son jeune
fils, prêt à se rejeter au milieu de l'eau et déclarant à
son cousin qu'il ne rentrerait pas à la maison sans
leur grand-père. Toute fière de ce récit qui confir-
mait celui des gamins, la baronne dit à Joseph avec
une émotion extrême, qu'elle lui devait ainsi l'existence de son père et celle de son enfant; puis, détournant la conversation par un sentiment de modestie maternelle bien rare en pareil cas :

« Edmond est un bon garçon, ajouta-t-elle assez
haut pour que tout le monde l'entendît, seulement
sous le rapport du travail, il nous inquiète beaucoup ;
croiriez-vous que son cousin et lui sont continuellement à la queue de leur classe ? »

Joseph, l'air consterné, annonça l'intention de faire
subir un examen à ses deux camarades de Saint-Louis,
en rappelant que, externe dans ce lycée, il avait
remporté un prix au grand concours, ce qui *épata*
les écoliers et leur inspira une admiration sans bornes pour le héros du jour. Celui-ci, dans le but de
rassurer la baronne, constata, à voix basse, que les
élèves distingués par leurs succès universitaires, ne
tenaient pas toujours dans le monde ce qu'ils promettaient au collége, tandis que ceux, au contraire,
qui y avaient imité le cher Edmond, suivaient souvent
des carrières libérales de la façon la plus brillante :

« Témoin ce mauvais sujet-là ! » dit-il en montrant
le beau, aimable et déjà célèbre Charles qui, de l'autre
côté de la table, absorbait l'attention de ses voisins.

Modèle de fidélité politique et conjugale, le baron de Flécheux, ancien député légitimiste, avait, depuis son échec aux dernières élections, pris son département et même Paris en aversion. Il se croyait sérieusement malade depuis plus de dix ans. Le second gendre, maître des requêtes au conseil d'État et père de Georges était, sans contredit, l'aigle de la famille. Quant au fils de M. de Bresse, procureur impérial dans une ville du Midi, il allait y retourner avec sa femme et ses enfants, son congé expirant dans quelques jours.

Le déjeuner fini, tandis que ces messieurs, le maître de la maison excepté, se soumettaient à l'esclavage volontaire du cigare, — mode funeste à tous les points de vue, sauf à celui du fisc : c'est un fumeur qui le dit ! — et que les dames, friandes d'une conversation dont Charles faisait les principaux frais, ne s'éloignaient pas trop des fumeurs, Joseph interrogea les collégiens sur le latin, puis vint proposer à leurs mères de les faire travailler jusqu'à la fin des vacances. Son offre ne tarda pas à être acceptée, tant notre héros insista franchement sous prétexte que, n'ayant aucune occupation importante, il se livrerait à cet enseignement avec le plus réel intérêt, surtout si les enfants montraient quelque bonne volonté à le recevoir.

Bientôt le cocher donna le signal de la chasse, en apportant plusieurs furets enfermés dans leurs sacs. Chaque Nemrod prit alors son fusil et l'on se dirigea vers le petit bois où se trouvaient les lapins. Préposés à la garde des furets, les deux gamins s'acquittaient à merveille de cette besogne. Rien n'était amusant comme de voir avec quelle prestesse, quelle intrépidité ils savaient, pour éviter d'en être mordus, saisir et tenir suspendus par la queue ces petits animaux en les changeant de terriers.

M. de Bresse conservait un goût d'autant plus vif pour ce genre de chasse peu fatigant, que ses enfants portaient adroitement à son compte tous les lapins qui, après avoir impunément essuyé son coup de feu, étaient tués par eux. Sur ce terrain, Joseph distrait, inexpérimenté, ne brillait guère. Charles, au contraire, étonnait tantôt par son adresse, tantôt, pendant les entr'actes, par le récit de ses aventures dans le pays des Peaux-Rouges. Il était en train d'expliquer la langue par gestes des Indiens, lorsque Joseph, mis par M. de Bresse sur le chapitre de leurs souvenirs communs, tira ce dernier à l'écart et lui fit confidence de son union illégitime avec Zoé, qu'il forçait néanmoins à porter son nom.

Visiblement contrarié, le vieillard remercia Joseph de cette franchise et déclara qu'il respectait sans les connaître, les motifs de sa conduite envers une personne qui lui était devenue très-sympathique ainsi qu'à tous les siens.

Vers trois heures de l'après-midi, la chasse étant terminée et ayant produit la mort de onze lapins, nos chasseurs revinrent au château où les dames les attendaient impatiemment. On se livra à une nouvelle causerie ; ensuite Joseph et Charles manifestèrent le désir de retourner à Saint-Germain. Aussitôt, M. de Bresse chargea l'un de ses petits-fils d'aller dire au cocher d'atteler ; mais les deux amis, qui s'étaient donné le mot, le supplièrent de les laisser partir à pied, jurant qu'ils éprouvaient le besoin de faire cette petite promenade pour regagner de l'appétit. Tout le monde se récria d'abord, puis céda devant leur préférence bien marquée. Donc, quand ils eurent échangé avec leurs hôtes des adieux, des remerciements et surtout des promesses de se revoir prochainement, Charles et Joseph prirent congé en emportant chacun une couple de lapins. Les dames, malgré les prières de Joseph, annoncèrent l'intention d'envoyer savoir des nouvelles de Mme Dalmaine. Sur ce point, M. de Bresse garda un silence prudent. Joseph, qui l'avait autorisé à mettre sa femme au courant de la situation, ne doutait pas que d'un mot le vieillard ne calmât ce bel enthousiasme. A la grille du château, il s'engagea envers ses futurs écoliers à venir le surlendemain leur donner sa première leçon.

« Quelle excellente famille! s'écria Charles, dès qu'il se retrouva seul avec son ami.

— Oui, répondit celui-ci, et pourvu qu'elle ne s'occupe plus de ma chère Zoé, ce qui ne manquera pas d'arriver maintenant que la voilà prévenue, j'aurai le plus grand plaisir à la visiter de temps en temps. Ah çà, tu es fou! ajouta-t-il en entendant Charles armer son fusil et en le voyant arpenter résolûment un champ qui bordait la route; j'espère que tu ne songes pas à braconner!

— Si vraiment, c'est plus fort que moi!

— Tu vas te faire pincer par le garde champêtre!

— Le garde champêtre! je me moque bien de lui! je le défie de m'attraper! d'ailleurs, en ce moment, j'ai besoin d'air, de liberté! je suis chez les Indiens!

— As-tu au moins un permis de chasse?

— Fi donc !... »

Joseph désolé continuait à faire des remontrances que son ami n'écoutait déjà plus, occupé qu'il était à battre un champ de trèfle. Tout à coup, part une compagnie de perdreaux. Charles s'arrête, ajuste, décharge son fusil et court ramasser, à une certaine distance l'un de l'autre, deux de ces oiseaux, dont le premier avait été tué raide, tandis que le second, démonté seulement, cherchait en vain à lui échapper. Sans perdre une minute, notre braconnier fourra dans son carnier les victimes de ce glorieux coup double, et entra dans un chaume où il espérait surprendre au gîte quelque lièvre de l'année, lorsque Joseph, par ses cris et ses gestes de désespoir, parvint à lui faire remarquer dans le lointain un paysan qui accourait de leur côté.

Le romancier haussa les épaules et reprit sa marche dans la plaine, en s'inquiétant aussi peu de ce danger que s'il ne l'eût pas aperçu. A la fin, cependant, l'homme tout haletant ne fut plus qu'à une centaine de pas.

« Bonjour, mon brave ! lui dit alors Charles en reconnaissant à son sabre et à sa plaque le garde champêtre traditionnel. Eh bien ! vous pouvez à peine marcher, tandis que moi je courrais au besoin ; tenez, renoncez donc à la ridicule prétention que vous semblez avoir de m'empêcher de m'amuser !... »

En parlant ainsi, il avait grand soin de laisser entre eux une distance suffisante et se tenait toujours prêt à rendre témoin de son agilité le représentant de l'autorité.

Dieu sait — puisqu'on prétend qu'il daigne s'occu-

per de pareils détails — comment se serait terminée
cette scène, si Joseph, le maladroit Joseph, n'avait
pas voulu s'interposer. Naturellement, le garde
le saisit au collet, puis, au moyen de cet otage volontaire, força le délinquant à se constituer prisonnier. Bref, il ne lâcha l'un que pour se jeter sur
l'autre et, tout furieux encore, enjoignit à ce
dernier d'exhiber son permis de chasse. Charles
avoua qu'il n'en avait pas.

Stupéfait d'une pareille audace, le garde champêtre
le somma aussitôt de décliner ses nom, prénoms,
etc., et se mit en devoir de verbaliser.

Charles déclara avec une volubilité le rendant incompréhensible qu'il se nommait : Charles Saligaud,
dit de R...

« Hein ? plaît-il ?

— Charles Saligaud, dit de R..., répéta le jeune
homme.

— Voilà un bien drôle de nom ! s'écria le garde en
secouant la tête avec défiance, et... quelle profession
exercez-vous ?

— Je suis homme de lettres.

— Facteur ?

— Non, s'écria Joseph impatienté, écrivain.

— Ah ! écrivain public ?

— C'est cela ! répondit Charles.

— En ce cas, reprit le garde en présentant au jeune
homme du papier et un crayon qu'il avait tirés de sa
poche, vous allez me rédiger ça vous-même, parce
que...

— Impossible ! interrompit Charles, je ne sais pas
écrire.

— Comment! s'écria le garde révolté, vous vous dites écrivain public...

— Oui.

— Et vous ne savez pas écrire !...

— Mon Dieu non ! répliqua Charles avec assurance, c'est justement là ce que certains critiques me reprochent avec raison. »

Le pauvre garde demeurait interdit.

Heureusement pour lui, Joseph, qui s'était emparé du crayon et du papier, écrivait à sa place.

« Voulez-vous aussi mon nom et mon adresse? demanda-t-il avec bonhomie.

— Au fait, ça ne ferait pas de mal, répondit le garde.

— Bien, voilà : Joseph Dalmaine, à Saint-Germain, rue de Pologne, n° ....

— Attendez donc ! mais.... je vous reconnais ! vous étiez tout à l'heure au château, c'est vous qu'a sauvé not' maire, M. de Bresse !

— Oui.

— Certainement, s'écria Charles, nous sommes de ses amis.

— Ah ! c'est différent ! reprit le garde en se radoucissant ; c'est que, voyez-vous, ces terres-là lui appartiennent et la chasse est gardée.

— Je comprends, vous faisiez votre devoir, dit Charles, tenez, mon brave, vous offrirez de ma part ces deux oiseaux à Mme de Bresse; de plus, voici pour votre peine, ajouta-t-il en lui glissant une pièce blanche dans la main. »

Le garde prit les perdreaux, hésita un instant avant de mettre l'argent dans sa poche puis se retira aussi poli, aussi humble, qu'il l'avait été peu à son arrivée.

Par égard pour son ami, Charles cessa de se rendre coupable d'un délit qui, un peu plus loin, n'eût pas manqué de leur attirer de sérieux désagréments. A l'octroi de Saint-Germain, Zoé, venue au-devant des chasseurs, prit le bras de Joseph et tous trois rentrèrent dans la petite maison de la rue de Pologne où les attendait le fin dîner du dimanche.

L'heure du retour à Paris ayant sonné pour Charles, Joseph le reconduisit au chemin de fer et le quitta en lui recommandant, comme à un écolier, d'être bien sage et de bien travailler pendant la semaine. Tue-Tout ainsi que le carnier du romancier furent laissés à Saint-Germain dans l'attente d'une nouvelle occasion de chasse.

A peine installé dans un compartiment du chemin de fer où, selon son goût, il était tout seul, Charles se plongea dans des rêveries vaguement amoureuses. Cet état agréable et pénible à la fois dura jusqu'à la station du Vésinet. Là, deux dames montèrent se placer en face de lui. L'une paraissait âgée d'une cinquantaine d'années, l'autre pouvait avoir vingt-deux ou vingt-trois ans. A la suite d'un échange de récits prouvant à Charles, qui écoutait discrètement, que la plus jeune était fille, chantait à ravir et venait de charmer un auditoire distingué, elles se calmèrent peu à peu et finirent par rester quelque temps silencieuses.

« A propos, Clarisse, reprit brusquement la plus âgée en baissant la voix, mais pas assez pour que Charles perdît une seule de ses paroles, avez-vous remarqué l'air mélancolique de M. Doigny ?

— Du père ou du fils ?

— Du fils !

— Ma foi, tant pis ! je ne pouvais pas deviner qu'il se trouverait là aujourd'hui ! »

A partir de ce moment, Clarisse, dont le regard avait rencontré celui de Charles, ne répondit plus que d'une façon distraite à son chaperon. Si, remarqué enfin, Charles produisait son effet ordinaire, lui-même se sentait fasciné par la grâce de cette jeune fille autant que par sa beauté dont il se rendait peut-être un compte inexact, vu l'éclairage insuffisant du chemin de fer. Clarisse était, nous l'avons dit, assise en face de lui ; or, sa vue exerçait une attraction irré-sistib'e sur l'imagination du romancier.

A la station de Rueil, une foule immense envahit toutes les voitures de seconde classe ; nos voyageurs purent espérer encore qu'ils ne seraient pas dérangés ; mais le temps d'arrêt se prolongea plus que de coutume ; des murmures, des discussions, des cris d'animaux se firent entendre ; bref, un employé s'élança sur le marchepied, examina l'intérieur de leur compartiment et ouvrit la portière en s'écriant :

« Puisque tous les wagons sont pleins, tenez, messieurs, montez ici, il y a cinq places !

— Ah ! ce n'est pas malheureux ! dit un grand gaillard vêtu en canotier parisien, montez, la jeunesse !

— Après vous, capitaine, hurla un garçon sans barbe, à tête d'oiseau et à voix de femme. »

Le capitaine et quatre de ses compagnons prirent les places vacantes. Tous, faits comme des voleurs, sentaient à plein nez le tabac et l'eau-de-vie. Aussi-

tôt, les deux dames échangèrent une grimace de dégoût, dont elles firent même part à Charles qui,
flatté, répondit par un léger sourire.

Le convoi reprit sa course. Alors s'établit dans le
bout occupé par les canotiers, une conversation vraiment ignoble et impossible à ne pas suivre, tant elle
était faite à hautes et intelligibles voix.

Quoique d'un positivisme assez réel dans le cours
ordinaire de sa vie, Charles avait de loin en loin des
accès d'héroïsme qui devenaient plus violents à mesure que son sang s'allumait davantage.

En voyant de trouble causé à ses voisines par la
tenue et le langage des canotiers, en remarquant la
rougeur dont se couvrait le joli visage de Clarisse, il
ne tarda pas à éprouver cette émotion fébrile qui, à
moins d'un brusque changement de disposition, devait finir par se manifester chez lui sous la forme
d'une fureur froide, mais énergique. Plusieurs fois la
jeune fille lui avait lancé un coup d'œil inquiet et,
bien qu'elle parlât fort bas à sa compagne, il venait
de l'entendre murmurer :

« Ce n'est pas la peine de prendre des premières
pour s'y trouver en pareille société ! »

Déjà le romancier cherchait vainement à rencontrer le regard de l'un de ces grossiers personnages,
pour se donner au moins la satisfaction de le fixer
d'un regard méprisant, lorsqu'une expression révol-
tante frappa ses oreilles.

« Oh ! c'est trop fort ! » s'écria-t-il tout haut.

Justement le train s'arrêtait à Asnières. Charles
mit la tête à la portière, appela le conducteur et lui
enjoignit de faire descendre les cinq messieurs mon-

tés à Rueil et qui, malgré la présence de deux dames, tenaient des propos inconvenants.

« Comment ?... Ah çà ! vous êtes fou ! ou plutôt soûl ! crièrent les canotiers stupéfaits.

— Hein ? quoi ? qu'est-ce qu'il a dit ? » demanda celui d'entre eux qui possédait une tête d'oiseau et une voix de femme.

Charles répéta ses paroles en jurant au conducteur de porter plainte contre lui s'il ne faisait pas droit à sa réclamation.

« Monsieur, j'en suis fâché, répondit ce dernier, mais il ne reste pas une place de libre dans tout le convoi ; d'ailleurs nous sommes déjà en retard de sept minutes ! »

Sur ce, il donna un coup de sifflet et le train se remit en marche.

« Vous avez donc perdu l'esprit ?

— On ne peut perdre que ce qu'on a !

— Si c'est de la sorte que vous entendez la liberté de la boucherie, merci ! »

Ces phrases et d'autres semblables partirent presque en même temps, car rien ne rend insolent comme l'ivresse causée par les liqueurs frelatées, le tabac, la gaîté, la fatigue, le grand air et surtout cette camaraderie d'hommes jeunes, sales, parlant tous à la fois et se croyant facilement provoqués quand ils se sentent en force.

« Au bout du compte, qu'est-ce que vous nous voulez ? demanda d'une voix enrouée celui des canotiers qui paraissait être le plus abruti.

— Je veux, répondit Charles froidement, vous faire observer qu'il y a ici des dames !

— Nous ne sommes pas aveugles ! répliqua un autre canotier.

— Oh ! assez de morale comme ça ! hein ? dit un troisième.

— Passez-moi le jambon, cria l'abruti, j' vas le manger tout cru. »

Ici des rires forcés éclatèrent en chœur.

« Monsieur, de grâce, ne leur parlez pas ! dirent à Charles les deux femmes tremblantes.

— Ne craignez rien, mesdames, répondit celui-ci, en joignant aux efforts impuissants de sa voix une mimique éloquente, seule capable d'être comprise au milieu du bruit.

— Chut donc ! sacrebleu ! s'écria enfin le capitaine qui, jusque-là, avait semblé dormir, laissez-moi causer avec Monsieur. »

Soit par respect de la discipline, soit par curiosité de la scène qui allait suivre, tous les canotiers firent silence.

— Eh bien ! voyons, mon petit père, qu'y a-t-il pour votre service ? demanda le capitaine d'un ton commun quoique plein de bonhomie au fond.

— Je vous somme, répondit Charles, de cesser les propos inconvenants que vous tenez devant ces dames !

— Moi ?

— Vous ou vos amis !

— Ces dames sont-elles avec vous ? demanda l'un des canotiers.

— La question n'est pas là !

— Pardon ! car si elles ne sont pas vos épouses légitimes je ne vois pas de quel droit....

— Je n'ai pas l'honneur de connaître ces dames, mais je saurai les faire respecter de vous tous !

— Je ne pense pas que personne leur ait manqué.

— Si vraiment ! Et je ne me sens pas d'humeur à rester l'auditeur impassible d'un tel langage !

— Permettez, dit le capitaine trahissant un désir évident de conciliation...

— Ah ! il m'embête, cet homme-là ! interrompit l'abruti en accompagnant cette phrase d'un geste de cancan. »

Charles tira une carte de sa poche et la tendit à l'interrupteur. Le capitaine la saisit.

— C'est pour moi ! s'écria le canotier tâchant de la lui reprendre.

— Laisse-moi tranquille, toi ! et va te coucher, dit le capitaine d'un air d'autorité qui n'admettait guère de réplique.

— Quel tyran ! murmura l'abruti le sourire sur les lèvres, après quoi il se tut.

— Monsieur a peut-être raison, reprit alors le capitaine.

— Non ! — C'est faux ! — Parole d'honneur ! répondirent successivement plusieurs canotiers.

— Nous étions là, dans notre coin, à causer de choses et d'autres, comme de vrais petits amours que nous sommes, s'écria la tête d'oiseau, lorsque Monsieur est venu nous chercher querelle.

— Oui ! fit Charles ironiquement.

— Quant à moi, dit le capitaine, je dormais et n'ai rien entendu ; mais je vous crois tous plus ou moins capables d'oublier ce que vous devez à....

— Oh ! par exemple ! que je sois pendu si l'on

peut articuler la moindre chose contre nous ! interrompit un canotier avec des larmes dans la voix.

— Pleure pas, Julot, c'est pour blaguer que le
capitaine fait le grognard, reprit l'abruti ; ensuite,
changeant de ton : Tiens, continua-t-il, je ne pen-
sais pas avoir de cartes sur moi ! En voici une au
fond de ma poche ; passez-la à Monsieur ! »

Charles s'en empara et lut sur la carte :

« Félix Barthe, pédicure, rue de Nazareth... »

Il comprit que c'était une mystification, car le capitaine dit à ce même jeune homme :

« André, prends garde ! »

Puis ajouta, en lançant un regard courroucé à
tous les autres :

« Vous savez ce dont nous sommes convenus. Eh
bien ! je donne ma démission si vous ne m'obéissez
plus !

— Oh ! non, non, bel homme ! s'écrièrent les
canotiers suppliants.

— Ça m'ennuie à la fin, reprit le capitaine, d'avoir
sans cesse à réparer vos sottises ! »

Quelques secondes plus tard, le train faisait son
entrée dans la gare de Paris. Charles descendit le
premier, offrit la main aux dames qu'il salua et
perdit de vue au milieu de la foule, tandis que lui-
même attendait les canotiers. Ceux-ci, prévenus que
notre jeune homme allait porter plainte contre le
conducteur, poussèrent leur capitaine à déposer en
faveur de l'employé. Du reste, une fois le pied dans
Paris, ils semblaient tous complétement dégrisés.

Devant l'inspecteur de la gare qui, par parenthèse, fut assez difficile à trouver, on s'expliqua de

part et d'autre. A moitié calmé par l'absence de ses protégées et presque repentant du rôle plein de noblesse qu'il venait de jouer, Charles avoua que, sans intention aucune de professer un culte exagéré pour la bégueulerie, il croyait avoir rempli son devoir de bon citoyen, en s'efforçant de faire respecter des compagnes de voyage tout à fait inconnues.

Comme l'inspecteur accordait évidemment plus de confiance à lui seul qu'à tous ses adversaires réunis, notre romancier se borna, par grandeur d'âme, à dénoncer l'employé de la compagnie. Après avoir déclaré que ce conducteur serait puni s'il n'avait pas rempli son devoir, qui consistait à s'inquiéter non-seulement de la marche du train, mais aussi de la sécurité morale et matérielle des voyageurs, l'inspecteur pria Charles de préciser les faits, afin de savoir jusqu'à quel point les canotiers eux-mêmes ne s'étaient pas rendus coupables d'un véritable délit.

Notre jeune homme garda le silence, ne se souciant pas de faire un rapport détaillé contre ces derniers, qui parurent profondément touchés de sa conduite. Alors, l'inspecteur, sans doute pour hâter le dénoûment de cette affaire en effrayant tout le monde sur les conséquences plus ou moins désagréables qu'elle pouvait avoir, pria le plaignant, ainsi que chacun des canotiers, de lui donner leurs noms, prénoms, adresses, et d'indiquer leurs professions.

Dès qu'il eut satisfait le premier à cette demande, Charles vit, à l'air d'étonnement avec lequel ses ennemis échangeaient entre eux des regards d'in-

telligence, combien son nom, prôné depuis plus
d'un an dans le monde et surtout dans les journaux,
devait leur être sympathique. Extrêmement flatté de
cette découverte, il se promit de mettre encore beaucoup d'eau dans son vin. L'inspecteur regretta vivement que les deux dames en question se fussent
éclipsées, à cause de leur témoignage devenu fort
utile sinon indispensable, car il pensait bien que les
canotiers nieraient ce que Charles avancerait.

« Nullement ! s'écria le plus coupable, que Monsieur m'accuse et je m'engage à convenir de la
vérité !

— Moi aussi !

— Moi aussi !

— Moi aussi !

— En ce cas, messieurs, dit Charles, n'avez-vous
pas vanté très-haut et en parfaite connaissance de
cause, les mérites d'une maîtresse commune à plusieurs d'entre vous ?

— Oui, certes, répondit l'un des canotiers : nous
sommes ici trois jeunes gens employés dans le même
grand magasin de nouveautés ; or, comment ne chan-
terions-nous pas les louanges d'une maîtresse aussi
charmante, aussi aimable avec nous (en tout bien
tout honneur s'entend) qu'elle est avenante pour le
public ! »

Là-dessus, le bon apôtre se mit à faire un peu de
réclame en faveur de sa maison et se donna ainsi
l'apparence d'un excellent sujet.

Sur ce point, Charles s'avoua vaincu et prit l'engagement d'aller à la première occasion juger par
lui-même de la justesse de cet éloge.

« Mais ce n'est pas tout, reprit-il, quels sont ceux d'entre vous dont avait tant à se plaindre une certaine Virginie ?

— Monsieur, répondit un autre canotier, en ma qualité de photographe, j'ai eu le malheur de rater deux fois de suite le portrait d'une danseuse de la Gaîté qui est furieuse contre moi.

— Et contre moi ! ajouta un troisième, parce que je prétends qu'elle a un pied-bot.

— Pour ma part, s'écria un quatrième, j'ai affirmé avoir vu son corps beau. »

De même que l'inspecteur, Charles accueillit gaiement ces méchants calembours ; cependant, comme ce dernier tenait moins que jamais à passer pour un imbécile aux yeux de ces jeunes gens, — ce qui ne pouvait pas manquer d'arriver si les explications continuaient de la sorte :

« A propos, messieurs, dit-il enfin, et cette Julie, dont vous parliez dans des termes que...

— Julie ! s'écria le capitaine, c'est le nom de notre canot, une barque magnifique, montée par six hommes d'équipage !

— Ah ! je l'ignorais ! répliqua Charles complétement battu sur ce nouveau terrain ; je n'ai donc plus qu'à vous reprocher un gros mot que, du reste, Cambronne a rendu célèbre !

— Et que je conviens d'avoir prononcé dans un moment d'oubli ; pardonnez-le moi, monsieur, répondit le coupable en lui tendant sa main. »

Charles la pressa de fort bonne grâce ainsi que celles des autres canotiers, lesquels, encouragés, suivirent l'exemple de leur camarade. Aussitôt notre écrivain

13

fut accablé de compliments sur ses divers ouvrages.
L'un des admirateurs poussa l'exagération jusqu'à
certifier qu'il se couperait la main gauche plutôt que
de toucher à un cheveu de l'homme qui, en le faisant pleurer dernièrement, lui avait donné le droit
de se croire un peu de cœur. Il est certain que l'énergie impose toujours et que la conduite du romancier
inspirait à ses adversaires eux-mêmes une profonde
estime.

Cette querelle se termina donc de la façon la plus
pacifique et les jeunes gens sortaient ensemble du
cabinet de l'inspecteur, lorsque Charles vit derrière
la porte ses deux compagnes de voyage attendant,
pleines d'anxiété, l'issue de l'aventure. Il les salua,
ce que firent également tous les canotiers qui, après
lui avoir de nouveau serré les mains, s'éloignèrent
en répétant qu'ils étaient très-honorés de cette rencontre.

Resté seul avec les dames, Charles se sentit aussi
embarrassé que content de les retrouver. Comme il
manifestait la crainte qu'elles n'eussent pris froid,
la plus âgée déclara que ni sa cousine ni elle n'auraient voulu, pour rien au monde, abandonner leur
défenseur. Celui-ci leur apprit que tout était arrangé.
A ce mot, Mlle Clarisse, avec une expression angélique et quelques larmes dans la voix, le supplia de
lui jurer que cette dispute n'aurait pas de suites, ce
qu'il s'empressa de faire. Au surplus, les adieux des
canotiers avaient paru si pleins de cordialité qu'on
pouvait facilement l'admettre.

Il s'agissait maintenant de rentrer chacun chez soi,
car on était en retard de près d'une demi-heure.

Charles escorta ses protégées jusqu'à la rue d'Amsterdam. Là, on s'aperçut qu'il pleuvait à verse. Or, bien entendu, plus une seule voiture de place. Le jeune homme en envoya chercher une, annonçant l'intention de mettre à la disposition de ces dames la première qui se présenterait, et de garder pour lui-même celle que ramènerait son commissionnaire. En attendant, nos trois voyageurs restèrent debout à causer pendant plus de vingt minutes et lièrent ainsi connaissance. Mlle Clarisse habitait la rue d'Hauteville; quant à sa cousine, qui lui répétait sans cesse : « Ta tante doit s'inquiéter!... » elle était venue à Paris pour affaires et demeurait dans un hôtel de la rue des Jeûneurs.

Naturellement bavarde, cette dernière raconta au romancier beaucoup de choses fort peu intéressantes pour lui. Clarisse, au contraire, se tenait sur la réserve. De ses jolis yeux pleins de curiosité sentimentale, elle dévorait Charles à la dérobée. Pour elle, ce demi-dieu, ce héros, cet être d'une essence supérieure, ne pouvait pas manquer d'avoir autant de noblesse, de puissance, de richesse, qu'il montrait de beauté, de bravoure, d'intelligence. Ne triomphait-il pas de tous les obstacles?

« Il n'a eu qu'à se nommer, se disait-elle, et ces sales canotiers lui ont fait des excuses, ce qui prouve bien qu'il n'est pas le premier venu! »

Sous le rapport de l'enthousiasme, la réciprocité devenait complète entre les deux jeunes gens.

Enfin, le commissionnaire reparut dans une voiture à quatre places; il prétendait avoir couru jusqu'au boulevard. Charles lui donna deux francs

de pourboire, ce qui n'était pas trop, vu son état
d'exaltation amoureuse. Au moment de partir, ces
dames eurent la charitable pensée d'offrir une place
à leur défenseur qui accepta sans se faire trop prier,
tant il lui semblait juste qu'on ne l'abandonnât pas
à son triste sort. Il prit donc la voiture à l'heure et
reconduisit d'abord Mlle Clarisse rue d'Hauteville,
ensuite la cousine de province à son hôtel. Avant de
descendre, celle-ci voulut absolument payer la voiture puis y renonça, après un court débat avec
Charles, en s'apercevant que son porte-monnaie,
prêté à Clarisse pendant une partie de trente et un,
ne lui avait pas été rendu. Elle exigea toutefois le
nom et l'adresse du jeune homme, lequel remit aussitôt sa carte.

Rentré à son domicile, rue Bergère, le romancier se
coucha, mais eut grand'peine à s'endormir ; il comptait, le lendemain, se lever dès l'aube pour continuer
un travail pressé ; hélas! impossible, la tête n'y était
plus : Clarisse par-ci, Clarisse par-là! Sa matinée se
passa en souvenirs et en rêveries. Dans l'attente d'une
soubrette qui allait, sans nul doute, lui rapporter,
avec mille nouveaux remerciements de la part de
ces dames, le montant d'une heure de voiture,
Charles avait recommandé à sa concierge, vrai
cerbère féminin chargé de faire son ménage, son
déjeuner et d'éloigner les importuns, de laisser
monter toute personne qui le demanderait. Bien entendu, il se proposait d'interroger la susdite servante, après l'avoir forcée à garder la somme qu'elle
devait lui restituer. Vers les trois heures seulement,
sa concierge ouvrit bruyamment la porte de son ca-

binet et introduisit un monsieur d'une cinquantaine d'années, qui se présenta en faisant de nombreuses salutations. C'était l'oncle de Clarisse.

Quand le visiteur eut manifesté une admiration sans bornes pour la conduite chevaleresque du visité, il déclara que sa famille et lui-même souhaitaient vivement d'entrer en relations d'amitié avec un homme aussi distingué sous tous les rapports : « Car, ajouta-t-il, je n'ai pas encore trouvé le temps de vous lire, mais ma femme est folle de vos œuvres ! »

Charles lui répondit qu'il se sentait on ne peut plus fier de recevoir de pareils compliments et fort désireux d'offrir ses hommages à madame son épouse.

« Êtes-vous libre ce soir, jeune homme ?

— Moi ! monsieur, oui, pourquoi ?

— Venez donc sans cérémonie dîner avec nous, à sept heures, c'est dit, n'est-ce pas ? A propos, ma nièce et sa cousine m'ont prié de vous remettre ces médailles modernes, » reprit l'oncle en déposant sur la table une pièce de deux francs et une de cinquante centimes. Charles s'efforça d'obtenir au moins le partage des frais et surtout de refuser l'invitation à dîner ; il n'y eut pas moyen. Le monsieur, ayant laissé son nom et son adresse, se sauva en jetant un coup d'œil sur l'ameublement puis sur le jardin d'un hôtel voisin que l'on apercevait des fenêtres.

Resté seul, notre écrivain se félicita de tout ce qui lui était arrivé la veille et, bien qu'il ne fût nullement superstitieux, vit dans cette suite d'événements quelque chose de providentiel. Assurément l'oncle lui semblait assez commun ; de plus, son invitation à dîner, faite ainsi à brûle-pourpoint, n'était pas de très-bon goût ; néanmoins, Charles éprouvait une joie indicible qui le rendit indulgent. Vite, il s'occupa de sa toilette comme d'une affaire importante, afin de paraître avec tous ses avantages chez ce négociant de quatrième ordre, lui qui refusait si fréquemment les invitations du grand monde.

A son arrivée au rendez-vous, rue d'Hauteville, il comprit combien ses suppositions étaient fausses : une maison spacieuse et fort belle, occupée en entier par le négociant, ainsi que deux élégantes voitures non encore remisées, attestaient l'aisance dont celui-ci devait jouir.

Le concierge pria notre jeune homme d'aller sonner à la porte d'un joli pavillon situé au fond de la cour, et expliqua que le corps de logis donnant sur la rue était exclusivement réservé aux magasins et aux bureaux.

Introduit au rez-de-chaussée, dans un magnifique salon qui, au moyen d'une porte-fenêtre ouverte en ce moment, communiquait avec un petit jardin, Charles y trouva ses compagnes de voyage et la tante de Clarisse à laquelle la cousine de province le présenta. Après les premiers compliments suivis d'excuses mutuelles de cette invitation aussi brusquement faite qu'acceptée, on s'examina de part et d'autre.

La femme du négociant possédait au suprême degré la distinction qui manquait à son mari. Dès les premiers mots, Charles et elle s'entendirent à merveille : au courant de tout, cette dernière semblait liée intimement avec beaucoup de personnages no-

tables de la société parisienne. Évidemment la question d'argent seule avait rendu possible l'union de
ces époux si mal assortis, en apparence du moins.

Bientôt deux jeunes filles bonnes à marier quoique
laides, entrèrent, précédées d'un petit garçon, portrait vivant de leur mère qui trahissait pour lui une
véritable adoration.

« Maxime, dit celle-ci, va prévenir ton père que
M. Charles de R. est au salon.

— De grâce, madame, ne dérangez pas monsieur
votre mari ! s'écria Charles.

— Au contraire, monsieur, vous ne connaissez pas
les hommes d'affaires ; il faut sans cesse les arracher
à leurs comptes ou à leur correspondance. »

Le négociant accourut et s'empressa de remercier
Charles d'avoir bien voulu accepter son invitation im-
provisée. Le regard presque continuellement fixé sur
le visage de sa femme, l'oncle de Clarisse savait y lire
ce qu'il devait dire ou faire. Au bout de quelques
minutes de conversation générale, un violent coup
de tam-tam donné dans le vestibule par Maxime, annonça le dîner. Charles, en ayant eu l'explication, offrit son bras à la maîtresse de la maison ; le négociant
s'empara de celui de la cousine et les trois jeunes
filles les suivirent dans la salle à manger où avait
failli attendre le triomphant Maxime.

Quoique simple, et pouvant, à la rigueur, passer
pour un dîner de famille, ainsi que l'avait promis
l'amphitryon, ce repas fut réellement exquis. Deux
domestiques en habits noirs et en cravates blanches,
se tenant, l'un derrière Madame, l'autre derrière
Monsieur, quand ils n'étaient pas occupés de leur

service, avaient le meilleur ton et paraissaient pour le moins aussi distingués que leur maître.

On causa et l'on mangea beaucoup, ce qui n'empêcha pas Charles d'échanger de loin avec Clarisse des confidences muettes fort intéressantes.

Indépendamment d'un vin d'ordinaire tout à fait remarquable, deux bouteilles d'excellents crus, l'une de Bordeaux, l'autre de Bourgogne, prouvèrent à Charles que la cave était bien garnie et qu'il se trouvait dans une bonne maison, ce qui ne veut pas seulement dire riche. Vers la fin du dessert, le négociant ordonna d'allumer les lampes de la salle de billard, dans laquelle on se rendit en sortant de table. Là, les deux sœurs servirent le café puis les liqueurs, pendant que Clarisse ouvrait, au moyen d'une clef dorée, une petite armoire en bois des îles contenant plusieurs centaines de cigares. Charles fut invité à en prendre un par son hôte qui, modeste pour tout le reste, lui dit avec orgueil :

« Goûtez-moi ça ! je ne crois pas que vous en fumiez souvent de pareils ; c'est mon seul luxe. »

Le jeune homme hésitait à accepter dans la crainte que la fumée n'incommodât les dames ; mais la plupart affirmèrent qu'elles y étaient habituées. La maîtresse de la maison ajouta même que l'odeur du tabac ne lui déplaisait pas trop. Charles suivit donc l'exemple du négociant, lequel avoua en riant que sa femme ne se montrait pas toujours d'aussi facile composition. La vieille provinciale s'esquiva la première.

Armés ainsi, jusqu'aux dents, ces messieurs commencèrent leur partie de billard. Charles n'était pas de force et constata qu'il ne jouait guère que pour

avoir l'occasion d'admirer les prouesses de son adversaire. Déjà la mère et l'une des filles avaient disparu ; enfin Clarisse et la seconde de ses cousines se
crurent obligées d'en faire autant sitôt qu'un domestique eut averti son maître que deux de ses amis
étaient au salon. Charles voulait mettre fin à la partie ; le négociant s'y opposa. Dans le tête-à-tête,
notre jeune homme s'aperçut que son adversaire
prêtait moins d'attention au jeu et l'accablait de
questions sur ses travaux. Par exemple, celui-ci conçut une très-haute idée du talent littéraire de l'écrivain en apprenant qu'il lui avait rapporté l'année
précédente plus de trente mille francs :

« C'est une mine d'or que vous avez dans le cerveau, mon cher monsieur, s'écria-t-il, et dire qu'il
vous suffit pour l'exploiter d'une plume en fer et
d'un cahier de papier ! certes, vous devez être fier
de posséder un tel trésor ! »

— Oh ! nullement, monsieur, je vous assure, répondit Charles avec sincérité ; quand je me sens le
moindre grain d'orgueil à cet égard, j'élève mon regard jusqu'aux maîtres de la pensée ou du style et il
s'évanouit comme la fumée de ce cigare ! »

Le négociant demanda alors au romancier quelques
détails sur sa famille, puis il gagna la partie en faisant une série de carambolages plus difficiles les uns
que les autres.

A partir de ce moment, Charles soupçonna que cet
homme, grossier au physique et brutalement positif
au moral, devait être plein de finesse.

De retour au salon, après les présentations d'usage
et un nouveau récit tout à la gloire de son invité, le

maître de la maison organisa un whist dans le petit salon, dont on ferma la porte afin de permettre aux jeunes filles de satisfaire leur goût pour la musique ou plutôt pour les compliments qu'elle leur rapportait. L'aînée des cousines de Clarisse, qui faisait chaque matin près d'un demi-kilomètre de gammes et d'exercices sur son piano, dans le but de se donner des doigts, exécuta une fantaisie qu'elle étudiait depuis plus d'un an, mais qu'elle ne savait pas encore très-bien. Ensuite, mademoiselle Clarisse, vivement sollicitée par sa tante et quoique fort enrhumée, chanta d'une façon particulièrement expressive des morceaux d'opéras français ou italiens, tous admirablement choisis. Charles, fanatique de ces mélodies ravissantes, déclara ne pas connaître de voix plus fraîche, plus juste et révélant une âme aussi pleine de sentiment. Il remercia donc avec enthousiasme l'aimable cantatrice qui lui avait fait éprouver ces délicieuses émotions et fut singulièrement flatté d'entendre plusieurs personnes signaler à Clarisse le trouble que, contre son habitude, elle n'avait pas réussi à vaincre une minute.

Le reste de la soirée se passa en douces causeries pendant lesquelles chacun parut content de soi et des autres. Vers onze heures, on apporta le thé que les jeunes filles servirent, dès que les joueurs de whist eurent levé la séance et furent rentrés dans le grand salon. Le moment de la retraite étant venu, les deux amis proposèrent à la cousine de province de la reconduire à son hôtel; Charles en fit autant et fut accepté aussitôt sous prétexte qu'on pouvait se confier à lui. Les amis ne manquèrent pas de se formaliser, pour rire, de la préférence dont Charles était l'objet; cependant, charmés au fond d'esquiver la corvée, ils s'apaisèrent quand la vieille dame leur eut expliqué, comme motif de son choix, que M. Charles de R. habitait son quartier, tandis qu'eux-mêmes logaient du côté opposé. Enfin, après la scène obligée des adieux et des remerciements réciproques, Charles se sépara de Clarisse en échangeant avec elle un long regard langoureux.

Une fois dans la rue, la cousine de province, qui causait volontiers surtout lorsqu'elle venait de jouer au whist, raconta à son cavalier l'histoire de la famille. L'oncle était un homme réellement supérieur, qui, parti de fort bas, avait eu l'esprit d'amasser une fortune superbe et de se donner une instruction des plus solides. Il ne savait pas un mot de grec ni de latin, mais, en revanche, parlait et écrivait passablement le français, l'anglais et l'espagnol. Personne d'ailleurs ne contestait plus son génie commercial. Quant à la tante, fille d'un père ruiné par le goût des beaux attelages, des ameublements somptueux, des tableaux de prix et des campagnes bien tenues, en même temps que par celui des mauvaises valeurs industrielles, elle avait fini par accepter la main de cet unique prétendant, dont la passion était aussi invincible que déraisonnable au point de vue des affaires. Cependant, la recette, représentée par le mari, dépassait tellement la dépense, représentée par la femme, que, malgré les trois enfants nés de cette union, l'avenir de tous semblait largement assuré. Orpheline de père et de mère, à l'âge de quatorze ans, Clarisse avait été recueillie chez sa tante où elle se serait trouvée heureuse, si sa beauté, son esprit, ses talents, ses succès de toutes sortes, en un mot n'avaient pas rendu cette dernière jalouse d'elle au point de lui créer une position souvent insupportable.   .

Charles écoutait ces détails avec une curiosité qui devint extrême lorsque la cousine lui révéla l'existence d'un jeune homme riche du moins en espérances et amoureux fou de Clarisse. Naturellement, les parents de celui-ci refusaient leur consentement à un mariage d'autant plus disproportionné sous le rapport de la fortune que, questionné indirectement, l'oncle de Clarisse avait déclaré qu'il donnerait un beau trousseau à sa nièce, mais ne pourrait pas la doter. Charles osa demander avec une indifférence assez bien jouée si le cœur de Clarisse s'était mis de la partie.

« Je ne sais trop qu'en penser, répondit la cousine, car hier, au Vésinet, nous nous sommes rencontrées avec ce jeune homme; or, malgré son désir de quitter la maison de sa tante, Clarisse a été fort calme; je dirai même que plus le pauvre garçon paraissait triste, désolé, plus elle, au contraire, se montrait insouciante, enjouée. »

Tout en parlant vite et en marchant lentement, la cousine arriva devant sa porte. Charles reçut ses remerciements avec reconnaissance et n'oublia pas de s'informer du jour où ces dames restaient chez elles. La cousine lui indiqua le mercredi. Là-dessus, ils se séparèrent les meilleurs amis du monde et notre romancier rentra rue Bergère, enchanté des renseignements qu'il venait de recueillir de différents côtés.

Ainsi, la fille aînée lui avait appris que sa mère était locataire le jeudi d'une loge de six places aux Italiens, et la cadette, qu'elles allaient, chaque jour, par ordonnance du médecin, faire une promenade en voiture au bois de Boulogne et descendaient à pied depuis l'Arc de triomphe jusqu'à la place de la Concorde.

Par conséquent, à l'exception du mercredi dont il passait une heure ou deux en visite rue d'Hauteville, Charles flânait dans l'après-midi aux champs-Élysées, heureux, tantôt d'apercevoir, tantôt d'arrêter au passage, tantôt d'escorter les quatre promeneuses qu'il avait plus ou moins longtemps guettées. Les jeudis soirs enfin, on l'aurait vu à l'orchestre des Italiens, si, par hasard, ces dames ne lui avaient pas offert une place dans leur loge.

Bref, il les quittait le moins possible. Quant au travail, néant, c'est-à-dire plus rien de bon.

Au bout de trois semaines, Charles écrivit à Joseph de ne pas l'attendre le dimanche suivant à Saint-Germain, tant l'affaire qui l'occupait avait pris d'importance et nécessitait impérieusement sa présence à Paris. Huit jours après au contraire, il vint déjeuner avec ses amis et leur annonça que mademoiselle Clarisse consentait bien volontiers à devenir sa femme, ce qui le comblait de joie.

L'oncle était excellent :

« Mon cher ami, avait-il dit à Charles dès ses premiers mots de demande en mariage, ma nièce vous aime depuis votre rencontre nocturne en chemin de fer ; je m'en suis aperçu tout de suite ; aussi vous ai-je introduit immédiatement

dans ma famille, en nourrissant l'espoir de ce qui va,
Dieu merci! se réaliser. Je ne comptais pas doter
Clarisse dans le cas où elle aurait fait un mariage
riche. Mon sacrifice, pour être convenable, eût été
par trop considérable; mais puisqu'elle épouse un
homme sans fortune, ou du moins dont la fortune
réside uniquement dans son talent littéraire, de
même que toute la valeur de ma nièce se trouve en
elle seule, je suis charmé de pouvoir modifier mes
intentions et de lui constituer en dot, indépendamment du trousseau, une somme égale aux économies
que vous avez faites déjà et qui consistent en une
vingtaine de mille francs, n'est-il pas vrai?

— Parfaitement, monsieur, » répondit Charles n'o-
sant pas signaler l'erreur volontaire ou non de son
futur oncle sur le chiffre de ses économies, qui se
montaient en réalité à près de trente mille francs.

Bien entendu, Joseph accepta avec empressement
de lui servir de témoin; Zoé elle-même, en dépit de
sa sauvagerie habituelle, promit d'assister à la bénédiction nuptiale. Tous les deux s'associèrent très-
franchement aux rêves de félicité de leur ami. Néanmoins, comme ils le reconduisaient au chemin de
fer, car notre amoureux retournait dîner rue d'Hauteville, Zoé, devenue peu à peu sérieuse, presque
triste, lui dit :

« C'est égal, je crains bien, mon cher monsieur
Charles, que votre mariage avec cette jeune personne n'établisse entre nous une barrière infran-
chissable !

— Ah çà! vous êtes folle, ma bonne Zoé!

— Hélas ! j'ai vu assez le monde pour être sûre

que votre femme, une fois au courant de ma situation — et je tiens à ce que vous l'y mettiez avant notre seconde entrevue, — éprouvera pour moi un sentiment d'éloignement contre lequel vous-même ne pourrez pas lutter.

— Et moi, je vous jure que quand Clarisse saura quelle personne vous êtes, elle partagera l'amitié fraternelle que je vous porte !

— Je n'ose pas l'espérer ! s'écria Zoé ; il faudrait pour cela qu'elle connût le malheur et je ne le lui souhaite pas.

— Elle le connaît ; du reste, vous verrez ! » répondit Charles en souriant d'un air plein d'assurance.

Silencieux jusque-là, Joseph, qui trouvait exagérée l'opinion de Zoé, allait sans doute se mêler à la discussion, lorsque les adieux furent brusqués par le signal du départ. Il se borna à serrer les mains du voyageur et à lui dire en regardant Zoé avec tendresse :

« L'important est que tu sois heureux, heureux comme nous, entends-tu ?

— Oui, oui, à mardi ! »

Le surlendemain, en effet, Charles devait présenter son meilleur ami à Clarisse et à la famille de celle-ci. A l'égard de madame Dalmaine, il était convenu qu'elle habitait Saint-Germain par raison de santé et ne paraîtrait qu'à la cérémonie religieuse. Cependant, Joseph l'emmena à Paris où ils avaient à choisir ensemble un cadeau de noces pour la fiancée de Charles. Ensuite notre héros courut prendre ce dernier, qui le conduisit rue d'Hauteville.

Joseph y eut un succès fou : sa franchise, son

aplomb, sa gaieté naturelle et communicative, la
pureté même de sa conscience qui se lisait dans son
regard, tout fut d'autant mieux remarqué que tout
avait été annoncé. On ne manqua pas de lui demander des nouvelles de sa femme et le maladroit en
donna tantôt de bonnes, tantôt de mauvaises, par
suite de son inexpérience du mensonge.

La visite faite, Charles accompagna son ami au
chemin de fer, afin de recevoir plus longuement ses
félicitations. Il y surprit Zoé attendant Joseph et lui
renouvela ses reproches sur sa réserve excessive
qu'il approuvait au fond. Là, Joseph fit, devant le
glorieux Charles, une énumération des qualités
morales et physiques de mademoiselle Clarisse. Quel
enthousiasme chez le premier ! quelle ivresse chez
le second !

Pendant que les voyageurs s'en retournaient à
Saint-Germain, notre romancier alla surveiller
l'ameublement du nid où il comptait installer quelques jours plus tard sa chère épouse ; car son logement de garçon était remplacé par un appartement
de trois mille cinq cents francs, situé rue Joubert, et
le service de sa concierge par celui d'une femme de
chambre et d'une cuisinière.

Malgré son état d'exaltation amoureuse, Charles se
demandait souvent si les trente mille francs que lui
avait rapportés sa plume se retrouveraient chaque
année au rendez-vous, et s'il n'était pas bien imprudent à lui d'établir son ménage sur un pied aussi
dispendieux. D'un autre côté, Clarisse, habituée à
l'aisance, au luxe même, pouvait-elle s'accommoder
tout à coup d'un régime par trop sévère sous le rap-

port de l'économie et ne valait-il pas mieux, un ou deux enfants aidant, lui faire sentir peu à peu la dure nécessité de la raison ? Grâce au ciel, la jeune fille devait, au dire de sa famille, devenir une excellente ménagère.

Le matin du mariage, Joseph, qui était déjà venu à Paris l'avant-veille signer au contrat et offrir son cadeau, lequel, par parenthèse, lui coûtait plus de mille francs, se dirigea vers la mairie, tandis que Zoé, dans une toilette toute neuve, allait à l'église occuper d'avance une place parmi les rares invités du marié. Tout, du reste, marcha admirablement bien : Clarisse, jolie au possible, laissait paraître presque autant de joie que le beau Charles. Quand, dans la sacristie, Joseph lui présenta sa pauvre Zoé, fort intimidée par la foule élégante qui les entourait, la jeune fille, prise d'une effusion de cœur charmante, sauta au cou de sa future amie. Après avoir imité sa femme, Charles s'invita avec elle à Saint-Germain pour le dimanche suivant.

Plein de confiance dans l'avenir, Joseph ramena Zoé au chemin de fer, en s'efforçant de lui faire comprendre qu'à toute règle il y a des exceptions.

A la suite du dîner de noces, auquel il n'avait pas pu se dispenser d'assister, notre héros réussit à s'échapper.

Au jour convenu, Charles tint sa promesse ; il arriva rue de Pologne, vers dix heures du matin, avec sa délicieuse petite épouse, plus fraîche, plus gaie, plus vive que jamais, quoique soupirant à chaque minute, comme si elle avait peine à supporter un tel excès de félicité. Zoé, qui les reçut de son mieux, n'oublia pas de demander à Charles si sa femme était au courant de la situation. Le jeune homme haussa les épaules sans répondre. Zoé insista, déclarant que Joseph la rendait coupable bien malgré elle d'un faux ou tout au moins d'un abus de confiance nullement permis envers les personnes dans l'intimité desquelles on est destiné à vivre.

« Réparez notre faute, je vous en conjure, ajouta-t-elle ; vrai, je ne me sentirai pas à mon aise avec Clarisse tant qu'elle pourra m'accuser de tromperie.

— Soyez tranquille, ma bonne Zoé, répliqua Charles, je ferai bientôt en sorte que vous n'ayez plus cela à redouter ! »

La journée se passa agréablement pour ces deux couples aussi heureux qu'il est donné de l'être sur cette terre, puisqu'ils éprouvaient les joies de l'amour en même temps que celles de l'amitié. L'un avait la supériorité de la jeunesse, ainsi que de la nouveauté ; l'autre, celle des souvenirs et d'une sécurité absolue. Pendant la magnifique promenade qu'ils firent ensemble dans la forêt :

« Prends garde, disait Clarisse à Charles toutes les fois que celui-ci l'embrassait, ces vieux époux ne comprendraient plus nos folies !

— Je doute, murmurait Zoé à l'oreille de Joseph, que dans sept ou huit ans ils s'aiment autant que nous ! »

De retour rue de Pologne, Clarisse, qui avait apporté sa musique, chanta et enchanta ses hôtes pour la plus grande gloire de son mari. Musicienne consommée, sinon très-forte pianiste, Zoé ne craignit pas de l'accompagner à première vue. Puis on dîna tard et si lentement, qu'il fallut tout à coup songer au départ.

Pendant la conduite au chemin de fer, Joseph toucha deux mots à Charles de son dernier ouvrage resté inachevé; mais, voyant que le brave garçon l'écoutait avec peine, il détourna la conversation et le laissa tout entier à sa lune de miel.

Un grand mois fut donc employé par ces nouveaux tourtereaux à se prouver leur mutuelle ardeur. Long-temps avant sa fin, l'un et l'autre, las de se claque-murer, prirent soudain leur volée et se montrèrent un peu partout. Hélas! notre romancier se disposait à se remettre au travail, quand vint le moment de faire les visites de noces. Or, du côté de Clarisse, le nombre en était considérable. Charles, lui-même, quoique peu répandu dans le monde, comptait parmi ses connaissances plusieurs personnages haut placés chez lesquels il se sentait fier d'avoir à produire cette perle fine des salons. L'imprudent, loin de préparer celle-ci à sa modeste existence de femme d'artiste, ne résistait pas au besoin de lui offrir un nouveau cadeau, de lui ménager quelque surprise agréable ou de lui procurer un des mille plaisirs si coûteux de cette bonne ville de Paris. Au reste, Clarisse l'y encourageait en répétant sur les tons les plus pas-sionnés :

« Je suis tranquille, va, tu as trop d'esprit pour que nous manquions jamais de rien ! »

Charles n'oubliait pas la communication délicate dont Zoé l'avait chargé; il n'attendait qu'une occa-sion favorable, qui se présenta un beau matin: encore enthousiasmée du talent musical et de la complaisance de son amie de fraîche date, Clarisse se promettait d'emporter à Saint-Germain certains morceaux de chant qu'elle voulait y étudier sous ses yeux, lorsque Charles amena adroitement la conversation sur les nombreux cas d'unions illégitimes, les entoura plus adroitement encore de circonstances atténuantes et finit par révéler à sa femme toute la vérité sur la position de Zoé.

Au comble de l'étonnement, Clarisse se fit expliquer la chose dans les plus grands détails, puis s'écria subitement :

« Ainsi, ce bon, cet excellent monsieur Joseph pourrait se voir accusé, poursuivi et condamné comme complice d'adultère ! c'est inouï !

— Mon Dieu ! répondit Charles légèrement déconcerté, suppose tout simplement que Zoé ait divorcé avec son premier mari et épousé Joseph en secondes noces. Ce régime conjugal existait encore au commencement de ce siècle et l'on y reviendra tôt ou tard. »

Comme la plupart des femmes mariées satisfaites de leur sort, Clarisse n'était aucunement convaincue de l'utilité du divorce ; il lui semblait d'ailleurs que Charles faisait trop bon marché des intérêts de la morale, de la famille, de la religion ; bref, elle discuta assez vivement, et, pour la première fois depuis son mariage, inspira au jeune homme un mouvement d'impatience qui dégénéra presque en accès de colère. Avant de se calmer, Charles déclara énergiquement qu'il n'était pas d'humeur à sacrifier aux sottes idées du monde des amis tels que Joseph et Zoé, cette dernière étant à ses yeux une très-honnête personne éprouvée par des malheurs tout à fait immérités. Clarisse, repentante, désolée, versa quelques larmes et redoubla de tendresse envers son cher mari. Celui-ci, certain d'avoir vaincu des scrupules nés d'une ignorance adorable, assura sa femme qu'il n'avait plus le droit de se fâcher, du moment qu'elle jurait de se laisser guider par lui aveuglément.

Dans le courant de cette journée, qui était un vendredi, Clarisse proposa à Charles, comme une excellente idée, de ne partir le surlendemain que par le train de une heure et demie, afin de pouvoir s'arrêter au Vésinet. Elle avait hâte de l'y présenter à la famille charmante et immensément riche qu'elle quittait le soir de leur fameuse rencontre en chemin de fer et dont tous les membres se réunissaient le dimanche. Ayant fini par approuver cette combinaison, Charles s'empressa d'écrire à Joseph pour le prévenir que sa femme et lui n'arriveraient le surlendemain à Saint-Germain qu'assez tard dans l'après-midi. Par la même occasion, il l'invita à venir le samedi de la semaine suivante, avec Zoé bien entendu, pendre la crémaillère dans l'appartement de la rue Joubert, dont le jeune ménage, disait-il, serait si heureux de leur faire les honneurs ainsi qu'à quelques parents et amis.

En apprenant que Clarisse avait connaissance de sa situation, Zoé fut d'autant plus contente que la jeune femme semblait redoubler d'efforts pour lui témoigner sa sympathie. Elle se crut donc obligée d'accepter son invitation à dîner.

Au jour fixé, nos deux amants, arrivés les premiers rue Joubert et beaucoup trop tôt, avouons-le, eurent du moins le temps de visiter en détail ce délicieux appartement, si bien meublé, si coquet, si digne, en un mot, du joli couple qui l'habitait. Charles les conduisit un peu partout, sauf dans la chambre à coucher où Clarisse s'habillait. Enfin parut cette dernière décolletée, les bras nus, couverte de bijoux et coiffée avec un art prouvant qu'une main habile, célèbre peut-être, avait vendu fort cher son concours. Après l'avoir admirée avec un certain embarras, car elle était femme, Zoé jeta un coup-d'œil sur sa propre toilette :

« Mon Dieu ! s'écria-t-elle en rougissant, est-ce que toutes les dames que vous attendez seront aussi belles, je veux dire aussi parées que vous ?

— Mais, répondit Clarisse, je n'ai rien de bien extraordinaire !

— Oh ! laissez donc ! vous êtes mise dans la perfection ! seulement, je croyais à un dîner tout à fait sans cérémonie, comme vous me l'aviez annoncé....

— En effet.

— Et, à côté de vous surtout, j'aurai l'air de ce que je suis : une vraie provinciale ; pardonnez-le-moi !

— Quelle plaisanterie ! murmura la jeune femme.

— Mais au contraire, ma chère Zoé, s'écria Charles, vous êtes on ne peut mieux ; d'ailleurs, Clarisse ne vous a pas trompée : nous n'avons absolument que sa famille et quelques amis intimes ; notre salle à manger est trop petite pour songer à y donner de grands dîners. Aussi, plusieurs personnes seront assez aimables pour se contenter de prendre le thé avec nous. »

Zoé comprit qu'il s'agissait encore d'une soirée ; cependant, comme il n'y avait plus móyen de reculer, elle prit bravement son parti et rit d'assez bon cœur, ainsi que Charles et Clarisse, en entendant Joseph répéter sa phrase habituelle :

« Qu'est-ce que ça fait ? »

Et ajouter amoureusement :

« Moi, je te trouve très-bien, là ! »

Vers sept heures et demie, les autres invités arrivèrent presque tous ensemble, et les dames vêtues à peu près de la même façon. Seule, la pauvre Zoé n'était pas décolletée. Toutefois, son désespoir ne lui inspira que le regret d'avoir fait une exception à sa règle de conduite, qui était de n'aller nulle part.

Soudain, les battants de la porte de la salle à manger furent ouverts avec fracas par deux domestiques d'extra, puis un troisième, le plus éloquent sans doute, annonça d'un ton solennel que Madame était servie. Chaque chose ayant été arrêtée d'avance par Clarisse, Charles tendit son bras à sa nouvelle tante, pendant que son nouvel oncle offrait le sien à Zoé ; de leur côté, le rédacteur en chef d'un grand journal semi-officiel devenait le cavalier de Clarisse, et Joseph celui d'une dame couverte de diamants et de taches de rousseur. Le reste des convives suivit deux par deux.

Une fois à table, Charles, pour se donner une contenance, car il faisait ses débuts de maître de maison, se mit à causer tantôt avec sa voisine de droite, sa tante, tantôt avec celle de gauche, Zoé.

En face de lui, mangeant à peine et ne s'inquiétant guère de ses voisins qui étaient son oncle et le rédacteur en chef du grand journal semi-officiel, lequel venait de lui faire accepter un peu de vin et beaucoup d'eau, Clarisse surveillait le service avec un aplomb vraiment extraordinaire dans une si jeune femme.

Placé, sur leur demande, entre les deux nouvelles cousines de Charles, Joseph s'amusa à les faire pouffer de rire à force de plaisanteries saugrenues. Bientôt, s'entendant rappeler à l'ordre par Clarisse que ce jeu agaçait, puis par Zoé et un peu aussi par tout le monde, jaloux de la gaieté qui régnait dans son petit coin, notre héros affecta alors une mélancolie muette d'un effet irrésistible sur les jeunes filles. Le fait est qu'il n'avait plus qu'à les regarder en soupirant pour obtenir le même accès de fou-rire.

Par exemple, ce dîner fut réellement splendide : accoutumée à ceux que donnait sa tante, et ne croyant pas qu'on pût traiter différemment sous peine de se déshonorer, Clarisse fit passer en revue à ses convives les meilleurs produits de l'art culinaire et de la nature. Certes, tous les grands dîners se ressemblent, à cela près que les uns sont plus ou moins succulents et agréables sous le rapport de la société ; les autres, plus ou moins mauvais et assommants. Celui-ci aurait pu être compté au nombre des premiers, si le peu de fusion qui s'établit entre les invités de Clarisse et ceux de Charles ne s'y était opposé. Or, il n'y a que les philosophes de la table — et ils sont rares ! — qui osent bien boire et bien manger sans s'inquiéter d'autre chose.

« Hein, ma bonne Zoé, dit Charles à l'oreille de sa voisine de gauche, au moment du brouhaha général qui précède ordinairement la fin d'un grand dîner, que d'événements depuis notre arrivée ensemble à Londres !

— Oui, répondit Zoé en échangeant avec lui un sourire affectueux, nous sommes devenus, depuis cette époque, vous, un homme célèbre...

— Oh ! pas encore !

— Nous, de bons bourgeois bien calmes....

— C'est-à-dire bien heureux ! reprit le jeune homme en jetant sur son ami Joseph un regard plein d'attendrissement, et quand je pense que me voici marié, moi qui avais juré de ne jamais me laisser prendre au piège conjugal ! est-ce assez bête ?-»

Zoé le félicita ; c'était ce qu'il demandait.

Après un dessert parfaitement digne d'un pareil dîner, on rentra dans le salon où attendaient d'un air assez piteux deux ou trois personnes intimes qui avaient promis à Clarisse de venir de très-bonne heure.

Le café pris, les hommes se mirent à causer politique, pendant que les dames s'épluchaient de la tête aux pieds, en discutant les modes nouvelles qui sont souvent toute leur politique.

Malgré les distractions causées par ses jeunes voisines, Joseph avait fort bien officié.

Éprouvant donc le besoin de taquiner le rédacteur en chef du grand journal semi-officiel, il s'amusa à vanter devant lui le régime de liberté dont jouissent les Anglais. Ce dernier, selon sa louable habitude, garda un silence prudent ; mais bon nombre de voix masculines ne se firent pas faute de dénigrer la perfide Albion au profit de la France.

14

« Permettez, messieurs, s'écria Joseph, je sais que si les individus sont tenus de se montrer modestes, les peuples, au contraire, croient devoir se glorifier sous tous les rapports de la façon la plus sotte : on appelle cela faire preuve de patriotisme, et quiconque chez nous ose dire la vérité est traité de mauvais Français. Eh bien ! moi, je....

— Comment, interrompit Charles d'un air goguenard, tu trouves que nous manquons de liberté ?

— Un peu, mon neveu !

— Je ne suis pas de ton avis, répliqua Charles dont l'intention évidente était de détourner une discussion politique menaçant de s'éterniser, il me semble que, loin de là, nous en avons beaucoup trop.

— Farceur !

— Sans doute, puisque nous pouvons aliéner la nôtre au point de nous rendre esclaves nous-mêmes ; ainsi, continua Charles, est-ce que, dans la vie privée, un père de famille ne dispose pas de son patrimoine et, par conséquent, de celui des siens, de telle sorte qu'une fausse spéculation, qu'un mauvais placement industriel, peut les réduire tous à la misère ? Est-ce qu'une femme n'a pas le droit de vendre le lait dû à son nouveau-né, qu'elle laissera périr faute de ses soins maternels ? Est-ce qu'il ne suffira pas enfin d'un oui prononcé dans un instant de folie et d'ivresse, ajouta-t-il en saisissant une des mains de sa femme, pour que le sort d'un pauvre jeune homme sage, rangé, timide comme moi, soit éternellement soumis au caprice d'un petit être léger, fantasque et désordonné comme celui-ci ? »

Quelques éclats de rire accueillirent cette boutade

qui eut l'avantage d'attirer l'attention même des dames les plus absorbées et de rendre la conversation générale. Bientôt on installa les joueurs de whist dans le cabinet de Charles, ce qui débarrassa un peu le salon et permit aux nombreux arrivants de s'asseoir ou de circuler moins difficilement. A dix heures un quart, la soirée étant déjà fort brillante, Joseph et Zoé s'esquivèrent tandis qu'on préparait dans la salle à manger un thé magnifique. Ils se croisèrent dans l'antichambre ainsi que sur l'escalier avec plusieurs domestiques galonnés, et constatèrent devant la maison la présence de cinq ou six équipages.

« Peste ! » murmura Joseph, et il allait probablement faire une observation critique, lorsqu'un commissionnaire s'offrit pour appeler ses gens, ce qui lui ferma la bouche. Nos voyageurs coururent au chemin de fer dont ils eurent la chance de ne pas manquer le train. La première partie du trajet s'effectua dans un profond silence : Zoé, encore étourdie de ce qu'elle venait de voir et d'entendre, se demandait si cette jeune femme sans fortune ne deviendrait pas une cause de ruine pour son mari. Tout à coup, Joseph, qui ruminait la même idée, s'écria :

« Pauvre Charles ! Je crains que ce monde assommant ne lui coûte bien cher ! »

Les deux amants se communiquèrent alors leurs plus secrètes pensées à cet égard.

Le lendemain, qui était un dimanche, Joseph et Zoé le passèrent en tête-à-tête, car il avait été convenu que le jeune ménage se reposerait à Paris de ses fatigues de la veille. Vers la fin de la semaine suivante, Zoé, en dépit des mauvais conseils de Joseph, se crut obligée de faire sa visite de digestion : après un aussi beau dîner, c'était bien le moins ! D'ailleurs Clarisse recevait tous les samedis et soutenait qu'il n'y avait guère plus loin de Saint-Germain à la rue Joubert que de celle-ci au Panthéon. La fausse Mme Dalmaine tomba au milieu d'un cercle bruyant, composé de la plupart des personnes qui s'étaient trouvées là, avec elle, huit jours auparavant. Clarisse eut à peine le temps de lui adresser quelques mots pour la prévenir d'un air fort dégagé que son mari et elle n'iraient pas le lendemain à Saint-Germain, parce que la belle-sœur d'un ministre les conduisait dans sa voiture aux courses de Vincennes.

En apprenant que Charles lui manquait encore de parole, Joseph ne cacha pas son chagrin : les rares parents qui lui restaient habitaient le fond de la province ; quant aux anciens amis de sa famille, les de Bresse exceptés, à peine s'il les rencontrait de loin en loin ; au surplus, certains d'entre eux ne lui pardonnaient pas ses opinions politiques ou plutôt socialistes ; d'autres lui faisaient un crime de sa liaison avec une femme mariée qu'il autorisait à porter son nom.

Assurément, notre héros exagérait beaucoup en regardant comme perdu pour lui cet ami qui, nouvellement marié, modifiait ses habitudes, ses goûts et se laissait lancer dans le monde par sa jeune épouse ; néanmoins son sentiment était juste, et Zoé, douée de la seconde vue des esprits réfléchis, avait annoncé ce que Joseph reconnaissait depuis que ses illusions se dissipaient une à une.

Heureusement la famille de Bresse occupait assez le pauvre homme : les enfants venaient travailler chez lui trois fois par semaine et, soit par amour-propre, soit par crainte de déplaire à leur cher professeur, les deux petits drôles faisaient des progrès remarquables. Cependant, vu le peu de temps qui précédait la fin des vacances, Joseph se bornait à leur expliquer ce qu'il considérait comme indispensable à l'étude du latin, leur épargnant volontiers les efforts inutiles de mémoire ainsi que les devoirs écrits. Il avait d'ailleurs le secret de les amuser par sa façon d'enseigner essentiellement pratique.

Sans vouloir se relâcher en rien de sa réserve excessive, Zoé, après avoir reçu plusieurs visites de ces dames, se vit forcée de leur en rendre une. Elle plut extrêmement. Durant la promenade obligée dans le parc, M. de Bresse prit Joseph à part et lui dit :

« Mon cher enfant, nous tenons à oublier le secret que tu nous as confié ; ta femme et toi serez toujours les bien venus parmi nous, et si plus tard le mensonge de ton mariage devient une vérité, ce dont je ne doute pas, nous t'en féliciterons sincèrement, car nous éprouvons pour Mme Zoé une sympathie véritable. »

Cette dernière, on le sait, ne se trouvait nulle part mieux que dans son intérieur et se défiait trop de la bienveillance durable des gens ; pourtant, afin de consoler Joseph du deuil qu'il portait au fond du cœur, elle consentit à s'installer avec lui pour quelques jours à Chambourcy. Grâce à leur bonne volonté mutuelle, hôtes et invités s'entendirent à merveille ; aussi, quand Joseph et Zoé parlèrent d'aller à Saint-

Germain y recevoir les nouveaux mariés qui s'annonçaient pour le surlendemain sans faute, tous les
membres de cette excellente famille de Bresse parurent réellement désolés. Il est certain que Zoé, à qui
ces dames faisaient des avances inconcevables, avait
fini par se lier franchement avec elles. Les deux
sœurs, habituées dès leur enfance à une louable ému-
lation, réussissaient à lui plaire, mais pas également:
Mme de Flécheux était de beaucoup la plus expansive.

De son côté, non content de chasser avec M. de
Bresse, de discuter avec le maître des requêtes, de
bavarder avec les dames et de travailler ou de jouer
avec les enfants, Joseph parvenait presque à intéresser M. de Flécheux à l'avenir de l'humanité. Bref, il
amusait ou instruisait les uns et les autres, distrayait
le malade imaginaire, enfin faisait vivre moralement
toute la maisonnée ; sans compter que, le soir, pour
couronner l'œuvre, il servait de quatrième au whist,
ce qui est inappréciable à la campagne. Nos amants
partirent donc enchantés de leur séjour à Chambourcy où ils promettaient de revenir prochainement.

Cette fois, monsieur et madame Charles furent à
l'heure dite rue de Pologne. On s'y livra aux épan-
chements de l'amitié la plus sincère surtout de la
part des hommes. Zoé, selon sa coutume, se montra
douce et facile ; Clarisse, ainsi que son mari le lui
avait sans doute recommandé, se mit en frais d'amabilité pour prouver qu'elle ne serait jamais une
pierre d'achoppement. Dans un moment d'abandon
qui suivit le dîner, Charles fit à Joseph des confiden-

ces intimes sur son degré de bonheur et d'amour,
puis, sur le point de se quitter, on se donna rendez-
vous pour le dimanche suivant en annonçant la ferme intention de reprendre les vieilles habitudes.

Trois ou quatre jours plus tard, Zoé rentrait après
avoir fait des emplettes dans la ville, lorsque, à une
centaine de pas de sa demeure, un homme lui barra
le passage en criant d'un ton grossier :

« Ah ! il y a assez longtemps que je te cherche ! »

Cet homme, c'était son mari qui, fort changé au
physique et légèrement aviné, avait la mine d'une
franche canaille. Zoé s'arrêta d'abord ; mais, l'ayant
reconnu, fit un écart et se sauva à toutes jambes.

Pâle, essoufflée, tremblante, l'infortunée se précipita dans le cabinet de Joseph ;

« Mon mari, dit-elle, je viens de le voir !... il me
cherche, je suis perdue ! »

Joseph exigeait des détails sur cette fâcheuse rencontre, quand la servante monta prévenir Madame
qu'un demi-monsieur désirait lui parler.

« Êtes-vous sûre que c'est Madame qu'il demande ?

— Oui, monsieur.

— C'est bien ; priez-le d'attendre un instant ! Tu
entends, Zoé, que vas-tu faire ? s'écria Joseph dès
que la bonne fut sortie.

— Mon ami, je ne puis pas le recevoir, je n'en aurais pas la force !

— Tu as raison, c'est moi que cela regarde.

— Toi ! oh ! non, tu es trop violent, trop...

— Ne t'inquiète pas ! je serai calme ! »

Aussitôt Joseph descendit dans la salle à manger
où il trouva M. Gardanne assis sur une chaise.

« Monsieur, lui dit-il à voix basse, je suis désolé, mais... ma femme est souffrante et ne reçoit pas; puis-je savoir ce que vous lui voulez?

— Mon Dieu! répondit très-haut le mari, vous n'ignorez pas que... votre femme, comme vous l'appelez, est aussi un peu la mienne!

— Sur le papier, oui, mais.... parlons à cœur ouvert, hein?

— Je ne demande pas mieux!

— Eh bien! votre femme vit depuis trop longtemps avec moi pour que vous ayez la prétention de me la disputer!

— Cependant... s'écria le mari en élevant de plus en plus la voix, j'ai des droits....

— Pardon! interrompit Joseph, causons tranquillement si vous ne tenez pas à faire du scandale!

— Peu m'importe! répliqua le mari.

— Peu m'importe aussi! cria Joseph beaucoup plus fort; pourtant n'oubliez pas que vous êtes chez moi!

— N'oubliez pas vous-même, répondit Gardanne en baissant un peu le ton, que je puis réclamer chez vous ce qui m'appartient!

— Vous vous trompez, mon cher monsieur, votre conduite est tout simplement absurde, à moins que vous ne veniez me demander raison! Ah! dans ce cas, à la bonne heure! il serait délicat à vous de m'offrir ainsi l'occasion de vous tuer.

— Monsieur, j'aurais sûrement pris ce parti, si j'avais eu de l'amour pour ma femme...

— Si vous aviez eu de l'amour pour votre femme, vous vous seriez bien gardé de la ruiner, de la tromper et de l'abandonner comme vous l'avez fait. En un mot, ce qui est arrivé ne serait pas arrivé, malheureusement pour moi, car, au fond, je devrais peut-être vous en avoir une certaine obligation; mais là n'est pas la question ! Qu'y a-t-il pour votre service? Voyons, parlez !

— Je veux avant tout causer avec ma femme !

— Cela est impossible, répliqua Joseph, vous ne la verrez pas, je m'y oppose formellement.

— Je n'ai, songez-y, qu'à demander main-forte à la justice pour....

— Faites-le donc! interrompit Joseph avec colère. Ah! tenez, levons la séance au plus tôt : il me prend une envie folle de vous assommer.

— Je n'ai pas peur ! murmura Gardanne visiblement ému.

— Ou repassez ici demain à pareille heure, nous aurons sans doute plus de chances de nous entendre.

— Soit, répondit le mari en se dirigeant vers la porte, monsieur, j'ai l'honneur de vous saluer !.... puis, se retournant tout à coup : Ah çà! ajouta-t il, je pense à une chose....

— Laquelle?

— Vous me donnez votre parole que je vous retrouverai ici, demain?

— Oui, je vous jure que je serai ici demain, sur les deux heures de l'après-midi.

— Bon ! » s'écria Gardanne convaincu par la physionomie ouverte de Joseph.

Ce dernier remonta bien vite raconter à *Zoé* la scène qui avait eu lieu. La pauvre femme était dans un état de trouble et d'effroi trop facile à compren-

dre. A chaque minute, elle s'attendait à une nouvelle
visite de son mari, escorté cette fois d'agents de
police. Au dîner, voyant qu'elle ne pouvait absolument rien manger :

« Sais-tu ce qu'il faut faire ? s'écria Joseph.

— Non.

— Je vais te conduire immédiatement chez les de
Bresse.

— Oh ! tu crois ?

— Oui, moi, je reviendrai ici demain et retournerai
là-bas te rendre compte de mon entretien avec cet
homme. »

Zoé finit par accepter. Une voiture de place les
transporta promptement à Chambourcy où l'on
poussa des cris de joie à leur vue. Pendant la route
Joseph avait prouvé à Zoé que M. de Bresse, ancien
magistrat, homme d'expérience et d'ailleurs plein
de bienveillance pour eux, devait être instruit de
l'événement. Le soir donc, au moment d'aller se coucher, il prit à part ce vieil ami de sa famille et, sous
le sceau du secret, le mit au courant de l'aventure,
en le priant, bien entendu, de l'éclairer de ses conseils. Après une horrible grimace et des lamentations
assez longues, M. de Bresse s'étant recueilli, dit enfin
à son sauveur :

« Plus j'y réfléchis, plus il me semble impossible
que cet homme n'ait pas quelque mauvaise affaire
sur le dos.

— C'est probable.

— Je t'engage, par conséquent, à le menacer toi-
même de la police ; s'il se trouble, plus de doute :
alors, il s'agira entre vous d'un simple chantage que

tu auras raison de réduire aux proportions les plus minimes. »

A la suite de cette consultation, Joseph parvint à tranquilliser un peu sa chère compagne.

Le lendemain, il fut à Saint-Germain longtemps avant l'heure de son rendez-vous. Craignant qu'une discussion trop vive ne s'élevât entre lui et M. Gardanne, notre héros chargea sa servante de porter une lettre très-pressée à Paris et d'en rapporter sur-le-champ la réponse. Dans cette lettre, il invitait Charles, au nom de la famille de Bresse à laquelle le nouveau marié devait toujours présenter sa femme, à venir avec elle passer à Chambourcy la journée du dimanche suivant. Ainsi débarrassé d'un témoin inutile, Joseph se posta derrière l'une de ses persiennes presque fermées. A deux heures précises, il aperçut M. Gardannne qui accourait.

« Je vous ouvre moi-même, lui dit-il, car je suis tout seul ici.

— Ah! ah! murmura le visiteur, vous avez mis Zoé en lieu sûr, à ce que je vois!

— Oui, et de plus, j'ai envoyé ma bonne en commission.

— Tant mieux! répliqua le mari, nous serons plus libres pour causer.

— Oh! nous le sommes tout à fait, » cria Joseph d'une voix de stentor.

Sur ce, il fit monter M. Gardanne dans son cabinet et, lui ayant offert un siége, le pria d'exposer clairement le but de sa démarche.

« Mais.... monsieur, je crois vous l'avoir déjà dit : je ne peux plus vivre sans ma femme.

— Bah! depuis quand? demanda Joseph en affectant de rire aux éclats; vous seriez bien attrapé, hein,
si je vous la restituais?

— Vous vous trompez, monsieur; sans doute, j'ai
eu des torts graves envers ma femme qui, elle-même,
n'est pas à l'abri des reproches.

— Vraiment?

— Quoi qu'il en soit, je suis prêt à oublier le passé
pourvu qu'elle en fasse autant.

— Vous plaisantez, je suppose?

— Nullement, monsieur.

— Et quel moyen emploierez-vous pour rentrer en
possession de votre femme?

— Ceux que la justice doit mettre à ma disposition.

— Très-bien; ah çà! quel rôle me confiez-vous
dans cette comédie philosophique?

— Aucun ; je pourrais vous placer dans une situation désagréable, mais j'ai perdu le droit de me venger et me bornerai à exiger que Zoé me soit rendue.

— Pauvre femme! murmura Joseph.

— Elle m'a aimé dans le temps....

— Oui, avant de vous connaître!

— J'espère, par ma conduite, lui inspirer de nouveau le goût et le respect de ses devoirs.

— Ainsi donc, vous avez l'intention de vous adresser à la police?

— Certainement.

— Eh bien, voyez, monsieur Gardanne, comme
les beaux esprits se rencontrent! je suis décidé à me
servir du même moyen pour me débarrasser de
vous!

— Plaît-il?

— Nous allons nous présenter ensemble chez le commissaire de police de Saint-Germain, devant qui, après que vous m'aurez accusé sérieusement de vous avoir ravi votre femme, je vous accuserai, moi, de toutes sortes d'autres petites choses.

— Je ne vous comprends pas, répondit Gardanne en cherchant, par son aplomb, à déguiser le trouble qui commençait à le gagner.

— Simples peccadilles de jeunesse! reprit Joseph rassuré par l'air inquiet de son rival, et pour lesquelles vous auriez encore, m'a-t-on dit, un petit compte à régler avec la justice.

— Moi!

— Oui; tenez, franchement, mon cher monsieur, vous avez tort de vouloir lutter contre moi; vous n'êtes pas de force : j'aime! comprenez-vous la différence qui existe entre nous deux?

— Ah! s'écria Gardanne l'air contrarié, pourquoi m'avez-vous empêché de parler à ma femme? Elle m'aurait donné depuis longtemps.... ce que j'ai à lui demander!

— Quoi donc?

— Eh! parbleu, de l'argent!

— Il fallait le dire tout de suite!

— Si vous croyez que c'est facile! on a beau se trouver dans l'embarras, ça coûte toujours de tendre la main, surtout à.... des étrangers.

— Eh! bien, voyons, qu'est-ce qu'il vous faut pour que vous nous laissiez en repos?

— Dame....

— Voulez-vous mille francs? s'écria Joseph impatienté par le silence prolongé que s'obstinait à garder son interlocuteur.

— Mille francs ! ce n'est pas assez, car je ne dois plus rester en France.

— C'est juste, vous avez raison !

— Je compte passer en Amérique et j'ai besoin.... au moins du double.

— Deux mille francs ! Peste ! comme vous y allez ! Pour l'instant, je ne pourrais guère, sans me gêner, disposer de cette somme.

— Oh ! quelle plaisanterie ! J'ai pris mes informations ; vous êtes riche, très-riche.

— Vraiment ? cela vous plaît à dire ! Enfin, vous engagez-vous à mettre l'océan entre nous et à ne plus jamais importuner Zoé ni moi ?

— Oui, répondit vivement le misérable.

— Tenez donc ! » dit Joseph en donnant deux billets de mille francs à cet estimable M. Gardanne qui se retira et promit encore qu'on n'entendrait plus parler de lui.

Les vieillards ont rarement la force de garder pour eux seuls les confidences qui leur sont faites. M. de Bresse particulièrement ne savait rien cacher à sa femme. Sans perdre une seconde, il courut l'instruire de l'incident qui venait de compliquer si singulièrement la situation de leurs hôtes. Fière de posséder un secret, mais nullement égoïste, Mme de Bresse n'eut rien de plus pressé, le lendemain matin, que de le confier à sa fille aînée. Celle-ci, excellente créature, s'efforça de distraire de ses chagrins l'infortunée victime du mariage indissoluble. Vers le milieu du jour, elle lui proposa une promenade. Zoé accepta et eut bien soin de diriger leurs pas sur la route de Saint-Germain.

Dès que Joseph y aperçut de loin ces dames, il exprima son étonnement par des gestes au milieu desquels sa maîtresse sut distinguer un certain air de satisfaction qui la réconforta. Quand ils furent réunis, notre héros tendit affectueusement la main à son amie d'enfance et lui demanda la permission d'embrasser Zoé, ce qu'il s'empressa de faire avant d'y avoir été autorisé ; puis l'on retourna à Chambourcy en causant de choses indifférentes. Pour mettre un terme à la gêne qu'elle éprouvait elle-même, Mme de Flécheux s'arrêta devant une maison de paysan et dit aux deux amants :

« Je vais entrer savoir des nouvelles de la mère Thibaud ; marchez tout doucement, je ne tarderai pas à vous rattraper. »

Au bout d'une minute de tête-à-tête, Zoé connaissait les moindres détails de ce qui avait eu lieu entre son mari et Joseph.

« L'infâme ! murmura-t-elle, se peut-il qu'il soit tombé si bas ?

— Heureusement, ma chérie, puisque nous en voilà délivrés pour jamais !

— Fasse le ciel que tu dises vrai, Joseph, mais moi, je tremblerai toujours qu'il ne reparaisse.

— En vérité, tu n'es pas raisonnable ! »

La baronne les regoignit enfin. Tous trois regagnèrent alors le château où, le premier coup de cloche étant sonné depuis longtemps, ils eurent à peine le temps de faire un peu de toilette. Mme de Flécheux, descendue la première au salon, raconta leur magnifique promenade; sa sœur, dans un court accès de jalousie, s'égaya aux dépens des deux inséparables, prétendant que Zoé avait seule le talent d'entraîner aussi loin la paresseuse baronne.

Joseph annonça à ses hôtes que le ménage Charles de R. n'acceptait pas leur aimable invitation, obligé qu'il était d'aller passer la journée en question à Chantilly. Le soir, M. de Bresse apprit avec joie que son conseil, suivi à la lettre, avait produit les meilleurs résultats.

Hélas! les vacances tirant à leur fin, nos collégiens se voyaient à la veille de commencer une nouvelle année scolaire aussi peu brillante sans doute que les précédentes, car, une fois rentrés au lycée, lieu d'asile où les cancres sont sacrés, ils ne pouvaient pas manquer de retomber dans un état complet d'abandon des professeurs et d'eux-mêmes. En se donnant la peine de faire entrer dans la caboche de ses élèves les éléments indispensables à l'étude du latin, Joseph avait obtenu de merveilleux effets que constataient tous les juges compétents. Or, à la suite d'un regret imprudent exprimé par le chef vénéré de la famille, les deux petits drôles formèrent une conspiration dont le but était de regagner le temps perdu en continuant à recevoir les leçons de leur bon ami Joseph. Ils s'y prirent avec une telle adresse que les parents finirent par se montrer disposés, autant dans l'intérêt de la santé de leurs enfants que dans celui de leurs progrès, à ne pas les renvoyer encore au collége, si M. et Mme Dalmaine consentaient à se fixer pour l'automne à Chambourcy. Ces derniers ne demandèrent pas mieux.

Notre héros ne comptait plus guère sur la société intime ou du moins sur les visites régulières de Charles ; quant à Zoé, la pensée de se retrouver dans leur maison de Saint-Germain, découverte et souillée par son ignoble mari, lui causait des frayeurs qu'aucun raisonnement de Joseph ne réussissait à calmer.

Il est bon de savoir que les de Flécheux restaient l'hiver à la campagne. La fille cadette, au contraire, partit bientôt pour Paris avec son mari et sa fillette, laissant mons Georges à M. de Bresse, car, autre révolution ! le vieillard s'amusait tant dans son potager en travaillant sous les yeux du jardinier, et se plaisait si fort avec ses petits-fils et Joseph, qu'il déclara tout net à sa femme ne pas se soucier de rentrer à la capitale où, inoccupé désormais, il s'ennuyait beaucoup plus et se portait beaucoup moins bien qu'à Chambourcy. En présence de ces événements considérables, Mme de Bresse, libre de suivre sa fille cadette ou de ne pas quitter son mari, prit le parti de demeurer momentanément éloignée de son cher Paris, mais en se promettant d'y faire de fréquentes fugues. A force d'instances, Joseph et Zoé avaient obtenu de payer pension, ce qui leur permettait de séjourner indéfiniment dans ce paradis terrestre.

De leur côté, Charles et sa jeune épouse, lancés dans le tourbillon parisien, continuaient à y obtenir un succès fou : — fou étant bien le mot qu'il convient d'accoupler à tout succès qui ruine au lieu d'enrichir. — Les plus grandes dames du monde officiel et de celui de la finance s'arrachaient Mme Charles de R. ; son talent de cantatrice, joint à une beauté

distinguée, à une grâce parfaite, à une élégance irréprochable, la mettait tellement à la mode, qu'il n'y
avait pas de fête complète sans elle. Aussi l'aperce-
vait-on partout : dans de magnifiques équipages, sur
le devant des meilleures loges de l'Opéra, des Italiens ou du Conservatoire, enfin aux courses de chevaux et dans les plus beaux bals dont elle était toujours l'une des reines. Enivré de sa passion et de sa
gloire conjugales, Charles n'essayait même plus de
lutter contre l'entraînement irrésistible auquel cé-
dait instinctivement sa femme.

Afin de gagner de l'argent, notre écrivain s'était
assuré la collaboration d'un auteur dramatique re-
nommé, qui devait dépecer plusieurs de ses romans
pour les transporter sur la scène et en tirer cette seconde mouture du théâtre, souvent la plus fruc-
tueuse. Certes, Charles souffrait en voyant par quel
procédé brutal les parties les plus délicates de ses
œuvres se trouvaient transformées ; mais il avait besoin de beaucoup d'argent et, pour l'amour, la joie,
le succès de Clarisse, il se sentait capable des plus
grands sacrifices personnels.

Fort heureusement, Joseph était absent de Saint-
Germain, car il y aurait eu la douleur de soupirer en
vain chaque dimanche après la visite de son meilleur
ami. Néanmoins, quand, par hasard, il avait à coucher
à Paris, ce qui devenait extrêmement rare, il ne manquait pas, selon sa promesse, d'aller demander l'hospitalité au jeune ménage. En remarquant, un soir
qu'on la lui avait donnée jusque dans une loge à
l'Opéra, combien Clarisse était lorgnée, admirée,
complimentée, et, disons-le, coquette avec tout ce

monde de grands personnages, Joseph conçut un profond chagrin qu'il rapporta à Chambourcy.

« Charles est perdu, répétait-il sans cesse à Zoé, sa femme le ruinera sous tous les rapports. »

Quelques semaines plus tard, nos deux amants vinrent dîner rue Joubert et passèrent ensuite avec Clarisse une soirée pleine d'émotions, dans une baignoire du théâtre de genre où avait lieu la première représentation de la pièce en quatre actes ·faite sur un roman de Charles. Malgré son succès éclatant, grâce à l'enthousiasme de la claque, la pièce, légèrement critiquée par la presse, fut jouée à grand'peine une trentaine de fois devant un public de mauvais aloi. Elle rapporta donc peu de chose aux auteurs, qui cessèrent alors de collaborer ensemble.

A leur retour, le lendemain, Joseph et Zoé désiraient s'arrêter un jour ou deux à Saint-Germain, mais l'arrivée d'une lettre de Gardanne les fit repartir presque aussitôt pour Chambourcy. Naturellement, le mari de Zoé s'était bien gardé (Dieu sait pour quelle raison!) d'effectuer son voyage en Amérique, ce qui ne l'avait pas empêché de dissiper les fonds remis par Joseph; bref, il conjurait celui-ci de l'assister de nouveau en lui envoyant une somme égale à la première et qui lui permettrait (cette fois il s'y engageait sur l'honneur!) de mettre l'océan entre eux.

Que répondre? Après un violent accès de colère, Joseph se calma soudain, à la pensée que, tout bien considéré, le misérable en voulant à sa bourse, et non à son bonheur, le plus sage était encore de le satisfaire. Il adressa donc à Gardanne une lettre char-

gée contenant deux billets de mille francs et dans
laquelle il crut fort adroit de se dire à la veille d'en-
treprendre avec Zoé un long voyage en Italie.

Peu à peu, Joseph prenait goût au village ainsi
qu'à ses habitants. Souvent il donnait à ces derniers
d'excellents conseils sur leurs intérêts de toutes na-
tures, à la place de M. de Bresse dont le moral se
fatiguait chaque jour davantage. Les deux amants,
ne comptant pas continuer la location de la petite
maison de Saint-Germain, en étaient à se demander
ce qu'ils feraient de leur mobilier, lorsqu'on afficha
la vente, par suite de décès, d'une charmante propriété bourgeoise contiguë à celle de M. de Bresse.
A l'instant, tout fut mis en œuvre pour décider
Joseph à s'en rendre acquéreur. Son futur voisin
s'engageait à percer une porte de communication
dans le mur qui séparait les deux jardins. L'affaire,
d'ailleurs, paraissait superbe : n'est-il pas toujours
bon de profiter de la folie d'un autre? Or, on devait
avoir pour une quarantaine de mille francs ce qui
en avait coûté plus de quatre-vingt dix mille au défunt. Au bout de six semaines, la vente eut lieu à la
chambre des notaires où Joseph porta son enchère à
cinquante-deux mille francs et fut déclaré adjudica-
taire.

Quelle joie de se voir notable dans un village de
quelques centaines d'âmes, c'est-à-dire propriétaire
de la plus délicieuse maison et du plus ravissant
jardin qui soient au monde!... Quand on achète une
campagne, c'est apparemment parce qu'elle convient;
cependant Joseph s'empressa d'y tout changer et se
lança même dans divers travaux fort peu indispen-

sables. Du reste, le gaillard était riche : depuis plusieurs années, sa fortune s'était accrue sensiblement au moyen de placements industriels très-avantageux.

En faisant, — mieux vaut tard que jamais! — leur visite de noces aux de Bresse, Charles et Clarisse prirent connaissance de la nouvelle acquisition de l'ami Joseph, et surtout des chambres qui leur y étaient exclusivement réservées. Ils passèrent une journée entière à Chambourcy, où Clarisse, malgré sa jeunesse, sa beauté et son talent musical ou plutôt vocal, eut l'esprit de déplaire à tout le monde. Posant pour la femme à la mode, lancée par conséquent dans la plus haute société, elle n'eut pas même le tact d'admirer sérieusement le petit château de M. de Bresse et cita, sans nécessité aucune, des merveilles connues d'elle seule, telles que les écuries du marquis de B. ; les serres de la princesse de F. ; la galerie de tableaux du comte N. ; enfin l'escalier de l'hôtel de M. T. le fameux banquier espagnol. A peine daigna-t-elle jeter un regard de pitié sur la maisonnette de Joseph. Au surplus, elle tenait Zoé à distance et affectait de parler en regardant de préférence Mme de Fléchcux. Disons, pour tâcher de l'excuser, que, à la suite de confidences indiscrètes, une personne de son intimité lui avait fait honte de ses relations avec Zoé.

Cette pauvre femme avait la tête tournée par ses succès. Charles, au contraire, en dépit de son culte pour sa trop ravissante moitié, semblait embarrassé de ce luxe de récits. Quoique visiblement satisfait d'être entouré de ses vieux amis et de leurs excel-

lents voisins, il trahissait, par moments, un fond de
tristesse qui n'échappait pas à Joseph. A partir du
dîner inclusivement, Clarisse se montra si gaie, si
pleine d'abandon qu'elle trouva grâce devant ce public indulgent. La façon aimable dont elle prit congé
finit même par le charmer complétement. Aussi, tout
en se moquant de sa sottise, de ses prétentions et de
sa coquetterie, chacun reconnut volontiers qu'elle
était, au point de vue du monde, une adorable créature dont son mari avait bien le droit de s'affoler.

Sous l'influence du régime salutaire suivi à Chambourcy, l'hiver s'écoula rapidement et notre colonie
parisienne ne tarda pas à se sentir comme enivrée
par ces premières belles journées de printemps qui
permettent aux campagnards de ne plus porter envie
aux citadins. Les journaux, l'une de ses plus grandes
distractions, se remplissaient de détails sur l'ouver-
ture récente de l'exposition annuelle de peinture.
Fanatique des beaux-arts, Joseph avait justement
besoin de causer avec son agent de change; il offrit
à Zoé d'aller ensemble à Paris et d'y visiter le salon.
Celle-ci accepta d'autant plus volontiers que Mme de
Flécheux, qui souffrait horriblement d'une dent gâtée, décida de partir avec eux, à condition que Zoé
l'accompagnerait chez le dentiste.

Quand il eut donné un ordre important à son
agent de change, lequel devait lui rendre réponse
après la Bourse, Joseph vint rejoindre ces dames. La
dent était arrachée depuis longtemps. Nos trois voyageurs, suivant leur programme, coururent s'installer dans un célèbre restaurant où ils déjeunèrent on
ne peut pas mieux ni plus gaiement; ensuite, Mme de

Flécheux s'occupa d'emplettes indispensables pendant que Joseph et Zoé se dirigeaient vers les Champs-Élysées.

Y a-t-il rien de fatigant comme une séance bien employée à ces expositions de peinture ? A l'heure de son rendez-vous, Joseph quitta Zoé en lui recommandant d'être exacte au chemin de fer. Enfiévrée par la lassitude, la chaleur, la poussière et plus encore par sa dépense extraordinaire d'attention, cette dernière s'était assise et tenait même ses yeux fermés. Elle les rouvrit en entendant des hommes et des femmes rire aux éclats et parler sur un ton élevé, sans s'inquiéter du public dont ils n'étaient probablement pas fâchés d'attirer ainsi l'attention. Tout ce bruit était fait par une société fort élégante à la tête de laquelle on distinguait Clarisse. Zoé se leva aussitôt et fit quelques pas au-devant de la jeune femme qui, l'ayant aperçue, affecta de paraître absorbée par la contemplation du premier tableau venu. Saisie alors d'étonnement, de honte, Zoé sortit de la salle, puis du palais de l'Industrie, et retourna immédiatement au chemin de fer. S'étant peu à peu calmée, elle résolut de ne pas parler à Joseph de ce singulier incident. Au bout d'une grande heure d'attente, elle vit arriver Mme de Flécheux, toute rouge, en nage et craignant sinon de manquer le train, du moins d'être grondée par le professeur : en avance de vingt minutes, la pauvre baronne osa enfin respirer. Zoé, redevenue défiante, ne se montra pas tout d'abord aussi empressée que de coutume auprès de celle qui se disait hautement son amie ; mais devant cette nature si simple, si franche, si peu banale, elle reprit confiance et se consola de ce côté du coup que son amour-propre venait de recevoir de l'autre.

Joseph, qui avait tant recommandé à ses femmes d'être exactes, faillit lui-même manquer le train : à sa sortie de chez son agent de change, il s'était cru encore le temps de s'arrêter un moment rue Joubert. Charles ne pouvait s'expliquer que ses amis n'eussent pas rencontré Clarisse qui avait dû, en nombreuse compagnie, visiter l'Exposition dans la journée. Zoé ne souffla mot à ce sujet et détourna même la conversation.

Grâce à la voiture de famille qui les attendait à Saint-Germain, nos voyageurs furent à Chambourcy vers sept heures. On se mit à table sur-le-champ. Les récits remplirent la soirée, car le moindre fait rapporté à la campagne y prend une importance considérable.

De son côté, Clarisse se promettait de ne rien dire à son mari de sa fâcheuse rencontre au Salon; mais, surprise de s'entendre demander comment il se faisait qu'elle n'eût aperçu à l'Exposition ni Joseph ni Zoé qui y avaient passé leur après-midi, la jeune femme avoua que, se trouvant nez à nez avec Zoé, elle n'avait pas eu le courage de la reconnaître tant la mise de celle-ci était commune et presque ridicule. Charles bondit de fureur surtout quand la chose lui eut été expliquée par le menu, car il comprit aussitôt que cet événement ne manquerait pas d'avoir des conséquences déplorables. Depuis quelque temps, notre romancier rongeait son frein avec une impatience qui n'attendait qu'une occasion pour se trahir. Cette aventure de l'Exposition fut le signal d'une ré-

volte qui lui fit dire tout ce qu'il avait sur le cœur.
Par malheur, comme preuve de la voie funeste dans
laquelle Clarisse s'était lancée, Charles ne cessait de
lui reprocher la conduite que, par une sotte vanité,
elle venait de tenir avec la femme de son meilleur
ami. D'abord embarrassée, repentante, disposée
même à confesser ses torts, Clarisse finit par se rai-
dir contre la vérité et par déclarer à son mari qu'il
n'avait pas le droit d'exiger qu'elle éprouvât pour
Zoé un sentiment différent de celui que cette dernière devait inspirer à toute femme honnête :

« Puisque vous le prenez ainsi, s'écria-t-elle, je
vous avertis que je ne me sens plus d'humeur à la
traiter en amie intime, quand, dans un lieu public,
je serai entourée de gens estimables et distingués ! »

Sur ce, elle quitta le cabinet de son mari, bien décidée à avoir raison, selon sa coutume.

Cette fois, loin de vouloir céder, Charles prit son
chapeau et sortit en chargeant la femme de chambre
de prévenir Madame qu'il ne rentrerait pas dîner. A
cette nouvelle, Clarisse fit ôter le couvert sous prétexte qu'elle n'avait pas faim ; puis, se jurant de tirer vengeance d'un procédé aussi indigne, elle commença par appeler la musique à son aide et chanta
à tue-tête n'importe quoi.

Rien n'ayant eu le secret de l'étourdir sur la gra-
vité de cette première querelle avec son mari, elle
ferma brusquement le piano et se retira dans sa
chambre pour y travailler auprès d'une lampe. Insen-
siblement, les regrets se glissèrent dans son cœur ;
de grosses larmes l'obligèrent à se servir de son mou-
choir ; elle s'abandonna enfin à un profond désespoir.

Ces larmes, qui la soulageaient, Clarisse les laissa
couler longtemps, et, dans cette disposition nouvelle prit les plus salutaires résolutions. Tout à coup
elle entendit sonner minuit ! Pourquoi Charles n'é-
tait-il pas rentré ? Qu'avait-il fait ? Qu'était-il deven-
Ces questions auxquelles Clarisse ne pouvait pas répondre, portèrent un trouble extrême dans son imagination que la jalousie, la pitié, une crainte vagu-
de l'avenir assiégèrent tour à tour. A peine la jeu-
femme qui prêtait l'oreille aux différents bruits de
rue et de la maison, eut-elle envoyé les domestiqu-
se coucher, qu'une petite clef fut introduite dans
serrure de la porte d'entrée :

« Ah ! te voilà ! s'écria-t-elle avec joie en s'élança-
au-devant de son mari.

— Oui.

— C'est bien heureux ! Mon Dieu ! comme tu
crotté ! D'où viens-tu donc ?

— Je viens de me promener, répondit Charles froidement.

— Où ça ?

— Je ne sais pas, j'ai marché dans les rues.

— Ah ! Et.... où as-tu dîné ?

— Je n'ai pas dîné !

— Comment ?... Moi non plus, du reste.

— Pourquoi ?

— Charles ! s'écria-t-elle alors en sanglotant,
me fais trop de chagrin !... Je ne peux plus vivr-
ainsi !... »

Malgré sa faiblesse conjugale, l'écrivain possédai-
une énergie naturelle difficile à vaincre, sitôt qu'o-
l'avait surexcitée outre mesure. Il ne répondit rien-

se dirigeait déjà vers son cabinet, sans doute avec l'intention d'y passer la nuit sur le canapé, lorsque Clarisse, après l'avoir retenu par un bras, l'entraîna dans sa chambre en lui criant d'une voix suppliante : « Non, non! écoute-moi!... j'ai à te parler!... »

Charles vit que sa femme était décidée à ne pas marchander la paix et céda.

Dans cette chambre chaude, confortable et brillamment éclairée, lui qui avait choisi pour but de sa promenade les plus sombres et les plus sales rues des quartiers pauvres, il se sentit comme transporté par enchantement dans un palais féerique. Là, tombant à ses pieds, sa chère petite femme lui demanda pardon, et jura d'en faire autant à ceux qu'elle avait offensés. Surpris, ému, Charles lui sauta au cou et avoua vaincu par un repentir si sincère. Au bout de quelques minutes, les jeunes époux improvisèrent un souper qui leur parut d'autant plus délicieux qu'ils mouraient de faim et éprouvaient une passion mutuelle dont il serait malséant de donner ici une faible idée.

Dès le lendemain, ils cherchèrent ensemble un moyen de réparer la faute commise. Charles ne trouva rien de mieux que d'écrire à Joseph, pour l'inviter, ainsi que la bonne Zoé, à venir, trois jours plus tard, dîner rue Joubert. Le motif de cette réunion était la lecture d'un grand drame, fait sans collaboration, non encore complétement terminé, mais qu'il désirait soumettre au jugement de plusieurs amis à la tête desquels il les placerait toujours l'un et l'autre. Cette lettre, vraiment délicate et gracieuse, contenait, en *post-scriptum*, le récit d'une discussion,

suivie d'un pari entre sa femme et lui, sur la question de savoir si Zoé était, oui ou non, à l'Exposition. Charles prétendait parier à coup sûr, puisqu'il
tenait la nouvelle de Joseph lui-même; Clarisse, de
son côté, ne mentait qu'à moitié en soutenant qu'elle
n'y avait aperçu ni Zoé ni Joseph.

Certes, cela devait être fort adroit; mais que peut
l'adresse contre l'évidence des faits? Dans la susdite
lettre, Joseph ne vit qu'une invitation cordiale et
pressante à une lecture qui l'intéressait extrêmement. Il s'empressa de la transmettre à Zoé. Celle-ci
n'eut plus la force de taire ce qui lui était arrivé
l'avant-veille. Pour le coup, Joseph se fâcha tout
rouge, et déclara que les femmes étaient insupportables avec leurs susceptibilités ou plutôt leurs anti-
pathies incompréhensibles.

« Décidément, s'écria-t-il, tu n'es nullement bienveillante envers Clarisse, qui, elle, au contraire, me
semble pleine d'affabilité pour toi !

— Tu te trompes, mon ami, je t'assure, répondit
Zoé; Clarisse n'accueille plus que très-froidement mes
avances.

— Allons donc ! La vérité, veux-tu que je te la dise,
moi? Eh bien ! c'est que tu es jalouse de Clarisse!...

— Oh ! par exemple!...

— Oui, parce qu'elle est jeune, jolie, élégante, et
qu'on ne s'occupe que d'elle ! »

Joseph allait continuer sur ce ton, quand il remarqua que Zoé était prise d'une attaque de nerfs. Vivement effrayé, il remplaça aussitôt ses récriminations
brutales par des paroles douces et affectueuses; mais
ce ne fut qu'en voyant couler quelques larmes sur

les joues de la pauvre femme, ce qui annonçait la fin de la crise, qu'il respira lui-même librement.

« Je m'étais promis de ne pas t'ennuyer de cette triste affaire, reprit lentement Zoé; car je ne ferai jamais rien qui soit de nature à te brouiller avec un ami tel que Charles; cependant, je te demande en grâce de ne plus exiger que je vive dans l'intimité des personnes qui me méprisent ou auxquelles je suis pour le moins indifférente! »

Joseph écouta alors et adopta la version de Zoé sur cette rencontre à l'Exposition; il traita Clarisse de « petite sotte », et joignit à son nom d'autres épithètes fort déplacées. Le moment étant venu de s'occuper de la réponse qu'il fallait adresser à Charles, Zoé supplia son amant d'accepter pour lui seul ce dîner, suivi d'une lecture à laquelle il ne pouvait pas se dispenser d'assister. Ce dernier affirma ne pas se sentir en état de cacher à Clarisse l'irritation qu'elle lui causait, et se détermina de la façon la plus résolue à refuser pour tous les deux, en prétextant qu'une indisposition de sa chère compagne l'empêchait de la quitter. Cette réponse ne satisfit guère Zoé; elle trouva que Joseph n'usait pas d'assez de ménagements envers le brave Charles.

« Bah! laisse donc! s'écria Joseph impatienté, les hommes sont par trop faibles pour leurs femmes.

— C'est ce que lui-même ne manquera pas de dire, répliqua Zoé.

— Soit! en tout cas, je tiens à prouver que nous ne sommes pas dupes de leurs grimaces. »

L'irritation de Joseph était telle, qu'il refusa de rien changer à sa lettre.

En la recevant, Charles fut profondément blessé; il avait cru la sienne capable de donner le change ou du moins de tout concilier, tant elle lui paraissait gentille et amicale.

« Ils ne viendront pas, se contenta-t-il de dire à Clarisse d'un air indifférent, tiens, voici la réponse de Joseph! »

Après l'avoir lue, celle-ci la rendit à son mari en murmurant :

« Je regrette que tu ne m'aies pas laissé écrire un mot d'excuse!

— Par exemple! s'écria Charles, avouer la vérité, jamais! ce serait absurde! Pourquoi Zoé a-t-elle jugé à propos de faire son rapport, et je suppose dans des termes?...

— C'est probable; elle devait être furieuse.

— Ma foi, tant pis! je n'y peux rien, » ajouta Charles en étouffant un soupir.

Pendant plusieurs jours, sa femme et lui évitèrent de causer de cet événement qui les préoccupait vivement, chacun de son côté.

Depuis quelque temps, notre romancier était sujet à des accès de mélancolie de plus en plus fréquents et prolongés. Un matin, Clarisse lui révéla qu'elle avait formé le projet d'aller à Chambourcy faire sa paix avec Zoé. Charles l'en dissuada.

« Zoé, lui dit-il tendrement, n'a aucune preuve matérielle de l'humiliation que tu es censée lui avoir causée; il vaut donc mieux ne pas convenir d'un fait dont l'exactitude ne saurait être établie, et qu'elle-même mettra sur le compte de sa susceptibilité, dès que le plus léger doute naîtra dans son esprit. »

C'était peut-être raisonner sagement ; cependant Charles se trompa encore : jamais Zoé n'eut le moindre doute à cet égard. Le voyage de Clarisse n'ayant pas eu lieu, la froideur continua d'exister entre les deux vrais amis.

Charles profita de cette lecture manquée pour se donner le temps de terminer sa pièce avec soin, ce qui, hélas! ne la rendit pas beaucoup meilleure. Reçue, puis répétée, enfin jouée au bout de six semaines, cette seconde œuvre dramatique n'obtint aucun succès. Elle fut même très-sévèrement critiquée par la plupart des journaux, dont l'un reprocha à l'auteur de romans remarquables de déserter, sans doute dans un intérêt pécuniaire, le genre où il excellait, et d'adopter celui du théâtre, pour lequel il n'avait décidément nulle aptitude.

Tout entier à son nouveau rôle de propriétaire, Joseph n'eut connaissance de cette lourde chute que par le journal que recevait M. de Bresse. En y publiant plusieurs feuilletons intitulés *Souvenirs de voyage*, Charles s'était ménagé une amitié banale qui ne servit qu'à lui procurer un enterrement de première classe, tandis que d'autres feuilles le jetaient à la voirie dramatique, sorte de fosse commune où tout se trouve bientôt confondu, anéanti. Parmi ces dernières, celle qui se livrait à l'éreintement le plus complet, c'était justement le journal d'opposition où Joseph, à titre d'ancien rédacteur, devait avoir conservé des relations capables de détourner un coup si terrible pour l'orgueil littéraire de notre auteur. Désolé, furieux, altéré de vengeance, et ne voulant pas surtout accepter franchement la responsabilité de sa

déconvenue, Charles profita de l'occasion pour accuser intérieurement Joseph d'une indifférence qui l'é-
tonnait de sa part. A la vérité, il ne l'avait invité ni
à sa répétition générale ni à sa première représentation, dans la crainte soi-disant de le déranger, et
s'était bien gardé, à plus forte raison, de faire solliciter par lui la bienveillance du critique hebdomadaire.

Piqué de ce silence absolu, Joseph, malgré les efforts de Zoé, résista au désir qu'il éprouvait de porter à Charles ses consolations dans une circonstance
où le malheureux en avait si grand besoin.

Quinze jours plus tard, la colonie de Chambourcy
apprit, toujours par la même voie, que M. et Mme
Charles de R. figuraient au nombre des hôtes de
Vichy. Notre héros trouva cruel de tenir cette nouvelle d'un journal; néanmoins, réussissant à dissimuler un chagrin que, seule, Zoé devinait et partageait, il répondit tant bien que mal aux questions
qui lui furent faites à ce sujet, en s'accusant d'être
resté un temps infini sans aller s'informer des faits
et gestes de son cher ami. Ce que le journal ne disait pas, c'est que, à la suite de ses échecs dramatiques, Charles était devenu triste, nerveux; un rien
l'agaçait, l'irritait. Comme, en outre, il ne mangeait
ni ne dormait plus, sa femme appela un médecin à la
mode, qui constata que les fonctions digestives lais-
saient à désirer, et ordonna au jeune écrivain une
saison à Vichy, à la condition d'y observer un repos
moral absolu.

« Très-volontiers, répondit Charles, seulement, je
vous préviens que si vous m'empêchez de travailler,
je ne vous solderai pas vos honoraires!

— Soit ! » répliqua gaiement le docteur, convaincu qu'il n'y avait pas péril en la demeure.

Le séjour à Vichy fut des plus agréables. Afin de créer des distractions à son mari en se divertissant elle-même, Clarisse y devint l'âme d'une société riche, élégante, et qui, folle des plaisirs de la ville pris à la campagne, était toujours prête à organiser des promenades à pied, à cheval ou en voiture, ainsi que des bals, des spectacles, des concerts. D'abord, notre malade manifesta pour tout cela un bon vouloir évident ; puis tout à coup ses préoccupations lui revinrent, et un jour, à Randan, étant une minute en tête-à-tête avec sa femme, il s'écria, impatienté de s'entendre reprocher sa taciturnité :

« De quoi veux-tu donc que je m'amuse ? Ces messieurs sont assommants ; leurs plaisanteries et leurs calembours me donnent envie de pleurer. Ah ! qu'une heure de causerie avec Joseph me ferait donc de bien !...

— Écrivez-lui ! répondit Clarisse qui cessa de tutoyer son mari en entendant se rapprocher les voix de leurs compagnons de promenade.

— Non, répliqua Charles tristement, je ne saurais que lui dire ; mais j'ai résolu de me remettre au travail, car je meurs d'ennui et n'ai pas d'ailleurs le moyen de flâner de la sorte !

— Quand on est malade, mon ami, il faut avant tout se soigner ! »

En ce moment, la conversation des deux époux fut interrompue par l'arrivée de leur société.

Dès le lendemain, après avoir refusé absolument de prendre part à une autre excursion à laquelle re-

nonça également Clarisse, Charles se retira au fond
de la seconde des deux pièces qu'ils occupaient dans
le plus bel hôtel de la ville et qui leur servait de
chambre à coucher, la première ayant été convertie
en salon. Au lieu d'y travailler, l'infortuné se livra
à de sombres réflexions accompagnées de profonds
soupirs : son sort n'était-il pas indissolublement lié
à celui d'un être charmant sans doute, mais qui, par
son goût excessif du monde, détruisait toutes leurs
chances de fortune et par conséquent de sécurité
dans l'avenir? Déjà, de ses économies personnelles
et de la dot de sa femme, il ne restait presque plus
rien. Or, Charles se reconnaissait incapable de prolonger avec sa plume le train de vie que menait
Clarisse et que lui-même n'osait guère songer à modifier. Il se mit bientôt à comparer le présent au
passé. Quelle différence en faveur du second! Que
d'indépendance, de bien-être moral avant son mariage! De quelles gâteries n'avait-il pas été l'objet de
la part de plusieurs maîtresses, toutes choisies avec
soin dans la classe aussi intéressante que peu inté-
ressée de ces ouvrières, nommées jadis grisettes des
robes grises qu'elles portaient, c'est-à-dire en prenant le contenant pour le contenu! Il revit principalement une certaine Adrienne, première demoiselle
dans un aristocratique magasin de modes et dont le
souvenir lui pesait sur la conscience comme un remords. Voici pourquoi : lors de son voyage en Amérique, Charles, obligé de se fâcher pour faire entendre raison à la pauvre fille, s'était engagé,
premièrement, à lui écrire une fois par semaine;
deuxièmement, à revenir de temps en temps passer

un mois à Paris; troisièmement enfin, à rentrer riche
ou pauvre en France, au bout de la quatrième année
révolue et à ne plus quitter sa chère Adrienne.

Trop passionnée pour ne pas être jalouse, trop jalouse pour ne pas avoir beaucoup d'imagination,
celle-ci se décida tout à coup à abandonner son magasin, à convertir ses économies et celles de ses parents en une petite cargaison de modes parisiennes,
puis à s'embarquer pour le nouveau monde (vieux
style!) dans le but d'y tenter la fortune. A New-
York, pas de Charles!... En apprenant au bureau
du frère de ce dernier qu'on l'attendait trois ou quatre jours plus tard d'Angleterre, où il avait pris soin
d'un ami malade, Adrienne fut aux cents coups. Cet
ami malade, qui ne pouvait pas être Joseph puisque
Charles lui en donnait de bonnes nouvelles dans
l'unique lettre que, par crainte d'un coup de tête,
il lui eût écrite de Londres, n'était-ce pas plutôt
quelque amie bien portante? Avouons-le, Adrienne
croyait son amant irrésistible et avait d'ailleurs la
plus mauvaise opinion de son propre sexe.

Inutile de dépeindre la surprise de notre jeune
homme tombant, à sa sortie du paquebot, dans les
bras de cette tendre maîtresse! Ils s'expliquèrent.
Ah! leur ravissement fut bien réciproque. Moins de
quinze jours après, Adrienne faisait du commerce et
se félicitait de plus en plus de l'idée que lui avait
suggérée son cœur. Charles, au contraire, commençait un apprentissage des affaires qui devait être suivi
d'un maigre résultat. Qu'importe? Les deux amants,
enchantés l'un de l'autre, se sentaient heureux parce
qu'ils étaient réunis. Hélas! dix-huit mois plus tard,

Adrienne, dont le commerce prospérait au delà de ses espérances et dont l'amour ne grandissait plus parce que tout a des limites, mourait dans les bras de son ami des suites d'un rhume négligé.

Ce douloureux événement causa à Charles une impression telle qu'il en fit lui-même une véritable maladie morale. Tout au souvenir de cette femme, qui venait de le combler de marques d'attachement, il ne voulut confier à personne le soin de réaliser sa petite fortune et l'adressa en France aux parents qu'elle y avait laissés.

Rien encore ne pouvait arracher le pauvre garçon à l'accablement où l'avait mis ce coup imprévu. Les lettres mêmes de Joseph, dans le sein duquel il s'épanchait librement, trouvaient à peine le secret de le consoler un peu.

Sur le conseil de son frère, Charles essaya, pour se distraire, d'un voyage dans l'intérieur du pays; puis, de là, fut envoyé à la Nouvelle-Orléans. A son arrivée dans cette ville autrefois française, il fit la rencontre d'une jeune fille très-jolie, fort riche et tellement originale qu'on la déclarait à moitié folle. Notre beau ténébreux inspira à celle-ci une passion des plus vives qu'elle réussit à lui faire partager, si bien que, au bout de trois semaines, il se marièrent ensemble à l'américaine. S'adorant, tous les deux croyaient s'aimer; par malheur, l'amour, quand il n'existe pas en parfaite connaissance de cause, n'est qu'une présomption. Aussi, après quinze jours de mariage, étaient-ils comme chien et chat; un mois plus tard, leur incompatibilité d'humeur produisait de si effroyables scènes de violence, qu'une séparation de fait, suivie bientôt d'un divorce en règle, terminait cette singulière équipée à la satisfaction réciproque de ces nouveaux époux.

Honteux de la façon dérisoire dont il venait de porter le deuil de sa chère Adrienne, Charles retourna immédiatement à New-York, mais n'osa souffler mot à Joseph ni de son mariage ni, par conséquent, du divorce qui en avait été le dénoûment. A cet endroit de ses souvenirs, le romancier passa en revue une dernière fois ses diverses maîtresses, jusques et y compris la meilleure de toutes, Adrienne :

« Ah ! se dit-il alors, voilà les seules femmes que l'on puisse gouverner à sa guise, car elles se donnent tout entières, tandis que les autres sont plus ou moins absorbées par leur famille ou par le monde ! Dieu ! si Clarisse n'était que ma ....: »

Soudain, Charles, dont le regard devenait brillant, et dont un sourire singulier animait la physionomie, fit un mouvement d'effroi en entendant du bruit dans la pièce voisine.

C'était Clarisse qui voisinait souvent dans l'hôtel avec plusieurs dames de sa connaissance et qui rentrait dans son salon, accompagnée d'une petite fille à laquelle elle devait montrer son album de photographies. De ce soi-disant salon, situé au troisième étage, Mme Charles de R. pouvait, au moyen d'un cordon de soie pendu le long de la cheminée, sonner sa femme de chambre logée justement au-dessus. Un coffre à bois complétement vide se trouvait sous ce cordon de sonnette. Avant de satisfaire la curiosité de l'enfant, Clarisse, croyant son mari au Casino, re garda si négligemment dans leur chambre à coucher, qu'elle ne l'y aperçut pas.

Pendant que cette dernière cherchait l'album en question, sa petite voisine, qui se permettait de toucher à tout, examina avec soin le coffre à bois et s'amusa à se blottir dedans; puis, quand Clarisse s'écria :

« Le voici ! »

Elle sortit de sa cachette et vint à la table admirer les photographies. Tout à coup Clarisse reconnut dans le couloir la voix de sa femme de chambre répondant à quelqu'un.

« Je parie que c'est une visite ! » dit-elle en remettant son corsage que, vu l'extrême chaleur, elle avait remplacé par un vêtement plus léger.

L'instant d'après, la petite fille avait disparu et Marie annonçait :

« M. Frédéric ! »

Ce visiteur, âgé de vingt-cinq ans, riche et assez agréable physiquement, était un cousin éloigné de Clarisse dont il se posait en adorateur déclaré. Initié, dans le temps, à cette nouvelle preuve de l'irrésistible séduction de sa femme, Charles s'en était montré plus flatté que jaloux. Loin de se décourager à la suite du mariage de sa cousine, Frédéric se regardait au contraire comme engagé d'amour-propre à mettre tôt ou tard les rieurs de son côté. Tout dernièrement encore, l'une de ces bonnes âmes féminines, exclusivement compatissantes pour les peines du cœur, et qui, dans le monde, se chargent de transmettre les déclarations, avait dit à la jeune femme :

« Vous savez, ma chère, que votre pauvre cousin Frédéric se meurt d'amour pour vous!

— Ne m'en parlez pas! s'était écriée Clarisse en riant aux éclats, son agonie dure depuis près de quatre ans! »

Naturellement Frédéric ne manquait pas une occasion de faire sa cour à Mme de R., de l'entretenir de sa fièvre brûlante, de ses nuits d'insomnie durant lesquelles il composait des vers charmants qui n'avaient qu'un défaut, celui d'être incompréhensibles, mais lui donnaient pourtant le droit, croyait-il, de manifester un profond mépris pour la vile prose de Charles. Il citait fréquemment, comme étant de lui-même, ce mot ramassé dans un petit journal et qu'il appliquait à son rival :

« Charles de R., le feuilletoniste, aime décidément trop la pêche à la ligne! »

Visiblement contrariée de sa visite, peu habituée d'ailleurs à se gêner avec ce jeune parent qu'elle traitait sans façon, Clarisse lui reprocha d'oser venir la déranger à pareille heure. Frédéric s'excusa de son mieux, prétendant que, ambassadeur du grand hôtel voisin, il s'était chargé d'obtenir de sa cousine la promesse formelle d'honorer de sa présence le bal qui allait s'y donner et dont il était l'un des commissaires.

Clarisse hésita d'abord, puis refusa net sous un assez mauvais prétexte. La vérité, — dont on voile trop souvent l'indécente nudité, — est qu'elle n'avait plus de toilette fraîche à exhiber et s'imaginait modestement que ses charmes personnels ne suffiraient pas à lui conquérir tous les suffrages.

Or, Clarisse avouait franchement ne s'amuser dans le monde que quand elle y avait du succès. Frédéric insista.

« Je doute, d'ailleurs, reprit la jeune femme, que mon mari me laisse veiller encore!

— Demandez-lui la permission! s'écria Frédéric en montrant la porte de la chambre à coucher.

« Charles n'est pas là! répondit Clarisse, vous avez dû l'apercevoir au Casino où il lit les journaux.

— Je n'y suis pas allé aujourd'hui, » répliqua Frédéric, qui recommença de son air le plus langoureux à supplier sa cousine d'accepter l'invitation qu'il lui apportait.

Celle-ci, à court d'objections, révéla enfin que la question de sa toilette présenterait un obstacle insurmontable.

Bien entendu, Frédéric jura que Clarisse serait toujours la plus belle et, profitant du tête-à-tête, s'abandonnait déjà au transport de sa passion, lorsque Marie entra brusquement, avant d'avoir frappé. Clarisse lui fit observer assez sèchement qu'elle ne l'avait pas sonnée, ce qui étonna fort la soubrette. Sans se déferrer aucunement, le cousin continua ses déclarations, très-mal reçues du reste; mais dès qu'il devint par trop pressant, la porte se rouvrit et Marie rentra, sûre cette fois d'avoir été sonnée. Impatientée au dernier point, Clarisse la renvoya avec colère, l'accusant de mensonge, de curiosité, et lui défendant jusqu'à nouvel ordre de répondre à son coup de sonnette. Frédéric, enchanté, se remit à peindre son martyre, à annoncer sa mort prochaine; bref Dieu sait comment cette scène se serait terminée, si

Clarisse, qui n'écoutait guère son cousin, mais cherchait à comprendre quelque chose à la conduite de sa femme de chambre, n'eût aperçu la petite voisine, un bras sorti du coffre à bois et sonnant de toutes ses forces.

« Ah! coquine! s'écria-t-elle, après l'avoir retirée de sa cachette et en s'efforçant de rire de la mine singulière que faisait son séducteur manqué; hein? l'espiègle! que dites-vous de cela, mon cousin?

— Ne me parlez pas des enfants! répondit Frédéric, je les exècre! »

A l'étage supérieur, Marie rassemblait plusieurs domestiques de l'hôtel pour les rendre témoins du phénomène qui se produisait. Avait-on jamais vu une sonnette sonnant toute seule? Sa maîtresse l'appela et ne tarda pas à lui en donner l'explication.

Frédéric parti et la petite voisine reconduite auprès de sa mère par Marie, Clarisse resta seule dans son salon où, au bout d'un instant, Charles se glissa.

« Ah! tu m'as fait peur! s'écria la jeune femme, je te croyais à l'établissement!

— Moi! je n'ai pas bougé de notre chambre, dit-il froidement.

— Comme tu es pâle! qu'est-ce que tu as? demanda Clarisse.

— J'ai.... répondit Charles, trahissant tout à coup une extrême agitation, j'ai.... que je ne peux plus vivre ainsi!

— Comment? explique-toi!

— Tu sauras tout! murmura Charles; viens par ici, je ne veux pas qu'on nous entende!

— Quel air mystérieux! » dit Clarisse en refermant sur eux la porte de la chambre à coucher.

Au fond, elle s'attendait à de violents reproches, car si Charles n'avait pas perdu un mot de sa conversation avec Frédéric, il devait trouver que sa femme ne décourageait pas assez ce fervent adorateur; néanmoins, comme celle-ci se sentait coupable uniquement de coquetterie, elle redoutait peu une querelle qui ne pouvait se terminer que glorieusement pour son cher époux.

« Ce n'est pas sans motifs graves, reprit ce dernier, que je deviens chaque jour plus sombre, plus désespéré!

— Des motifs! Et quels sont-ils?

— Tu mets sans doute sur le compte de ma santé ou de mon travail les préoccupations que j'apporte maintenant jusqu'au milieu de nos plaisirs!

— Certainement.

— Il n'en est rien cependant : apprends que j'ai commis un crime!

— Un crime!

— Dont ta tendresse et ton indulgence ne font qu'augmenter mes remords.

— Tu plaisantes? demanda Clarisse d'un air inquiet.

— Non, répondit Charles très-ému; vois, j'ose à peine te regarder en face!

— Qu'y a-t-il donc? m'aurais-tu trompée? Oh! je ne puis le croire!

— J'ai trompé.... toi.... et tout le monde.

— Tout le monde! Qu'est-ce que cela signifie?

— Ah! tiens, je n'aurai jamais la force de t'avouer....

— Si! parle! je l'exige!

— Eh bien! sache donc que.... je me suis rendu coupable envers toi d'un abominable.... forfait!

— Lequel?

— Me pardonneras-tu au moins?

— Oui, si c'est possible. »

Alors, faisant un effort sur lui-même :

« Apprends, s'écria Charles dans un état de trouble inexprimable, apprends que je n'étais pas libre quand je t'ai épousée!

— Tu avais une maîtresse, des enfants peut-être?

— Non, mais j'étais déjà marié.

— Et veuf?

— Non.

— Ciel! que me dis-tu là? Tu serais bigame!

— Hélas!

— Oh! quelle infamie! Quoi! tu n'as pas été retenu par la crainte de....

— Je t'aimais comme un fou! voilà mon excuse.

— Ainsi, ma famille, ses amis n'ont rien soupçonné de cela!

— Personne, en France du moins, ne connaît cet épisode de ma vie que j'ai pu cacher même à Joseph, tant la célébration et la rupture de ce mariage se sont suivies de près.

— Et.... où a-t-il eu lieu?

— En Amérique.

— Parlez! Je tiens à savoir tous les détails de cette monstrueuse affaire! » dit Clarisse sévèrement.

Il n'y avait plus moyen de reculer : Charles raconta l'histoire de son premier mariage avec cette folle de la Nouvelle-Orléans. Quand, à la fin de son récit, il leva les yeux sur Clarisse, celle-ci, la figure dans ses mains, y étouffait ses sanglots.

Pendant quelque temps, le criminel se contenta de soupirer avec force; après quoi, tombant à genoux et cherchant à entourer la jeune femme de ses bras :

« Je suis un misérable, dit-il, un infâme, mais plus digne de pitié que tu ne crois, je te le jure!

— Laissez-moi! s'écria Clarisse en le repoussant, vous me faites horreur! »

Un long silence succéda à cette phrase.

« Certes, reprit enfin Charles timidement, tu ne dois pas être rendue responsable des conséquences de.... ma faute!

— Je l'espère bien! Et quelles sont-elles, s'il vous plaît? demanda Clarisse en découvrant son visage, dont les yeux déjà rougis et gonflés par les larmes la rendaient presque méconnaissable.

— La plus grave, répondit Charles avec hésitation, c'est que.... notre mariage.... est nul.

— Nul! s'écria Clarisse; comment? je ne suis plus votre femme!

— Non.

— Que suis-je donc alors?

— Mon sort est dans vos mains, s'écria Charles cessant de la tutoyer, dénoncez-moi à la justice et vous reviendrez libre, et le monde ne pourra que vous plaindre.

— Est-ce sérieusement que tu parles?

— Oui. Dans l'intérêt de votre avenir, pauvre victime, vous avez le droit de vous venger de moi!

— Je ne sais pas encore ce que je déciderai, répondit Clarisse froidement; je vous prie, pour le moment, de me laisser seule ici. Dites en bas que je suis souffrante, que j'ai la fièvre; ce soir, je vous ferai part de ma résolution suprême. »

Le bigame, d'un ton suppliant, commençait à présenter de nouvelles observations.

« Sortez! ôtez-vous de ma présence! » s'écria Clarisse avec énergie.

Charles se retira dans la pièce voisine; bientôt, entendant pousser des gémissements, il reparut tout effrayé, car une pensée sinistre venait de traverser son esprit :

« Si l'un de nous deux est de trop sur cette terre, dit-il vivement, souviens-toi, ô ma Clarisse adorée! souviens-toi que c'est moi, qui me tiens prêt à partir! »

La jeune femme le rassura par un regard plein de tendresse, tout en lui faisant signe qu'elle avait besoin de solitude. Rentré dans le salon, Charles sonna Marie et la chargea de prévenir que ni Madame ni lui ne descendraient à la table d'hôte. Au bout d'une demi-heure environ, il s'entendit appeler par Clarisse qui, debout et tremblante d'émotion, lui cria, en donnant un libre cours à ses larmes :

« Viens, oh! viens, je te pardonne!

— As-tu bien réfléchi? demanda Charles en la serrant sur son cœur.

— Non, je n'ai pas pu, répondit-elle la tête appuyée sur la poitrine de son mari, mais je t'appartiens et te chéris trop pour hésiter à partager ton sort, quel qu'il soit!

— Vrai?

— Oui; par exemple, ne restons pas ici une minute de plus!

— Pourquoi?

— Parce que j'ai peur.

— Peur de quoi?

— De te perdre! Dis que nous venons de recevoir la nouvelle de la mort subite d'un parent et fuyons immédiatement!

— Tu as raison, cher amour! Je vais payer notre dépense et puis....

— Et puis nous quitterons Vichy, Paris, la France même, car je n'y jouirais plus de la moindre sécurité!

— Calme-toi, mon bon ange, le danger est moins réel que tu ne penses!

— N'importe; demain, Marie reviendra avec notre bagage.

— Soit! »

Après avoir comblé Clarisse de louanges, de remerciements et de caresses, Charles descendit régler leur compte en manifestant un vif regret du triste événement qui les forçait, sa femme et lui, de retourner à Paris; ensuite, tandis que les habitants de l'hôtel étaient occupés à dîner, tous deux prirent une voiture et se firent conduire au chemin de fer.

Bien entendu, cette nuit de voyage fut une nuit blanche pour le jeune couple. Clarisse regardait continuellement Charles en soupirant et en réfléchissant, ce qui ne lui était guère habituel. Quant à ce dernier, malgré son air profondément abattu, il trahissait une immense satisfaction, causée naturellement par la preuve extraordinaire d'attachement que lui donnait Clarisse :

« Maintenant que tu m'as pardonné, murmura-t-il à son oreille, il me semble que je suis moins coupable et presque heureux !

Avant de quitter Paris, Clarisse avait, par suite d'un mécontentement fort légitime, congédié définitivement sa cuisinière.

« Que je suis contente de ne retrouver ici aucun domestique ! » dit-elle à Charles en rentrant dans leur appartement, où, avec l'aide du concierge, ils s'installèrent tant bien que mal.

Charles voulait emmener sa femme déjeuner au restaurant : bien qu'il n'y ait personne à Paris, en été, à ce que prétendent les gens du monde soi-disant comme il faut, Clarisse refusa, de peur d'y être rencontrée par son odieuse rivale, c'est-à-dire l'épouse véritable de son mari. Celui-ci s'efforça de lui faire comprendre combien il y avait peu de chances pour que cet accident arrivât jamais ; cependant il chargea le concierge d'aller chez un bon pâtissier du quartier leur commander à déjeuner. Clarisse mit elle-même le couvert pendant que Charles descendait à la cave.

« A présent, lui dit-elle une fois à table, je n'ai plus qu'un désir, c'est de me cacher avec toi dans n'importe quel pays étranger, pourvu qu'on y parle le français et que le divorce y existe : en Suisse ou en Belgique, je suppose.

— Ma chérie, à quoi bon sortir de France ?

— Oh ! j'y tiens essentiellement !

— Tu oublies que j'ai besoin, pour mes affaires, de ne pas trop m'éloigner de Paris : comment vivrions-nous, si le fruit de mon travail venait à nous manquer ?

— C'est vrai ; eh bien ! alors, habitons une province traversée par un chemin de fer, mais où personne ne puisse jamais nous découvrir.

— Ne craindrais-tu pas de faire naître des soupçons dans ta famille?

— Nullement : nous expliquerons que, par économie autant que dans l'intérêt de ta santé, nous nous
décidons à habiter la campagne momentanément.

— A la bonne heure!

— Pour commencer, tiens, nous donnerons congé
de cet appartement ou le sous-louerons; nous ven-
drons notre mobilier; je renverrai Marie....

— Y songes-tu? une fille qui te coiffe et t'habille
à merveille!...

— Je m'en passerai. Dieu! si j'avais su! s'écria
tout à coup Clarisse.

— Quoi donc?

— Je me serais conduite différemment avec
Zoé.

— Hélas! murmura Charles tristement.

— Et nous aurions pu accepter l'hospitalité dans
ses bois.

— C'eût été trop beau! dit Charles après avoir
poussé un gros soupir.

— Vois pourtant comme les idées changent selon
la position! reprit la jeune femme, maintenant, je
me croirais là-bas dans un paradis! Au fait, j'y
songe, il ne serait peut-être pas impossible de réaliser ce rêve : Zoé est une excellente personne.

— Assurément.

— Veux-tu que je tente de me raccommoder avec
elle? »

Charles, avant que de répondre, réfléchit quelques instants, puis s'écria rayonnant de joie :

« Non, j'irai moi-même aujourd'hui chez Joseph ; je ne doute pas que sa vieille amitié ne m'accorde ce que j'ai à lui demander. »

A la suite de cette détermination, le repas de nos jeunes gens devint aussi agréable que le permettaient des circonstances moins mauvaises qu'on ne croirait, car, enfin, l'un et l'autre mouraient de faim ; or, il n'est rien de tel, pour calmer une douleur morale, que de la combattre par une souffrance physique quelconque ; on acquiert ainsi la preuve du peu d'indépendance que le corps laisse à l'esprit.

Durant l'absence de Charles, Clarisse visita sa famille, et lui fit part de la résolution que formaient son mari et elle de s'exiler en province, sans pouvoir encore dire au juste où ils porteraient leurs pas. L'oncle approuva fort le courage de sa nièce et la raison de son neveu, deux qualités que les dames eurent beaucoup de peine à comprendre.

« Je te plains bien, ma pauvre enfant, » ne cessait de répéter la tante, Parisienne pur sang. Prise d'un bel enthousiasme pour ce Charles qui, en l'épousant, avait risqué de se faire mettre au bagne, Clarisse supporta les observations les plus désobligeantes avec un stoïcisme admirable. Au bout du compte, l'oncle fut ravi d'apprendre que les dépenses insensées de ses chers neveux n'auraient pas sur sa caisse les conséquences fâcheuses qu'il avait pu redouter.

Joseph était dans son jardin, en train de diriger les travaux de plusieurs ouvriers, lorsqu'il vit arriver Charles pâle, vieilli, fatigué et affreusement

17

maigri. Il lui sauta au cou instinctivement, puis se montra froid, embarrassé dès que ce dernier annonça que sa femme et lui songeaient à s'installer à Chambourcy, dans le cas où on leur y découvrirait un modeste gîte. Sans hésiter, Joseph déclara qu'il n'y connaissait aucune maison à louer pour le moment.

« Du reste, ajouta-t-il aussitôt, ta femme mourrait d'ennui ici !

— Je ne le pense pas, repartit Charles. Oh ! tu la trouveras bien changée, va, c'est elle qui aspire à s'éloigner du monde, à fuir Paris, et qui, la première, a eu l'idée de suivre votre exemple en nous retirant à la campagne.

— Je t'en félicite sincèrement ! s'écria Joseph ; le monde, selon moi, ne vaut pas ce qu'il coûte !

— Je suis tout à fait de ton avis ; par malheur, reprit Charles, la sagesse ne nous est venue que quand nous avons eu croqué le petit capital que nous possédions à l'époque de notre mariage.

— Comment ! vous avez tout mangé ?

— A peu près ; il faut donc absolument que je me remette à travailler et à bien travailler, car dans ces derniers temps, privé, comme je l'étais, de tes conseils et du calme indispensable où je vais me retremper, je n'ai fait que de mauvaise besogne.

— J'en conviens, » répondit Joseph, qui ne ménageait guère la vérité à son ami.

A la rigueur, Charles se serait passé de cet assentiment peu flatteur, mais, de Joseph, rien ne le blessait ; d'ailleurs, il était trop plein du sujet qui l'amenait pour se laisser distraire pour une semblable vétille.

« Voyons, Joseph, te charges-tu de nous trouver une bicoque ici ou dans les environs? demanda-t-il, navré déjà de l'insuccès de sa démarche.

— Dame ! je tâcherai, » répondit Joseph sans empressement aucun.

Le fait est que le pauvre garçon n'osait pas, surtout avant d'avoir consulté Zoé, offrir à Charles et à Clarisse l'hospitalité dans sa maison. Leur entretien devint bientôt languissant. Enfin les deux amis traversèrent le jardin de Joseph ainsi que le parc voisin et se réunirent aux dames qui travaillaient à l'aiguille, sous des arbres, pendant que M. de Bresse leur lisait le compte rendu d'un procès scandaleux.

Un court échange de politesses s'établit entre eux tous, ensuite Charles et Joseph s'assirent pour écouter la lecture. Sitôt qu'elle fut terminée, Zoé vint redemander au romancier des nouvelles de sa femme.

« Elle va assez bien et m'a chargé de vous faire ses meilleures amitiés, répondit celui-ci très-haut; du reste, ajouta-t-il d'un air mystérieux, je viens de causer avec Joseph, qui vous mettra au courant de nos projets.

— Oui, oui, je te conterai cela, » dit ce dernier négligemment, puis il ramena la conversation sur le procès.

La visite de Charles ne se prolongea plus beaucoup. Joseph reconduisit son ami jusqu'à mi-chemin de Saint-Germain et le quitta en promettant de lui écrire sous deux ou trois jours le résultat de ses recherches.

A peine fut-il seul, que Charles eut un violent accès de découragement : le matin encore, il se flattait que l'aventure de l'Exposition était oubliée depuis longtemps; or, tout au contraire, Joseph en conservait évidemment un profond ressentiment.

Quant à Zoé, sa douceur et son tact naturels lui permettaient du moins de ne pas trahir le sien.

« J'ai échoué complétement, cria Charles à son retour auprès de sa femme, ils ne se soucient pas de nous avoir pour hôtes, ni même pour voisins.

— Tu plaisantes?

— Non, ma parole!

— Et c'est à cause de moi! murmura Clarisse.

— Tant pis! dit Charles, nous nous caserons d'un autre côté : la terre est grande, Dieu merci!

— Oui, mais les vrais amis y sont rares, et nous voilà privés de ceux-ci au moment où nous en aurions eu tant besoin!

— Que veux-tu? répliqua Charles avant de donner à sa femme différents détails sur son voyage.

— Décidément, s'écria Clarisse, j'irai moi-même à Chambourcy, je verrai Zoé.

— Non, je t'en prie; d'ailleurs nous ne savons pas encore quelle sera leur réponse définitive.

— C'est juste : attendons! »

Charles se sentait si reconnaissant de la façon résignée dont Clarisse acceptait sa situation atroce, qu'il lui élevait dans son âme un autel au pied duquel il ne cessait de se mettre en adoration. De son côté, pleine de courage et de dévouement, héroïque, en un mot, comme le sont parfois les femmes les plus légères en apparence, celle-ci redoublait de soins pour cacher à son mari ses inquiétudes et ses tourments.

Dès le lendemain, la lettre de Joseph arriva. Quelle délicieuse surprise! Après s'être excusé de n'avoir voulu rien régler sans le consentement de Zoé, Joseph déclarait que cette dernière l'en avait sévèrement grondé et se joignait à lui pour supplier leurs bons amis de prendre possession, le plus tôt possible, de l'appartement qui leur était toujours réservé dans la nouvelle maison.

A la lecture de cette lettre, les deux époux fondirent en larmes. Alors, sous l'inspiration d'une tendresse d'autant plus vive qu'elle venait de naître, Clarisse adressa à Zoé une réponse qui produisit la meilleure impression sur tous les membres de la colonie. Comme Joseph et Zoé s'étaient bien gardés de montrer à personne la blessure faite à leur amour-propre et particulièrement à leur cœur, chacun les félicita de cette réunion sans aucune espèce d'arrière-pensée.

Dans un *post-scriptum*, Clarisse annonçait que son mari s'occupait activement de vendre leur mobilier, ce qui pouvait les rendre encore plus riches que, pour sa part, elle ne méritait de l'être. En appelant l'attention de Joseph sur cette phrase soulignée, Zoé constata combien Clarisse devait être changée à son avantage.

Il faut avouer que les deux amants n'avaient pas accepté d'emblée la perspective de vivre avec le couple parisien, sinon en commun, du moins sous le même toit. Joseph désirait poser des conditions, parler d'essai, se ménager une possibilité de séparation amiable, en un mot, prévoir le cas où les choses ne marcheraient pas à la satisfaction générale; Zoé, au contraire, ne tarda pas à prêcher un oubli complet du passé et une confiance aveugle dans l'avenir.

Donc, la semaine suivante, Clarisse, qui osait à peine sortir au bras de son mari, partit seule pour Chambourcy. Charles prolongea son séjour à Paris, où il avait non-seulement à liquider bon nombre d'affaires urgentes, mais encore à prendre certains arrangements concernant ses publications prochaines dans des journaux et des revues. Au bout d'une huitaine, notre romancier fut d'autant plus content de rejoindre sa femme qu'il la trouva au mieux avec tout le monde. Le second étage en entier était à la disposition du jeune ménage, de sorte que, indépendamment de trois chambres à coucher, Charles avait la jouissance d'un délicieux cabinet de travail, inondé d'un côté par le soleil, perdu de l'autre dans le feuillage, enfin à l'abri de tous bruits autres que le chant des oiseaux et le bourdonnement des insectes. Le déménagement de Paris se fit aussi vite que l'emménagement à Chambourcy. A l'exception de la musique de la femme, des livres et des papiers du mari, Charles et Clarisse n'avaient guère conservé chacun que leur garde-robe.

Ils échangèrent sans regret leur luxe de la moderne Athènes contre le régime plus spartiate du philosophe Joseph. Dès le troisième jour, Charles se mit au travail de bon matin. D'ordinaire, il descendait seulement pour déjeuner, puis, à la suite d'une courte flânerie dans le jardin, remontait s'enfermer dans son cabinet jusqu'à quatre heures de l'après-midi. Alors se faisait quotidiennement une longue promenade en commun, laquelle, pendant les fortes

chaleurs, avait lieu le soir. Au début de son installa-
tion à Chambourcy, Mme Charles avait manifesté
l'intention de prendre une servante du pays, afin de
n'accepter de leurs amis que le logement. Zoé, qui
s'était chargée de lui en choisir une, mais ne se
livrait à aucune recherche à cet égard, lui dit au
bout de trois semaines :

« Du moment que vous vous accommodez tous
les deux de la cuisine et du service de la maison, le
mieux serait de continuer à vivre ainsi jusqu'à
nouvel ordre !

— Soit ! répondit la jeune femme, si vous nous
laissez entrer pour moitié dans la dépense générale ! »

Après avoir semblé y consentir, Zoé déclara que
Joseph, qui était le maître, n'entendait pas cela.
Néanmoins, pour ne point exagérer les choses, elle
s'engagea à remettre chaque mois à Clarisse le
compte de la dépense particulière du jeune ménage.
Quelle dérision ! Charles se fâcha à la fin et affirma
que, loin d'afficher la moindre susceptibilité, il rece-
vrait tout de Joseph quand il s'y verrait forcé, ce
qui, heureusement, n'était pas encore le cas. Il eut
beau dire et beau faire, Zoé prouva que le pain, le
vin et la viande de boucherie exceptés, le reste ne
coûtait presque rien, puisque les volailles et les
œufs étaient fournis par la basse-cour, les fruits par
le verger, et que le bois coupé dans le jardin servait
à cuire les légumes venus dans le potager. La mauvaise foi était évidente, mais à quoi bon procéder à
une enquête que l'on eût toujours mise en défaut ?
Voilà, au reste, quel fut l'unique sujet de dispute

entre les habitants de cette maisonnée. Jamais peut-être exilés volontaires parisiens ne s'étaient montrés plus satisfaits de leur séjour à la campagne et n'avaient joui davantage de leur réunion. Parfois Clarisse se sentait bien un peu jalouse de l'amitié si intime qui existait entre la baronne et Zoé ; cependant, plus cette dernière prenait confiance en sa jeune et charmante compagne, plus elle s'appliquait à lui témoigner son attachement.

« Sommes-nous heureux ici, n'est-ce pas ? dit Charles à sa femme dans un de leurs tête-à-tête nocturnes.

— Oui, certes, je le serais extrêmement pour ma part, repartit Clarisse, si je ne savais pas.... ce que je sais !

— N'y pense donc plus, ma chérie, tout cela s'arrangera avec le temps ! »

Clarisse soupira beaucoup, pleura un peu et avoua que chaque jour elle demandait au ciel la mort de cette odieuse femme dont il fallait à tout prix se procurer secrètement des nouvelles. Charles la calma en s'engageant à trouver un moyen de contenter ce désir, puis ils restèrent six mois sans reparler de l'Américaine.

Grâce au régime bienfaisant qu'il suivait, notre romancier obtenait déjà d'assez beaux résultats : d'abord, il se portait à merveille ; ensuite, ses productions littéraires, infiniment meilleures depuis qu'elles étaient soignées et soumises à l'examen de Joseph, redevenaient à la mode.

Les dames non plus ne perdaient pas leur temps qu'absorbaient suffisamment les soins du ménage, la musique, les travaux à l'aiguille, les lectures, les promenades, enfin les causeries interminables sur toutes choses.

Un matin, Joseph reçut une lettre qui lui causa une vive contrariété, car il se croyait enterré vivant à Chambourcy ou du moins à l'abri des recherches de ce correspondant non anonyme. Cette lettre, bien entendu, était du mari de Zoé, lequel, se disant revenu des pays les plus éloignés, conjurait Joseph de l'arracher à l'affreuse misère qu'il en rapportait. Notre héros ne souffla mot à personne de la surprise désagréable qui lui était faite, jusqu'à ce que, ne pouvant plus se taire et ne voulant pas inquiéter de nouveau Zoé à ce sujet, il mit son confident ordinaire au courant de la situation. Charles fut, comme l'avait été M. de Bresse, assez embarrassé de lui donner conseil : si, d'un côté, il éprouvait un profond dégoût pour cet ignoble mari et se sentait, par conséquent, peu disposé à appuyer sa demande, de l'autre, notre écrivain comprenait qu'un tel homme serait intraitable du jour où il acquerrait la conviction qu'on ne lui viendrait plus jamais en aide. Joseph, qui partageait cette opinion, se décida à porter au misérable une somme relativement modique et se promit, toujours avec la même naïveté, de le prier énergiquement de ne plus frapper à sa porte. Chaque âge aime à se bercer d'illusions.

Charles, dont l'imagination romanesque lui faisait redouter quelque guet-apens, offrit à son ami de l'accompagner. Joseph refusa. A mille lieues d'admettre la possibilité d'un pareil danger, il se contenta de lui laisser l'adresse de l'estimable M. Gardanne et pré-

texta, devant Zoé, une affaire l'appelant le lendemain
à Paris.

Il va sans dire que Clarisse avait été instruite de
tout par son mari. Aussi inquiète sur le compte de
Joseph que désolée des tourments qui attendaient la
pauvre Zoé, la jeune femme en ressentit pourtant
quelque consolation de son propre malheur : tant il
est vrai, hélas ! que, plus notre sort est partagé,
moins il nous paraît pénible à supporter. Vers deux
heures de l'après-midi, Charles et sa femme furent
très-étonnés de voir revenir Joseph triomphant :

« Il faut vous dire, ma chère Clarisse, s'écria ce
dernier dès qu'ils furent tous trois enfermés dans le
cabinet du romancier, que j'étais allé à Paris pour....

— Elle le sait, interrompit Charles, impatient de
connaître le résultat du voyage.

— Comment ! tu lui avais raconté ?.... »

Charles ayant fait un signe de tête affirmatif :

« Ces maudits hommes mariés, continua Joseph
en haussant les épaules, ils ne peuvent rien cacher
à leur moitié ! Donc, à mon arrivée là-bas, le maître
de l'hôtel borgne où logeait l'individu en question
me dit : « Était-il votre parent ? — Non. — Votre
« ami ? — Non plus ! — Alors on peut vous apprendre
« la nouvelle sans trop de ménagements ? — Parfai-
« tement. — Eh bien, M. Gardanne, mort depuis deux
« jours, a été enterré ce matin. — Pas possible ! —
« Mon Dieu ! oui, monsieur, et le médecin des morts,
« en le visitant, a prononcé le mot d'anévrisme. »
Sur ce, j'ai soldé un petit compte de dettes ou de frais
divers occasionnés par l'enterrement et suis revenu ici
tout guilleret. Que dites-vous de ça, vous autres ? »

demanda notre héros en riant aux éclats ; puis, reprenant tout à coup un air grave :

« Maintenant, ajouta-t-il, mes enfants, il s'agit d'annoncer la chose à Zoé !

— Je m'en charge si vous voulez ! » s'écria Clarisse.

Joseph accepta, dans la crainte de ne pas le faire lui-même convenablement.

Fière de la mission qui lui était confiée, la jeune femme ne perdit pas une minute pour s'en acquitter ; elle trouva Zoé dans la buanderie où, véritable ménagère de province, cette dernière surveillait une lessive générale que plusieurs paysannes étaient occupées à couler. Après l'avoir avertie du retour de Joseph, Clarisse la pria à voix basse de rentrer dans la maison, où elle avait une communication important- tante à lui faire. Comme Zoé, troublée par l'air sérieux de Clarisse, demeurait immobile :

« Rassurez-vous, ma chère amie, reprit celle-ci, la nouvelle que j'ai à vous annoncer est plutôt bonne que mauvaise. »

A ces mots, Zoé monta dans sa chambre, suivie de Clarisse qui, peu à peu, lui apprit qu'elle était veuve. Aussitôt, sous le coup d'une émotion violente, Zoé se laissa tomber sur une chaise et, après avoir versé quelques larmes, s'informa des détails de l'événement :

« Le malheureux ! dit-elle enfin ; tant mieux s'il n'a pas trop souffert, car, depuis quelque temps, il avait racheté une partie de ses torts en cessant de me tourmenter. Que Dieu lui pardonne comme je le fais moi-même ! »

Là-dessus, elle embrassa tendrement Clarisse, la

remercia mille fois et descendit dans la bibliothèque
où Joseph l'attendait avec une impatience facile à
deviner. La nouvelle, confiée seulement à la baronne,
ne transpira pas immédiatement dans la famille de
Bresse. Zoé ne porta pas le deuil. Quant à Joseph, il
devint d'une humeur encore plus charmante que de
coutume; souvent, avouons-le, il s'oubliait au point
d'être d'une gaieté folle. Y avait-il grand mal à cela?
Non. L'important est de sauver les apparences; sans
elles, bon Dieu, où irions-nous?

Pour une raison ou pour une autre, les dames
n'étaient pas toujours disposées à sortir; alors
Joseph et Charles faisaient ensemble à travers bois
une de ces longues et salutaires promenades dont
les hommes seuls peuvent affronter impunément la
fatigue. Dans un de ces tête-à-tête, Joseph entretint
son ami du bonheur qu'il éprouvait à se sentir enfin
libre possesseur de sa chère Zoé, à laquelle, dès que
les délais du veuvage féminin seraient expirés, il
comptait donner légalement son nom.

Au retour de cette promenade, Charles ne sut pas
tenir sa langue.

« Ainsi donc, s'écria Clarisse qui, par parenthèse,
était enceinte de plusieurs mois, Zoé aura prochainement une situation régulière, tandis que moi, je
continuerai à vivre dans cet état d'autant plus affreux
que je vais l'imposer à notre cher petit innocent! »

Avec une éloquence dont il avait le secret, Charles
réussit à lui persuader que leur position à cet égard
ne tarderait probablement pas à s'améliorer.

« Serais-tu à la veille de perdre ta femme? demanda vivement Clarisse.

— Peut-être bien ! » répondit Charles ; mais il refusa de s'expliquer davantage et s'enfuit pour ne pas rester en butte aux questions de sa trop curieuse moitié.

Déjà les affaires du jeune ménage se relevaient à vue d'œil. Si le mari travaillait beaucoup et bien, de son côté, la femme dépensait extrêmement peu, car Zoé oubliait de porter sur chaque compte mensuel des Charles tout ce qu'il n'était pas indispensable d'y faire figurer. Sans être dupe de ce manége, Clarisse ne comprenait pas qu'on pût vivre confortablement avec cette économie :

« Soit tranquille, va, disait-elle à son mari quand il lui arrivait de comparer sa dépense actuelle à celle d'autrefois, laquelle, en moins de deux années, avait dévoré leur petite fortune, tant que je n'aurai pas réparé le mal, je serai aussi avare que j'étais prodigue. »

L'union légale de Zoé avec Joseph fut enfin prononcée par M. le maire, puis consacrée par M. le curé de Chambourcy. Charles, les deux gendres de M. de Bresse et le beau-frère de Zoé, venu d'Angoulême pour la circonstance, servirent de témoins. Le fait eut lieu à la satisfaction générale, quoique sans tambour ni trompette. Mme de Flécheux, toujours excellente, se donna la peine d'expliquer aux grands et aux petits enfants du village que l'on avait découvert un vice de forme dans le mariage précédemment contracté par M. et Mme Dalmaine, veuve d'un premier mari, ce qui nécessitait un second acte irréprochable cette fois. Les malins de l'endroit n'ajoutèrent pas foi à cette histoire dont on pouvait facile-

ment prouver la fausseté; mais comme ils savaient
sur toutes choses beaucoup plus que la vérité, leur
crédit n'était pas très-grand. D'ailleurs, dans le pays,
Joseph ne comptait encore que des amis.

La délivrance de Clarisse ne se fit guère attendre.
Après une nuit de souffrances atroces, la jeune femme
mit au monde une belle petite fille pesant près de
sept livres et demie. Lorsque vint le moment de la
baptiser, Joseph et Zoé ne consentirent à en être le
parrain et la marraine qu'à la condition qu'il leur
serait permis de placer sur la tête de l'enfant, dans
une compagnie d'assurances, la somme nécessaire
pour produire, au bout de dix-huit ans, une dot de
cent mille francs. Ce fut le signal de discussions très-
vives, de scènes fort attendrissantes, aux milieu desquelles on invoquait mille souvenirs d'amitié excep-
tionnelle, de services rendus de part et d'autre.

« Tu m'as sauvé positivement la vie; de plus, je
te dois indirectement le bonheur! Que diable! entre
frères comme nous, ce n'est pas gentil de faire tant
de façons! » s'écriait d'un ton furieux Joseph encouragé par Zoé.

Que lui répondre, sinon que l'on accepte cela avec
tout le reste? C'est ce que firent Charles et Clarisse,
désormais tranquilles sur l'avenir de leur fillette.
Par exemple, à l'occasion de ce baptême, plusieurs
enfants du village ne manquèrent pas de se donner
une indigestion de dragées.

Ne voulant confier à personne le soin de nourrir
sa petite Zoé, Clarisse s'adjoignit simplement une
jeune bonne des environs.

« A votre tour d'avoir un joli bébé comme celui-

ci, dit-elle un matin à Mme Joseph, en lui mettant sa
filleule dans les bras !

— Mais, répondit Zoé pâle d'émotion, il est probable que votre souhait va se réaliser. .

— Quoi ! vraiment ?

— Mon Dieu oui, je n'en doute plus !

— Oh ! ma chère, quel événement ! »

La conversation roula longtemps sur ce sujet toujours si palpitant d'intérêt pour les femmes. Zoé
accabla la jeune mère de questions et la pria de lui
garder encore le secret. Naturellement cette dernière
n'eut rien de plus pressé que d'en faire part à Charles
qui convint que Joseph ne lui parlait plus d'autre
chose depuis trois semaines. Vexée de voir que son
mari était moins confiant ou plus discret qu'elle-même,
Clarisse fut surtout désolée à la pensée que la baronne, sa rivale en amitié auprès de Zoé, devait être
également dans la confidence.

« Un premier enfant à l'âge de Zoé n'est pas sans
offrir quelque danger, dit Charles ; aussi, jusqu'au
dernier moment, nos amis conserveront un fond
d'inquiétude. Le plus drôle, et ce qui les contrarie
un peu, ajouta-t-il aussitôt, c'est que leur bébé n'at-
tendra pas neuf mois ni même sept pour faire son
entrée dans le monde. Il s'ensuivra donc une petite
irrégularité entre la date de sa naissance et celle du
mariage de ses parents.

— Qu'importe ! s'écria Clarisse tristement, je voudrais bien n'avoir à déplorer pour le mien qu'un
semblable accident ! »

Peu de temps après son acquisition à Chambourcy,
Joseph y avait été nommé membre du conseil muni-

cipal, au grand contentement de Charles qui croyait que plus son ami se trouverait frotté à la pratique des hommes et des choses, plus sa raison droite et sa bonne foi parfaite l'obligeraient à perdre la plupart de ses illusions théoriques.

Une après-midi qu'il pleuvait à verse et que les deux hommes eux-mêmes ne pouvaient pas songer à faire leur promenade quotidienne, Joseph emmena Charles dans sa bibliothèque et lui montra plusieurs liasses de papiers ou de parchemins, qu'il avait eu le courage de lire en entier et de classer par ordre de date avant de les ranger dans une armoire. A part quelques titres de propriété, certains papiers de famille et un bon nombre d'autographes de personnages historiques plus ou moins célèbres, c'était la collection très-volumineuse des lettres adressées par l'aïeul paternel de Joseph à un camarade d'enfance devenu son notaire pendant le consulat. Ce recueil, dont le successeur du vieux notaire s'était récemment débarrassé au profit de Joseph, avait permis à celui-ci de connaître en détail l'existence si agitée de son grand-père. Tout absorbé qu'il était par ses travaux littéraires, Charles eut la curiosité de le parcourir dans l'espoir d'y découvrir une anecdote du temps exploitable sous forme de roman; mais ces lettres l'intéressèrent tellement qu'il les lut toutes avec le plus grand soin.

Quoique fils d'un royaliste enragé, ancien garde du corps de Louis XV, cet aïeul de Joseph avait, en 1789, pris parti pour les idées nouvelles. Avocat distingué au parlement de Paris, lié avec Mirabeau, la Fayette et tous les chefs énergiquement modérés de la révolution, il rêvait l'égalité devant la loi et la transformation du gouvernement absolu en gouvernement constitutionnel. Maintes fois, pour accomplir dignement certaines missions à lui confiées, soit par le roi, soit par l'Assemblée nationale, il avait dû risquer sa vie; bref, son rôle, bien que secondaire, ne laissait pas d'avoir été de quelque utilité. En politique, médecin non chirurgien, homme de 89 non de 93 et, comme tel, jeté dans la prison de l'Abbaye, puis sauvé la veille même des massacres, il s'était réfugié à l'étranger et avait pu, après la tourmente révolutionnaire, rentrer dans son pays avec la conscience nette de tous les excès du passé. Chargé alors de fonctions importantes par les divers gouvernements qui s'étaient succédé, il avait fini par être nommé conseiller d'État, en récompense de sa part active dans la confection des nouveaux Codes.

Deux jours d'une lecture assidue suffirent à Charles pour dévorer toute cette correspondance. En la replaçant dans l'armoire, il mit la main sur une boîte en fer-blanc fixée au bout d'un cylindre de même métal et contenant, la boîte, un énorme sceau en cire verte à l'effigie du roi Louis XVIII; le cylindre, un parchemin qu'il déroula et lut; c'était des lettres patentes de ce monarque conférant au grand-père de Joseph le titre de comte, précédemment donné par Napoléon.

« La noblesse de l'empire reconnue et légitimée par les Bourbons! Quelle singulière histoire que la nôtre! se dit-il. Dieu! si le fait était réputé pour l'intention, quelle reconnaissance auraient due Napoléon Ier à Louis XVI; Louis XVIII à Napoléon;

Louis-Philippe à Charles X; Napoléon III à Louis-Philippe, puisque chacun d'eux gouverna de manière à faciliter l'accès du trône à son successeur! Ah çà! cria-t-il à Joseph qui survint à ce moment, pourquoi donc n'as-tu pas hérité du titre de ton grand-père?

— Sans doute, répondit Joseph, parce qu'il n'était pas héréditaire! »

Charles ne fit aucune objection, seulement, deux ou trois jours plus tard, à son retour de Paris, il aborda Joseph et Zoé en les appelant l'un, monsieur le comte, l'autre, madame la comtesse! Comme ceux-ci ne comprenaient rien à cette plaisanterie saugrenue, Charles fut obligé de leur expliquer qu'il venait de consulter un de ses amis, référendaire au sceau de France, qui, après avoir examiné différentes pièces apportées par lui, affirmait que le titre de l'aïeul paternel de Joseph était héréditaire de plein droit:

« De plus, ajouta Charles, mon ami, ayant vu dans des actes antérieurs à la révolution, ton nom écrit d'*Almaine*, par une apostrophe, m'a certifié également que la Chancellérie ne pouvait pas te refuser l'autorisation de faire rétablir cette orthographe.

— Est-ce que tu te moques de moi? demanda Joseph.

— Pas du tout, répondit Charles froidement ; au surplus, je m'attendais à ton opposition que je saurai vaincre !

— Allons donc ! » répliqua Joseph en haussant les épaules et en s'éloignant précipitamment.

Pendant le déjeuner du lendemain, Zoé reçut et lut haut une lettre dans laquelle sa sœur, future tante à héritage, lui promettait d'assister à ses couches et de rester à Chambourcy jusqu'après le baptême de son neveu ou de sa nièce, dont elle devait être la marraine. A ce propos, Joseph, d'accord avec sa femme, pria Charles de servir de parrain à leur enfant.

« J'y consens très-volontiers, s'écria ce dernier, à la condition expresse que, si tu as un fils, tu prendras ton titre sur son acte de naissance.

— Bon ! bon ! nous verrons cela ! » dit gaiement Joseph dont l'espoir secret se trouvait ainsi flatté.

Un matin de la semaine suivante, il entra brusquement dans le cabinet de Charles.

« Qu'y a-t-il ? demanda celui-ci frappé du trouble de son ami.

— Zoé ressent les premières douleurs de l'enfantement, répondit Joseph, et je suis dans une inquiétude mortelle. »

Charles tâcha de le rassurer et y réussit en partie. Clarisse, prévenue aussitôt, descendit dans la chambre de Zoé où déjà la baronne paraissait installée. Depuis quelques instants le cocher de M. de Bresse était parti avec la voiture pour aller chercher à Saint-Germain l'accoucheur de Clarisse, lequel arriva passablement en retard cette fois. Si la pauvre Zoé n'avait pas eu une couche naturelle quoique très-laborieuse, Joseph aurait fait damner toute la maison, à commencer par le docteur à qui on l'entendait répéter sans cesse :

« Sauvez la mère, je vous abandonne l'enfant. »

Notre philosophe eut, par conséquent, un véritable accès de joie folle, quand le praticien le déclara père d'un gros garçon dont il répondait ainsi que de la mère.

Dès que tout fut à peu près rentré dans l'ordre, Joseph et ses hôtes se mirent à table pour souper, l'heure du dîner étant passée depuis longtemps.

Clarisse ne tarda pas à monter prendre un repos bien gagné. Les deux amis, qui n'avaient pas manqué de boire à la santé des héros de la journée, au détriment peut-être de la leur, restèrent à fumer des cigares en dégustant du vieux cognac. Joseph, positivement gris et ne voulant pas se coucher, sous prétexte que le café l'empêcherait de dormir, sentait d'ailleurs la nécessité de régler avec Charles l'emploi de sa matinée du lendemain. Il comptait d'abord écrire à sa belle-sœur pour lui annoncer l'heureuse délivrance de Zoé et hâter son arrivée à Chambourcy. Ne devait-il pas ensuite aller à la mairie déclarer la naissance de l'enfant? Charles, qui conservait toujours assez de sang-froid, choisit ce moment pour lui rappeler la condition à laquelle il consentait à servir de témoin, puis à devenir le parrain de son fils. Joseph se révolta.

« Pardon ! s'écria Charles en lui fermant la bouche d'un geste énergique, épargne-toi la peine de m'objecter des choses plus ou moins vraies en théorie, mais absolument fausses dans la pratique, où il faut avoir l'esprit d'être aussi bête que tout le monde. En ma qualité de romancier, j'ai la prétention de connaître à fond les mœurs et les idées actuelles. Or, je maintiens que, dans notre société démocratique et surtout fort mêlée, il existe encore un certain prestige d'origine, devant durer tant qu'il inspirera l'envie, la haine, et ne tombera pas dans l'indifférence publique la plus complète. L'orgueil humain a la vie dure, mon cher ; tu aurais donc tort de jeter au loin l'étiquette du sac. Pourquoi Poquelin se faisait-il appeler M. de Molière? Arouet, M. de Voltaire? et Caron, M. de Beaumarchais ?

— Autres temps, autres mœurs !

— D'accord ; néanmoins, pas plus tard qu'hier, n'as-tu pas vu la France se donner à un prince uniquement à cause de son nom glorieux? Moi-même, pour ne pas immortaliser celui de Saligaud, dignement porté sans doute par mes ancêtres, je n'ai pas hésité à adopter la seule carrière qui me permît de prendre un pseudonyme, que j'ai choisi un peu joli, je m'en vante : « Charles de R.! » comme ça sonne! hein? crois-tu que mon vrai nom me causerait le même plaisir?

— Pourquoi pas? Le talent suffit pour......

— Je ne dis pas non, interrompit Charles, cependant, penses-tu que Clarisse m'eût épousé avec autant d'enthousiasme si elle avait dû s'appeler madame Saligaud? J'exagère à dessein, je le sais, je force la vérité pour la rendre plus sensible ; mais c'est dans l'intérêt de mon filleul : n'ayant pas le moyen de le doter, moi, je veux du moins lui faire recouvrer un nom et un titre, dont tes opinions, qu'il ne partagera pas, j'espère, seraient capables de le priver.

— Joli cadeau ! repartit Joseph, qui lui faussera le jugement au point de l'empêcher d'embrasser une profession indépendante, lucrative et le conduira....

— Où donc ?

— A l'échafaud peut-être !

— Oh ! rassure-toi ! s'écria Charles en éclatant de rire, ils sont passés ces beaux jours de fête ! on ne

lâchera plus la proie pour l'ombre. Or, la proie aujourd'hui, c'est la propriété ! Quoi qu'il en soit, tu
aurais tort de te soustraire, par crainte des conséquences, à ce que je regarde comme un devoir de ta
part envers ton aïeul. Ah! si tu avais l'ambition de
jouer un rôle quelconque dans le parti avancé ou d'y
devenir populaire, je comprendrais que tu négligeas-
ses ce détail; mais fort heureusement, tel n'est pas
le cas pour toi, mon bonhomme : tu n'es quelque
chose que par ta famille ; recueilles-en donc franchement l'héritage moral, ainsi que tu en as recueilli l'héritage matériel, maintenant surtout que te
voilà un fils, auquel tu dois compte aussi bien de ton
nom et de ton titre que de ta fortune elle-même ! A
cet égard, je t'avouerai que si j'avais pu prévoir cette
survenance d'enfant, je n'aurais certes pas accepté
l'énorme sacrifice d'argent fait en faveur de ma
fille !

— C'est justement à cause de cela, dit Joseph d'un
air triomphant, que nous adoptâmes, Zoé et moi,
cette mesure irrévocable.

— Enfin !... reprit Charles imposant silence à son
émotion, revenons à nos moutons ! je te répète qu'il
peut y avoir un intérêt réel, soit pour la carrière,
soit pour le mariage de ton fils, à ce que....

— Pourtant, sacrebleu ! interrompit Joseph, il
faut que la conduite d'un individu s'accorde avec ses
opinions !

— Jusqu'à un certain point, c'est vrai.

— Eh bien, à moins que tu n'aies juré de me rendre ridicule....

— En quoi, s'il te plaît ?

— Dame ! que veux-tu, par exemple, que S. pense de moi quand il me verra affublé !...

— Il pensera que tu es moins bête que tu n'en as l'air !

— Merci ! et M. ?

— M. ne s'inquiète guère de toi, va, s'il est attaché à la police secrète.

— Je n'en crois rien ! on prétendait la même chose de V.

— C'était faux : V., depuis son mariage, est rentré dans la bonne voie et déplore toutes ses erreurs passées.

— Oui, à la façon de F., l'ex-mangeur de prêtres !

— Au contraire, celui-là habite la province où, par pure économie, il a mis ses trois fils dans une maison d'éducation tenue par des jésuites : « Ce qui « ne les empêchera pas, me disait-il en riant, de de- « venir des Voltaires, si bon leur semble. »

— Ah ! ah ! ah ! le farceur ! Et N., l'as-tu jamais rencontré ?

— Non, on le croit en Amérique où il aurait admirablement réussi comme médecin.

— Tant mieux ! c'était un brave garçon, ainsi que P.

— Oh ! P. ne change pas, lui : toujours pauvre, digne, ne demandant rien à personne, il trouve encore moyen d'obliger bien des gens.

— Oui, belle et bonne nature ! Quelle différence avec B. ! en voilà un qui rirait de moi !

— C'est probable ; qu'importe ? Nous avons, en France, si fort abusé de la moquerie, même envers

les meilleurs citoyens et les moins ridicules, que,
pour qui sait voir juste, elle n'a plus guère d'autre
effet que de rendre célèbres ceux qui en sont l'objet.

— Mais, j'y songe ! s'écria Joseph, subitement
frappé d'une idée lumineuse, et quand la république
s'établira, ce qui est inévitable avec le temps ?...

— Tu en seras quittes pour redevenir Gros-Jean
comme devant, si elle l'exige toutefois, ce qui me paraît douteux : pourquoi chercherait-elle à effacer les
souvenirs du passé en détruisant une propriété pure-
ment honorifique aujourd'hui et dont rien, par conséquent, ne saurait indemniser ?

— Tu as beau dire, que diable ! je ne suis qu'un
bourgeois !

— Tu seras un bourgeois.... titré, c'est tout ce
que je demande.

— La belle affaire !

— Sais-tu bien, reprit Charles sur un ton de tendre reproche, qu'en acceptant de vivre à tes dépens
ainsi que je l'ai fait, je crois t'avoir donné une assez
grande preuve d'amitié pour que tu ne doives pas
craindre de suivre mes avis ?

— Certainement ; mon Dieu ! au fond, tu n'as peut-
être pas tort, répondit Joseph, impressionné par cet
argument sentimental ; seulement, je voudrais encore
réfléchir.

— Réfléchir ! à quoi bon ? D'ailleurs, tu n'en as
plus le temps ; allons, allons, il est convenu entre
nous que tu prendras ton titre dans l'acte de naissance de mon filleul.

— .... Soit !

— Et que tu t'engages à rétablir l'ancienne orthographe de ton nom !

— Oh ! pour ça, ne l'espère pas : j'appartiens au
nouveau régime et ne changerai rien à ce qui a été
fait ! »

Ces paroles furent prononcées avec une telle fermeté que Charles n'insista pas pour le moment. Bientôt, les deux amis allèrent se coucher.

A quelque temps de là, le romancier, convaincu
que les femmes sont plus vaniteuses que les hommes,
revint à la charge auprès de Zoé, qu'il poussa à in-
fluencer son époux ; celle-ci se montra assez froide
sur ce chapitre et promit simplement de souscrire à
ce que déciderait Joseph.

Découragé alors, Charles vit qu'il n'obtiendrait pas
cette dernière concession et renonça à compléter son
œuvre.

Clarisse, on le sait, devenait peu à peu une excellente associée de son mari ; elle réalisait ainsi l'idéal
du mariage, en acquérant une raison, qui ne lui était
pas plus naturelle qu'à beaucoup de charmantes Parisiennes, mais que ses chagrins, dus exclusivement
à sa position fausse d'épouse et de mère, dévelop-
paient singulièrement.

Un jour, que Charles était à Paris pour ses affaires ;
que Joseph s'occupait à la mairie de celles de la
commune ; que Zoé tenait compagnie à Mme de Flécheux, retenue à la chambre par une légère indisposition ; que Clarisse, enfin, écrivait à sa tante, en
surveillant de loin la jeune bonne, qui surveillait
de près la petite Zoé endormie dans son berceau,
la cuisinière monta prévenir Mme Charles, que M. le

commissaire de police de Saint-Germain l'attendait au salon. Soupçonnant quelque malentendu, Clarisse voulait envoyer chercher Joseph; il fallut que la cuisinière lui montrât par une fenêtre les deux gendarmes qui avaient escorté le commissaire et s'étaient assis dans la cour sur un banc adossé à un superbe noyer, pour qu'elle s'empressât, tout effrayée, de descendre au salon.

Le commissaire la salua profondément, en s'excusant de l'avoir dérangée, puis entama ainsi la conversation :

« Monsieur votre mari est absent, m'a-t-on dit.

— Oui, monsieur.

— C'est bien à madame de R.... que j'ai l'honneur de parler?

— Moi !.... non ! murmura Clarisse après quelques secondes d'hésitation.

— Comment ! vous n'êtes pas l'épouse de M. Charles de R..., homme de lettres !

— Non, monsieur, je ne suis que.... sa maîtresse ! répondit la jeune femme du ton d'un criminel à qui l'on arrache des aveux.

— Ah ! pardon ! s'écria le commissaire plus embarrassé que Clarisse elle-même; quoi qu'il en soit, vous avez un enfant?

— Oui, mais cela ne prouve rien....

— Sans doute; mon greffier, qui devait être ici, m'avait pourtant affirmé que.... Au surplus, cette circonstance ne modifie en rien le but de ma visite. Veuillez seulement, je vous prie, me donner votre nom et vos prénoms.

— Je m'appelle Clarisse, Adélaïde....

— Clarisse, Adélaïde... répéta le commissaire prêt à écrire sur un cahier déjà plein de notes.

— Hein? quoi? qu'y a-t-il? demanda notre héros arrivant tout à coup du dehors; c'est probablement à moi, Joseph Dalmaine, que Monsieur a affaire?

— Vous vous trompez, monsieur, c'est bien à madame ou plutôt à mademoiselle....

— Madame, madame!.... cria Joseph en riant aux éclats; décidément, ma chère Clarisse, vous ne paraissez pas votre âge!

— Pourquoi mentir, mon ami? dit Clarisse trahissant une inquiétude extrême.

— En effet, Madame vient de m'avouer qu'elle n'est pas mariée!

— Pas mariée, elle! au mariage de qui j'ai figuré comme témoin!...

— N'insistez pas, mon bon Joseph! reprit la jeune femme suppliante, en faisant à notre héros plusieurs signes d'intelligence, Monsieur sait la vérité.

— La vérité?

— Tout entière, ajouta le commissaire d'un air discret.

— Ah! pour le coup, c'est trop fort! s'écria Joseph stupéfait.

— Peu importe, allez, monsieur, reprit le commissaire s'efforçant, par ses gestes conciliants, de couper court à ce débat; voici, en deux mots, ce qui m'amène: il a été commis dans vos environs un crime, un infanticide, et les soupçons se portent sur une jeune bonne au service de mad...ame.

— O ciel! est-il possible? s'écrièrent Joseph et Clarisse, Mariette serait accusée....

— Hélas oui ! et où se trouve-t-elle en ce moment?

— Là-haut, monsieur, auprès de ma fille qui dort.

— Depuis combien de temps est-elle chez vous?

— Depuis près d'un an.

— Et vous n'avez rien remarqué de particulier dans sa tenue, dans sa conduite?

— Non, monsieur, nous sommes très-satisfaits de son service.

— Certainement, ajouta Joseph.

— Ainsi, elle a réussi jusqu'au bout à vous cacher sa grossesse?

— Parfaitement. Oh! tenez, monsieur, je ne puis l'admettre encore !

— Ni moi; il doit y avoir erreur de personne !

— Je le voudrais, mais.... ne lui avez-vous pas accordé un congé?

— Elle vient, effectivement, de s'absenter durant cinq semaines qu'elle a passées dans sa famille à se faire soigner.

— Elle était donc malade?

— Oui.

— C'est bien cela, dit le commissaire; par malheur, j'ai fait une enquête; or, Mariette ne s'est pas rendue à son village, et ses parents la croient toujours dans la famille bourgeoise où ils l'ont placée, pour l'éloigner d'un amoureux. Ce jeune homme, fils unique d'un cultivateur aisé qui refuse son consentement à leur mariage, se nomme Jacques Dubois.

— Jacques Dubois! s'écria Joseph, mon meilleur ouvrier ! Il nous a quittés, vers la même époque, pendant un mois et demi.

— Plus de doute, reprit le commissaire, ces absences simultanées les compromettent gravement l'un et l'autre. Madame, ajouta-t-il avec autorité, il faut que j'interroge cette jeune fille, donnez des ordres pour qu'on me l'amène ! »

Clarisse, ayant sonné, chargea la cuisinière d'aller garder son enfant et de dire à Mariette de descendre. Peu après, celle-ci, pâle comme une morte, s'élança vers sa maîtresse aux pieds de laquelle on la vit s'agenouiller, puis rouler sur le parquet, privée de sentiment. Aussitôt Joseph et le commissaire l'étendirent sur un canapé, tandis que Clarisse courait chercher du vinaigre dont elle lui frotta les narines et les tempes.

Revenue à elle, et s'avouant coupable, rien que par son attitude, la pauvre fille allait sans doute répondre aux questions que le commissaire se disposait à lui poser, lorsqu'un jeune ouvrier, averti, soit par la cuisinière, soit par la présence des gendarmes, se précipita dans le salon et, se plantant devant le groupe qui entourait encore Mariette, s'écria avec une énergie extraordinaire :

« C'est moi, moi seul qui suis coupable, car elle n'a fait que suivre mes conseils ! »

Le public est toujours le même : plein de sympathie envers les accusés, fussent-ils coupables, dès qu'ils paraissent francs, courageux, et surtout susceptibles d'un dévouement réel. Telle fut l'impression que ressentirent les spectateurs de cette scène. Le rôle du commissaire ne consistait plus qu'à confesser Mariette ou plutôt son complice, lequel racontait ce qu'il appelait leur malheur avec une sincérité trop évidènte pour qu'on pût la révoquer en doute. De temps en temps, les deux amants échangeaient un long regard de tendresse et de confiance mutuelles. Le résultat de leurs aveux, le voici :

Jacques, qui rôdait continuellement autour de la nouvelle demeure de Mariette, avait réussi à s'approcher de la jeune fille et à lui parler. Plus tard, ils furent aperçus ensemble dans les bois environnants par des gens du village. Pour hâter son mariage avec Mariette, Jacques comptait user d'un moyen fort naturel, très-connu dans les campagnes et dont son père lui-même s'était servi. Ce moyen, Mariette, qui réellement n'avait pas la force morale de résister longtemps à Jacques, finit par le laisser employer ; si bien que, un beau jour, ce dernier prenant son courage à deux mains, fit part à son père de la situation intéressante de Mariette. Loin de se laisser persuader et encore moins attendrir, le maudit paysan eut le cynisme de répondre, quand son fils, poussé à bout, lui reprocha de n'avoir pas pour les autres la pitié qu'on avait eue pour lui :

« Imbécile, tu ne vois donc pas la différence ; ta mère était riche, tandis que la Mariette n'a pas le sou ! »

A la suite de cette scène, Jacques menaça de quitter la maison paternelle où il devenait presque indispensable, si l'on ne consentait pas à y accueillir Mariette comme sa femme. Cette menace, il l'exécuta sur-le-champ, car son père ne céda pas, se berçant toujours de l'espoir que l'accident annoncé n'était peut-être qu'une ruse.

Jacques, désolé, revint donc à Chambourcy, où il

offrit à Joseph de travailler à la journée dans son jardin. Celui-ci accepta et n'eut pas à s'en repentir, tant il fut satisfait de ce jeune ouvrier, dont la distinction étonnait tout le monde, sauf Mariette.

Grâce à la mode alors régnante des crinolines, mode qu'elle avait adoptée ainsi que beaucoup d'autres servantes, Mariette cacha facilement son état de grossesse ; puis, lorsque le terme approcha, elle se dit malade et obtint un congé pour aller se faire soigner dans sa famille. Au lieu de s'y rendre, elle se réfugia à Saint-Germain, dans une chambre d'auberge où l'attendait Jacques, car ce dernier avait quitté Chambourcy depuis plusieurs jours, afin de détourner les soupçons. Le brave garçon s'était déjà entendu avec une sage-femme se chargeant de recevoir Mariette au moment critique et avec une nourrice des environs, à laquelle il devait porter le nouveau-né et qui, par parenthèse, lui avait fait payer un mois d'avance. Mais hélas ! la délivrance de Mariette subit un retard considérable ; l'argent vint à manquer et les jeunes gens effrayés, perdant la tête, imaginèrent de se cacher au milieu des bois, dans une carrière abandonnée que Jacques avait remarquée, par hasard. Une fois là, avec des provisions de toutes sortes, ils attendirent, pleins de confiance dans la nature. Ce qu'ils souffrirent moralement et physiquement, eux seuls le savent ! Enfin, Mariette mit au monde, à grand'peine, un enfant mort en naissant. Quand le père et la mère s'en aperçurent, ils faillirent devenir fous de désespoir.

Après avoir bien pleuré pendant une couple de jours, ils placèrent le corps de l'enfant emmaillotté de leur mieux dans un petit coffret que Jacques déposa au fond d'un trou creusé avec son couteau et ses mains. L'ayant ensuite soigneusement recouvert de terre, il s'agenouilla et tous deux firent une longue prière en commun. Dans sa naïveté, Mariette voulait que Jacques posât sur la tombe une croix de bois ; le jeune homme s'y refusa, de peur d'attirer l'attention sur cet enterrement clandestin. Mariette n'insista pas. Bientôt sa fièvre de lait se déclara et causa une vive inquiétude à son dévoué garde-malade. Enfin, un soir de la semaine suivante, Mariette, soutenue par Jacques, put regagner leur auberge de Saint-Germain où ils trouvèrent un bon accueil et du crédit. Dès que la pauvre fille fut suffisamment remise, elle revint seule à Chambourcy, car son amant, toujours dans la crainte de la compromettre, décida de n'y retourner lui-même qu'un peu plus tard.

Malheureusement, au bout de quelques jours, le fils du propriétaire des bois où s'étaient cachés Jacques et Mariette, croyant avoir blessé un lapin rentré dans un terrier que son chien s'acharnait à gratter, défonça ledit terrier et, fouillant tout à coup de la terre fraîchement remuée, en arriva à découvrir le cercueil d'un enfant nouveau-né. Le reste se devine : déclaration à la justice, enquête à la suite de laquelle les bavardages du pays avaient porté leurs fruits ; ordre d'informer ; bref, comme conséquence de la scène qui avait eu lieu, arrestation de Mariette, accusée d'infanticide, et de son complice réclamant pour lui seul la responsabilité du crime.

En les voyant emmener de chez lui, Joseph n'eut pas besoin des encouragements de toutes les person-

nes présentes pour promettre à ces infortunés de ne
pas les abandonner. Il les escorta d'abord jusqu'à
Versailles en les consolant, en les rassurant de son
mieux ; puis, avant de les quitter, consentit à se
charger de leur défense.

A son retour de Paris, Charles fut mis par Joseph
au courant de ces tristes événements et de la conduite singulière tenue par Clarisse. Profondément
touché d'un dévouement si admirable, le romancier
révéla alors à sa chère femme, devant leurs deux
amis, le secret de sa fausse bigamie, regrettant bien
sincèrement de ne l'avoir pas fait plus tôt, par exemple, à la naissance de leur fillette. Il expliqua que
son mariage à la Nouvelle-Orléans, n'ayant pas été
contracté au consulat français, n'était pas valable en
France et que, d'ailleurs, le divorce, qui avait permis
à sa première femme de se remarier, le rendait également libre, même en Amérique. Notre faux bigame
se reprocha donc uniquement d'avoir laissé ignorer
cet épisode important de sa vie passée à Clarisse en
l'épousant et à Joseph dans sa correspondance. Encore, invoquait-il, comme circonstance atténuante
envers ce dernier, la honte méritée que lui causait le
souvenir d'une aventure dont il ne se souciait plus
d'entendre jamais parler. Charles avoua ensuite que,
pour arracher sa femme au monde qui les entraînait
à leur perte, lui par elle, il avait, toujours en sa
qualité de romancier, imaginé cette situation cruelle,
seule capable de lui faire atteindre son but et (ce
qu'il ne dit pas) de permettre à Clarisse de vivre en
bonne intelligence avec Zoé.

Son pardon obtenu, Charles s'empressa de rendre

visite au commissaire de police auquel il avait à cœur de prouver que Clarisse était bien réellement sa femme légitime. Convaincu de la vérité à cet égard le commissaire parut fort étonné et déclara n'avoir rencontré jusque-là que des exemples contraires de femmes se prétendant mariées sans l'être.

Joseph se vouait avec une telle ardeur à la défense de ses protégés qu'on ne voyait que lui sur la route de Versailles. Ses stations dans les prisons de la ville se prolongeaient d'autant plus que les deux amants ne communiquaient ensemble qu'au moyen de leur avocat.

L'instruction de cette affaire marcha assez vite fort heureusement pour ce dernier qui ne dormait plus, ne mangeait plus et changeait à vue d'œil. Il avait beau consulter tout le monde, s'éclairer des lumières de l'expérience, enfin rédiger successivement vingt plaidoyers appris par cœur et récités à Zoé ou à Charles, tout à coup le pauvre homme restait court, se demandant avec effroi comment il osait se charger d'une cause de cette importance, lui qui n'avait pas l'habitude de parler en public ni de se plier aux formes judiciaires.

Quand s'ouvrirent les débats, une foule immense, composée en partie des habitants de Chambourcy, curieux de revoir les accusés et surtout d'entendre leur conseiller municipal, garnissait l'enceinte de la cour d'assises à Versailles.

Inutile de donner un compte rendu détaillé de cet émouvant procès : contentons-nous de dire que Joseph sut tenir tête habilement au ministère public, en faisant ressortir le désaccord des deux savants docteurs qui, consultés sur la question de savoir si l'enfant était né vivant, se prononçaient, comme de coutume, l'un pour l'affirmative, l'autre pour la négative ; ajoutons qu'après avoir tiré un parti excellent de la déposition de la nourrice à laquelle Jacques avait payé un mois d'avance, preuve évidente que les accusés ne songeaient point à se défaire de leur enfant d'une façon criminelle, notre héros remporta le plus éclatant succès de persuasion dont tous ses auditeurs compétents eussent gardé le souvenir. Les magistrats eux-mêmes, blasés d'ordinaire sur les ressources oratoires de défenseurs rarement de bonne foi, trahissaient envers celui-ci une disposition bienveillante due particulièrement à son langage simple, naturel et bien différent de l'éloquence trop souvent banale des avocats de profession. Comme tous les grands artistes que le public électrise, Joseph, quoique très-ému, n'éprouva pas un seul moment de trouble ni de préoccupation personnelle.

A la fin de sa plaidoirie, le président menaça de faire évacuer la salle si les applaudissements se renouvelaient. On entendit alors les sanglots des accusés ainsi que ceux de leurs parents ou amis ; mais combien de larmes coulèrent silencieusement dans le public et même parmi les jurés en souvenir de celles qui avaient échappé à Joseph à deux ou trois reprises.

Charles ne revenait pas du talent et surtout de l'aplomb inconcevable de son ami.

« C'est une révélation, répétait-il, aucun de nous ne pouvait soupçonner cette faculté qu'un accident fait découvrir en Joseph ! »

Cependant un passage du plaidoyer ne lui plaisait guère, et il discutait à ce sujet avec un voisin inconnu qui le défendait au contraire. Ce passage, le voici à peu près :

« Dans la commune que j'habite, et dont je suis membre du conseil municipal, avait dit Joseph en se tournant du côté où s'étaient placés les habitants de Chambourcy, on m'a beaucoup blâmé, je le sais, de m'être occupé d'une affaire en apparence scandaleuse et de n'avoir pas craint de défendre cette pauvre jeune fille ainsi que son amant. Savez-vous pourquoi? non? Je vais vous le dire, moi! c'est que *on* est lâche, égoïste, hypocrite et toujours disposé à condamner les accusés. *On* a peur de se compromettre, en se déclarant le protecteur des malheureux les plus intéressants, jusqu'au moment où ses bons instincts reprennent le dessus ; alors, *on* s'attendrit, *on* pleure, *on* ne cesse plus de faire des vœux pour le salut des innocents ! Ah ! qu'il le sache bien, ce n'est pas en allant à l'église implorer une place au paradis que *on* se montrera chrétien, mais en tendant une main secourable aux affligés. Pour ma part, je crois accomplir une œuvre réellement sainte en m'efforçant de prouver l'innocence de ces deux victimes de l'amour. Que peut-on leur reprocher au fait ? Rien, si ce n'est, par suite de leur manque d'argent, de s'être conduits en véritables enfants de la nature. Tenez, je vais vous raconter l'histoire de Mariette et celle de ce brave garçon qui ne l'a pas abandonnée une minute, vous verrez bien si je dis la vérité ! ». . . . . . .

Puis, avant de se rasseoir, Joseph s'était écrié d'un air suppliant :

« Messieurs les jurés, qui représentez dans notre société, non pas la foule des moutons de Panurge bêlant tous sur le même ton, mais cette minorité instruite, civilisée, tolérante, charitable et par cela même capable de guider la justice ; rappelez-vous que M. le procureur impérial accuse toujours, que c'est son métier, dont il s'acquitte avec un terrible talent ! Nous aurions pu lui opposer un défenseur habile, célèbre ; ces enfants ne l'ont pas voulu ; ils ont préféré l'aide impuissante d'un ami sincèrement convaincu de leur parfaite innocence. Acquittez-les, je vous en conjure, afin que leurs parents, cruellement punis, puissent les marier au plus tôt ! épargnez à ces derniers un remords éternel, épargnez-vous à vous-mêmes la douleur sans remède d'une erreur judiciaire ! »

Les efforts de Joseph triomphèrent de tous les obstacles. Un seul point, d'ailleurs, restait à éclaircir puisque, suivant les modifications introduites par la loi du 13 mai 1863, l'article 345 range dans la catégorie des simples délits la suppression d'enfant, dans le cas où il n'est pas établi que celui-ci ait vécu et dans ceux où il serait établi qu'il n'a pas vécu.

Dans l'espèce jugée, il fut établi que l'enfant supprimé n'avait pas vécu. Grâce donc à la réponse du jury, Mariette et Jacques, condamnés à un mois d'emprisonnement chacun, rentrèrent bientôt dans leurs familles respectives, après être venus se jeter dans les bras de leur sauveur.

Malgré l'aisance relative dont ils devaient jouir désormais, malgré les efforts de leurs parents pour les retenir auprès d'eux, Jacques et Mariette, une

19

fois mariés, supplièrent Joseph de les prendre chez lui en qualité de jardiniers ; ce qui ne tarda à avoir lieu, au grand contentement de la plupart des habitants de Chambourcy.

A la suite de tous ces événements, la petite colonie reprit son train de vie ordinaire, sans que rien rompît de quelque temps la monotonie de son bonheur.

Quand Joseph allait à Paris, c'était le plus souvent pour y conférer avec son agent de change ; car, avouons-le, il spéculait à la Bourse, toujours assez heureusement, se bornant à vendre cher ou à garder les valeurs qu'il avait choisies et achetées bon marché. Pour ce genre d'opérations, il possédait un flair remarquable. En voyant ainsi sa fortune s'arrondir d'une manière très-sensible, notre héros éprouvait une sorte d'orgueil qui lui faisait dire fréquemment :

« Il paraît que je suis plus pratique que je ne le crois moi-même, puisque, dans cette chasse aux écus, à laquelle se livrent avec passion beaucoup de mes contemporains, j'attrape le gibier que tant de chasseurs poursuivent sans succès. »

Par exemple, ses dispositions financières une fois prises, il avait coutume de se rendre dans un cabinet de lecture où on le mettait à même de passer en revue tout ce qui se publiait de nouveau sur les questions d'économie sociale, qui seules l'intéressaient réellement. Puis, lorsqu'il trouvait encore le temps d'y arriver pendant l'heure du repas, Joseph courait chez un grand fabricant de sa connaissance, avec certains employés et ouvriers duquel il causait volontiers politique. Son but était d'être initié par eux à l'état moral de la classe ouvrière et de com-

prendre quelque chose à leur système de grèves per-
pétuelles, dont les conséquences commençaient à le
préoccuper sérieusement.

« A votre place, dit-il un jour au fabricant qui lui
manifestait des inquiétudes à ce sujet, je lierais mes
ouvriers par des contrats, des engagements particu-
liers, de façon à ce que tous ne pussent pas me
planter là du jour au lendemain.

— Ce serait impraticable, » s'écria celui-ci sèchement.

Cette réponse dans la bouche d'un homme compétent n'admettait pas de réplique. Joseph se retourna
alors du côté des ouvriers auxquels il eut la naïveté
de vouloir prouver que, s'il était juste que la main-
d'œuvre fût rétribuée le mieux possible, il l'était également que la raison limitât les exigences des tra-
vailleurs. Devinant à la fin le rêve secret de la
majeure partie de ces hommes, notre philosophe
leur affirma qu'il n'y avait pas pour l'instant matière à une révolution sociale :

« Vous parviendrez peut-être, leur dit-il, à faire du
désordre, beaucoup de désordre, mais vous n'obtien-
drez guère d'autre résultat, je vous le garantis. Au
surplus, ajouta-t-il, un peuple qui dispose du suffrage
universel pour régler pacifiquement ses destinées
dans l'avenir, et de la faculté de débattre librement
le prix de son travail pour améliorer son sort dans
le présent, a-t-il bien le droit de conspirer ou de se
révolter sans cesse ?

— Le droit est discutable, lui répondit quelqu'un,
la force ne l'est pas !

— D'accord, répliqua Joseph ; aussi, selon moi,

notre suffrage universel direct aurait-il dû suivre et non précéder l'instruction, car, l'ignorance étant la source de tous nos maux, une majorité d'ignorants n'est digne d'inspirer aucune confiance : les soldats auraient-ils la prétention d'en savoir plus long que le général? les ouvriers que l'architecte? Le nombre des électeurs mécontents de leur sort est beaucoup plus considérable que celui des satisfaits; donc, le suffrage universel direct deviendra, je le crains, révolutionnaire dans le mauvais sens; certes, nos législateurs ont le droit de changer les règles dû jeu social, mais sans effet rétroactif sur les gains licitement faits.

— Ah! ah! je vous vois venir! s'écria son interlocuteur principal, vous êtes partisan du suffrage à deux degrés?

— Mieux que ça! répondit Joseph, comme je pense qu'il ne faut exiger des gens que ce qu'ils peuvent bien faire, je souhaiterais que chaque année, à jour fixe, le suffrage universel s'exerçât dans la commune et nommât en parfaite connaissance de cause les conconseillers municipaux; ceux-ci choisiraient ensuite les conseillers d'arrondissement qui, à leur tour, éliraient les conseillers généraux, lesquels enverraient enfin au siége du gouvernement central les députés chargés de proposer, de discuter et de voter des lois mises à exécution, soit par leur chef électif sous le régime républicain, soit par le souverain héréditaire sous celui de la monarchie. »

Cette dernière phrase ayant été accueillie par des vociférations :

« Permettez, reprit Joseph, pour avoir quelque

chance de s'entendre, il faut définir les mots avant de s'en servir, autrement on jouerait avec eux comme avec des balles élastiques. Ainsi, ceux de république et de monarchie s'excluent beaucoup moins peut-être qu'on ne l'imagine. Pourquoi n'y aurait-il pas deux routes différentes ou se faisant suite et conduisant au même but : le bien-être général, par la satisfaction de nos besoins les plus réels? Quiconque se dit monarchiste par intérêt pour la chose publique est républicain sans le savoir, de même que tout républicain qui reconnaît, sous n'importe quel titre, l'autorité d'un chef unique devient monarchiste sans le vouloir. Pour moi, qui ne suis plus exclusif, surtout dans la pratique, j'admets que, la lumière n'éclairant bien que d'en haut, si nos souverains de droit divin ou électif (leur origine est la même : *Vox populi, vox Dei!*) étaient véritablement très-chrétiens, c'est-à-dire pleins d'amour et de respect pour l'humanité souffrante, ils se trouveraient mieux que personne en position de mettre d'accord l'ordre et le progrès. Malheureusement, la plupart d'entre eux se contentent d'être catholiques, et sacrifient trop à leur bon plaisir. Or, le sort des Français ne doit plus dépendre de la volonté d'un homme. Quant au régime constitutionnel, surnommé, peut-être avec raison, la meilleure des républiques, il devrait convenir admirablement aux peuples qui, comme le nôtre, ne sont plus aveuglément monarchistes et ne sont pas encore foncièrement républicains; mais, jusqu'ici, la famille royale d'Angleterre l'a seule accepté franchement. Je soutiens enfin qu'un monarque absolu tel que l'empereur de Russie actuel, abolissant d'un trait de plume le servage dans son immense empire, est un grand et excellent révolutionnaire. »

Ces opinions, en apparence paradoxales, n'obtinrent bien entendu aucun succès. Joseph s'étant donné pour républicain en théorie du moins :

« Quoi de plus naturel? lui répliqua-t-on; la monarchie doit être le gouvernement des nobles; la république, celui des bourgeois; le socialisme sera celui du peuple, chacun son tour! »

L'instant d'après, Joseph ayant prétendu qu'il était socialiste, oh! pour le coup, on lui rit au nez, en haussant les épaules et en s'écriant :

« Quelle plaisanterie! est-ce que c'est possible? voyons, vous possédez des rentes et une belle campagne où vous n'avez plus qu'à jouir de la vie, vous ne seriez pas assez bête pour renoncer volontairement à tout cela! »

L'ami Charles eût applaudi à ce langage.

Peu à peu, la dispute entre Joseph et ses interlocuteurs devint tellement violente que l'un de ces derniers lui annonça tranquillement et presque gaiement qu'il fallait commencer par faire tomber trente mille têtes, la sienne comprise, afin de rendre le monde raisonnable; deux autres de ces messieurs, dont un contre-maître instruit et parlant facilement, parurent convaincus (comme le sont hélas! trop de gens en France), que les affaires publiques ne marcheraient tout à fait bien que quand eux-mêmes seraient à leur tête. Enfin, plusieurs ouvriers, se croyant fort modérés, déclarèrent qu'ils étaient disposés à se contenter d'une augmentation progressive de leurs salaires en même temps que d'une diminution également progressive des heures de travail.

« Allons, allons, décidément, se dit Joseph en quittant la fabrique, je partage l'avis de Montesquieu : « Tout pour le peuple, rien par lui! » car il n'est encore capable que de détruire et ne redoute pas assez le désordre. A ses yeux, la république, c'est le triomphe de la démagogie, et le socialisme, la ruine de la propriété dont il devrait être l'amélioration, le salut. »

Cette fois, notre héros revint à Chambourcy, triste, silencieux, péniblement impressionné.

Charles, au contraire, passait rarement une journée à Paris sans en rapporter quelque récit amusant ou intéressant; aussi, à son retour, lui demandait-on toujours des détails sur son voyage.

« A propos, devine qui j'ai rencontré ce matin sur les boulevards? dit-il un soir à Joseph, Jules B***! ajouta-t-il aussitôt pour épargner à son ami la peine de chercher inutilement.

— Jules B***! s'écria celui-ci au comble de l'étonnement.

— Oui, et tellement changé, reprit Charles, que s'il ne m'avait pas arrêté et ne s'était pas nommé, je ne l'eusse jamais reconnu.

— Vraiment?

— En apprenant que je mourais de faim et me disposais à entrer dans un restaurant, B*** me supplia de l'accompagner à un hôtel du voisinage où il loge. J'acceptai. Là, il nous fit servir un excellent déjeuner. Par malheur, comme le pauvre garçon ne mange presque pas, je fus obligé d'avaler également le récit de son histoire, lequel me régala beaucoup moins.

— Bah !

— Juges-en : grâce à un oncle dont il était l'unique héritier et qui possédait une trentaine de mille livres de rente en biens-fonds, B***, ardent républicain ainsi que son oncle, avait été nommé en 1848 représentant dans son département. Arrêté au moment du coup d'État, tant on redoutait son exaltation politique, B***, à sa sortie de prison, passa en Angleterre puis aux États-Unis, où il se fixa et finit même par se faire naturaliser.

— Comment ! Il est Américain ?

— Positivement : « Je m'étais juré, me dit-il, de ne jamais pardonner à mes compatriotes en général et à mes électeurs en particulier, d'avoir pu souscrire et applaudir à la façon indigne dont j'avais été traité par suite de ma fidélité à mon mandat. Tôt ou tard, du reste, j'en ai la ferme conviction, ils paieront cher leur conduite imprudente. A-t-on idée d'un peuple qui, ne se trouvant pas assez libre sous le gouvernement constitutionnel du meilleur roi peut-être que la France ait eu depuis Henri IV, fait une révolution et en arrive à confier le pouvoir absolu à un prince qu'on ne connaissait guère alors que par ses folies ? »

— Je m'étonne, lui répondis-je, de vous entendre parler en ces termes louangeurs d'un roi que votre parti n'a cessé de vilipender que le jour où il a réussi à le renverser du trône !

— « Pourquoi avait-il commis deux fautes énormes ? La première, d'accepter la couronne de deux cent vingt-un députés appartenant à une assemblée non constituante, au lieu d'en appeler au pays lui-même qui seul avait qualité, dans ce cas, pour légitimer son avénement au trône, suivant l'exemple donné par Napoléon Ier. »

La seconde faute, fut de s'entêter à maintenir légalement, grâce à une majorité de mauvais aloi, un sens électoral par trop exagéré.

— Que vous avez remplacé, m'écriai-je, par le suffrage universel direct, autre exagération bien plus dangereuse encore !

— Je conviens, me répliqua-t-il, que les théories les meilleures ne doivent être appliquées qu'autant qu'elles sont opportunes. »

« Tu sais combien j'aime peu les discussions politiques, s'empressa d'ajouter Charles, afin de fermer la bouche à Joseph qui l'ouvrait déjà toute grande pour parler, néanmoins, je m'efforçai de mettre au compte du gouvernement actuel ce que B. mettait à celui du pays ; mais il n'y eut pas moyen de lui faire prendre le change.

— Quand on a sept ou huit millions d'adhérents, s'écria-t-il, on est innocenté d'avance ! D'ailleurs, je ne cherche plus la petite bête, c'est-à-dire le gouvernement ; je cherche la grosse, qui est le public. Or, je rends ce dernier seul responsable de tout ce qui s'est fait, se fait ou se fera, particulièrement depuis que ses votes lui ont permis de prouver, plusieurs fois en moins d'un siècle, qu'il est l'arbitre souverain de ses destinées. Tant pis pour les Français s'ils choisissent mal ceux auxquels ils confient le soin de les gouverner, et qu'ils accusent les uns après les autres de tyrannie. Je me contente de plaindre la minorité intelligente, non coupable, et persécutée.

Au fait, quel individu, à l'époque où nous vivons, oserait s'imposer sérieusement aux masses? Celui-là serait aussi fort, aussi hardi, que les autres se montreraient faibles et lâches! Mais non, la vérité est que chaque gouvernement devient bientôt complice involontaire de ses ennemis politiques : n'est-ce pas la monarchie elle-même qui amène la république, laquelle ramène à son tour la monarchie? »

— En effet, » dit Joseph.

Cette scène avait tellement frappé Charles, que, doué d'une mémoire surprenante, il la rapportait dans ses moindres détails, et en citant parfois les propres paroles de chacun.

« B., reprit-il alors, me déclara que la haine implacable vouée par Coriolan à Rome et aux Romains, il la ressentait, lui, pour la France et les Français.

— Oh! l'infâme! s'écria Joseph furieux.

— Patience! tu n'es pas au bout, dit Charles. « Ah çà! lui demandai-je, croyant l'embarrasser beaucoup, pourquoi donc vivez-vous à Paris et y dépensez-vous votre argent?

— Parce que je ne suis plus assez niais, me répondit-il avec aplomb, pour expier les fautes d'autrui en sacrifiant mes goûts, mes habitudes, l'usage de ma langue maternelle, mes plaisirs enfin, à une rancune qui ne fait qu'augmenter depuis que j'ai constamment sous les yeux le spectacle de la légèreté, de la sottise, de la folie de ce.... misérable peuple! »

« Jusque-là, ajouta Charles, j'avais pris sur moi de ne pas trop l'interrompre; mais, n'y tenant plus, je me levai brusquement avec l'intention de m'en aller, pour être bien sûr de ne pas jeter mon assiette à la tête de ce cher amphitryon. Retenu, néanmoins, par un désir invincible d'avoir raison contre lui :

« Quant à moi, m'écriai-je, je chéris trop ma patrie pour éprouver aucun plaisir à l'entendre traiter ainsi, même en plaisantant !

— Je ne plaisante pas, dit B.

— Et il me semble, repris-je avec une animation toujours croissante, que plus son sort serait digne de pitié, plus je me sentirais disposé à lui pardonner ses fautes.

— J'ignore si son malheur lui ferait trouver grâce à mes yeux, répondit B. ironiquement, dans le doute, j'ai pris mes mesures pour n'en pouvoir jamais être atteint personnellement !

— Comment cela ?

— A la mort de mon oncle, je vendis toutes ses propriétés devenues miennes, et les convertis en valeurs étrangères déposées par moi en Angleterre ; je n'ai pas laissé un seul de mes œufs dans le panier de la France.

— Ah ! fis-je, désespéré.

— Dame ! écoutez donc, continua-t-il, j'entends sans cesse répéter spirituellement, comme tout ce qui se dit ou se fait ici, que nous dansons sur un volcan ; c'est fort probable ; je le crois, je l'espère même ! »

Ce dernier blasphème m'ayant arraché un cri :

« Comment, me demanda-t-il, voulez-vous qu'il en soit autrement dans un pays qui manque totalement d'intelligence politique ? Dans une société qui ne s'aime guère et ne s'estime pas, rongée qu'elle est par l'égoïsme et l'envie, si tant est qu'on doive appeler société cette collection d'individus aussi détachés que possible les uns des autres, et de familles réduites à leur plus simple expression, le père, la mère et les enfants? »

« Je me contentai, dit Charles, de protester par un soupir éloquent contre ces sentiments exagérés et du moins peu en rapport avec ceux que nous éprouvons ici, n'est-il pas vrai?

— Oui, certes, s'écria Joseph en serrant la main que lui tendait son ami, lequel poursuivit de la sorte :

— Vous le voyez, du reste, ajouta B., je vis à l'hôtel, au jour le jour, afin de n'avoir, dès que l'éruption annoncée se produira, qu'à boucler ma valise et à passer en Belgique, d'où j'assisterai sans danger au spectacle du châtiment mérité! »

Depuis longtemps, reprit le narrateur, j'avais cessé de manger et m'étais calmé peu à peu, comprenant que je me trouvais en face d'un maniaque politique. Celui-ci, encouragé sans doute par mon silence, me raconta qu'un étranger lui avait dit dernièrement :

« Tant que les Français se croiront le plus spirituel, le plus savant, le plus aimable et surtout le plus invincible de tous les peuples, ils ne seront pas bien redoutables, et ne le deviendront réellement que quand ils s'accableront de vérités cruelles et de reproches probablement fondés. »

« Bref, ajouta Charles, B. s'exprima avec une telle amertume et se servit de termes si blessants pour mes oreilles, que son déjeuner m'est resté toute la journée sur l'estomac. Le plus cruel pour moi, c'est que B. ne me laissa pas payer mon écot! Enfin, je lui pardonne; car, sans famille, sans amis, sans patrie, et atteint comme il l'est d'une affection évidemment très-grave du foie, le pauvre homme, aussi malade au moral qu'au physique, mourra, j'espère, avant de voir se réaliser ses funestes prédictions.

— Ainsi soit-il! » s'écria Joseph.

La semaine suivante, notre romancier fut plus heureux dans ses rencontres parisiennes : quoique naturellement sceptique en toutes choses, même en chiromancie, Charles, désireux de procurer des distractions autour de lui, ramena, certain soir d'été, dîner à Chambourcy, un de ses amis, chiromancien moderne très-ingénieux, fort amusant, sans conviction aucune peut-être, mais qui a le secret de deviner des choses toujours possibles, vraisemblables souvent, probables quelquefois, et si adroitement, si prudemment imaginées, que l'avenir met rarement sa prétendue science en défaut. Naturellement, ce dernier affirme ne s'être jamais trompé. Donc, voici ce qu'il lut dans quelques mains, ou du moins annonça d'intéressant :

« Charles de R. gagnera beaucoup d'argent avec sa plume, mais n'entrera jamais à l'Académie. (*Rires et applaudissements dans l'auditoire.*)

« Sa fille, Zoé, plus belle et plus coquette qu'il ne devrait être permis de l'être, inspirera au petit Charles Dalmaine, son cadet de plusieurs mois, une passion tellement vive, que celui-ci voudra à toute force l'épouser deux ans avant leur majorité. (*Un murmure d'approbation s'éleva parmi les hommes.*)

« La demoiselle, trouvant son amoureux trop jeune et surtout trop jaloux, ne daignera pas l'écouter. Pourtant, au bout d'une année, elle cédera aux supplications de son entourage. (*A ces mots, l'assemblée donna des marques non équivoques d'incrédulité.*)

« Bref, continua le devin sans s'émouvoir aucunement, ils se marieront, âgés l'un et l'autre de vingt ans accomplis. » (*Aussitôt une explosion de cris se fit entendre.*)

Zoé, prenant la chose au sérieux, se révolta d'une façon si comique, que chacun des assistants lui éclata de rire au nez.

« Et seront-ils heureux ensemble, monsieur? demanda Clarisse en rougissant légèrement.

— Très-heureux, madame, particulièrement le mari, car ils auront une potée d'enfants.

— Oh! quel malheur! s'écria Zoé faisant pour la seconde fois pouffer de rire tout le monde, excepté le devin.

— Ma foi, tant pis! moi je donne mon consentement, dit Joseph gaiement.

— Et moi le mien! s'écria Charles, tant je suis sûr que cette union ne s'accomplira jamais; on ne s'épouse que parce qu'on ne se connaît pas!

— Au contraire, répliqua Joseph, on s'épouse souvent parce qu'on se connaît! »

(*Ici se révéla un danger de discussion facilement conjuré par les dames.*)

« Je croyais, monsieur, dit Zoé au chiromancien, que les enfants n'avaient pas les mains assez formées pour qu'il fût possible d'y rien lire!

— Moi, madame, répondit effrontément ce dernier, je sais déchiffrer leurs lignes avant qu'elles ne soient visibles pour les autres chiromanciens.

— Vraiment?

— C'est comme j'ai l'honneur de vous le dire. »

Bientôt vint le tour de Joseph, avec lequel le soi-disant devin se rencontrait pour la première fois.

« Ah çà! lui demanda-t-il après avoir paru examiner soigneusement une de ses mains devenues calleuses et rugueuses comme le sont celles de la plupart des ouvriers, vous voulez donc faire parler de vous dans ce pays?

— Je n'y pense guère!

— Alors, pourquoi d'ici à quelques années serez-vous nommé député de cette circonscription?

— Il n'y a pas de danger! repartit Joseph avec un ton plein d'assurance.

— Je vous répète, moi, que vous ferez partie d'une de nos prochaines assemblées législatives, où vous jouerez même un rôle important.

— Comment cela?

— En arborant le drapeau du progrès social et en dévoilant le premier certains mystères de l'avenir.

— Ah! parbleu! s'écria Joseph; obligez-moi donc de me les révéler?

— Aussi, continua le devin impassible, finirez-vous, malgré les moqueries de la presse, par conquérir l'estime générale, grâce à la fermeté conciliante de vos principes, à la franchise de vos doutes, et surtout à votre manque absolu d'ambition personnelle, prouvé d'ailleurs par un serment public qui forcera bon nombre de vos collègues à suivre votre exemple.

— Bah! quel serment?

— Celui de n'être jamais que député, quoi qu'il arrive, c'est-à-dire de ne solliciter et de n'accepter pour vous ou les vôtres aucune place, aucune faveur, depuis le portefeuille de ministre dont rêvent, hélas! trop de gens, jusqu'à la simple croix de chevalier de la Légion d'honneur, refusée encore aux artistes dramatiques qui s'en montrent réellement dignes par leur talent ainsi que par leur caractère, et prodiguée à tant de comédiens politiques ou autres intrigants de même espèce, jaloux d'avoir quelque chose d'honorable, ne fût-ce qu'à leur boutonnière! »

Le devin respira après cette longue phrase d'autant plus déplacée dans sa bouche que l'on sut, à peu de temps de là, qu'il avait demandé la croix pour lui-même sans pouvoir l'obtenir.

« Permettez, répliqua Joseph, j'aurai trop de petits-enfants à caser pour avoir le droit d'être désintéressé à ce point.

— Au fait, c'est juste, il a raison, s'écrièrent plusieurs personnes en se remettant à rire au souvenir de l'union projetée et de ses conséquences.

— Vous mourrez enfin, reprit le chiromancien....

— Ah! pour ça non, dites donc, pas de bêtises! interrompit Joseph d'un ton qu'il s'efforçait vainement de rendre sérieux.

— Vous mourrez, répéta le devin d'une voix grave, laissant à la postérité une dette de reconnaissance qu'elle essayera d'acquitter en donnant votre nom à l'une des rues de ce village.

— Grand merci pour mon nom!... dit Joseph, mais je suis un peu comme le Moron de Molière :

· Oui, j'aime mieux, n'en déplaise à la gloire,
Vivre deux jours au monde que mille ans dans l'histoire!

— N, i, ni, c'est fini!» s'écria tout à coup le chiromancien à l'arrivée de plusieurs voisins autres que
les de Bresse, lesquels, prévenus à temps, avaient assisté avec beaucoup de plaisir à la séance.

Cette nouvelle fut accueillie par des cris de désespoir : chacune des dames voulait savoir sa bonne
aventure; malheureusement, le devin déclara qu'il
ne se sentait plus assez lucide ni assez indiscret pour
oser divulguer des choses que l'on devait désirer
tenir secrètes. Si c'est flatter une femme d'un certain
âge que de sembler la croire capable de se mal conduire, ces dames n'en étaient point encore là; cependant elles n'insistèrent pas.

« Farceur! dit Joseph à l'oreille de Charles, tu
avais donc fourni à ton ami des renseignements qui
lui ont permis de se moquer spirituellement de mes
opinions?

— Non, ma parole! répondit Charles, s'il en a pris,
ce n'est pas auprès de moi.

— Tu m'étonnes. »

Quelques semaines après, et quand personne ne
paraissait plus songer à cette séance de chiromancie,
Charles dit un jour à Joseph, pendant une de leurs
causeries intimes :

« A propos, j'ai réfléchi à la prophétie de notre
chiromancien et je ne vois pas pourquoi elle ne se
réaliserait pas en partie.

— Laquelle?

— Celle qui te concerne. Dans deux ans nous au-

rons des élections générales, qu'est-ce qui t'empêcherait de te mettre sur les rangs? Libre de ton
temps, sans profession absorbante, tu as des idées
bonnes ou mauvaises qu'il serait peut-être utile d'exposer; bref, à mon sens, tu remplis les conditions
nécessaires pour devenir un excellent député! J'ajouterai que, depuis ta plaidoirie de Versailles, ce serait là, je crois, ton véritable lot.

— Je suis surpris, répondit Joseph, de t'entendre
parler ainsi, me connaissant comme tu me connais!
Sache d'abord que j'ai pris, à la vue de cette foule
de mendiants riches ou pauvres qui nous entourent,
la ferme résolution de ne solliciter pas plus auprès
des gouvernés qu'auprès des gouvernants!

— Si solliciter te répugne, ce que je comprends,
répliqua Charles, quelqu'un pourrait le faire à ta
place; moi, par exemple, je me charge de poser et
de défendre ta candidature avec tout le zèle dont je
suis capable.

— Tu n'y songes pas, ami! Tu veux que je sois représentant, de qui? de quoi? Tu veux que je prenne
l'engagement tacite de suivre telle ou telle ligne politique et que je me mêle de confectionner des lois,
quand j'oserais à peine exprimer mes sentiments,
donner mes avis! Me vois-tu, moi, l'un des enfants
gâtés de cette société, prêchant aux prolétaires la patience et le travail, sous prétexte que :

> Patience et longueur de temps
> Font plus que force ni que rage !

Me vois-tu recommandant aux conservateurs des
changements radicaux, tels que l'impôt direct sur les

revenus et non plus indirect sur les dépenses, car
ce dernier permet à l'avarice d'y échapper en grande
partie ? Me vois-tu enfin tâchant de faire comprendre
aux propriétaires actuels les bienfaits du socialisme,
c'est-à-dire de l'association future ? Certes, je serais
suspect aux yeux de tous et personne ne daignerait
m'écouter ! D'ailleurs, avant d'en arriver là, il faudrait me porter candidat, soit d'un gouvernement
pour lequel je n'ai jamais voté moi-même, bien que
je commence à apprécier ses intentions libérales,
soit d'une opposition systématique dont le programme m'est inconnu et qui m'entraînerait peut-
être à me révolter contre l'ordre, que j'aime par dessus tout ! Non, non, riche et libre, je perdrais trop
en devenant ambitieux ! Le peuple souverain a, lui
aussi, des courtisans qui le flattent par intérêt personnel et lui font de belles promesses. Loin de re-
chercher un pareil rôle, je serais plutôt tenté de dire
à l'un : Ignorant, instruis-toi si tu ne veux pas être
éternellement dupe des charlatans politiques ! et aux
autres : Arrière, imprudents qui donnez des espérances que vous ne sauriez réaliser ! Hélas ! vivant
au jour le jour, sans principes, sans discussions ap-
profondies sur les grands problèmes sociaux du lendemain, nous procédons par secousses violentes et
non par progrès continus. Depuis surtout que chacun
de nous a perdu l'habitude de la subordination, n'admet plus aucune espèce de supériorité et entend
jouir non-seulement de la même dose, mais encore
de la même sorte de bien-être que son voisin, il est
si difficile d'exercer l'autorité, que je me sens plein
de respect pour ceux qui sont chargés légalement de

ce soin et de reconnaissance quand ils s'en acquittent à peu près bien. Quelque démocratique que soit une société, elle doit toujours se choisir un gouvernement aristocratique, c'est-à-dire composé des meilleurs citoyens sous le rapport de l'honnêteté, de l'intelligence et du dévouement, en un mot des plus nobles personnellement et non héréditairement. Vivent les gouvernements forts qui seuls peuvent impunément faire jouir de la liberté! la peur rend les autres durs et arbitraires. Mais, revenons à moi : Quelle figure voudrais-tu que je fisse une fois casé dans l'un ou l'autre camp de l'Assemblée, si je changeais d'avis en voyant les hommes et les choses de près, ou si, me proposant un but louable, je me trompais sur les moyens de l'atteindre? Assurément, ce ne serait pas la honte de solliciter ni même d'échouer sans doute qui me retiendrait, ce serait la responsabilité d'un mandat trop au-dessus et tout à fait en dehors de mes facultés. Au bout du compte, mon cher, je ne suis pas un homme politique!

— Pourquoi n'en deviendrais-tu pas un?

— Parce que la politique, qui est l'art de gouverner, ne m'inspire aucune confiance ni aucun goût: Qui dit homme politique dit homme pratique; or, la pratique, c'est la vérité relative, la justice relative, la raison relative. Fréquemment esclave d'une situation compliquée, elle juge d'une façon et agit d'une autre. Au surplus, elle ne s'inquiète guère que du présent, ce qui n'est pas mon affaire. La théorie, au contraire, se livre à la recherche de la vérité absolue, de la justice absolue, de la raison absolue. L'avenir surtout l'occupe et avec elle du moins la

pensée reste indépendante, n'étant limitée que par
les lois de la nature. Seule, je l'avoue, la théorie
m'intéresse et me console. Vois donc en moi un idéo-
logue, un rêveur éveillé, un utopiste, un esprit faux,
chimérique, un fou, tout ce que tu voudras enfin,
excepté un futur homme d'État. Parfois, le croi-
rais-tu, mon esprit se trouve ballotté entre tant de
vérités contradictoires, les unes théoriques, les autres pratiques, que je serais dans l'impossibilité de
conclure. Qui sait même s'il ne m'arriverait pas souvent de partager au fond les opinions de la gauche
et de voter avec la droite? car, révolutionnaire par
les idées, conservateur par les actes, je suis dans le
présent pour ce qui est, et dans l'avenir pour ce qui
doit être, bien convaincu que ce qui a été, que ce
qui est, que ce qui sera, a eu, a et aura toujours
une raison d'être. Quelle source d'inconséquences!
hein?... Eh bien, tu ne m'écoutes plus!... s'écria Joseph, après avoir attendu en vain un mot de réponse; à quoi songes-tu?

— A don Quichotte qui, comme toi, ne déraison-
nait que sur un point.

— Je ne déraisonne pas, puisque je reconnais, au
bout de trente années de recherches et d'études, que
je n'ai encore réussi à découvrir ni dans ma tête ni
dans celle d'autrui....

— Quoi donc?

— Une recette de bien-être général.

— Parbleu! tu rêves ce qui n'existe pas : un paradis terrestre pour l'humanité entière!

— Oui et je l'aperçois uniquement dans un régime de
travail, d'ordre et de sécurité produit par l'association.

— La crainte de la mort suffirait à le rendre impossible!...

— Je conviens que plus la nature paraît injuste et cruelle, même envers l'homme, plus celui-ci doit se servir de la raison qu'elle lui a donnée.

— Sers-t'en donc bien vite, malheureux, pour mettre de côté tes folles idées !

— Elles procurent du moins des jouissances que tu ignores !

— Lesquelles?

— Il me semble, par exemple, que je deviens immortel sitôt que je dirige mon imagination sur l'avenir le plus lointain de nous !

— Vraiment? Ainsi, tu auras sacrifié à de pures rêveries le meilleur de ton temps, de ton existence !....

— En effet, si tu savais avec quel soin j'ai lu à peu près tout ce qui a été écrit pour ou contre l'association! si tu voyais le monceau de notes que j'ai recueillies sur ce sujet, et pour arriver à bien peu de chose !...

— Autant dire à rien, va ! Quel métier de dupe, car, je ne suppose pas que tu aies la prétention d'exercer aucune influence sur les événements futurs ?

— Non, certes.

— A la bonne heure ! Vis donc tranquille, sans t'inquiéter de ce que tu ne verras jamais.

— Je le voudrais, Charles, que je ne le pourrais pas. Vingt fois, dans mes moments de plus grand découragement, j'ai essayé inutilement de le faire ; je retombais bientôt dans ces constantes préoccupations qui sont elles-mêmes, je n'en doute pas, un symptôme des tendances de notre époque. Oui, je serais tenté de croire que, si nous sommes encore trop éloignés du but pour pouvoir le distinguer clairement, nous ne le sommes plus assez pour ne pas en apercevoir quelque chose. Or, le meilleur moyen de trouver étant de chercher, je cherche cette panacée universelle qui existe et sortira un beau jour du cerveau d'un simple mortel comme toi et moi !

— Ce ne sera pas du mien, j'en réponds ! s'écria Charles en riant d'une façon peu modeste.

— Ni du mien, hélas ! reprit Joseph ; c'est égal, je voudrais bien, avant de mourir, que quelqu'un vînt dissiper les ténèbres qui m'entourent, surtout dans le cas où Harrington aurait dit vrai.

— Qu'est-ce qu'il dit, ton monsieur Harrington ?

— Je te parle d'Harrington, le philosophe anglais, contemporain de Charles Ier, de Cromwell, puis de Charles II.

— Ah ! diable ! je ne connais pas.

— Harrington avait pressenti la révolution française et annonçait que, si la France sortait de la fange gothique, s'affranchissait de la corruption et recouvrait la santé, elle gouvernerait le monde !

— Bah !

— Hein ? quel honneur pour notre chère patrie si jamais, par la découverte d'une organisation sociale modèle, elle assurait l'ordre définitif et imposait des lois éternelles à l'humanité ! Cette dernière gloire, la plus durable de toutes, serait bien due à la nature de son génie et aux nombreux sacrifices qu'elle ne cesse de faire en faveur d'une si noble cause !

— Je ne m'y oppose pas !

— Que diable ! quand on marche — et nous marchons — il est toujours bon de savoir où l'on va !

— Sans doute ; eh bien ! voyons, où allons-nous ?

— Je ne puis pas te le dire au juste ; cependant, je n'aperçois plus que deux voies ouvertes : celle de la liberté individuelle anglaise et celle de l'égalité française, en d'autres termes, l'individualisme et le socialisme ou association.

— Vive la liberté ! s'écria aussitôt Charles d'un air goguenard.

— La liberté, reprit Joseph, devient profitable ou nuisible selon l'usage qu'on en fait. Il y a donc lâcheté sociale à rendre esclaves de leur liberté individuelle les faibles, les ignorants et les imprévoyants : dès que l'on appréciera sainement les conséquences de la solidarité qui nous lie tous, on reconnaîtra les inconvénients de cette première voie expérimentée partout en ce moment et qui, quoique permettant de réaliser d'immenses progrès et assurant de magnifiques résultats sous le rapport de la richesse, ne saurait conduire au but final.

— Qui est ?

— Le bonheur !

— Ah ! oui, c'est vrai : j'oublie toujours que la richesse ne fait pas le bonheur, s'écria Charles ironiquement.

— Oses-tu bien te moquer ainsi de quiconque cherche un remède à tant de misères ?

— Va, va, je t'écoute et ne souffle plus mot.

— Je persiste donc à penser, dit Joseph, que l'on

sortira tôt ou tard de ce cercle vicieux pour suivre l'autre voie, celle de l'association.

— Et qu'est-ce qui te fait croire que le socialisme finira par l'emporter sur l'individualisme ?

— Ce que je vois : depuis la dernière révolution sociale de 1789, notre société française ne se compose plus, sans tenir compte des nuances, que de deux classes de citoyens à peu près distinctes.

— Les riches et les pauvres ! répondit Charles étourdiment.

— Non. La richesse n'est qu'un fait, répliqua Joseph ; le même homme ne peut-il pas, du jour au lendemain, se trouver riche ou pauvre ? D'ailleurs, les riches étant ce que seraient les pauvres à leur place et réciproquement, ils se valent au fond.

— Je ne dis pas le contraire.

— Les deux classes en question, reprit Joseph, sont celle des instruits et celle des ignorants que l'on ne saurait confondre. Or, pour parvenir à établir l'égalité entre elles, il faut détruire la seconde au moyen de l'instruction ou plutôt fondre les deux en une seule, ce qui a déjà eu lieu entre la noblesse et la bourgeoisie. Il nous reste donc une dernière révolution à opérer.

— Merci ! j'en ai assez !

— Essentiellement pacifique, celle-là, puisque l'instruction, unique privilége durable parce qu'il est accessible à tous, l'accomplira en comblant l'abîme qui nous sépare de cette masse encore esclave moralement et qu'on affranchira à la longue. Chaque année, le nombre d'individus qui passent de la seconde classe dans la première est plus considérable et augmentera vite, maintenant que l'on paraît comprendre la nécessité de l'instruction gratuite et obligatoire. Parvenus, descendants de parvenus ou ancêtres de parvenus, voilà ce que nous sommes tous et....

— Cependant, permets, interrompit Charles ; en admettant que ton instruction....

— J'entends par instruction, interrompit Joseph à son tour, cette bonne culture de l'intelligence, cet enseignement universel de ce qui doit être réellement utile, cette éducation hygiénique pour le corps comme pour l'esprit, laquelle, en faisant naître le respect de soi-même et des autres, ennoblit l'espèce humaine dont elle détruit les erreurs, les préjugés, les superstitions. Assurément, je ne voudrais pas que notre seconde classe devînt le portrait vivant de la première, qui a elle-même autant à apprendre qu'à oublier !

— Fort bien, reprit Charles, mais, je suppose que l'on finisse par constituer une classe unique de citoyens, est-ce que celle-ci ne restera pas éternellement divisée en riches et en pauvres, c'est-à-dire en ennemis d'autant plus irréconciliables que leur égalité de valeur morale rendra leur inégalité de bien-être matériel encore plus choquante ? Car enfin, si l'on peut donner la même instruction à tout le monde, on ne saurait en faire autant de la richesse !

— Tu as raison, répondit Joseph, aussi, la propriété, qui, d'après le témoignage de l'histoire, a subi tant de transformations, en subira une dernière, celle de l'association ; bien entendu, avant d'associer les gens, il faut les rendre associables.

— Ah ! ah ! nous voici arrivés à cette grosse question de la propriété !

— Seule capable désormais de nous passionner, de nous diviser sérieusement. En effet, question de vie ou de mort, fondement positif de notre organisation sociale, la propriété inspire directement ou indirectement la plupart de nos actions, de nos crimes, et son règlement remplit presque entièrement notre code civil. Il est donc urgent de réviser publiquement son éternel procès, ne fût-ce que pour calmer les craintes et détruire les illusions des intéressés.

— Eh bien, voyons, comment le jugerais-tu ?

— Moi, je suis d'avis que notre propriété, individuelle plus en apparence qu'en réalité puisque, au bout du compte, elle parvient à nous nourrir à peu près tous bien ou mal, ne doit pas être différente de ce qu'elle est pour le moment.

— A la bonne heure ! s'écria Charles, j'aime à t'entendre parler de la sorte !

— L'opinion de Mirabeau, à ce sujet, me semble encore pleine de justesse, dit Joseph en tirant de sa bibliothèque un volume dont il lut haut ces quelques lignes :

« Qu'est-ce que la propriété en général ? C'est le
« droit que tous ont donné à un seul de posséder
« exclusivement une chose à laquelle, dans l'état
« naturel, tous avaient un droit égal et, d'après cette
« définition, qu'est-ce que la propriété particulière ?
« Un droit acquis en vertu des lois. »

« Ecoute aussi cet autre passage, continua Joseph, voyant que son ami se contentait d'opiner du bonnet :

« Je ne reconnais que trois manières d'exister
« dans la société, il faut y être voleur, mendiant ou
« salarié. Le propriétaire n'est lui-même que le pre-
« mier des salariés. Ce que nous appelons vulgaire-
« ment sa propriété n'est autre chose que le prix que
« lui paie la société pour les distributions qu'il est
« chargé de faire aux autres individus par ses con-
« sommations et ses dépenses. Les propriétaires
« sont les agents, les économes du corps social. »

— Quelle drôle de chose ! s'écria Charles aussitôt,
j'avais le sentiment de tout cela sans pouvoir l'exprimer !

— Le fait est, reprit Joseph, que les propriétaires
actuels qui administrent bien leur propriété la con-
servent ou l'augmentent, tandis que ceux, au contraire, qui la gouvernent mal, la voient diminuer et
se perdre, jusqu'à ce que, ruinés complétement, eux-
mêmes donnent leur démission de gérants.

— Il est donc faux, injuste, dit Charles, de pré-
tendre, comme on l'a fait, que *la propriété, c'est le
vol*, et que, par conséquent, les propriétaires sont
des voleurs !

— Aussi faux, aussi injuste, répondit Joseph, que
de dire pareille chose du socialisme et des socialistes !

— Tu m'avoueras pourtant, repartit Charles, que
ce serait le cas d'appliquer à ces derniers un ancien
bon mot....

— Lequel ?

— Celui-ci : « Tous les républicains ne sont pas
« des voleurs ; mais tous les voleurs sont républi-
« cains. »

Joseph ne put pas s'empêcher de rire de cette critique spirituelle, qu'il déclara pourtant fort exagérée.

« D'accord, répondit Charles, puisqu'elle ne peut déjà s'adresser ni à toi, qui es riche et te crois socialiste, ni à moi qui, quoique pauvre, ne l'ai jamais été.

— Preuve évidente de la sincérité des opinions, s'écria Joseph ; au reste, je voudrais qu'elles fussent inspirées uniquement par l'intérêt personnel bien entendu.

— Ce serait encourager singulièrement l'égoisme !

— Qu'importe si, devenu intelligent et cessant d'être exclusif, l'égoisme comprend l'utilité générale qu'il y aurait, par exemple, à mettre chaque individu, soit au-dessus du besoin, soit sous la surveillance de la police ? Le peuple romain demandait du pain et des cirques ; donnons au nôtre du pain et de l'instruction ! N'est-il pas triste d'avoir à vivre dans une société où tant de misérables sont toujours prêts à vous assassiner pour vous voler dix francs, et où l'on ne jouit au fond d'aucune espèce de sécurité ?

— Hélas !

— Tous les efforts de nos deux classes doivent donc tendre à rendre possible, avec le temps, leur association au moyen de l'instruction, et, à cet égard, plus le gouvernement se montrera tyrannique, plus il sera libéral. La seconde classe ne reconnaît-elle pas la supériorité de la première en choisissant dans le sein de celle-ci ses chefs et ses représentants ? »

Cet entretien sur l'avenir se prolongea encore et dégénéra en une véritable dispute, à laquelle les voix

finirent par prendre beaucoup trop de part. La
France est si loin du Japon[1] ! Tout en disant :

« Remarque bien que je ne discute pas et me contente de te poser des questions ! »

Charles devint subitement agressif au point de s'é-
crier :

« Il faut que tu sois.... innocent comme....

— C'est-à-dire, bête ?...

— Oui, pour ne pas voir que, le bonheur sur cette
terre étant plus idéal que réel, un être égoïste, en-
vieux et surtout insatiable ne sera jamais content ! »

A cela, Joseph répondit en défendant la nature, qui
lui semblait conséquente avec elle-même, ainsi que
l'espèce humaine dont les défauts se changeraient en
qualités du jour où son but deviendrait commun.

C'est alors que les dames, qui prêtaient l'oreille,
eurent la bonne inspiration d'apporter dans leurs
bras l'avenir, sous sa forme la plus gracieuse, celle
de leurs deux enfants. Cette intervention inattendue
ne tarda pas à mettre d'accord tout le monde.

Heureusement, ces vrais amis n'étaient rancuniers
ni l'un ni l'autre. A cinq ou six jours de là, un matin, Joseph fort ému frappa à la porte du cabinet de
Charles :

« A moins que je ne m'abuse, dit-il en entrant, je

---

1. « Au Japon, un homme qui cède à la colère et qui s'emporte en
paroles, est mis au ban de la société, est maudit et honni par les
siens. Aussi, quand, dans les premiers temps, nos plénipotentiaires
s'animaient dans les conférences diplomatiques, les Japonais s'é-
criaient-ils : « Remettons cette affaire à un autre jour, et ne traitons
pas avec un homme qui n'est pas maître de lui. » (*Pekin, Yeddo,
San Francisco*, par le comte de Beauvoir.)

viens, la nuit dernière, de découvrir enfin le secret que je cherche depuis si longtemps !

— Quel secret ? demanda Charles sans malice aucune.

— La solution du problème.

— De quel problème ?

— Du problème social, répondit Joseph un peu décontenancé.

— Bah !

— Jadis, reprit Joseph, j'étais trop absolu : je m'enfermais dans un système quelconque et n'en sortais qu'après l'avoir reconnu défectueux ou incomplet. Maintenant que je ne lis plus, que je ne discute plus et me contente de réfléchir, je marche d'un pas ferme....

— Ah !

— Si je crois avoir résolu le problème dont notre époque est comme.... enceinte....

— Oui, sans pouvoir accoucher.... même d'une souris !

— .... C'est que l'organisation sociale que j'ai imaginée ne réclame de personne le plus léger sacrifice et n'exige par conséquent aucun changement aux instincts de notre nature humaine, en dehors desquels on ne construit rien de solide.

— Certainement.

— L'égoïsme de chacun de nous conservera donc tous ses droits, puisque, je te le répète, l'application de mon idée ne coûtera pas un sou à qui que ce soit.

— Comment cela ?

— Tu vas voir. Oh ! il ne s'agit pas ici d'une nouvelle nuit du 4 août ni de sacrifices volontaires ou

autres à faire sur l'autel de la patrie. Non, s'écria
Joseph dans un état d'exaltation difficile à décrire; je
porte un égal intérêt à nos deux classes et j'éprouve
autant d'estime sinon pour la valeur du moins pour
le mérite de chacune d'elles. Déjà, à part la lie de
l'une et de l'autre dont il n'y a pas grand'chose de
bon à tirer, je l'avoue, notre société se compose d'u-
ne immense majorité de braves gens très-capables
de s'entendre.

— Espérons-le!

— Ce qui me plaît surtout dans mon système, reprit Joseph, c'est qu'il conviendrait également bien
à n'importe quelle forme de gouvernement et qu'il
est d'une simplicité....

— Oh! pour ça, je n'en doute pas! s'écria Charles
ironiquement.

— De plus, il indique par des preuves évidentes,
quand, pourquoi et comment ce régime, impossible
à mettre en pratique aujourd'hui, deviendra indispensable.

— Vraiment?

— Il donne ainsi raison à la fois aux conservateurs
dans le présent et aux révolutionnaires dans l'avenir; il assure la paix publique en traçant le chemin
qu'on doit suivre; il fixe enfin le moment précis où
tout le monde aura intérêt à l'adopter.

— Eh bien! voyons, parle, dit Charles s'efforçant
de ne pas éclater de rire; je suis impatient d'apprécier les résultats bienfaisants de ta merveilleuse découverte si, toutefois, mon intelligence ne continue
pas à se montrer rebelle.

— Oh! il n'y a pas de danger! Je n'en suis plus

aux aspirations vagues, répondit Joseph; que tu l'admettes ou non, mon explication sera courte et claire, puisqu'elle consiste en trois articles de quelques lignes chacun.

— Bravo ! s'écria Charles le sourire toujours sur les lèvres, je vais donc savoir dans un instant ce que l'avenir nous réserve ! quelle chance !

— Moque-toi bien de moi !

— Nullement.

— Mon Dieu ! je me trompe peut-être, dit Joseph perdant tout à coup la plus grande partie de son aplomb.

— C'est égal, va, va !

— Non, décidément, je suis fou d'aller me figurer que mes rêveries peuvent avoir le sens commun et que tu les prendras jamais au sérieux ! »

Là-dessus, Joseph se sauva sans écouter son ami, qui chercha vainement à le retenir en le suppliant de lui communiquer ce fameux système.

Quand ils se revirent, Joseph, un peu plus calme mais redevenu aussi enthousiaste de son idée, déclara à Charles qu'il voulait avant de la lui exposer, trouver une forme qui la rendît le moins ridicule possible. Dès le lendemain, notre héros vint lui raconter ce qui suit :

« Un navire de commerce français, chargé d'émigrants des deux sexes, avait fait naufrage sur un banc de rochers, non loin d'une île déserte restée inconnue, je suppose, au milieu de l'océan.

— Oui.

— L'équipage, ainsi que les passagers, s'y étaient réfugiés avec les vivres, les outils, les armes, indé-

pendamment de toutes les provisions et du matériel
transportable.

— Bien.

— Une fois installés dans leur île, nos Français
durent finir par s'occuper de l'exploiter, mais alors
la discorde éclata parmi eux.

— Naturellement.

— Fatigué de leurs discussions continuelles, le capitaine proposa de diviser l'île en autant de parts
qu'il y avait de naufragés, puis de les tirer au sort
afin de permettre à chacun de cultiver la sienne
comme il l'entendrait.

— C'était trop juste.

— Tous acceptèrent cette proposition, à l'exception
d'un émigrant que nous nommerons François, et qui
s'y opposa énergiquement : « Mes amis, leur dit-il,
réfléchissez bien avant de prendre une semblable détermination ! Aujourd'hui vous êtes encore libres de
régler l'avenir à votre guise, mais demain, si vous
souscrivez à la proposition de M. le capitaine, il ne
vous restera plus aucun moyen de revenir sur cette
décision, car il y aura des droits acquis, respectables,
sacrés ! Sitôt que ce projet de partage sera mis à exécution, nous deviendrons tous plus ou moins malheureux : d'abord, avec la meilleure volonté du monde,
il est impossible de faire des portions égales sous le
rapport de la valeur intrinsèque des lots de terre,
sinon sous celui de leur contenance. De là, naîtront
d'incessantes réclamations, particulièrement quand,
ce qui ne tardera pas à arriver, certains d'entre nous
auront donné, loué ou vendu à d'autres leur part de
propriété. Au bout de bien peu de temps, nous serons

soumis au régime de notre vieille Europe où, malgré sa prétendue civilisation trop avancée, malgré ses immenses richesses, l'ignorance et le dénûment font encore tant de victimes, rendent précaire le bonheur de chacun, nous obligent, enfin, nous, prolétaires parfois sans travail, c'est-à-dire sans pain, à nous expatrier pour aller chercher au loin un bien-être relatif. Ensuite, vous devez savoir par expérience que tous les hommes ne sont pas également capables, je ne dis pas d'acquérir, mais seulement de faire valoir une propriété, et par conséquent de la conserver à eux ou à leurs enfants.

Nous reverrons donc prochainement ici même des riches et des pauvres, puis des innocents voués héréditairement à la misère! J'ajouterai que si, dans l'intérêt public, but suprême de toute bonne association, certaines propriétés peuvent et doivent être individuelles, d'autres, au contraire, peuvent et doivent être collectives. Bien entendu, l'on ne partagera jamais que ce qui est partageable et l'on ne mettra en commun que ce qu'il est avantageux pour tous de rendre commun. Où se tiendraient actuellement ceux d'entre nous qui ne possèdent pas une motte de terre dans leur propre pays, sans les rues, les routes, les places, les jardins et monuments publics, bref, les quelques propriétés déjà communes et qui rendent si agréables le séjour de nos grandes villes, même aux déshérités de la fortune? Je vous propose donc une charte sociale composée de trois articles fondamentaux ainsi conçus et destinés, selon moi, à être adoptés peu à peu dans le monde entier :

Article 1er. — La propriété du sol national et de

tout ce qui en dépend est mise en commun et restera éternellement indivise et inaliénable.

Art. 2. — Ses revenus nets, convertis en monnaie, seront partagés également entre tous les sociétaires, après que la part de chaque enfant aura été réglée proportionnellement à son âge et à une prime d'encouragement plus ou moins forte, suivant les besoins de population.

Art. 3 et dernier. — Tous les travaux d'exploitation seront rétribués par l'État au moyen de salaires inégaux.

De cette manière, reprit Joseph au bout d'un instant de silence, notre nation formera tôt ou tard une immense société industrielle, dont chaque membre possédera une action personnelle, incessible et insaisissable. Quant aux enfants et à tous les créanciers de l'État, y compris les expropriés pour cause d'utilité publique, ils en deviendront les obligataires. Nos existences seront donc beaucoup moins soumises qu'à présent aux hasards de la naissance, de la nature et des événements.

— Ainsi, voilà le fruit de tes trente années de recherches et de méditations! s'écria Charles en se croisant les bras.

— Permets, je vais maintenant te montrer les conséquences de ce régime.

— A quoi bon? je les devine : ta fable n'est-elle pas celle de tous les utopistes? Sentant eux-mêmes combien leurs diverses théories sont inapplicables dans nos contrées, ils inventent l'un après l'autre cette éternelle île déserte qu'ils peuplent de naufragés complaisants et trop heureux de se laisser gouverner n'importe comment, sur le papier.

— N'ai-je pas le droit, voulant poser les bases de la science sociale encore dans l'enfance, répliqua Joseph, d'adopter la méthode de Descartes qui est de tout remettre en question ?

— Si fait ; mais, penses-tu que ton idée, fût-elle praticable dans une île déserte, dont le terrain n'appartenant à personne pourrait être possédé en commun sans spoliation aucune, le serait pareillement chez nous ?

— Pourquoi non ? La vérité absolue est vérité en tous lieux. Or, si je reconnais, avec Montesquieu, l'influence du climat, celle de la nature du sol d'un pays sur les mœurs, les coutumes, les besoins moraux et physiques de ses habitants ; si je comprends par conséquent qu'il existe des lois spéciales à chacun d'eux, je n'en soutiens pas moins que tous les peuples de la terre sont soumis aux mêmes principes généraux, et je nie, par exemple, qu'il y en ait un seul éternellement voué à l'esclavage jadis indispensable partout et qui, grâce au Christ, a déjà disparu de la majeure partie de notre globe. Crois-moi, ne nous décourageons pas sur le sort de nos semblables, dont pourtant un si grand nombre ne jouissent encore d'aucune civilisation. Ne nous enorgueillissons pas non plus de notre supériorité relative : le chemin de fer aurait tort de mépriser la brouette de Pascal. Soyons pleins de respect envers le passé, de bonne volonté pour le présent et de confiance dans l'avenir ! Au reste, continua Joseph avec une certaine véhémence causée par l'air dédaigneux de son ami, tu ne t'es seulement pas donné la peine de réfléchir une seconde aux idées que je viens de te communiquer.

21

— Je te demande pardon, répondit Charles, et pour te prouver la fausseté de ton reproche, je te rappellerai que tu devais m'expliquer de quelle façon s'accomplirait cette dernière révolution !

— Certainement.

— Eh bien, dis-moi, avant tout, quand la propriété individuelle deviendra collective.

— Quand la propriété collective rapportera plus que la propriété individuelle, contrairement à ce qui a lieu de nos jours.

— Et ce phénomène se produira-t-il jamais ?

— Inévitablement.

— Qu'est-ce qui te le fait penser ?

— Les progrès constants de la seconde classe, laquelle n'est inférieure à la première ni physiquement ni moralement. Néanmoins, tant que le degré d'égalité de l'une avec l'autre ou que leur confiance réciproque ne permettra pas l'association entre elles, les conditions présentes ne changeront guère. Pour le moment, les fous pas plus que les sages ne se soucieraient d'être associés ensemble.

— Enfin, tout ceci est ton appréciation !

— L'avenir dira si elle était exacte.

— Tu t'étais engagé aussi, reprit Charles, ce qui m'avait fort alléché, je l'avoue, à m'apprendre comment, sans dépouiller personne, tu opérerais cette transformation.

— Elle s'opérera d'elle-même, par la seule force de l'intérêt, car, en fait de liquidations sociales, je n'en vois qu'une qui soit équitable et avantageuse pour tous : l'expropriation pour cause d'utilité publique avec indemnité.

— Avec indemnité ?...

— Sans doute ; quelque immense qu'elle puisse être, l'indemnité coûtera moins cher que les révolutions stériles et leur cortége inévitable de désordres et de ruines.

— Ainsi, s'écria Charles en ouvrant de grands yeux, tu songes sérieusement à racheter la majeure partie de la propriété individuelle en France ! Avec quoi, s'il te plaît ?

— Avec la plus-value de cette même propriété devenue collective au fur et à mesure des nécessités et des ressources ; cela regardera les hommes pratiques. Si, depuis 89, continua Joseph étonné de n'être pas interrompu, le produit de notre pays a beaucoup plus que doublé ; si, par conséquent, le sort de ses habitants s'est considérablement amélioré, on a le droit de supposer que, par suite de ce nouveau mode d'organisation sociale et avec le secours des chemins de fer qui appartiendront alors à l'État, la dette amortissable se trouvera peut-être remboursée en moins d'un siècle.

— Tu conviendras que cet avenir serait féerique !

— Pas plus que ne l'est le présent comparé au passé.

— Je vois avec plaisir, dit Charles, que dans ton système, il y aura toujours une propriété individuelle.

— Oui certes, seulement, celle-ci restera aliénable, tandis que l'autre assurera pour jamais à chaque sociétaire un minimum de bien-être qui fait défaut actuellement et faciliterait toutes choses.

— Ah çà ! demanda Charles de son air le plus fin,

que deviendrait, je te prie, cette délicieuse maison de campagne où nous vivons ensemble, si, par impossible, le moment était venu d'appliquer ces théories?

— Dame! une fois exproprié et indemnisé de sa valeur présente, répondit Joseph, je continuerais à l'occuper comme locataire, ce qui m'empêcherait d'y dépenser tant d'argent follement, ou bien l'État trouverait un meilleur parti à en tirer et m'en louerait une autre.

— Ce que bon lui semblerait, je suppose, répliqua Charles, puisqu'il serait l'unique propriétaire foncier, l'unique industriel, l'unique marchand?

— C'est pour cela qu'il n'aurait aucun intérêt à surfaire quoi que ce soit ni à voler sur la qualité ou la quantité des denrées!

— Et comment, sans la concurrence, connaîtrait-il la valeur des choses?

— Par le prix de revient ainsi que par le nombre des demandes. D'ailleurs, l'argent rapportera de moins en moins et le travail de plus en plus, ce qui fera disparaître peu à peu ces richesses et ces misères également exagérées.

— De quelle façon?

— Chaque époque a son organisation spéciale fondée sur ses besoins et ses moyens, laquelle, avec le temps, dégénère en abus. Telle est la faculté fort légitime qu'ont actuellement certains citoyens habiles, de spéculer sur les capitaux et le travail d'autrui. De là, ces ruines ou ces fortunes immenses. Eh bien! dans l'avenir, l'État, c'est-à-dire tout le monde, se chargera de ces différents services, dont l'industrie privée s'acquitte mieux que lui aujourd'hui.

— Merci bien ! en àttendant, répliqua Charles, après avoir jeté un coup d'œil sur sa montre, tu oublies que nous dînons aujourd'hui chez les de Bresse ; or, il nous reste à peine le temps de faire un bout de toilette.

— Tu as raison, murmura Joseph visiblement contrarié d'être forcé d'interrompre cette conversation.

— Écoute, franchement, dit Charles à son ami, probablement pour le consoler, je persiste à croire que tu te berces d'illusions ; cependant, je me sens quelque peu impressionné par... comment dirai-je ?... la hardiesse de tes idées.

— Vrai ? s'écria Joseph les yeux brillants de surprise et d'espoir.

— Oui ; aussi j'éprouve le besoin de réfléchir longtemps avant de te soumettre mes objections.

— Tant mieux !

— Par exemple, je comprends maintenant que tu ne veuilles pas, même quand tu le pourrais, exposer à la tribune de pareilles doctrines ; elles n'y seraient pas à leur place. Fais-en alors l'objet d'un livre que l'on critiquera tout à l'aise !

— A quoi bon ? demanda Joseph, le public ne lit plus que les journaux. N'importe, je suivrai ton conseil ; j'ai dans la tête un ouvrage qui en sortira, dès que sa publication me paraîtra utile. Moralement, ce sera ma raison d'être sur cette terre !

— Je conviens, reprit Charles, qu'il peut y avoir quelque profit à sonder les mystères de l'avenir.

— Parbleu !

— Mais c'est à la condition de ne pas sacrifier la réalité à des visions chimériques !

— D'accord : personne n'est plus conservateur que moi de l'ordre établi et des progrès déjà réalisés.

— A la bonne heure ! Nous recauserons de tout cela !

— Quand tu voudras, » s'écria Joseph, enchanté que leur entretien se fût terminé par des paroles encourageantes sinon très-sincères de la part de Charles.

Bientôt les deux amis se quittèrent pour aller s'occuper chacun de sa toilette.

Notre héros, la tête en feu, à la pensée qu'il était peut-être à la veille de convertir le sceptique Charles, jeta sur le papier ces premières lignes de la préface de son futur livre

« *Errare humanum est !* Donc, je demande pardon d'avance au public de toutes les idées fausses qui peuvent être contenues dans cet ouvrage, l'assurant que le temps, l'étude et une conscience pure ont présidé à sa composition. Mon unique but, en l'écrivant, a été d'employer utilement les loisirs que me donnent la fortune et l'indépendance. Je crois, de plus, acquitter une dette d'honneur envers la société qui me les fait et envers moi-même qui lui dois compte de mes opinions, car, comme l'a écrit un de nos plus célèbres contemporains [1] : « Non-seulement la liberté « de penser et de manifester sa pensée est un droit « sacré, mais la jouissance de ce droit devient même « un devoir social. »

Joseph était encore assis à son bureau, lorsque les dames et Charles, prêts à partir, l'appelèrent du

1. Thiers. De la propriété.

bas de l'escalier en formant, selon leur coutume, un chœur à trois voix :

« Joseph ! Joseph ! Joseph ! Joseph !

— Prenez les devants, je vais vous rejoindre ! » leur cria le philosophe par sa porte entrebâillée.

Cependant, comme le maudit chœur recommençait continuellement, Joseph se hâta d'achever sa toilette tant bien que mal et descendit quatre à quatre offrir son bras à Clarisse. Zoé, ayant pris celui de Charles, les deux couples se dirigèrent vers la demeure de M. le maire, où, après un bon dîner, ils passèrent une fort agréable soirée.

Pendant que les fumeurs se promenaient dans le parc, Joseph voulut présenter à Charles un nouvel argument en faveur de sa théorie sociale ; mais ce dernier lui tourna le dos en s'écriant :

« Jouissons du présent, mon cher, nous nous occuperons plus tard de l'avenir ! »

Puis il revint au salon se livrer aux charmes de la conversation avec les dames.

Pour épargner au lecteur, même le plus bénévole, l'ennui de nouvelles discussions du genre de celles qui précèdent, nous ne ferons pas de dénoûment à cette histoire : pourquoi se croire obligé de tuer des gens pleins de santé ? Ne vaut-il pas mieux rêver le bonheur du monde que sa fin ?

LA
REVANCHE

Une lettre, timbrée de Metz, le 27 novembre 1874, écrite en français, et adressée à l'empereur d'Allemagne, arriva, non sans peine, à sa destination. Ce ne fut qu'après l'avoir examinée avec une attention toute particulière, qu'on la remit à Sa Majesté, qui daigna aussitôt en prendre lecture. Elle était ainsi conçue :

« Sire,

« Avant de consentir à me rendre coupable de crimes odieux, que Votre Majesté seule peut encore m'empêcher de commettre, je la supplie de réfléchir sérieusement à la communication suivante : certes, indépendamment de votre habileté à prévoir, à préparer les derniers événements et surtout à vous entourer d'hommes réellement supérieurs, vous avez eu, Sire, une chance extraordinaire dont vous êtes trop religieux pour n'avoir pas remercié le ciel. Mais ce qui me ferait croire qu'il ne vous approuve pas de vous être montré si peu clément envers nous, c'est que, médecin et chimiste français, je viens de trouver un moyen infaillible de guérir le choléra ou de le donner, c'est-à-dire la mort, à qui bon me semble, de loin et par un simple effort de ma volonté. Or, ma femme adorée, qui, en sa qualité d'Alsacienne, est devenue Française enragée, exige que je me serve de cette découverte pour délivrer immédiatement les provinces conquises sur nous et que vous vous efforcez de germaniser promptement.

« Ce que femme veut, Dieu le veut, Sire ! Je me jette donc à vos pieds et vous conjure de restituer à la France l'Alsace et la Lorraine, moyennant une nouvelle indemnité de deux milliards.

« Si ma prière n'est pas exaucée, j'aurai la douleur de procéder à l'emploi d'une arme d'autant plus terrible qu'il n'y a pas de parade contre elle.

« Afin d'atténuer la lâcheté de ma conduite, permettez-moi, Sire, de vous faire observer que, dans une guerre comme dans un duel, les adversaires ne sont jamais de même force. Vous reconnaîtrez alors, sans qu'il soit besoin de récriminer sur un passé trop récent, combien nos fautes de toutes sortes, ainsi que votre écrasante supériorité diplomatique et militaire, ont rendu peu égale la lutte qui vient d'avoir lieu entre nos deux pays.

« Désireux de limiter autant que possible le nombre de mes victimes dans la guerre bizarre que sont à la veille de se livrer un monarque aussi puissant que Votre Majesté et un chétif médecin de campagne tel que moi, je me contenterai de frapper l'un après l'autre les personnages qui me sembleront les plus capables de m'aider à atteindre ce but patriotique.

« Mon premier choix, je vous en préviens, s'est fixé sur votre grand chancelier : la crainte de perdre cet utile conseiller pour qui vous devez éprouver une reconnaissance et une admiration sans bornes, vous inspirera peut-être le courage de régler prochainement notre différend.

« Quoi qu'il en soit, Sire, l'éminent homme d'État va être pris d'une attaque de choléra dont tous vos médecins ne parviendront pas à le guérir. La maladie durera et empirera jusqu'à ce que mort s'ensuive, à moins que vous ne souscriviez à mes conditions. En ce cas, vous n'aurez qu'à faire annoncer dans la *Gazette de l'Allemagne du Nord* que plusieurs de vos ministres sont d'avis de consulter les populations de l'Alsace-Lorraine avant de disposer de leur sort, et aussitôt, mon empressement à user de ma faculté de guérison, vous prouvera combien je serais heureux de n'avoir plus qu'à mettre ma découverte au service de l'humanité tout entière.

« Veuillez agréer, Sire, l'expression du profond respect avec lequel j'ai l'honneur d'être, de Votre Majesté, le très-humble et très-obéissant serviteur,

« Docteur.... »

Cette lettre, regardée comme l'œuvre d'un fou, fut sur-le-champ mise de côté et l'empereur ne s'en occupa plus jusqu'au jour où il apprit que le grand chancelier, subitement indisposé, ressentait précisément les symptômes du terrible fléau en question. Sa Majesté n'hésita pas à aller le visiter et, connaissant la force morale peu commune du malade, osa lui montrer la susdite lettre. En la lisant, celui-ci se prit à rire de si bon cœur et parut tellement réconforté par la vue de son auguste maître que ce dernier se retira complétement rassuré.

Pourtant le mal fit de rapides progrès et quand, le surlendemain, on répandit le bruit que le grand chancelier se trouvait à toute extrémité, il n'était déjà plus de ce monde.

Comment la coïncidence de pareils événements n'aurait-elle pas troublé les esprits les plus fermes? Comment surtout des imaginations pleines d'enthousiasme n'eussent-elles pas été vivement frappées par un coup si rude et si imprévu?

Mille récits concernant la fin stoïque de l'illustre défunt ne manquèrent pas de doubler les regrets sincères de ses concitoyens. L'autopsie, pratiquée avec un soin extrême, sur l'ordre exprès de l'empereur, permit de constater que le corps ne renfermait aucune trace de poison.

A peine les splendides funérailles qui eurent lieu à cette occasion furent-elles terminées, que Sa Majesté reçut une seconde lettre anonyme de la même écriture, datée de Strasbourg et dont voici un fragment :

« Comme je le prévoyais, Sire, vous n'avez tenu aucun compte de mes avertissements ; aussi, pouvons-nous, hélas! nous reprocher mutuellement la mort de l'homme célèbre qui a fait autant de bien à sa patrie que de mal à la mienne (en apparence du moins, car je serais tenté de croire que c'est indirectement à Napoléon Ier, puis à Napoléon III que l'Allemagne doit ce qu'elle est)! Ajouterez-vous foi dorénavant à mes paroles ou me verrai-je condamné à poursuivre le cours de ces tristes exploits ? De grâce, songez-y, le moment redevient solennel puisque ma prochaine victime, prise dans le sein même de votre auguste famille, ne sera autre que le prince Frédéric-Charles. Oui, le héros prussien, qui a su appliquer victorieusement les théories de sa brochure sur la manière de combattre les Français, périra, si vous n'avez pas pitié de lui et de moi. »

Pour toute réponse, la police reçut l'ordre de se livrer, avec un redoublement de zèle et d'intelligence, à la recherche de l'auteur de cette lugubre mystification ; mais avant que ses efforts eussent été couronnés de succès, le prince éprouva à son tour une forte atteinte de cette effroyable maladie dont l'apparition ne s'était encore révélée que par ces deux cas. L'empereur, affrontant de nouveau le danger de la contagion, ne quitta guère le chevet de son cher neveu. Celui ci, brave devant la maladie comme sur les champs de bataille, déclara à son oncle que, toujours prêt à faire le sacrifice de sa vie pour assurer la grandeur de l'Allemagne et celle de leur illustre maison, il ne pouvait s'empêcher de déplorer ce trépas inutile, œuvre évidente d'un vil assassin, avec lequel il ne fallait transiger sous aucun prétexte.

Moins d'une semaine après, le glorieux soldat succomba, non sans avoir énergiquement supplié qu'on le vengeât.

Ce dénoûment funeste causa dans le pays une profonde sensation. De tous les points de l'empire, même

les plus éloignés de Berlin, des adresses de condo-
léance furent envoyées à Sa Majesté. L'armée, ayant
eu vent de la vérité, s'offrit à aller, fût-ce au bout du
monde, saisir la main criminelle qui venait de tran-
cher le fil d'une existence si précieuse.

Touché de ces diverses manifestations, le gouvernement en remercia chaudement les auteurs, au
moyen de proclamations où il adjurait le public de
respecter les décrets de la Providence, de ne pas
ajouter foi aux bruits mensongers que l'on faisait
courir et promettait, pour calmer l'effervescence générale, de veiller plus activement que jamais à la
sûreté de l'État. Il prescrivit enfin (mieux vaut tard
que jamais!) des mesures sévères afin d'empêcher
que, à l'avenir, aucun membre de la famille impé-
riale pût être approché par des personnes étrangères
qui n'inspireraient pas toute confiance.

On se croyait sûr d'avoir ainsi rendu impossible
le renouvellement d'un semblable attentat, lorsque
l'arrivée d'une troisième lettre sortant, bien entendu,
de la même officine, exaspéra ceux des familiers du
château qui en eurent connaissance. Suppliante et
désespérée comme les précédentes, celle-ci trahissait
une impatience beaucoup plus vive d'arracher l'empereur au silence qu'il s'obstinait à garder.

« Las, y disait-on, du rôle atroce de bourreau que
Votre Majesté me laisse jouer, je vais, sans considération pour l'âge et l'innocence de ma future victime, m'attaquer cette fois au fils aîné de l'héritier
de votre couronne. Je ne doute pas que vous ne
m'accordiez la grâce de ce charmant jeune homme

dont vous vous montrez idolâtre, et qui paraît destiné à devenir l'un des plus dignes rejetons de votre race. »

Bien qu'on la redoutât peu désormais, cette menace causa une vague inquiétude qui se changea en morne stupeur sitôt que se manifestèrent chez le jeune prince les signes évidents de l'épidémie cholérique. Comprenant alors qu'il n'y avait plus une minute à perdre pour tenter de soustraire son petit-fils à un péril trop certain, l'empereur, affolé de terreur et vaincu par les supplications de sa famille éplorée, s'avoua prêt à souscrire aux conditions de son implacable ennemi.

Dans un conseil des ministres, tenu à la hâte et où fut prié d'assister l'ambassadeur de France qui pleurait d'un œil et riait de l'autre, on rédigea une note annonçant, sous toutes réserves, que la majorité des membres du cabinet semblait acquise à l'opinion de consulter les populations de l'Alsace-Lorraine, avant de régler définitivement leur situation politique. Soit que le docteur mystérieux se fût vanté à tort de savoir arrêter les progrès du mal, soit que les termes de l'entrefilet inséré dans la *Gazette de l'Allemagne du Nord* ne lui eussent pas inspiré une confiance suffisante, le fait est que, malgré toutes les ressources de la science et les soins intelligents de sa tendre mère, le jeune prince ne tarda pas à rendre son âme à Dieu, en s'efforçant, par héroïsme d'amour filial, de dissimuler les souffrances inouïes qu'il endurait.

Rien ne saurait peindre le désespoir de ses infortunés parents. Dans un accès de rage impuissante, son aïeul jura la perte de cette France maudite qu'il prétendait rendre tout entière responsable de la conduite criminelle d'un seul de ses enfants. De son côté, la police, ahurie, sur les dents, battait les provinces annexées sans obtenir aucun résultat satisfaisant, puisque les suspects, arrêtés en grand nombre, étaient relâchés l'un après l'autre, faute de la moindre preuve de culpabilité.

Berlin demeurait en proie à une véritable consternation. Il ne fallut rien de moins qu'une quatrième lettre anonyme datée de Fribourg en Suisse et publiée immédiatement, pour arracher la cour à l'abattement profond où ce deuil l'avait plongée. L'écrivain y expliquait que, par suite d'une fatalité inconcevable, le numéro du journal contenant les divines paroles de paix lui était parvenu en retard de vingt-quatre heures, ce qui avait empêché son remède d'opérer à temps :

« ...Comment, ajoutait-il, ne serais-je pas inconsolable de cet horrible malheur qui accable Votre Majesté, au moment même où elle adoptait la voie que je la priais si instamment de suivre ? Ah ! Sire, n'en doutez pas, je donnerais le plus pur de mon sang pour pouvoir ramener sur cette terre l'ange qui s'est envolé vers les cieux ! Mais hélas ! le passé ne m'appartient plus et l'avenir réclame toute mon attention : apprenez que ma femme, dans sa fureur vengeresse, m'avait forcé à frapper d'avance le père universellement sympathique dont elle vient de ravir l'enfant. De grâce, ne vous effrayez pas, s'il ressent les atteintes du fléau dévastateur, car, plein de con-

fiance dans votre loyauté qui vous fera tenir l'engagement tacite pris dans le journal, je vais m'occuper
à l'instant de conjurer tout danger.... »

Incapable d'en lire davantage, l'empereur se dirigea précipitamment vers le palais habité par le
prince-héritier. Quelle angoisse éprouva le vénérable
vieillard à la vue du désordre qui régnait dans les
appartements de Son Altesse !

« Qu'y a-t-il ? Pourquoi ces allées et ces venues ?
demanda-t-il vivement ; que signifient ces regards
effarés ? On me cache quelque chose !... Parlez ! je
l'exige !.... Ciel ! se peut-il que mon cher fils soit
déjà alité ?... Vite, conduisez-moi auprès de lui !...

— Sire, Sire, répondaient les médecins incapables
de le rassurer, n'augmentez pas notre trouble ! ne
donnez pas à l'auguste malade le spectacle navrant
de votre inquiétude et de vos larmes !

— Laissez-moi ! je veux voir mon enfant.... ou
plutôt non, vous avez raison, je cours d'abord lui
sauver la vie, s'il y a moyen, en renonçant à des
conquêtes qui ruineraient toutes mes espérances » .

. . . .

Soudain, j'entendis ma femme crier : Victoire ! victoire ! et je la vis entrer tenant à la main un journal.
C'était le dernier numéro de la *Gazette de l'Allemagne
du Nord*, en tête duquel je lus la nouvelle officielle
que voici :

« Sa Majesté, cédant aux conseils des puissances
amies, ainsi qu'à diverses considérations politiques
d'un ordre supérieur, se décide, d'accord avec le sen-

timent unanime des ministres et celui de l'immense
majorité de ses fidèles sujets, à cimenter plus étroitement la paix, en restituant à la France l'Alsace et
la Lorraine, moyennant une indemnité supplémen-
taire de deux milliards. »

C'est alors que je poussai un cri de joie qui me
réveilla. Grand Dieu! Quelle surprise! Il faisait
à moitié nuit et, dans notre chambre, tout se retrou-
vait à sa place ordinaire. Ma femme dormait paisi-
blement à mes côtés, pendant que moi, fiévreux,
haletant, oppressé par les battements de mon cœur,
je restais anéanti sous le coup de la réalité. Ainsi
donc, ce qui venait de se passer dans ma pauvre cervelle en ébullition n'était que le fruit d'un rêve!....
rêve bien innocent, puisque mes nobles victimes se
portent à merveille, mais terrible pour moi, car cette
revanche nationale, dont je me sentais si heureux et
si fier d'être l'unique auteur, ne me laissera plus
qu'un cruel souvenir!

Peu à peu je repris mes esprits et me mis à philo-
sopher :

« Pourquoi, au fait, me demandai-je, ces gouvernements soi-disant chrétiens et civilisés ont-ils
repoussé notre proposition de congrès international,
qui avait pour but d'empêcher toute nouvelle guerre
étrangère? Pourquoi se réservaient-ils la faculté
exclusive d'en appeler à la force brutale, tandis
qu'ils obligent leurs propres sujets à s'incliner
devant la justice? Eh quoi! cette vieille politique
d'intrigues , de ruses et de luttes sanglantes durera-
t-elle toujours, c'est-à-dire tant que les convoitises

de chacun d'eux ne seront pas assouvies ? Non, me
répondis-je bientôt, le temps, qui marche dans la
voie du progrès, mettra ordre à cela. En attendant,
aurai-je encore la douleur d'entendre de mes compatriotes proclamer, presque sur le ton de l'indifférence, que la France est perdue, car son ennemie
actuelle lui cherchera une querelle d'Allemand dès
qu'elle la verra sur le point de se relever ? Pour moi,
je me plais à croire qu'il n'en sera rien : d'abord,
nous n'avons pas le droit jusqu'ici de mettre en doute
la bonne foi de gens à qui nous avons acheté et payé
fort cher la paix ; ensuite, nous redeviendrions peut-
être redoutables le jour où, ne faisant plus que
nous défendre, le bon droit serait de notre côté ;
enfin, les diverses puissances européennes sont trop
jalouses les unes des autres pour tolérer certains
abus de l'égoïsme ou de l'ambition. Ces dernières
nous reprocheraient-elles de chercher à vivre actuellement en république ? Il le faut bien puisque toutes
les formes de gouvernements monarchiques viennent
de nous réussir assez mal et que nous nous atta-
chons si peu à nos souverains. Elles auraient tort
d'ailleurs : la seule propagande irrésistible est celle
du bien-être ; or, sous ce rapport, nous ne devons
pas encore les inquiéter beaucoup. Pour le moment,
néanmoins, notre pauvre pays me semble calme,
sage, bien gouverné. Espérons que l'expérience
aidant, il continuera à rester tranquille et se lassera
surtout de faire de l'histoire à ses dépens. Qui sait si
l'avenir ne glorifiera pas le présent ? Courage ! courage ! Déjà nous tenons deux belles récoltes ; aussi
nos écus de cinq francs reparaissent en abondance,

prétendant tous, même les faux, que « *Dieu protége la France* ». Je n'en douterai pas tant que je la verrai mettre en pratique l'admirable sentence : Aide-toi, le ciel t'aidera. »

A ce propos, permettez-moi un conseil :

« Quand Jupiter veut perdre quelqu'un, il commence par lui ôter la raison, » a dit le poëte latin Horace. Donc, si jamais nous devons prononcer le mot trop souvent dérisoire de *revanche*, que ce soit après nous être assurés que nos ennemis ont perdu leur raison et que nous avons recouvré la nôtre !

FIN.

Typographie Lahure, rue de Fleurus, 9, à Paris

PARIS. — TYPOGRAPHIE LAHURE
Rue de Fleurus, 9

www.ingramcontent.com/pod-product-compliance
Lightning Source LLC
Chambersburg PA
CBHW072343030726
47505CB00013B/500